을 유 세 계 문 학 전 집 · 127

선택적 친화력

을유세계문학전집 · 127

선택적 친화력

DIE WAHLVERWANDTSCHAFTEN

요한 볼프강 폰 괴테 지음 · 장희창 옮김

❖ 을유문화사

옮긴이 장희창

서울대학교 언어학과, 동 대학원 독어독문과를 졸업하였다. 동의대 독어독문과 교수, 한국괴테학회 회장을 역임했으며, 독일 고전 번역과 고전 연구에 종사하고 있다.
지은 책으로 『고전잡담』, 『장희창의 고전 다시 읽기』, 『춘향이는 그래도 운이 좋았다』가 있고, 번역한 책으로 괴테 『파우스트』, 『색채론』, 에커만 『괴테와의 대화』, 니체 『차라투스트라는 이렇게 말했다』, 귄터 그라스 『양철북』, 『게걸음으로』, 『양파 껍질을 벗기며』, 『암실 이야기』, 『유한함에 관하여』 후고 프리드리히 『현대시의 구조』, 안나 제거스 『약자들의 힘』, 카타리나 하커 『빈털터리들』, 베르너 융 『미학사 입문』, 크빈트 부흐홀츠 『책그림책』, 레마르크 『개선문』, 『사랑할 때와 죽을 때』 등이 있다.

을유세계문학전집 127
선택적 친화력

발행일 · 2023년 6월 30일 초판 1쇄 | 2023년 12월 15일 초판 2쇄
지은이 · 요한 볼프강 폰 괴테 | 옮긴이 · 장희창
펴낸이 · 정무영, 정상준 | 펴낸곳 · (주)을유문화사
창립일 · 1945년 12월 1일 | 주소 · 서울시 마포구 서교동 469-48
전화 · 02 -733-8153 | FAX · 02 -732-9154 | 홈페이지 · www.eulyoo.co.kr
ISBN 978-89-324-0520-9 04850   978 -89 -324 -0330-4(세트)

차례

제1부

제1부

제1장

　에두아르트, 한창 좋은 나이 때의 한 부유한 남작을 그렇게 부르기로 하자. 어느 사월 오후 싱싱한 상태로 구한 새순을 어린 나뭇가지에 접목시키며 그는 자신의 수목원에서 아름답기 그지없는 시간을 보냈다. 일을 끝내고 연장을 공구함에 챙겨 담고는 자신이 한 일을 흐뭇하게 바라보고 있던 그때, 정원사가 다가와 주인이 성심껏 해낸 일을 보며 기뻐했다.

　"우리 집사람 못 봤나?" 에두아르트는 자리를 떠나려고 정원사에게 물었다.

　"저쪽에 새로 집 짓는 데 계셔요." 정원사가 대답했다. "성벽 맞은편 암벽에 짓고 있는 정자 공사가 오늘 끝나거든요. 모든 게 안성맞춤으로 잘되어 마님 마음에 드실 게 분명합니다. 전망이 아주 좋아요. 아래쪽으로 마을이 보이고, 조금 오른쪽에는 교회가 있고, 교회의 뾰족탑 너머로는 성과 정원들이 보이죠."

　"그래 맞아." 에두아르트가 대꾸했다. "여기서 몇 걸음 떨어진 곳에서 사람들이 일하는 모습을 볼 수 있었어."

"그리고……" 정원사가 말을 이었다. "오른쪽으로는 골짜기가 펼쳐져 있고 무성한 나무숲 너머로는 전망이 시원하게 트여 있답니다. 바위들을 따라 올라가는 계단은 아주 예쁘게 만들어졌어요. 마님은 안목이 있어요. 다들 그분 밑에서 일하기를 좋아한답니다."

"그 사람한테로 가서……" 에두아르트가 말했다. "나를 좀 기다려 달라고 전해 주게. 새로 지은 집을 보며 나도 기분 내고 싶다고 말이야."

정원사는 서둘러 자리를 떠났고 에두아르트도 곧 그를 뒤따라갔다.

에두아르트는 층계를 따라 내려왔고, 지나가는 길에 식물원과 온상을 유심히 살펴보았다. 마침내 물가에 이르러 작은 다리를 건넜는데, 그곳에서는 새로 지은 집으로 향하는 오솔길이 둘로 갈라져 있었다. 그는 교회 묘지'를 가로질러 암벽 쪽으로 제법 곧게 뻗은 길은 내버려 두고 왼편으로 우아한 관목 숲을 지나 위쪽으로 완만하게 나 있는 곡선 길로 갔다. 두 길이 서로 만나는 곳 적당한 자리에 설치해 놓은 벤치에 잠시 앉았다가 그는 본격적으로 오르막길을 올랐다. 가팔라졌다 순탄해졌다가를 반복하는 좁은 길에 놓인 온갖 모양의 계단과 맨땅을 오르다 보니 어느새 정자'에 이르렀다.

샤를로테가 문간에서 남편을 맞이하고는, 그를 전망이 좋은 자리에 앉게 했다. 그곳에서는 문과 창문을 통해 마치 풍경을 액자에 담아 놓은 듯한 다양한 그림을 한눈에 바라볼 수 있었다. 머지않아 봄이 모든 것을 한층 더 싱싱하게 만들어 주리라 생각하니 에두아르트는 마음이 즐거워졌다. "정자가 좀 좁은 것 같은데, 그게 마음에 걸리기는 하네요." 그가 말했다.

"그래도 우리 두 사람에게는 충분해요." 샤를로테가 대꾸했다.

"물론 한 사람이 더 있어도 자리는 충분하겠지요." 에두아르트가 말했다.

"왜 아니겠어요?" 샤를로테는 대꾸했다. "또 한 사람을 더해 넷이라도 돼요. 물론 더 큰 모임이라면 다른 장소를 마련하면 되지요."

"마침 여기 우리끼리만 있고, 기분도 아주 차분하고 밝으니 당신한테 한 가지를 고백해야겠소." 에두아르트가 말했다. "한 동안 마음속에 품고 있으면서 당신에게 털어놓아야 했고 또 그러고 싶었는데, 그러지 못했던 이야기라오."

"그런 낌새가 보였어요." 샤를로테가 말을 받았다.

"실은 사정이 이렇소." 에두아르트가 계속해서 말했다. "오늘 아침 일찍 우편 배달부가 나를 서두르게 하지 않고, 또 우리가 오늘 꼭 결정하지 않아도 된다면, 나는 한동안 입을 다물고 있었을 거요."

"도대체 무슨 일인데요?" 샤를로테는 다정하고 사근사근한 어조로 물었다.

"우리 친구, 대위 말이오." 에두아르트가 대답했다. "당신도 알다시피 그는 다른 많은 사람들과 마찬가지로 자기 탓도 아니면서 우울한 상황에 처해 있소. 지식도 재능도 솜씨도 있는 남자인데 아무 할 일 없이 지내자니 얼마나 괴롭겠소. 내가 그를 위해 할 수 있는 일을 더 이상은 미루고 싶지 않아요. 당분간 그를 우리 집에 와 있게 하길 바라오."

"그건 잘 고민해 봐야 돼요. 고려해야 할 점이 한두 가지가 아닌 것 같아요." 샤를로테가 대답했다.

"당신에게 내 생각을 그대로 들려주고 싶소." 에두아르트가 대꾸했다. "지난번 편지에 보니 노골적으로 드러내지는 않았지만 심각한 불만의 표현이 가득했다오. 무언가 필요한 걸 못 가져서 그런 건 아니오. 그 사람은 자제할 줄 알고 꼭 필요한 거라면 내가 마련해 주었지요. 게다가 나한테 뭘 조금 받는다고 괴로워할 사람도 아니오. 우리는 지금까지 살아오는 동안 누가 더 보태 주고 더 받았는지 계산할 수 없을 만큼 서로 간에 신세를 많이 지고 있소. 할 일이 없다는 거, 그게 그 사람의 고통이지요. 그동안 쌓아 온 다방면의 능력을 다른 사람들을 위해 매일매일 때맞춰 발휘해야만 그는 비로소 만족할 수 있소. 또한 그게 그의 열정이라오. 그처럼 완벽하게 재능을 갖추고 있는데도 사용할 수 없고, 두 손을 그냥 호주머니에 찔러 넣은 채 이거저거 더 배우려고 공부를 더 해야 하다니, 여보, 얘기를 그만두도록 합시다. 어쨌거나 그가 홀로 고독하게 지내며 고통을 두 곱, 세 곱으로 느끼고 있는 건 정말이지 안쓰러운 일이오."

"내 생각에……" 샤를로테가 말을 이었다. "그분한테는 이미 여러 곳에서 제안이 들어왔을 거예요. 나도 그분을 위해 활동적인 친구들에게 편지를 썼고, 제가 아는 한, 그 효과가 없지 않았을 거예요."

"아주 잘한 일이오." 에두아르트가 말을 받았다. "하지만 이런 저런 기회나 제안이 그에게는 새로운 고통과 새로운 불안만 안겨 주었다오. 그런 일들 중 단 하나도 그에게 맞지 않았던 거요. 그저 시간을 때우는 게 아니라, 그의 시간과 생각과 개성을 모두 바칠 일이 필요한데, 그게 불가능하니 말이오. 그 모든 걸 지켜보면 볼수록, 안타까움을 느낄수록, 그를 우리 집으로 데려왔으면 하는 마음이 더 간절해진다오."

"친구의 형편을 그토록 배려하는 건 정말 멋지고 사랑스러운 일이에요." 샤를로테가 말을 이었다. "다만 당신에 대해, 그리고 우리의 형편에 대해 좀 더 고려해 보라고 당부하고 싶어요."

"나도 고민해 보았소." 에두아르트가 대꾸했다. "그가 우리 곁에 머물면 유익하고 편안한 일만 있을 거요. 그가 우리한테로 이사 오면 어떤 경우라도 내게는 그 비용이 아주 사소한 것에 불과하오. 그러니 그것에 관해서는 말할 필요도 없소. 더군다나 그가 우리와 함께 있는 동안 불편한 일이 일어날 가능성은 조금도 없으니 말이오. 그 사람은 성의 오른편 채에 살면 되고, 다른 문제들도 저절로 다 해결될 거요. 그렇게 하면 그에게 얼마나 큰 도움이 되겠소. 또 그와 지내다 보면 우리에게 유쾌한 일은 물론이고, 이로운 일도 많이 생길 거요! 내가 오래전부터 농장과 그 일대의 땅을 측량하려 했는데, 이제 그가 이 일을 맡아 주면 안성맞춤이지요. 그리고 지금 소작인들의 계약 기간이 끝나면 그 후로는 농장을 직접 운영해 보겠다는 게 당신의 뜻이기도 하지 않소. 하지만 일이 그렇게 쉬울 리는 없지요! 그래서 바로 그 사람이 필요한 거요. 그런 일에 필요한 사전 지식으로 우리를 도와줄 수 있을 거니까요. 그토록 능력 있는 사람을 가까이 두지 못하다니 그저 애석할 따름이오. 시골 사람들은 아는 게 상당히 많지만, 전달하는 방식이 조리가 없고, 또 그들은 정직하지도 않아요. 도시 출신의 대학 졸업자들은 사리가 분명하고 단정하긴 하지만, 일에 대한 구체적인 안목은 없어요. 그런데 그 친구는 두 가지 장점을 다 가지고 있다고 나는 자신 있게 말할 수 있소. 그밖에도 수백 가지의 다른 좋은 일들도 생겨날 테니, 상상만으로도 나는 기분이 좋아진다오. 그리고 그것들은 당신과도 연관이 없을 수 없고, 또 거기서 좋은 일들이 많이 생겨나리라고 나는 믿소. 그래요, 내 말에 다정하게 귀를 기울여 주어 고맙소. 이제는 당신이 툭 터놓고 하고 싶은 말을 마음껏 해 보시오. 중간에 당신 말을 막지는 않을 테니까."

"좋아요." 샤를로테가 말을 이었다. "일반적인 이야기부터 시작할게요. 남자들은 하나하나의 일만 생각하고, 현재만 고려하는데, 그건 옳기도 해요. 남자들은 실행하거나 활동하도록 타고났으니까요. 반면에 여자들은 삶에 있어서 상호관계를 먼저 따지는데 그것도 마찬가지로 옳아요. 여자들의 운명이나 가족들의 운명은 관계 속에서 얽혀 있고, 또한 여자들은 바로 그러한 연관 관계를 살피도록 요구받고 있기 때문이죠. 그러니까 일단 우리의 현재와 지나간 삶에 잠시 눈길을 돌려 보기로 해요. 그러면 당신은 대위를 불러들이는 게 우리의 의도나 계획이나 현재 형편과 그렇게 썩 어울리지는 않는다는 사실을 인정하게 될 거예요.

이전에 우리가 처음 만나던 때의 사정을 생각해 보세요! 우리는 젊은 시절에 서로를 진심으로 사랑했지만 헤어져야 했어요. 당신의 아버지가 채울 수도 없는 재산 욕심 때문에 당신을 돈 많은 중년 여인과 결혼시켰죠. 그래서 나도 별다른 희망도 없이, 존경은 하지만 사랑하지는 않았던 부유한 남자에게 내 손을 건네주지 않을 수 없었고, 결국은 당신을 떠났던 거죠. 그랬다가 우리는 다시 자유로워졌지요. 당신의 마님이 당신에게 많은 재산을 남기고는 세상을 떠나며 당신이 먼저 자유의 몸이 되었죠. 나중에 당신이 마침 여행에서 돌아왔을 때 나 역시 자유롭게 된 거예요. 우리는 다시 만났죠. 지난 추억을 즐거워했고, 추억을 사랑했으며, 아무런 방해도 받지 않고 함께 살 수 있었죠.

당신은 결혼을 재촉했지만, 나는 금방 승낙하지는 않았어요. 우리는 나이가 비슷해 여자인 나는 상대적으로 더 늙게 여겨졌고 남자인 당신은 그렇지 않았으니까요. 하지만 결국 나는 당신이 유일한 행복으로 여기는 것을 거절할 수 없었어요. 내 곁에서 당신은 궁정과 군대 복무, 그리고 여행 동안 겪었던 모든 혼란으로부터 휴식을 취하고 정신을 차려 삶을 새롭게 즐기고 싶어 했지요. 그것도 나와 단 둘이서만 말이에요. 나는 내 외동딸을 기숙 학교로 보냈는데, 그 애는 시골에 있으면서 받을 수 있었던 것보다 그곳에서 더 다양한 교육을 받았어요. 그 애뿐만 아니라, 내 사랑하는 조카 오틸리에'도 그곳으로 보냈죠. 아마도 그 애는 제 밑에서 집안일을 도와주는 아이로 키웠더라면 훨씬 더 좋았을 테지요.

모두 당신의 동의를 얻었던 일이에요. 다만 우리만의 삶을 살고, 이전에 우리가 그토록 애타게 바랐지만 뒤늦게야 얻게 된 행복을 아무런 방해 없이 누리기 위해 그렇게 결정했던 거죠. 우리는 시골에 살게 되었고, 나는 집안 살림을, 당신은 바깥 살림과 전체적인 일을 맡았지요. 나는 모든 면에서 당신의 뜻을 따르고 오로지 당신만을 위해 살아갈 준비가 되어 있어요. 그러니까 우리가 이런 식으로 언제까지 함께 지낼 수 있을지 당분간만이라도 시험해 보는 게 어때요."

"당신 말대로 상호 관계가 여자들의 본성이라고 하니……" 에두아르트가 대꾸했다. "계속 말하도록 그냥 듣고만 있어서는 안 되겠네요. 아니면 당신들의 말에 맞장구나 치든지 말이오. 오늘이 오기까지의 이야기는 당신 말이 맞소. 지금까지 우리가 가꾸어 온 삶의 토대는 훌륭하오. 그런데 그 토대 위에 무언가를 더 세우고, 또 거기서 무언가를 더 발전시켜서는 안 되는 걸까요? 내가 정원에서, 그리고 당신이 공원에서 이루어 놓은 것들이 은둔자들만을 위한 게 되어야 한단 말이오?"

"좋아요!" 샤를로테가 말을 이었다. "옳은 말씀이에요! 다만 방해되는 존재, 낯선 존재는 끌어들여서는 곤란해요! 오락을 비롯해 우리가 살아갈 계획이 어느 정도 우리 두 사람만 함께 있음을 전제로 마련되었다는 점을 생각해 보세요. 우선 당신은 여행 일기를 반듯하게 정리해 나에게 들려주고 싶어 했고, 내친 김에 이런저런 관련 서류들을 정리하려고 했어요. 게다가 지금 상태로는 뒤죽박죽이지만 너무나 소중한 메모와 노트를 저도 관여하여 도움을 주면서 우리 두 사람은 물론이고 다른 사람들도 즐겁게 해 줄 작품으로 만들고 싶어 하셨죠. 나는 그것들을 필사하며 당신을 도와주기로 약속했고, 편안하고 사랑스럽고, 아늑하면서도 은밀하게 우리가 함께 볼 수는 없었던 세상을 기억 속에서 두루 여행하기로 했잖아요. 그래요, 이미 시작했어요. 당신은 밤이면 플루트를 다시 불고, 나의 피아노 연주에 맞추어 반주도 하고 있어요. 이웃 사람들도 우리를 찾아오고, 우리가 이웃 사람들을 방문하는 일도 있죠. 나는 적어도 이 모든 것을 염두에 두면서 정말이지 처음으로 즐거운 여름을 구상했고, 평생을 이렇게 즐길 수 있으리라고 여겼어요."

에두아르트는 이마를 매만지며 말을 받았다. "당신이 이처럼 다정하고 알아들을 수 있도록 이야기를 되풀이하는데도, 나는 이런 생각을 떨쳐 버릴 수가 없소. 대위가 여기 머문다고 해서 우리의 일상이 방해받을 일도 없고, 오히려 모든 일이 더 잘되고 생기를 얻을 거라고 말이오. 또 그 사람은 한동안 나와 함께 여행했고, 다양한 관점에서 이런저런 메모를 남겨 놓았지요. 그것을 함께 활용하면 멋진 작품이 나올 거요."

"그래도 솔직히 고백하자면……" 샤를로테가 조금 초조해하며 말했다. "당신의 생각에 대한 나의 느낌이 별로이고, 좋지 않은 예감이 들어요."

"당신네 여자들은 이런 식으로 나오기 때문에 당해 낼 수가 없소. 처음엔 조리 있는 말로 우리가 반박할 수 없게 하고, 이어서 사랑스러운 말로 우리로 하여금 기꺼이 따르게 하고, 다정다감한 태도로 우리가 당신네들의 마음을 상하지 않게 만들고는, 마침내 예감 운운하며 우리를 숨 막히게 만들고 마는 거요."

"나는 미신 같은 건 믿지 않아요." 샤를로테가 말했다. "막연한 느낌에 지나지 않는 것에는 아무런 의미도 두지 않죠. 하지만 우리는 자신이나 아니면 다른 사람들의 행동에서 겪었던 행복하거나 불행한 일들을 무의식적으로 떠올리는 법이에요. 어떤 상황에서든 제3자의 개입만큼 주의해야 할 일은 없답니다. 저는 친구들과 자매들, 사랑하는 여인들과 그 남편들의 관계가 우연히 또는 선택에 의해 어떤 사람이 새로 끼어드는 경우에 완전히 달라지고 그들의 처지가 아예 뒤바뀌는 것을 목격했어요."

"그런 일은 아무 생각 없이 막 살아가는 사람들에게나 일어나는 일이지, 경험을 통해 자신을 돌아보는 사려 깊은 사람들에게는 있을 수 없는 일이요." 에두아르트가 말했다.

"여보, 의식이라는 건 믿을 만한 무기가 못 돼요." 샤를로테가 대꾸했다. "가끔은 그걸 사용하는 사람 자신에게 위험한 무기가 되기도 하죠. 이런 사정들을 다 고려할 때, 우리가 서둘러서는 안 된다는 점만은 분명해요. 나한테 고민할 여유를 며칠만 주세요. 당장에 결정하시지는 말고요!"

"사정을 보아하니……" 에두아르트가 대답했다. "우리가 며칠 후에 결정한다 하더라도 시둘렀다는 점에서는 마찬가지일 거요. 찬반에 대한 견해는 서로 충분히 나누었으니 중요한 건 결정을 내리는 일인데, 그건 이제 운명에 한번 맡겨 보는 게 좋지 않겠소."

"미심쩍은 경우에 당신이 여차하면 내기를 하거나 주사위를 던진다는 걸 알아요." 샤를로테가 말했다. "하지만 이처럼 중대한 일을 그런 식으로 결정한다면 정말이지 무모해요!"

"하지만 대위에게 무슨 말로 편지를 하란 말이오?" 에두아르트가 큰 소리로 말했다. "난 당장 책상으로 가 편지를 써야 한단 말이오."

"차분하고 이성적인 위로의 편지를 쓰세요." 샤를로테가 대꾸했다.

"그런 편지라면 쓰나 마나요." 에두아르트가 말했다.

"그래도 때로는……" 샤를로테가 대답했다. "아예 편지를 쓰지 않는 것보다는 내용이 없는 편지라도 쓸 필요가 있고 또 그게 친절한 일이에요."

제2장

에두아르트는 자기 방에 혼자 있었다. 샤를로테의 입을 통해 들었던 자기 삶의 운명을 되새겨 보고, 그들 두 사람의 현재 처지와 계획을 눈앞에 떠올리는 동안, 그의 감정은 생기를 찾았다. 아련하게 들뜬 기분마저 들었다. 그는 그녀가 가까이에 함께 있어서 행복하다고 느꼈다. 그래서 대위에게 다정히 안부를 묻기는 하지만 별다른 내용은 없는 차분한 편지를 쓰려고 마음먹었다. 그런데 책상으로 가서 한 번 더 읽어 보려고 친구의 편지를 손에 드는 순간, 그 훌륭한 친구의 우울한 상황이 다시 떠올랐다. 지난 며칠간 자신을 괴롭혔던 감정들이 솟구쳤으며, 그 친구를 그토록 불안한 상황에 내버려 둔다는 것은 있을 수 없는 일로 여겨졌다.

부유한 부모의 응석받이 외아들이었던 에두아르트는 무언가를 절제하는 데는 익숙하지 않았다. 그는 부모가 자기보다 나이가 훨씬 많은 여자와 기묘하지만 아주 득이 되는 결혼을 하도록 설득하자 그 뜻을 따랐다. 그 여자 역시 자기를 잘 대해 주는 것에 대해 아주 후하게 보답하는 등 온갖 방법으로 그를 떠받들어 주었다. 그녀가 죽은 뒤에 그는 자유의 몸이 되어 내키는 대로 여행하며 환경의 변화에 아무런 구애도 받지 않았다. 과도한 것을 바라지 않았고, 이것저것 다양한 것을 누리며, 관대하게 선행을 베풀고 착하게, 때로는 용감하게 지내 왔으니, 이 세상에 무엇이 그의 뜻을 가로막을 수 있었겠는가!

지금까지 모든 일이 그의 뜻대로 이루어졌고, 샤를로테까지 소유하기에 이르렀다. 끈질기게, 소설에나 나올 법한 지극 정성으로 마침내 그녀를 얻을 수 있었던 것이다. 그런데 이제 처음으로 방해받는다는 느낌이 들었다. 자신의 젊은 시절 친구를 데려오고, 지금까지의 생활방식 전체를 매듭지으려는 바로 이때 처음 반대에 부딪힌 것이다. 그는 불쾌한 기분도 들고 초조해져 몇 번이나 펜을 들었다 놓았다 했다. 무슨 말을 써야 할지 마음을 정할 수 없었기 때문이었다. 아내의 소망을 거스르고 싶지 않았으나, 그녀의 바람대로 할 수도 없었다. 마음은 어수선해도 편지는 차분하게 써야 하는데, 그게 도무지 불가능했다. 이럴 때는 미루는 게 가장 자연스러웠다. 몇 마디 간단한 말로 그는 요즈음 편지를 쓰지 못했고, 또 오늘은 자세한 내용을 전하지 못한다며 친구에게 용서를 빌었고, 다음번에 보다 의미 있고 차분한 편지를 쓰겠노라고 약속했다.

어느 날 샤를로테는 같은 장소로 산책을 가는 길에 기회를 보아 저번에 나눈 이야기를 다시 꺼냈다. 어떤 계획을 그만두게 하려면 그것을 자꾸 언급하는 것보다 더 나은 방법은 없다는 확신에서였을 것이다.

에두아르트로서도 그 이야기를 다시 꺼내는 것은 바라던 바였다. 그는 나름대로 다정하고 편안하게 자기 생각을 밝혔다. 그는 매사에 예민했기 때문에, 쉽게 열을 올리고, 열렬한 소망을 과도하게 드러내고, 고집을 부려 다른 사람을 짜증나게 만들기도 했지만, 그의 말에는 언제나 다른 이를 섬세하게 감싸 주는 부드러움이 있었다. 그래서 그가 아무리 번거롭게 굴어도 사람들은 그를 언제나 사랑스럽게 봐 주지 않을 수 없었다.

바로 이런 방식으로 그는 이날 아침 샤를로테를 아주 기분 좋게 해 주었다. 그러고는 편안한 말로 그녀의 마음을 뒤흔들어 놓았다. 마침내 그녀는 큰 소리로 말했다. "당신은 내가 남편에게라면 거절할 일을 애인이기 때문에 승낙토록 만든 게 분명해요!" 그러고는 말을 이었다.

"여보, 당신의 소망과 그걸 밝히는 당신의 다정하고 절실한 말이 내 마음을 그대로 놔두지 않고 움직였다는 사실만은 아셔야 해요. 당신이 마침내 나를 고백하게 만드는군요. 실은 나도 지금까지 말하지 않고 숨겨 둔 게 있었어요. 당신과 처지가 비슷하기에 나도 용기를 내어 속을 털어놓겠어요."

"그거 반가운 소리요." 에두아르트가 말했다. "부부간에도 가끔은 다투어야 하는 모양이오. 그래야 서로를 다시 알게 되니까."

"그렇다면 말씀드리죠." 샤를로테가 말했다. "오틸리에에 대한 나의 입장도 대위에 대한 당신의 입장과 같아요. 그 귀여운 아이가 기숙 학교에서 아주 힘들게 지내고 있다는 걸 생각하면 정말 마음이 아파요. 내 딸인 루치아네는 세상에 잘 맞는 아이라 그곳에서 세상살이에 필요한 교육을 잘 받고 있어요. 언어와 역사와 그 밖의 지식들도 기꺼이 배우고, 그뿐만 아니라 악보를 보고는 즉석에서 연주도 하고 또 변주도 해내죠. 그 애는 성격이 활발하면서도 기억력이 좋아, 모든 걸 잊었다가는 순식간에 모든 걸 다 기억해 낸답니다. 행동이 자유스럽고, 춤 솜씨도 우아하고, 대화 솜씨도 아주 편안해 모든 학생 중에서 돋보이고, 또 통솔력도 타고나 또래들 사이에서 여왕 노릇을 한대요. 그래서 그 학교의 교장 선생은 그 애를 어린 여신으로 여긴답니다. 그분은 그 애가 우선은 자신의 보호 아래 잘 성장하면서 자신에게 명예를 가져다주고, 또 학교의 명성도 높여 주어 다른 어린 학생들도 더 몰려들게 만들 거라 말해요. 그녀의 편지와 월말 보고서의 처음 몇 장은 언제나 그 애의 뛰어남에 대한 찬가로 가득하답니다. 지금은 제가 그걸 산문으로 그럴 듯하게 옮기고 있지만요. 그러고는 마지막으로 오틸리에에 대해 언급하며 유감스럽다는 말만 되풀이하네요. 그 애는 아주 귀여운 소녀로 자라고 있긴 하지만, 왠지 발전이 없고 능력도 재능도 보여 주지 않는다고요. 그밖에 그녀가 몇 마디 덧붙이는 얘기도 저에게는 수수께끼가 아니에요. 그 귀여운 아이에게서 제 가장 소중한 친구였던 그 애 엄마의 성격을 그대로 보니까요. 그 친구는 저와 함께 자랐어요. 가능하다면 그 애를 직접 가르치거나 돌보면서 홀

룡한 아이로 키워 보고 싶어요.

하지만 이 일이 지금 우리의 계획에 들어 있지는 않고, 또 현재 살아가는 형편에서 너무 억지 부리거나 무리해서는 안 되며, 언제든지 새로운 것을 마구 끌어들이는 것도 좋지 않아요. 그래서 가련한 오틸리에가 전적으로 우리에게 의존하고 있다는 것을 잘 아는 딸아이가 자신의 우월한 점을 이용하여 그 애에게 함부로 행동하고, 또 그렇게 하여 우리가 베푸는 호의를 어느 정도 망가뜨리고 있는데도 그냥 참고 있는 거예요. 아니 불쾌한 감정을 겨우 억누르고 있는 거랍니다.

하긴 자신의 장점을 이용하여 이따금씩 다른 사람을 야비하게 괴롭히지 않을 만큼 수양을 쌓은 사람이 누가 있겠어요! 또 그러한 압박에도 괴로워하지 않을 정도로 고고한 사람이 어디 있겠어요! 실은 이러한 시련을 통해 오틸리에의 가치는 더 높아지는 것이겠죠. 그 애가 고통스러운 처지에 있음을 분명히 알게 된 후로 나는 그 애를 다른 곳으로 데려다 놓으려고 애써 왔어요. 언제라도 해결책이 주어지기만 하면 나는 주저하지 않을 거예요. 여보, 내 사정은 이래요. 당신도 보다시피 우리 두 사람은 다 진실하고 다정한 가슴속에 똑같은 걱정을 안고 있어요. 그 걱정들이 저절로 없어지지는 않을 테니까 우리 함께 풀어 가도록 해요!"

"우린 유별난 사람들이야." 에두아르트가 미소 지으며 말했다. "우리를 걱정스럽게 하는 그 무언가를 몰아내려 한다면, 내 생각에 그 일은 이미 이루어진 셈이오. 전체적으로 볼 때 우리는 많은 것을 희생할 줄 알아요. 하지만 막상 구체적으로 희생해야 할 경우에 부닥치면, 그 요구에 제대로 부응하기는 어려운 법이오. 나의 어머니가 바로 그랬지요. 내가 어릴 때나 소년 시절에 어머니와 함께 사는 동안 그분은 단 한 순간도 걱정에서 벗어나지 못했소. 내가 말을 타고 나갔다가 늦기라도 하면 내게 무슨 불행이 닥친 걸로 생각했고, 내가 소나기라도 흠뻑 맞으면 내게 틀림없이 고열이 나리라 믿었지요. 내가 여행을 떠나거나 그분에게서 거리상으로 멀어지면, 내가 더 이상 자기에게 속하지 않는다고 여겼다오." 에두아르트는 말을 계속했다. "우리 이 문제를 좀 더 자세히 들여다봅시다. 우리의 가슴에 그토록 가까이 있는 이 고상한 성품의 두 사람을 우리에게 닥칠 수도 있는 위험을 모면하기 위해, 근심과 곤경 속에 그대로 내버려 둔다면 우리 둘은 다 멍청하고 무책임하게 행동하는 거요. 이런 걸 이기적이라 하지 않는다면, 도대체 무엇을 이기적이라 하겠소! 당신은 오틸리에를 데려오시오. 난 대위를 데려오리다. 신의 이름을 걸고 한번 실험해 봅시다!"

"그 위험이 우리 두 사람에게만 해당되는 것이라면 모험을 해 볼 수도 있겠죠." 샤를로테가 걱정스럽다는 듯이 말했다. "당신은 대위와 오틸리에가, 그러니까 당신 연배의 남자가, 우리끼리만 있으니까 애교스럽게 말합니다만, 이제 사랑할 줄도 알고 사랑받을 만한 가치도 있는 나이의 남자가 오틸리에처럼 장점이 많은 여자애와 한 식구로 함께 지내는 게 바람직하다고 보세요?"

"당신이 오틸리에를 왜 그렇게 높이 평가하는지 도대체 모르 겠소!" 에두아르트가 대꾸했다. "그 애의 엄마에 대한 당신의 애정이 그 애한테로 이어진 거라고밖에 볼 수가 없소. 그 애는 예쁘기는 하오. 그건 사실이오. 우리가 일 년 전에 돌아와 당신 숙모 집에서 당신과 함께 있는 그 애를 보았을 때 대위가 내게 그 애를 보라고 환기시켜 준 적이 있었던 것을 기억은 하오. 그 애는 예쁘고, 특히 두 눈이 아름답소. 하지만 그 애가 내게 조금 이라도 인상을 남겼는지는 모르겠소."

"그건 칭찬받을 만해요." 샤를로테가 말했다. "나도 그 자리 에 있었거든요. 그 애가 저보다 훨씬 젊은데도 그 자리에 있는 나이 든 옛 애인에게 푹 빠져 당신은 막 피어나는, 미래에 더 풍 성하게 피어날 아름다움을 아랑곳하지 않으셨죠. 그것도 당신 의 성격이고, 그래서 나는 당신과 기꺼이 삶을 함께하고 있는 거고요."

솔직하게 말하는 것처럼 보였지만 샤를로테는 무언가를 숨기 고 있었다. 사실을 말하자면 이전에 그녀는 사랑하는 양녀에게 적절한 결혼 기회를 마련해 주려고 여행에서 돌아온 에두아르 트에게 일부러 오틸리에를 보여 주었던 거였다. 그녀 자신은 에 두아르트와의 관계를 더 이상 염두에 두지 않았고, 그때 대위를 불러 참석시킨 것도 에두아르트의 관심을 불러일으키기 위해 서였다. 그런데 샤를로테에 대한 옛 사랑만을 끈질기게 마음속 에 품고 있던 에두아르트는 좌고우면하지 않았다. 그토록 열렬 하게 소망했으면서도 일련의 사건들로 인해 영원히 잃어버릴 뻔했던 소중한 존재를 마침내 가질 수 있게 되었다는 느낌에만 푹 빠져 있었던 것이다.

이제 그들 부부가 새 집터를 떠나 성 쪽으로 막 내려가려고 했을 때, 한 하인이 그들 쪽으로 급하게 올라오며 입가에 미소를 띤 채 저 아래에서부터 소리쳤다. "마님, 빨리 내려와 보세요! 미틀러 씨가 말을 몰고 급히 성으로 오셨어요. 그러고는 우리 모두를 향해 소리치며 마님을 찾아보고, 혹시 무슨 일이 없는지 여쭈어 보라고 했어요. '혹시 무슨 일 없소. 내 말 들려요? 자, 빨리, 빨리!'라고 그분이 우리를 향해 소리쳤어요."

"그 괴짜가 왔다고! 그가 정말 적시에 오지 않았소, 샤를로테?" 에두아르트는 큰 소리로 말하고는 하인에게 명령했다. "빨리 되돌아가게! 가서 말씀드려, 무슨 일이, 아주 어려운 일이 있다고 말이야! 말에서 내리셔야 한다고 전해. 그분의 말도 보살펴 드리게. 그분을 홀 안으로 모시고 가서 아침 식사를 차려 드리게! 우리도 금방 갈 테니."

"자, 제일 가까운 길로 갑시다." 아내에게 그렇게 말하고 그는 평소에는 잘 다니지 않는, 교회 묘지를 통과하는 오솔길로 들어섰다. 샤를로테가 그곳도 단정하게 손질해 놓은 것을 보고 그는 얼마나 놀랐던가. 그녀는 오래된 비석들까지 최대한 보존하며 모든 것을 잘 정리하고 조화롭게 만들어 놓아, 그곳은 눈과 상상력이 기꺼이 머물고 싶어 하는 아늑한 장소가 되어 있었다.

그녀는 아주 오래된 돌도 영예를 누리도록 해 주었다. 햇수에 따라 돌들은 담벼락에 세워 놓거나, 사이에 끼워 놓거나 하는 식으로 자리 잡고 있었고, 교회의 높다란 주춧대도 그러한 돌들로 다양하게 장식되어 있었다. 에두아르트는 작은 문을 지나 들어서며 놀라움을 걷잡을 수 없었다. 그는 샤를로테의 손을 꼭 붙잡았고 눈물을 글썽거렸다.

하지만 괴짜 손님이 그 눈물을 곧장 내몰고 말았다. 성 안에서 마냥 기다릴 수만은 없었던 그가 나는 듯이 말을 달려 마을을 지나 교회 묘지 정문까지 와 멈추어 섰다가 친구들을 향해 외쳤다. "나를 놀리려는 건 아니지요? 정말 무슨 일이 있다면 정오까지만 여기 머무르겠소. 나를 더 이상 붙잡지는 마시오! 오늘 해야 할 일이 아직 많거든요."

"이렇게 멀리까지 일부러 오셨는데……" 에두아르트가 그를 향해 큰 소리로 말했다. "안으로 일단 들어가십시오. 우리가 이렇게 엄숙한 곳에서 만날 때도 다 있군요. 자, 한번 보시지요. 샤를로테가 묘지를 정말 멋지게 꾸며 놓았어요!"

"그 안으로는 말을 타든 마차를 타든 걸어서든 들어가지 않겠소." 말을 탄 채로 그가 말했다. "저기 저 사람들은 다 평화롭게 쉬고 있는 거요. 나는 그자들과는 아무 볼일도 없단 말이오. 언젠가 그자들이 나를 발부터 끌어당긴다면 그땐 할 수 없겠지만 말이오. 그런데 정말 심각한 일이라도 있는 거요?"

"그래요. 꽤나 심각한 일이에요." 샤를로테가 대답했다. "우리 새 신랑신부가 스스로 해결할 수 없을 만큼 혼란스럽고 곤란한 경우는 처음이에요."

"얼핏 보기에는 그렇지 않은데요." 그가 대꾸했다. "하지만 그 말을 믿도록 하겠소. 무슨 이야기인지 들려주신다면, 내 생각을 분명히 말씀드리지요. 빨리 뒤따라오시오! 내 말도 좀 쉬어야 하니까."

　세 사람은 곧 홀에서 자리를 같이했다. 음식이 나왔고 미틀러는 그가 오늘 할 일과 계획에 대해 이야기했다. 이 기인(奇人)은 이전에 성직자였는데 재직하는 동안 쉼 없이 활동하며 집안싸움이든 이웃 간의 싸움이든, 주민 개개인 사이의 싸움이건, 전체 교구와 여러 지주들 사이의 싸움이건 모든 분쟁을 무마하고 조정하는 데 두각을 보였던 사람이다. 그가 재직하는 동안에는 단 한 쌍의 부부도 이혼하지 않았고, 지방교구청은 어떤 소송이나 재판에도 시달리지 않았다. 그는 법률 지식이 얼마나 중요한지 일찌감치 깨달아 법률 공부에 전념하였고, 곧 가장 유능한 변호사에 못지않은 실력을 갖추었다고 스스로 느꼈다. 그의 활동 범위는 놀랄 만큼 넓어졌고, 사람들이 그가 바닥에서부터 시작했던 일을 높은 곳에서 완수할 수 있도록 돕기 위해 그를 추기경 관저로 불러들이려던 차에, 마침 그가 거액의 복권에 당첨되었던 것이다. 그 돈으로 그는 적당한 크기의 토지를 사서 소작을 주었고 그곳을 자신의 활동 근거지로 삼았다. 무언가를 조정하거나 도움을 줄 일이라고는 없는 집에는 머무르지 않겠다는 그의 확고한 생각에서였다. 아니 오히려 그의 오래된 습관과 경향 때문이었다. 이름에서 미신적인 의미를 믿는 사람들은 '미틀러"라는 이름 때문에 그가 이처럼 기이한 소명에 따라 살게 되었다고들 말하기도 한다.

후식이 나오자 손님은 커피를 마시고는 곧장 돌아가려 하니, 새로운 문제를 들고 나와 자기를 더 이상 붙들어 둘 생각은 하지도 말라고 주인 부부에게 진지하게 경고했다. 그들 부부는 아주 장황하게 이런저런 이야기를 늘어놓았다. 하지만 부부의 대략적인 이야기를 듣고 난 그는 짜증난다는 듯이 자리에서 벌떡 일어나 창가로 급히 가서는 말에 안장을 얹으라고 명령했다.

그러고는 큰 소리로 말했다. "당신들은 나라는 사람을 모르고 이해하지 못하거나, 아니면 나를 심하게 놀리고 있는 거요. 도대체 여기에 무슨 다툼이 있다는 거지요? 대체 무슨 도움이 필요하단 말이오? 내가 무슨 충고 따위나 하려고 이 세상에 있는 사람인 줄 아시오? 그건 사람이 할 수 있는 것 중에서 가장 멍청한 짓이오. 누구나 생각은 스스로 하는 거고, 그만둘 수 없는 일이라면 그냥 하면 되는 거요. 그래서 그 판단이 맞았다면 자기가 현명해서 그런 행복을 누리게 되었다고 기뻐하면 그만이지요. 하지만 일이 잘못되는 경우, 그때는 내가 나서겠소. 재난에서 벗어나려는 사람은 자신이 무엇을 원하는지 언제나 아는 법이오. 자신이 가진 것보다 더 나은 것을 원하는 자는 눈이 완전히 멀어 버린 상태지요. —그래요 그래! 절로 웃음이 나오지요. — 그런 사람은 눈먼 소나 마찬가지랍니다. 그는 더듬거리다 뭔가를 붙잡기도 하지만, 도대체 뭘 붙잡는 것일까요? 그냥 당신들이 하고 싶은 대로 하시오. 이러나저러나 마찬가지요! 그들을 집으로 데려오든 내버려 두든 다 마찬가지요! 나는 아주 이성적인 일이 실패를 하고, 완전히 터무니없는 일이 성공하는 걸 보았소. 그러니 너무 골머리를 썩이지는 마시오. 이러저러하다 일이 잘못되더라도 너무 애를 태우지는 마시오! 나한테 알려 주기만 하면 도움이 되어 드리겠소. 자, 그럼 나중에 또 봅시다!"

그는 커피를 마시지도 않고 말에 뛰어올랐다.

"그것 보세요." 샤를로테가 말했다. "서로 가까이 맺어진 두 사람이 완전한 화해 상태에 있지 않다면, 제삼자도 별다른 도움이 못 되는 거예요. 어쩌면 지금 우리는 조금 전보다 더 혼란스럽고 불확실한 처지에 있는지도 모른다고요."

에두아르트가 지난번에 보낸 편지에 대한 대위의 답신이 도착하지 않았더라면 그들 부부의 마음은 한동안 흔들렸을지도 모른다. 대위는 그동안 자기에게 조금도 어울리지 않음에도 불구하고, 그에게 제시된 일자리 중 하나를 택하기로 결정했던 터였다. 그가 해야 할 일이란 신분이 높고 부유한 양반들의 권태를 덜어 주는 것이었는데, 그들은 대위야말로 적임자라고 믿었던 것이다.

에두아르트는 그 상황을 아주 분명하게 이해하며 또렷하게 머릿속에 그려 보았다. "우리의 친구가 어려운 상황에 있는데도 그냥 알고만 있자는 거요?" 그가 소리쳤다. "당신이 그렇게 무자비할 수는 없는 거요, 샤를로테!"

"그 괴짜 양반 미틀러 씨의 말이 결국 옳아요." 샤를로테가 대꾸했다. "그런 시도들은 모두 모험이고, 결과가 어떨지는 아무도 내다볼 수 없어요. 새로운 관계는 누가 잘했고 누가 못했고와는 전혀 별개로 행복을 가져올 수도 불행을 가져올 수도 있는

거예요. 나는 이제 더 이상 당신에게 반대할 힘도 없어요. 우리
그냥 실험해 보기로 해요! 단 하나 부탁드리고 싶은 것은, 짧은
기간 동안만 그렇게 해 보자는 거예요. 내가 이전보다 더 부지
런하게 나서고 저의 영향력과 인간관계를 한껏 활용하여 그분
이 자기 나름대로 만족할 만한 일자리를 마련할 수 있도록 노력
해 볼게요."

　에두아르트는 아내에게 아주 상냥한 태도로 감사의 뜻을 생
생하게 표했다. 그는 자유롭고 기쁜 마음으로 서둘러 편지를 써
서 친구에게 제안을 했다. 샤를로테도 추신에다 동의의 뜻을 자
필로 덧붙여 쓰면서, 남편과 마찬가지로 자신도 우정을 다해 간
청한다고 밝히지 않을 수 없었다. 그녀는 능숙한 필체로 호의적
이고 사근사근하게, 하지만 평소와는 달리 좀 서둘러 편지를 썼
다. 그러다가 편지지에 잉크 자국을 남기게 되었는데, 그건 잘
없던 일이었다. 그 때문에 그녀는 짜증이 났고, 자국을 지우려
다 보니 짜증은 더욱 커졌다.

　에두아르트는 그 모습을 보고는 놀려 댔고, 아직 빈 공간이 있
었기 때문에 다음과 같이 두 번째 추신을 덧붙였다. '이 흔적에
서 친구가 오기를 얼마나 간절한 마음으로 기대하는지, 그리고
이 편지를 얼마나 서둘러 썼는지를 아시고, 그만큼 더 서둘러
여행 준비를 하시게나.'

　편지를 전할 심부름꾼이 길을 떠났다. 에두아르트는 샤를로
테에게 오틸리에를 곧장 기숙 학교에서 데려오라고 거듭해서
주장하는 것보다 자신의 고마운 마음을 더 확실하게 표현할 수

있는 방도는 없다고 믿었다.

그녀는 좀 미루자고 당부하고는, 그날 밤 에두아르트의 방에서 음악을 즐길 분위기를 돋우었다. 샤를로테는 피아노를 아주 훌륭하게 연주했으나, 에두아르트의 플루트 솜씨는 그다지 매끄럽지 못했다. 그는 이따금씩 많은 노력을 기울였으나, 재능을 제대로 발휘하는 데 필요한 인내심과 끈기를 타고나지는 않았다. 그래서 그의 연주는 고르지 않은 편이었다. 어느 부분에서는 빠르긴 해도 훌륭하게 연주했고, 또 어떤 부분에서는 매끄럽게 나아가지 못하고 멈칫거리곤 하여, 그와 함께 이중주를 하려는 사람은 누구나 어려움을 겪었다. 하지만 샤를로테는 그에게 잘 맞추어 줄 줄 알았다. 그녀는 잠시 멈추어 그가 그녀의 연주를 따라잡도록 기다렸다. 그녀는 전체적으로 보아 언제나 박자를 유지할 줄 아는 훌륭한 지휘자와 현명한 주부로서의 이중의 의무를 해냈던 것이다. 부분 부분에서 박자가 맞지 않을 때도 물론 있었지만.

제3장

대위가 왔다. 그는 사전에 매우 사려 깊은 편지를 보냈는데, 그 편지는 샤를로테를 안심시켜 주고도 남았다. 자기 자신을 명료하게, 그리고 자신의 상황과 친구들이 처한 상황을 아주 선명하게 서술하고 있는 편지는 밝고 유쾌한 앞날을 기약해 주었다.

한동안 만나지 못했던 친구들 사이에서 흔히 그렇듯이 처음 몇 시간 동안 그들의 대화는 너무도 활기차서 세 사람 모두 기진맥진해질 정도였다. 저녁 무렵 샤를로테는 새로 마련한 정자로 산책을 가자고 제안했다. 대위는 그곳 주변을 아주 마음에 들어 했으며, 새로 만든 길을 통해 비로소 드러난 아름다운 광경을 보며 찬사를 연발했다. 그는 숙련된 감식안을 갖고 있었지만 웬만하면 만족하는 편이었다. 그는 바람직한 것이 무엇인지를 매우 잘 알았지만, 흔히 그렇듯이 현재 사정이 허용하는 이상의 것을 요구하거나 혹은 다른 어떤 곳에서 본 것과 같은 더욱 완전한 것을 환기시킴으로써, 자기 집을 안내해 주는 사람들의 기분을 망치지는 않았다.

정자에 이르렀을 때 그들은 그 집이 아주 아기자기하게 꾸며진 것을 보고는 그렇게 조성해 놓은 사람의 예술 감각에 찬사를 보냈다. 주로 조화(造花)와 상록수 잎으로만 장식되어 있었지만, 뜰 한편에는 자연산의 아름다운 밀도 자라고 있었고, 다른 야생의 열매와 과일도 주렁주렁 열려 있었다. "남편은 생일이나 명명일(命名日) 잔치를 좋아하지는 않지만, 삼중의 의미에서의 축제에 제가 이 작은 꽃다발을 바치는 것을 오늘만큼은 나쁘게 생각지 마시기를요."

"삼중의 의미에서 축제라고요?" 에두아르트가 큰 소리로 말했다. "물론이죠!" 샤를로테가 대꾸했다. "우리의 친구가 도착한 것을 축제로 여기는 건 당연하죠. 그리고 두 분은 아마도 오늘이 당신들의 명명일이라는 것을 잊고 계실 테지요. 이분도 저분도 다 같이 오토'라는 이름을 가지고 있지 않던가요?"

두 친구는 작은 식탁 위로 손을 내밀어 악수했다. "당신이 우리 젊은 시절의 우정에 얽힌 기억을 되살려 주는구려." 에두아르트가 말했다. "우리는 아이 때 둘 다 그렇게 불렸지요. 그런데 기숙 학교에서 함께 지내다 보니 이런저런 혼란이 생겨났고, 그 때문에 내가 자발적으로 이 귀엽고 간결한 이름을 그에게 양보했던 거요."

"그 문제에 있어서 자네가 그렇게 대범했던 것만은 아니었어." 대위가 말했다. "내 기억에는 에두아르트라는 이름이 자네 마음에 들었던 거네. 입술을 편하게 움직이며 발음할 수 있고,

또 울림도 좋았으니까."

　이윽고 그들 셋은 식탁에 둘러앉았는데, 그 자리는 샤를로테가 새로운 손님이 와서 앉는 것을 극력 반대했던 바로 그 자리였다. 흡족했던 에두아르트는 아내에게 지나간 그때를 회상시키고 싶지는 않았지만, 그래도 참지 못하고 말했다. "네 번째 사람이 또 와도 자리는 넉넉하겠어요."

　바로 그때 성으로부터 사냥 나팔 소리가 들려와, 자리를 같이 하고 있는 친구들의 좋은 기분과 소망에 화답이라도 하는 듯 기운을 북돋아 주었다. 그들은 각자 자신 속으로 돌아가, 그처럼 아름다운 만남 속에서 자신의 행복을 곱으로 느끼며 말없이 귀를 기울였다.

　에두아르트가 일어나서 정자 앞으로 걸어 나가며 먼저 침묵을 깼다. "우리 이 친구를 곧장 언덕 위로 데리고 갑시다. 이 비좁은 골짜기가 우리가 물려받은 땅과 거주지의 전부라고 착각하지 않도록 말이오. 위에서 바라보면 시선도 툭 트이고 가슴도 더 넓어질 거요." 그가 샤를로테에게 말했다.

　"그렇다면 이번에는 좀 걷기 힘든 오래된 오솔길로 올라가야 해요." 샤를로테가 말을 받았다. "다음번에는 제가 만든 계단과 비탈길로 해서 꼭대기까지 더 편하게 갈 수 있을 거예요."

　그들은 바위를 넘고, 관목과 무성한 수풀을 지나 마지막 꼭대기에 이르렀다. 그곳은 평지는 아니었으나, 넓게 펼쳐진 비옥한 등성이를 이루고 있었다. 뒤쪽으로 마을과 성은 더 이상 보이지 않았다. 아래쪽으로는 넓은 연못이, 건너편에는 그들의 발걸음을 끌어당기는 수풀 우거진 언덕이, 그리고 마지막에는 가파른 바위 절벽이 있었는데, 그것들은 수면의 가장자리에서 수직으로 우뚝 서서 분명한 경계를 이루면서 그 웅장한 모습을 물 위로 비추고 있었다. 거센 시냇물이 못으로 흘러들어가는 협곡에는 반쯤은 가려서 보이지 않는 물레방아 하나가 있었는데, 그곳은 주변 환경과 더불어 정감 있는 쉼터처럼 보였다. 아래쪽으로 내려다보이는 반경 안에는 골짜기와 언덕, 관목과 숲들이 다양하게 뒤섞여 있었고, 이제 막 피어오르는 신록은 풍성하기 이를 데 없는 경치를 예고하고 있었다. 여기저기 모여서 자라고 있는 나무들도 시선을 끌었다. 풍경을 조망하는 친구들의 발 아래쪽 연못 가장자리에서 자라고 있는 한 무리의 포플러 나무와 플라타너스 나무가 특히나 돋보였다. 그 나무들은 싱싱하고 건강하게 그리고 위로 옆으로 뻗어 나가며 멋지게 성장하고 있었다.

에두아르트는 친구에게 특별히 이 나무들을 잘 보라며 환기했다. "이 나무들은 내가 어린 시절에 직접 심은 거야." 그가 말했다. "내 아버님이 성의 커다란 정원 일부를 새로 정비하며 한여름에 이 나무들을 모두 뽑아 버리도록 했을 때, 내가 나서서 그것들을 구해 주었는데, 그때만 해도 어린 묘목이었지. 물론 이 나무들은 올해도 내게 감사한 마음으로 새싹을 내밀며 자기 모습을 보여 줄 거야."

그들은 만족해하며 유쾌한 기분으로 되돌아왔다. 손님을 위해 성의 오른쪽 채에 아늑하고 널찍한 거처가 마련되었고, 그곳에서 일상의 활동을 계속하기 위해 손님은 아주 신속하게 책과 서류와 도구들을 가져와 정리하였다. 그러나 에두아르트는 처음 며칠 동안은 그를 가만히 내버려 두지 않았다. 에두아르트는 때로는 말을 타고, 때로는 걸어서 이곳저곳 구석구석까지 그를 데리고 다니며, 주변 지대와 농장들을 알게 해 주었다. 그러면서 에두아르트는 이 농장을 잘 파악하여 더 유익하게 활용하겠다는 소망을 오래전부터 품고 있었노라고 털어놓았다.

"우리가 우선 해야 할 일은 이 일대를 나침반으로 측량하는 거네." 대위가 말했다. "쉬우면서도 재미가 있는 일이지. 아주 정확하게까지 하지는 않더라도 어쨌든 쓸모는 있는 일이어서 시작 단계에서는 할 만하네. 그건 별다른 도움 없이도 해낼 수 있을 테고, 또 잘 해내리라고 확신해. 앞으로 자네가 좀 더 정밀한 측량을 원하게 된다면 그때 가서 또 방법을 찾으면 되네."

대위는 측량 일에 아주 능숙했다. 그는 필요한 도구들을 가져와 곧장 일을 시작했고, 에두아르트에게 몇 명의 사냥꾼과 농부가 있으면 도움이 되겠다고 말했다. 일하기에는 낮 동안이 좋았다. 그는 밤과 이른 아침에는 스케치를 하고 수채화 물감을 칠하는 것으로 시간을 보냈다. 모든 게 금방 명암이 또렷하게 채색되었기 때문에 에두아르트는 그의 소유물들이 마치 새로운 창조물이라도 되는 양 도면에 아주 선명하게 드러나는 것을 보았다. 그는 이제 처음으로 그것들을 알게 되었고, 비로소 그것들이 진정으로 자신의 소유인 것처럼 여겨졌다.

그들은 그 지역 일대와 시설들에 대해 이야기를 나눌 기회를 가졌으며, 하나씩 따로따로 우연적인 인상에 따라 자연을 이리저리 시험해 보는 것보다는 전체적으로 조감한 후에 손을 대야 훨씬 좋은 결과를 낼 수 있다는 결론을 내렸다.

"아내한테 그걸 분명히 말해 주어야겠어." 에두아르트가 말했다.

"그러지 말게!" 대위가 단호하게 말했다. 그는 다른 사람의 확신이 자신의 확신과 서로 엇갈리는 일을 원치 않았고, 또한 사람들의 견해란 너무도 다양해 제아무리 현명한 생각들일지라도 하나로 통일시킬 수는 없음을 경험으로 배워서 알고 있었다. "그러지 말게!" 그는 큰 소리로 말했다. "그녀가 여차하면 헷갈릴 수도 있거든. 그저 취미 삼아 그런 일을 하는 모든 사람처럼 그녀에게는 남들이 무슨 일을 해 버리는 것보다는 자신이 무슨 일을 한다는 게 더 소중하니까 말이야. 사람들은 이리저리 자연에 손을 대 보기도 하고, 이곳이 좋다 저곳이 좋다며 주장하기도 하지. 이런저런 장애물을 과감하게 치우지도 못하고, 또 뭔가를 희생시킬 만큼 충분히 용감하지도 못해. 무엇이 생겨나야 하는가를 미리 상상하지도 못한 채 사람들은 시험 삼아 해 보는데, 그래서 일이 잘되기도 하고 못되기도 하지. 변화시켜 보기도 하지만, 그냥 내버려 두어야 할 것을 변화시키는가 하면, 변화시켜야 마땅한 것을 그냥 두기도 하다가, 마침내 그럭저럭 마음에 들기는 하나 만족스럽지는 못한 작품을 남기고 마는 걸세."

"솔직히 말해 보게. 자네는 그녀가 만들어 놓은 시설들에 만족하지 못하는 거지?" 에두아르트가 물었다.

"의도 자체는 아주 좋았어. 그 생각이 그대로 이루어졌더라면 더 이상 왈가불가할 필요도 없겠지. 그녀는 바위를 지나 힘들게 올라가도록 길을 냈고, 굳이 말하자면 그녀가 그곳으로 데려가는 모든 사람을 힘들게 만들었어. 어느 정도 자유롭게 나란히 서서 걸어 올라가기도 힘들고 한 줄로 서서 걷기도 곤란하게 되어 있거든. 발걸음의 박자가 매순간 단절되니까 말이야. 흠을 잡기로 한다면야 어디 안 걸리는 게 있겠나!"

"다른 방식으로 쉽게 만들 수도 있었다는 말인가?" 에두아르트가 물었다.

"아주 쉽게 할 수도 있었지." 대위가 대답했다. "작은 조각들로 이루어져 있어 거의 주목받지도 못하는 바위의 모서리를 그녀가 깨어 버리기만 했더라면, 멋지게 굽이진 오르막길을 만들 수 있었고, 또 남은 돌들로 길이 좁고 휘어진 곳들을 메울 수도 있었을 거야. 하지만 이건 절대로 우리끼리만 아는 걸로 하세. 안 그러면 그녀는 혼란스러워하며 짜증을 낼 걸세. 일단 만들어진 것은 그대로 놓아두는 법이기도 하거든. 앞으로 돈과 노력을 더 들인다면 정자에서부터 위쪽으로, 나지막한 구릉 너머로 이런저런 일을 할 수 있고 그러면 훨씬 더 쾌적하게 만들 수 있을 거야."

이런 식으로 두 친구는 당분간 할 일을 정했고, 또 지난날을 생생하게 떠올리며 흐뭇해했다. 샤를로테도 그 자리에 동참하곤 했다. 또한 그들은 시급한 일들을 우선 끝내 놓고 나서는 여행 일지를 작성하기로 했고, 그럼으로써 과거를 생생하게 되돌아보기로 했다.

한편 에두아르트는 그녀와 단 둘이 있을 때 나눌 대화의 소재를 찾는 게 힘들어졌다. 특히 그녀가 조성한 공원 시설에 결점이 있다는 대위의 말을 아주 타당하다고 여겼고, 또 그것을 마음에 담고 있던 터라 더욱더 그랬다. 그는 대위가 자기한테만 털어놓은 이야기에 대해 오랫동안 침묵했다. 하지만 아내가 정자에서 구릉 쪽으로 올라가는 계단과 오솔길을 내는 작업을 마무리하려고 다시 일에 몰두하는 것을 보고는 더 이상 참지 못하고, 조금은 말을 돌려 자신의 새로운 의견을 밝혔다.

샤를로테는 당황했다. 그녀는 그 견해가 옳다는 것을 금방 알아들을 만큼 총명한 여자였다. 하지만 일단은 일이 끝났다는 생각이 그 견해를 받아들이지 못하게 했다. 이미 끝난 일이므로 이대로 마무리하는 것이 옳고, 또 그것이 바람직해 보였다. 결점이 있다고 지적 받은 것들 하나하나가 그녀에게는 사랑스러운 것이었다. 그래서 그녀는 그들의 확신을 받아들이지 않았으며, 자신이 만들어 낸 작은 창조물을 변호했다. 또한 남자들이란 당장에 일의 범위를 넓히려고만 하면서, 때로는 농담을 던지고 때로는 대화를 나누다가 즉시 어떤 일을 벌이려 하지만, 계획을 확장하면 저절로 비용이 늘어난다는 생각은 하지 않는다며 비난했다. 그녀는 마음이 흔들리고 상처를 입었으며 짜증이 났다. 기존의 것을 그대로 놔둘 수도 없었고, 새것을 완전히 거부할 수도 없었다. 그러나 그녀는 결단력이 있었기 때문에 당장 작업을 중단시켰고, 시간을 두고 그 문제를 찬찬히 고민하며 충분히 검토해 보기로 했다.

남자들은 점점 더 친밀해지면서 일했고, 특히 꽃밭과 온실을 열성으로 돌보았으며, 또한 틈틈이 시간을 내어 기사(騎士)로서의 일상적인 훈련을 계속했다. 사냥을 하고, 말을 사들이며, 말을 교환하고, 말을 타고 길들였다. 반면에 샤를로테는 활동하며 느끼는 즐거움을 더 이상 누리지 못했고, 나날이 외로움이 더해 가는 것을 느꼈다. 그녀는 대위를 위해 더 열성적으로 편지를 주고받았지만, 이따금 고독한 시간이 찾아왔다. 그러기에 기숙학교로부터 받는 보고서는 그녀를 더더욱 유쾌하고 즐겁게 해 주었다.

여느 때처럼 딸이 성장해 가는 모습을 즐겁고 장황하게 펼쳐 놓은 여자 교장의 편지에는 그 학교 남자 조교의 손으로 쓴 한 통의 편지 말고도 짤막한 추신이 있었는데, 그 둘을 여기에 소개하기로 한다.

여교장의 추신

"자비로우신 부인, 오틸리에에 관해서는 지난번 저의 보고서에서 말씀드린 것을 되풀이할 수밖에 없습니다. 그 애를 나무랄 일은 아니지만, 그래도 그 애에게 만족할 수는 없습니다. 그 애는 이전처럼 여전히 겸손하고 남들에게 상냥합니다. 하지만 이처럼 양보하는 태도와 봉사하려는 태도가 제 마음에는 들지 않습니다. 부인께서 최근에 그 애에게 돈과 여러 가지 물건들을 보내셨지요. 그런데 그 애는 돈은 아예 건드리지 않왔고, 다른 물건들도 그대로 놓아두고 있습니다. 그 애는 물론 자기 물건들을 아주 깨끗하고 단정하게 간수합니다. 그리고 옷도 바로 그런 뜻에서 갈아입는 것 같아요. 또한 그 애가 먹고 마시는 일에서 보여 주는 커다란 절제력도 저는 칭찬할 수 없습니다. 우리의 식탁에는 음식이 넘치지는 않아요. 저는 그래도 아이들이 맛있고 몸에 좋은 음식을 배불리 먹는 것보다 보기 좋은 일은 없다고 생각합니다. 세심하게 배려하고 확신을 가지고 차려 놓은 것이라면 깨끗하게 다 먹는 게 마땅합니다. 그런데 저는 오틸리에가 단 한 번도 그렇게 하는 걸 보지 못했어요. 그래요, 그 애는 일하는 아가씨들이 미처 챙기지 못한 빈틈을 메꿔 주려고 직접 나서기도 한답니다. 그런데 그 애가 그렇게 하는 것도 알고 보면 음식이나 후식을 먹지 않기 위해서랍니다. 염려되는 점은, 제가 나중에야 알게 된 일이지만, 그 애는 이따금씩 왼쪽 머리에 편두통을 앓는다는 사실입니다. 곧 지나가기는 하지만 고통스럽고 심각한 게 아닐까 걱정이 됩니다. 그런 점을 제외한다면 참하고 귀여운 이 아이에 관한 얘기는 이것으로 마치겠습니다."

조교가 동봉한 편지

"우리의 훌륭한 교장 선생님께서는 학생들에 관한 자신의 관찰을 학부모와 상부에 보고하는 편지를 대개는 저에게 읽어 보게 하십니다. 자비로우신 부인께 보내는 편지들을 저는 언제나 곱으로 관심을 가지고 곱으로 만족감을 느끼며 읽습니다. 이 세상에서 두각을 드러내는 데 필요한 온갖 뛰어난 특성을 한 몸에 지닌 따님을 두신 부인께 행운을 빌지 않을 수 없고, 또 한편으로는 다른 사람의 행복과 만족을 위해, 그리고 결과적으로는 자신의 행복을 위해 태어난 것임이 틀림없는 한 아이를 하늘이 수양딸로 부인께 내려 주셨다는 것에 대해서도 못지않게 칭송을 드리고 싶어서입니다. 오틸리에는 우리의 존경하는 교장 선생님과 제가 그 평가에 있어서 의견 일치를 보지 못하는 거의 유일한 학생일 것입니다. 그 애가 타고난 세심한 성격의 열매를 외형적으로 분명하게 드러내야 한다고 말씀하시는, 이 활동적인 분의 견해를 저는 결코 나쁘게 받아들이지 않습니다. 다만 지금은 닫혀 있으나, 앞으로 제대로 된 모습을 보여 줄 알찬 열매들도 있으며, 그것이 언젠가는 아름다운 삶으로 발전하리라 저는 믿습니다. 부인의 수양딸은 분명 그러한 열매입니다. 그 애를 가르치면서 보니까, 그 애는 언제나 한결같은 걸음으로 느리게, 느리게 앞으로 나아가며, 뒤로 가는 경우는 결코 없습니다. 처음부터 차근차근 출발해야 하는 아이가 있다면 바로 이 아이의 경우가 그렇습니다. 바로 앞의 것에서부터 일어난 일이 아니라면, 그 애는 이해하지 못해요. 다른 것과 연관 지을 수 없는 경우라면 아무리 쉽게 이해할 수 있는 일 앞에서도, 그 애는 무능하게, 아니 답답하게 서 있기만 한답니다. 하지만 연결 고리를 찾아 분명하게 해 주면, 그 애는 아무리 어려운 것도 이해합니다.

이렇게 느리게 발전하기 때문에 그 애는, 전혀 다른 능력을 발휘하며 언제나 서둘러서 앞으로 나아가고, 서로 연관 없는 것들을 포함하여 모든 것을 쉽게 이해하고, 쉽게 간직하며 편안하게 적용할 줄 아는 동료 학생들에 비해 뒤처져 있습니다. 그래서 그 애는 빠르게 진행되는 수업에서는 아무것도 배우지 못하고 배울 수도 없습니다. 훌륭하긴 하지만, 속도가 빠르고 성급한 교사들이 담당하고 있는 일부 수업 시간이 바로 그런 경우랍니다. 그분들은 그 애의 필체를 나무랐고, 문법 규칙을 이해하지 못한다고 야단치기도 했어요. 저는 그 애가 왜 그렇게 야단 맞는지 자세히 알아보았습니다. 구태여 말씀드리자면, 그 애가 느리고 딱딱하게 쓰는 것은 사실이지만 자신감 없이 흉하게 쓰는 건 아닙니다. 저의 전문 분야는 아니지만, 제가 프랑스어에 관해 차근차근 설명해 주자, 그 애는 그것을 쉽게 알아들었어요. 물론 놀라운 일입니다. 그 애는 많은 것을 아주 잘 알고 있어요. 하지만 그 애에게 질문을 던지면, 그 애는 아무것도 모르는 듯 보인답니다.

포괄적인 이야기로 편지를 맺고 싶어 다음과 같이 말씀드립니다. 그 애는 교육받아야 하는 사람으로서가 아니라, 교육시키려는 사람으로서, 다시 말해 학생으로서가 아니라 장래의 교사로서 공부하고 있는 것입니다. 저 자신이 교육자이자 선생으로서 누군가를 고작 저와 같은 부류라고 부르며 칭찬하는 것이 부인께는 이상하게 들릴지도 모르겠습니다. 하지만 더 나은 통찰력, 인간과 세상에 대한 더 깊은 지식을 갖춘

자비로우신 부인께서는 제한적이긴 하지만 호의에서 드리는 제 이야기를 잘 받아들여 주실 거라고 믿습니다. 이 아이도 부인께 많은 기쁨을 안겨다 줄 것이라고 확신하셔도 좋습니다. 의미 있고 유쾌한 그 어떤 내용을 전해 드릴 수 있는 기회가 온다면 다시 편지를 드리도록 허락해 주시기 바라며, 이만 줄입니다."

샤를로테는 이 편지를 읽고 기뻐했다. 그 내용이 자기가 오틸리에에 관해 품고 있던 생각과 거의 일치하기 때문이었다. 교사의 관심이 한 학생의 덕성에 대해 흔히 가질 수 있는 통찰을 넘어 마음 깊은 곳에서 우러나온 듯해 그녀는 미소를 금할 수 없었다. 차분하고 편견 없는 사고방식의 소유자인 그녀는 그러한 관계도 다른 많은 것들과 마찬가지로 있는 그대로 받아들였다. 그녀는 오틸리에를 깊이 이해하는 그 남자의 관심을 높이 평가했다. 무관심과 혐오의 감정이 보란 듯이 지배하는 이 세상에서 진실한 애정이 얼마나 소중하게 평가되어야 하는지를 그녀는 살아오는 동안 충분히 깨닫고 있었던 것이다.

제4장

    토지와 그 주변을 상당히 큰 척도에 따라, 그리고 펜과 물감으로 특징을 잘 살려 또렷이 알아볼 수 있게 한 지적도가 곧 완성되었다. 대위는 몇 차례의 기하학적 측량을 통해 작업을 확실하게 진행할 수 있었다. 눈앞의 목표를 위해 종일 일하고 밤에도 쉬지 않고 무슨 일인가를 하는 이 활동적인 남자보다 잠을 적게 자는 사람은 아마 거의 없을 것이다.

    "자, 그러면 이제……" 대위가 친구에게 말했다. "남은 일, 그러니까 토지대장 작업으로 넘어가세. 준비 작업은 이미 충분히 되어 있는 셈이니까, 나중에 그걸 토대로 소작을 주고 또 다른 일도 할 수 있는 거지. 다만 이것 하나만은 분명히 해 두기로 하세. 사업과 관계되는 모든 것을 삶과는 확실히 구분하게! 사업은 진지함과 엄격함을 요구하지만, 삶이라는 건 자의적이야. 사업은 인과 법칙을 따르는 가장 순수한 결과지만, 삶에는 종종 비논리적인 모순이 필요하며, 바로 그것이 삶을 사랑스럽고 또 유쾌하게 만들어 주는 거지. 그러니까 자네가 하나를 확실히 한다면, 다른 하나에서도 그만큼 자유로울 수 있는 거네. 반면에 그 둘이 서로 뒤섞이게 된다면, 확실한 것이 자유로운 것에 의해 해체되어 없어지고 말지."

에두아르트는 이러한 제안을 들으며 가벼운 질책을 느꼈다. 천성적으로 그렇게 무질서하지는 않았으나, 그는 서류를 분야별로 나누는 건 상상도 못해 본 사람이었다. 그가 다른 사람들과 함께 해결해야 하거나, 오로지 자신에게만 맡겨진 일에 대해서는 결정을 내리지 못했으며, 또한 사업과 자신의 일, 오락과 여가 활동을 분명하게 구분하지 못했다. 그런데 한 친구가 그 노고를 떠맡아 주었고, 제1의 자아가 언제나 해내지는 못하는 분류 작업을 제2의 자아가 해줌으로써 이제 그는 짐을 덜 수 있었다.

그들은 대위가 거처하는 오른쪽 채에 당장 처리해야 할 일들을 위해 서가를 만들었고, 지나간 것들을 위해서는 문고를 만들었으며, 여러 보관함과 창고와 책장과 상자에서 모든 공문서와 서류, 그리고 소식지를 꺼내 와서는, 무질서하게 흩어져 있던 것들을 아주 신속하게 정리했다. 서랍마다 일일이 표기하여 모든 걸 산뜻하게 분류했다. 그들이 원했던 점이 기대 이상으로 완전하게 이루어졌다. 이렇게 일하는 동안 한 나이 든 서기가 크게 도움을 주었는데, 에두아르트가 이전에는 만족하지 못했던 그 서기가 이번에는 하루 종일, 그리고 일부 저녁 시간까지 책상을 떠나지 않았다.

"그 사람이 얼마나 활동적이고 유용한지 내가 이전에 알던 사람이 아닌 것 같네." 에두아르트가 친구에게 말했다.—"그건 그 사람이 맡은 일을 자기 방식대로 편안하게 끝낼 때까지 우리가 그에게 새로운 일을 맡기지 않아서 그런 거야." 대위가 대꾸했다. "자네가 보다시피 바로 그 덕분에 그가 아주 많은 일을 해내는 거지. 우리가 끼어들어 방해하면 그는 아무 일도 하지 못해."

두 친구는 낮 동안에는 이렇게 시간을 보내고, 밤이 되면 어김없이 규칙적으로 샤를로테를 방문했다. 종종 있는 일이지만 이웃 마을 사람이나 농장 사람들과 만나는 일이 없을 때면 그들은 대개 시민사회의 복지와 이익과 안락함을 증대시켜 주는 소재와 관련된 대화를 하거나 책을 읽었다.

안 그래도 눈앞의 현실을 활용하는 데 익숙한 샤를로테는, 남편이 만족해하는 것을 보고 스스로도 흐뭇한 느낌이 들었다. 그녀가 오랫동안 원했지만 제대로 손볼 수 없었던 여러 가지 집안 시설들도 대위의 활약으로 제자리를 잡았다. 지금까지는 소수의 빈약한 약품들만 갖추고 있던 가정 상비약도 더욱 풍성해졌으며, 샤를로테 자신도 이해하기 쉬운 책을 읽거나 대화를 나눔으로써 활동적이고 도움 주기를 좋아하는 자신의 소질을 더 자주, 더 효과적으로 발휘할 수 있었다.

그들은 일상적인 위험은 물론, 너무도 자주 닥치는 위급 상황을 고려하여 익사자 구조에 필요한 모든 것을 마련해 놓았다. 여러 연못과 강, 저수지 근처에서 이런저런 익사 사고가 종종 발생하므로 그만큼 더 많은 물품을 구비해 놓았던 것이다. 이

부분은 대위가 맡아서 세심하게 처리했다. 그런데 에두아르트의 입에서 그러한 사건이 친구의 일생에서 아주 기묘한 방식으로 하나의 획을 그었노라는 말이 무심코 흘러나왔다. 친구는 침묵하면서 슬픈 기억을 떨쳐 버리려는 듯했기에, 에두아르트는 이내 말문을 닫았고, 그 일에 대해 대강은 알고 있던 샤를로테도 이야기를 못 들은 척 넘겼다.

"예방을 위해 마련한 모든 시설은 높이 살 만해요." 어느 날 저녁 대위가 말했다. "하지만 지금 우리에게 가장 필요한 게 빠져 있어요. 이 모든 걸 다룰 줄 아는 유능한 남자 말입니다. 떠돌이 외과 의사 한 분을 소개해 드리지요. 약간의 급료만 지불하면 데려올 수 있는 사람으로, 자기 분야에서는 솜씨가 뛰어나답니다. 저도 속이 불편할 때 종종 치료를 받곤 했는데 이따금은 유명한 의사보다 더 만족스럽게 해결해 주더군요. 또한 시골에서 가장 아쉬운 것은 언제나 현장에서의 응급 처치 아니겠어요."

이 의사에게 즉시에 와 달라고 문서를 보낸 부부는 자기들이 임의로 써도 좋은 여윳돈을 가장 필요한 곳에 쓸 수 있는 계기가 마련됐음을 기뻐했다.

샤를로테는 대위의 지식과 활동을 그렇게 자신의 뜻에 맞게 활용했고, 그가 와 있다는 사실에 전적으로 만족해하며 앞으로 다가올 모든 결과에 대해서도 안심하기 시작했다. 그녀는 평소에 이것저것 물어볼 준비가 되어 있었다. 그녀는 삶을 즐거이 받아들이고 싶었기 때문에 모든 해로운 것과 모든 치명적인 것을 치워 버리려 했다. 도자기 칠에 포함된 납 성분이나 구리제 그릇의 파란 녹은 그녀에게 이전부터 커다란 걱정거리였다. 그녀는 그것에 관한 설명을 기꺼이 들었고, 또 그러기 위해서는 당연하게도 물리와 화학의 기본 개념으로 돌아가야 했다.

우연이기는 하지만, 사람들 앞에서 낭송하기를 좋아하는 에두아르트의 성향은 반가운 대화의 계기를 마련해 주곤 했다. 울림이 좋은 저음의 소유자였던 그는 이전부터 문학 작품이나 연설문을 풍부한 감정으로 생생하게 들려주는 사람으로 평판이 자자했다. 그런데 이제 그의 관심 대상은 달라졌고 낭송하는 책도 달라졌다. 얼마 전부터 그는 주로 물리학, 화학, 그리고 기술과 관련된 책들을 소리 내어 읽어 주었다.

다른 사람들의 경우도 간혹 그럴 수 있겠지만, 그는 유독 자기가 책을 낭송하는 동안 누군가가 책을 들여다보고 있으면 그걸 참지 못했다. 이전 시대에 시, 연극 대본, 소설을 낭송할 때 낭독자 스스로가 시인이나 배우나 화자라도 되는 양, 청중을 깜짝 놀라게 하거나 잠시 멈추거나 기대를 품게 만드는 것은 생생한 현장감을 불러일으키기 위해 자연스럽게 생겨난 수법이었다. 그런 마당에 제3자가 눈을 사용하여 고의적으로 내용을 앞질러 나간다면 이는 낭송의 원래 의도에 크게 역행하는 것이 아니겠는가. 그는 그런 경우를 방지하기 위해 아무도 자신의 등 뒤에 앉지 못하도록 자리를 잡곤 했다. 세 사람만 있는 지금은 물론 그러한 주의가 필요치 않았다. 그리고 이번에는 감정을 고양시킨다거나 돌발적으로 상상력을 자극하려는 의도도 없었기에 그는 새삼스럽게 주의를 기울여야겠다는 생각도 하지 않았다.

그러던 어느 날 저녁, 그는 별다른 생각 없이 앉아 있다가 샤를로테가 책을 들여다보는 것을 알아차렸다. 옛날부터의 성급한 성격을 참지 못한 그는 상당히 퉁명스럽게 그녀를 나무랐다. "함께 있는 사람을 성가시게 만드는 나쁜 태도는 다른 것들과 마찬가지로 제발 고쳐야 하오! 내가 누군가에게 책을 읽어 준다는 것은 내가 그 사람에게 무언가를 말로써 전달하는 게 아니겠소? 글로 쓰인 것, 인쇄된 것으로 내 자신의 감각과 내 자신의 마음을 대신하는 거란 말이오. 내 이마에, 내 가슴에 작은 창문 같은 거라도 하나 있어서, 어떤 사람이 내 이야기가 어떻게 끝날지를 미리 알 수 있다면야 내가 굳이 힘들여 이야기할 필요가 있을까요? 나의 생각을 일일이 들려주고 싶고, 느낌을 하나하나 전해 주고 싶은 바로 그 사람에게 말이오. 누군가가 내 책을 들여다보면 나는 그때마다 나 자신이 두 조각으로 찢어지는 듯한 느낌이 든다오."

　　크고 작은 모임에서, 불쾌하거나 지나치게 격렬하거나 또는 되는 대로 쏟아내는 말이 나올 때는 그것을 차단하고, 대화가 한없이 길어지면 중단시키고, 대화가 막히면 다시 흥을 북돋워 주는 솜씨를 한껏 발휘해 온 샤를로테는 이번에도 그녀의 재능을 여실히 보여 주었다. "그 순간 내게 무슨 생각이 떠올랐는지를 고백한다면 당신도 내 잘못을 틀림없이 이해해 주실 거예요. 친척이라는 말을 듣는 순간, 나는 바로 나의 친척들, 그러니까 몇몇 사촌들을 떠올렸어요. 그러다가 다시 당신의 낭송에 주의를 기울이게 되었는데, 생명이 전혀 없는 무기체에 대한 이야기더군요. 그래서 다시 정신을 가다듬으려고 당신의 책을 들여다 보았던 거랍니다."

"당신을 잘못된 방향으로 이끌고 가 혼란스럽게 만든 그것은 비유적인 말에 지나지 않는 거요." 에두아르트가 말했다. "지금 우리의 주제는 물론 흙과 광물에 관한 것이오. 하여간 인간이란 존재는 진정 나르시시스트요. 도처에서 기꺼이 자신의 모습을 비추어 보며, 자신을 포장종이처럼 온 세상의 바닥에 깔아 놓으 니까."

"맞는 말씀이야!" 대위가 말을 이었다. "인간은 자신의 바깥 에 있는 모든 것을 그런 식으로 다루지요. 인간은 동물과 식물, 원소와 신들에게도 자신의 현명함과 어리석음을, 자신의 의지 와 생각을 제멋대로 갖다 붙이고 말아요."

"잠깐만요." 샤를로테가 끼어들며 말했다. "지금 우리가 논하 는 관심 대상에서 당신들이 너무 멀리 벗어날까 봐 그러는 거니 까 제게 잠시 설명 좀 해 주시겠어요? 여기서 말하는 친화력*이 라는 건 도대체 무슨 말인가요?"

"기꺼이 그렇게 하지요." 대위가 말했고, 샤를로테는 그를 향 해 몸을 돌렸다. "제가 십여 년 전에 배웠고, 또 읽었던 것을 아 는 대로 설명해 드리지요. 학계에서 여전히 그렇게 생각하는지, 그것이 새로운 이론들에 부합하는지는 저도 확실히 말할 수 없 긴 하지만요."

"참 한심한 일이야." 에두아르트가 큰 소리로 말했다. "요즘엔 한 번 배워서 평생 써먹을 수 있는 게 없어. 우리 선조들은 젊은 시절에 받은 교육에 의지하면 됐지. 그런데 우리는 이제 5년마다 새로 교육 받아야 해. 유행에 뒤처지지 않으려면 말이야."

"우리 여자들은 그렇게 심각하게 여기지는 않아요." 샤를로테가 말했다. "솔직히 말하자면 저에게 중요한 것은 용어를 올바르게 이해하는 거예요. 사람들이 모인 곳에서 외래어라든지 전문 용어를 잘못 사용하는 것만큼 우스꽝스러운 일은 없으니까요. 그래서 저는 그러한 대상들에서 그 용어가 어떤 의미로 사용되었는지를 알고 싶은 겁니다. 그것이 학문적으로 어떤 맥락 속에 있는지는 물론 학자들에게 맡겨진 일이지만요. 하긴 그들도, 제가 이전에 말했던 것처럼 서로 간에 의견 일치를 보기는 어려운 일이겠죠."

"그 문제의 핵심에 가장 빨리 접근하려면 어디서부터 시작하는 게 좋을까?" 에두아르트는 잠시 말을 멈추었다 대위에게 물었고, 대위는 무언가를 곰곰이 생각하더니 곧 이렇게 대답했다.

"얼핏 장황해 보일 수도 있지만 말씀을 허락해 주신다면, 곧 핵심에 이르게 될 겁니다."

"주의 깊게 들을 테니 마음 놓으세요." 샤를로테는 하던 일을 옆으로 제쳐 놓으며 말했다.

그러자 대위는 말을 시작했다. "우리가 지각하는 모든 자연의 존재에 있어서 우선 눈에 띄는 것은, 그들이 자기 자신과 연관을 맺고 있다는 것입니다. 자명한 사실을 새삼스럽게 말하는 게 물론 이상하게 들릴 테지요. 하지만 이미 알려진 것을 완전히 이해할 때만 우리는 미지의 것으로 함께 나아갈 수 있는 법입니다."

"내 생각으로는……" 에두아르트가 중간에 끼어들었다. "예를 들어 설명해야 아내도 우리도 이 문제를 더 쉽게 이해할 수 있을 걸세. 물이나 기름이나 수은의 경우를 생각해 보게. 그것들의 분자들이 하나로 결합하는 것, 그리고 그 분자들 사이의 관계를 말이야. 강제적인 힘이 작용한다든지 그 밖의 조작이 없는 한 그것들은 흩어지지 않아. 강제적인 힘이 제거된다면 그것들은 금방 다시 모여 하나가 되는 거라고."

"그건 의문의 여지가 없어요." 샤를로테가 단정적으로 말했다. "빗방울들은 기꺼이 하나로 모여 강이 되잖아요. 우리는 어렸을 때부터 신기해하며 수은을 가지고 놀았죠. 작은 공 모양으로 갈라놓았다가 다시 하나로 모여들게 하면서 말이에요."

"말 나온 김에 중요한 점 하나를 언급해야겠어요." 대위가 덧붙였다. "액체의 경우에 해당되는 전적으로 순수한 이러한 관계는 반드시 그리고 언제나 공 모양으로 그 형태를 드러낸다는 겁니다. 떨어지는 물방울은 둥글어요. 수은들이 작은 공 모양을 이룬다고 방금 말씀하셨는데, 녹아서 아래로 떨어지는 납도 완전히 굳을 시간만 지나면 바닥에서 공 모양을 이루는 거지요."

"무슨 말씀을 하시려는지 제가 앞질러 말해 볼까요." 샤를로테가 말했다. "그러니까 모든 것이 자기 자신과 관계를 맺고 있는 것처럼 다른 것들과도 관계를 맺을 수밖에 없다는 거죠."

"그런데 그 관계란 것도 존재의 본성이 다양한 것처럼 또 다양한 법이오." 에두아르트가 서둘러서 말을 이었다. "그것들은 때로는 친구로서 또는 오래된 지인으로서 서로 만나 하나가 되지요. 마치 포도주와 물이 서로 합쳐질 때처럼 상대편의 무엇인가를 바꾸어 놓지 않으면서 말이오. 반면에 낯선 채로 자신을 고집하며 기계적인 혼합이나 마찰을 통해서도 결코 하나가 되지 않는 것들도 있지요. 마치 물과 기름처럼 섞어서 뒤흔들어 놓아도 순식간에 서로 분리되어 버리는 것들도 있고."

"거의 비슷해요." 샤를로테가 말했다. "우리가 알고 있는 사람들의 본성을 이 간단한 형태들에서 볼 수 있을 것 같아요. 무엇보다도 저는 여기에서 우리가 살고 있는 사회가 떠올라요. 이 세상에서 서로 대립하고 있는 집단들, 그러니까 신분상의 대립, 직업상의 대립, 귀족과 제3신분, 군인과 민간인의 대립이 바로 이러한 무기체들의 경우와 아주 닮았어요."

"그건 그렇지요!" 에두아르트가 말했다. "하지만 그러한 집단들이 관습과 법률에 의해 결합될 수 있듯이 화학의 세계에서도 서로 거부하는 것들을 결합시키는 매개체가 있지요."

"예컨대 알칼리염을 통해 우리는 기름과 물을 결합시킬 수 있지요." 대위가 끼어들었다.

"이야기 진도가 너무 빨라요!" 샤를로테가 말했다. "저도 보조를 맞추며 따라가고 있다는 걸 확인하셔야죠. 우리는 여기서 이미 친화(親和)라는 개념에 이르지 않았나요?"

"바로 그렇습니다." 대위가 응답했다. "우리는 곧 이 개념의 분명한 힘을 있는 그대로 알게 될 겁니다. 자연 속의 어떤 것들이 서로 만나는 순간 금방 서로를 붙잡거나 서로를 규정하는 경우, 우리는 그것들을 친화적이라고 부르지요. 서로 간에 대립

됨에도 불구하고, 아니 어쩌면 서로 대립되기 때문에 가장 확실하게 서로를 찾고, 서로를 붙들고, 서로를 수정하며 함께 하나의 새로운 물체를 형성하는 알칼리와 산의 경우에 그러한 친화력이 가장 두드러지게 나타납니다. 모든 산(酸)을 대단히 좋아하며, 그것들과 결합하려는 욕구를 분명히 드러내는 석회를 생각해 봅시다! 화학 약품 상자가 도착하는 대로 이런저런 실험을 해 보여 드리지요. 그런 실험들은 아주 재미도 있고, 낱말이나 이름이나 전문 용어보다 더 분명하게 이해할 수 있도록 해 줄 겁니다."

"차라리 이렇게 말씀드리고 싶어요." 샤를로테가 말했다. "그런 기묘한 존재들을 친화적이라고 부르시는데, 저에게는 그것들이 혈연상의 친척이라기보다는 정신의 또는 영혼의 친척이라는 생각이 들어요. 인간들 사이에서도 같은 방식으로 진정 의미 있는 우정이 생겨날 수 있을 테죠. 왜냐하면 서로 대립되는 특성들이 더욱 내밀한 결합을 가능하게 해 주니까요. 어쨌거나 신비스러운 작용들을 제 눈앞에서 보여 주신다니 고대하겠어요." 그녀는 에두아르트 쪽으로 몸을 돌리며 말했다. "이제는 당신이 낭송하는 것을 더 이상 방해하지 않겠어요. 속사정을 훨씬 더 잘 알게 되었으니, 앞으로는 주의 깊게 듣도록 할게요."

"일단 문제를 제기한 건 당신이니까……" 에두아르트가 대답했다. "이제 그 문제에서 당신은 그렇게 쉽게 벗어날 수는 없소. 원래 얽히고설킨 경우가 가장 흥미로운 법이오. 바로 그런 경우에 보다 긴밀하다거나, 보다 강력하다거나, 보다 멀거나, 또는 보다 하잘것없는 친화력의 정도를 알게 된다오. 친화력이라는 건 그러니까 그것이 이혼에 영향을 미칠 때 비로소 흥미로워지는 거요."

"유감스럽게도 요즈음 세상에서 흔하게 돌아다니는 그 서글픈 단어가 자연 이론에서도 쓰인단 말이에요?" 샤를로테가 큰 소리로 말했다.

"물론 그렇소!" 에두아르트가 대답했다. "심지어는 화학자들을 이혼의 기술자라고 높여 부른 적도 있었지요."

"그러니까 지금은 그렇지 않다는 거잖아요." 샤를로테가 말했다. "당연히 그래서는 안 되죠. 결합이야말로 더 위대한 예술이고 더 위대한 업적이에요. 결합의 기술자야말로 온 세상의 모든 분야에서 환영받을 거예요. 저는 이제 그만 말할게요. 이제 당신들이 말할 차례랍니다. 몇 가지 사례를 들어 설명해 보세요!"

"그렇다면 우리가 앞에서 이미 언급했던 바로 그것으로 곧장 되돌아가 논해 보기로 합시다." 대위가 말했다. "예컨대 우리가 석회석이라고 부르는 것은 우리에게 공기의 형태로 알려져 있는 약산(弱酸)과 긴밀하게 결합된, 말하자면 어느 정도 순수한 석회토를 말하지요. 그러한 석회석 한 조각을 묽은 황산 속에 넣으면, 황산이 석회를 붙잡게 되고 그 결과로 석고가 태어나는 겁니다. 반면에 약하고 가벼운 산은 달아나 버리지요. 그러니까 여기에서 하나의 분리와 하나의 새로운 결합이 일어나는 것입니다. 그래서 지금은 선택적 친화력이라는 말을 사용하는 것이

타당하다고들 보는 겁니다. 왜냐하면 어떤 관계가 다른 관계보다, 그리고 어떤 것이 다른 것보다 선호되는 양 실제로 그렇게 보이기 때문이지요."

"자연과학자들의 말에도 귀를 기울일 테니 저의 말도 너그럽게 들어 주세요." 샤를로테가 말했다. "여기서 선택이라는 말은 결코 적절해 보이지 않아요. 오히려 자연의 필연성이라고 보는 게 나을 거예요. 왜냐하면 결국에는 계기의 문제가 중요하니까요. 계기가 상황을 만드는 거라고요. 마치 계기가 도둑을 만들 듯이요. 그리고 당신들이 자연의 물질과 관련지어 말씀하는 경우, 여기에서 선택이란 오로지, 물질들을 하나로 모으는 화학자의 손에 달린 걸로 보일 뿐이에요. 그리고 일단 그것들이 함께 모이고 나면, 그때에는 모든 것이 신의 가호에 따를 뿐이죠! 방금 이야기한 경우를 보자면, 또다시 무한 속에서 떠돌아다녀야만 하는 대기의 산(酸)'이 가련하다는 생각이 들어요."

"그 산이 물과 결합하는 경우에는……" 대위가 대꾸했다. "건강한 사람이나 환자들에게 생기를 불어넣어 주는 광천수로 사용되는 것이지요."

"석고는 행운이에요." 샤를로테가 말했다. "그것은 이제 완결되었고, 하나의 물체가 되어 안전을 보장받았으니까요. 반면에 쫓겨난 물질은 다시 정착하기까지 많은 고생을 해야 하니까요."

"내가 착각했는지는 몰라도……" 에두아르트가 미소를 지으며 말했다. "당신의 말 뒤에는 약간의 짓궂음이 숨겨져 있소. 속내를 솔직히 털어놓으시지요! 그러니까 당신의 눈에 나는 결국 대위에게, 즉 황산에 사로잡힌 석회로 보인다는 게 아니오? 당신과의 우아한 관계에서 벗어나 내가 무감각한 석고로 변했다는 거지요."

"당신이 정말로 그렇게 여긴다고 해도, 나는 아무 걱정이 없어요." 샤를로테가 대꾸했다. "이 비유적인 말들은 사랑스럽고 또 재미도 있어요. 닮은 것들과 기꺼이 비교해 보지 않을 사람이 누가 있겠어요! 하지만 인간이란 그러한 원소들보다 몇 단계나 위에 있는 존재라고요. 사람들이 여기에서 선택이라든지 선택적 친화력이라는 멋진 말을 어느 정도 자유롭게 사용하는데, 그렇다면 다시 자신의 내면으로 되돌아가 이번 기회에 그러한 표현의 가치를 제대로 생각해 보는 게 좋을 거 같아요. 나는 서로 헤어질 수 없을 것처럼 보이던 어떤 두 사람의 긴밀한 결합이 제3의 인물의 우연한 등장에 의해 해체되고, 애초에는 그처럼 아름답게 결합되었던 이들 중 하나가 무기력하게 저 멀리로 내쫓기는 안타까운 경우들을 잘 알고 있답니다."

"그런 경우에는 화학자들이 훨씬 더 신사답지요." 에두아르트가 말했다. "그들은 어느 것도 홀로 남아 있지 않도록 제4의 것을 갖다 붙여 놓으니까요."

"물론 그렇습니다!" 대위가 응답했다. "그리고 끌어당김과 친화성, 이러한 떠남과 결합의 교차 관계를 실제로 보여 줄 수 있는 경우가 가장 중요하면서도 가장 눈에 띈답니다. 말하자면 이전에는 둘씩 결합되어 있던 네 개의 존재가 서로 접촉함으로써 지금까지의 결합을 버리고 새롭게 결합하는 경우들 말입니다.

이렇게 떠나보내고 붙잡고, 또 이렇게 달아나고 찾고 하는 과정에서 사람들은 드높은 섭리를 실제로 볼 수 있다고 믿는 거지요. 사람들은 그러한 존재들에게 일종의 의지와 선택 작용이 있다고 인정하며, 따라서 '선택적 친화력'이라는 조어를 전적으로 타당하다고 여기는 겁니다."

"그런 사례가 있다면 설명 좀 해 주세요!" 샤를로테가 말했다.

"그런 것을 말로 설명드릴 수는 없어요." 대위가 답했다. "이미 말씀드린 대로, 제가 실험으로 보여 드릴 수 있다면 모든 게 금방 더 생생하게 그리고 더 쉽게 이해될 겁니다. 지금으로선 설명에 아무 도움도 안 되는 끔찍한 전문 용어들로 당신을 붙들어 놓을 수밖에 없군요. 우리는 이처럼 죽어 있는 듯이 보이지만 내적으로는 언제나 작용할 준비가 되어 있는 존재들을 관심을 가지고 눈앞에 떠올려 보아야 합니다. 그것들이 어떻게 서로를 찾고, 서로를 끌어당기고, 붙잡고, 파괴하고, 삼키고, 먹어 치우며, 그러고 나서는 가장 내밀한 결합으로부터 어떻게 다시 예상치 못한 새롭고 갱신된 형태로 등장하는지를 말입니다. 그렇게 되면 우리는 그것들에게 영원한 생명이 있음을, 더 나아가 감각과 오성이 있음을 비로소 인정할 수 있지요. 왜냐하면 우리는 자신의 감각이 그것들을 올바로 관찰할 만큼 충분치 못하고, 우리의 이성은 그 존재들을 파악하기에 부족하다고 느끼기 때문입니다."

"감각적 직관이라든지 개념을 통해 이와 익숙해 있지 않은 사람들에게 기이한 전문 용어들은 부담스러우며, 심지어 우스꽝스러울 수밖에 없다는 걸 부인하지는 않겠소." 에두아르트가 말했다. "하지만 지금 논의되고 있는 관계를 우선 알파벳을 빌려 쉽게 표현해 볼 수도 있을 거요."

"좀스럽다고 여기지만 않으신다면, 제가 기호로 간략하게 보여 드릴 수도 있어요." 대위가 대답했다. "B와 내적으로 결합되어 있는 A가 있는데, 이런저런 수단과 강제력을 통해서도 그 A가 B로부터 분리될 수 없는 경우를 생각해 보십시오. D와도 그와 똑같은 관계에 있는 C가 있다고 가정해 보고요. 그리고 이제 그 두 쌍을 서로 접촉시킵니다. 그러면 A는 D에게, C는 B에게로 자신을 던지는데, 이때는 어느 것이 다른 것을 먼저 떠났으며, 어느 것이 다른 것과 먼저 다시 결합했는지 말할 수 없는 겁니다."

"그렇다면 말이야!" 에두아르트가 끼어들었다. "우리가 이 모든 것을 눈으로 직접 보게 될 때까지는 그 공식을 하나의 비유로 간주하고, 거기에서 우리가 곧장 활용할 수 있는 이론을 얻어내 보도록 합시다. 샤를로테, 당신은 자신을 A라고 생각해요, 그리고 내가 당신의 B가 되는 거요. 그러니까 B가 A를 따르는 것처럼 나는 원래 당신에게만 매달려 있고 당신을 따르고 있소. C는 지금 나를 당신으로부터 어느 정도 떼어 놓고 있는 대위임이 아주 분명하오. 이제 당신이 정처 없는 신세가 되지 않도록 당신에게 D를 마련해 주어야 하는데, 그것은 두말할 여지없이 사랑스러운 아가씨 오틸리에이므로, 당신은 그녀가 가까이 오는 것을 더 이상 막아서는 안 되는 거요."

"좋아요!" 샤를로테가 대답했다. "그 사례가 우리의 경우에 꼭 들어맞아 보이지는 않지만, 그래도 우리가 오늘 완전한 의견 일치를 보았다는 것, 그리고 자연의 친화력과 선택적 친화력이 우리 사이에 거리낌 없이 의견을 나눌 수 있게 해 준 것은 다행이라고 봐요. 그래서 고백하는데, 저는 오틸리에를 불러오기로 오늘 오후부터 결심하고 있었답니다. 왜냐하면 지금까지 성실하게 집안을 돌봐 주던 집사 겸 가사 관리인이 결혼 때문에 일을 그만두거든요. 저를 위해서 스스로 결정한 거예요. 동시에 오틸리에를 위한 일이기도 한데, 그것과 관련해서는 당신이 우리에게 뭘 좀 읽어 주세요. 당신이 읽는 동안 편지를 들여다보지 않겠어요. 물론 저야 그 내용을 이미 알아요. 그래도 읽어 주세요, 읽어 보세요!" 이렇게 말하며 그녀는 편지 한 통을 꺼내어 에두아르트에게 건네주었다.

제5장

여교장의 편지

"오늘은 제가 아주 짧은 편지를 드리니 자비로우신 부인께서 양해해 주시길 바랍니다. 우리가 지난해에 학생들에게 시행한 교육에 대한 공식적인 검토가 끝나 모든 부모님과 상부에 그 경과를 보고 드려야 하고, 또 몇 마디만으로도 많은 것을 말씀드릴 수 있기에 이렇게 짤막하게 연락드립니다. 댁의 따님은 어느 모로 보나 최우수 학생으로 입증되었습니다. 부인께서 마음을 놓으시고 기뻐하시도록 그 애가 직접 쓴 편지를 성적 증명서와 함께 동봉해 드립니다. 그 편지는 이런저런 상을 받은 자신의 소감을 담고 있고, 또한 그처럼 행복한 성과에 대한 만족감을 표현하고 있습니다. 그토록 뛰어난 소녀를 오래오래 붙잡아 둘 이유를 앞으로는 더 이상 찾지 못하리라 생각하면 저의 기쁨은 다소간 줄어들게 된답니다. 오늘은 이만 줄이며, 머지않아 시간을 내어 어떤 것이 따님에게 가장 좋은 길인지에 대한 저의 의견을 말씀드리도록 하겠습니다. 오틸리에에 대해서는 저의 친절한 조교가 소식을 전해 드립니다."

조교의 편지

"존경하는 교장 선생님께서 저더러 오틸리에에 관해 편지를 쓰라고 하셨습니다. 전해 드려야 할 이야기를 그분이 생각하는 방식대로 전해드리기 곤혹스러운 점도 있고, 또한 그분이 직접 용서를 구할 일이 있는데, 그것을 차라리 저의 입을 통해 말씀드리는 게 낫겠다고 판단하셨기 때문입니다.

착한 오틸리에가 마음속으로 알고 있는 것을, 그리고 할 수 있는 것을 밖으로 표현하는 데 얼마나 서툰지를 제가 너무도 잘 알기에 공식적인 시험을 앞두고 저는 얼마간 걱정했습니다. 그리고 이러한 시험에서는 어떤 준비도 불가능하고, 또한 보통의 방식대로 오틸리에더러 그저 아는 척하는 정도로만 준비시킬 수도 없었기에 그만큼 더 걱정이 되었던 것입니다. 결과는 저의 우려가 옳았음을 너무나 잘 보여 주었습니다. 그 애는 어떠한 상도 받지 못했고, 아무런 증명서도 받지 못한 학생 중 하나가 되었습니다. 제가 무슨 구차한 말씀을 드리겠습니까? 글쓰기에 있어서 그 애보다 단정하게 쓴 학생은 거의 없었지만, 다른 학생들의 필체는 훨씬 더 자유로웠습니다. 수

학에서는 모두가 오틸리에보다 더 빨랐고, 그 애가 상대적으로 더 잘 푸는 어려운 문제들은 시험에 나오지 않았답니다. 프랑스어에서는 많은 학생들이 그 애보다 더 유창하게, 더 많이 말했고요. 역사 과목에서 그 애는 역사적 인물들의 이름과 연도를 금방 말하지 못했습니다. 지리 과목에서는 정치적 관점에서의 분류를 제대로 해내지 못한 것이 아쉬웠답니다. 음악에서는 그런대로 몇 곡 발표할 수 있는 능력은 있었지만 시간도 없었고 마음이 안정되지도 않았나 봅니다. 미술에서는 틀림없이 상을 탈 수도 있었답니다. 그 애의 스케치는 순수했고 아주 세심하면서도 재치가 있었으니까요. 하지만 안타깝게도 너무 큰 그림을 시도한 나머지 완성할 수 없었습니다.

학생들이 시험장에서 나간 후, 시험관들이 모여 의견을 나누며 우리 교사들에게 몇 마디 하도록 기회를 주었을 때, 저는 오틸리에에 관해서는 전혀 언급되지 않거나, 언급되더라도 부정적으로까지는 아니지만 대수롭지 않게 이야기되고 있다는 것을 금방 알아차렸습니다. 그래서 저는 그 애의 성격을 공개적으로 알림으로써 어느 정도 호의를 불러일으키기를 바랐습니다. 일단 그렇게 함으로써 저의 확신을 전달하려 했고, 또한 제가 어린 시절에 바로 그런 슬픈 경험을 한 적이 있었기 때문에 감히 용기를 내어 아주 열렬하게 이야기했습니다. 사람들은 저의 이야기를 주의 깊게 경청했습니다. 하지만 제가 말을 끝냈을 때, 시험 관리 위원장은 저에게 친절하지만 짤막하게 말했습니다. '능력은 당연히 전제가 되어야 하고, 능력은 숙련에 이르도록 다듬어져야 합니다. 그것이 모든 교육의 목적이며, 부모님과 상부의 공공연하고 명백한 의도입니다. 아이들도 어렴풋하게나마 마음속으로 그러한 의도를 품고 있지요. 바로 그것이 시험의 대상이며, 교사도 학생도 바로 그것에 의해 평가됩니다. 선생이 하는 이야기에서 우리는 그 아이에 대해 좋은 희망을 가져 봅니다. 그리고 선생께서 학생들의 능력에 대해 섬세하게 주의를 기울이고 있다는 것은 특히 칭찬할 만합니다. 그러한 능력들을 한 해 동안 다듬고 또 다듬어 숙련시키도록 하세요. 그렇게 되면 당신도, 그리고 당신이 아끼는 학생도 박수를 받게 될 테지요.'

  이어지는 이야기를 들으며 저는 이미 포기하고 있었지만, 곧 이어서 그보다 더 나쁜 일이 일어나리라고는 상상도 하지 못했습니다. 선량한 목자처럼 단 한 마리의 양도 잃어버리지 않길 원하거나, 또는 바로 이 경우에서처럼, 자기 학생들 중 누구도 칭찬받지 못하는 일이 없기를 바라는 우리의 착한 교장 선생님께서, 다른 사람들이 떠나간 후 자신의 불쾌한 감정을 숨기지 못하시고는, 다른 아이들이 상을 받고 기뻐하는 동안 조용하게 창가에 서 있던 오틸리에에게 이렇게 말씀하셨습니다. '제발 말 좀 해 보거라! 사실은 멍청하지도 않으면서, 도대체 어떻게 해서 그리 멍청하게 보일 수 있는 거니?' 오틸리에는 침착하게 이렇게 대답했답니다. '죄송합니다, 교장 선생님, 하필이면 오늘 또 두통이 있었어요. 그것도 아주 심했어요.' 보통 때는 그런 일에 늘 관심을 보이는 분이 이번에는 '그걸 누가 믿어 준담!'이라 말하며 불쾌하다는 듯이 몸을 돌려 버렸답니다.

그 애의 말은 사실입니다. 물론 아무도 그걸 알 수는 없지만요. 오틸리에는 안색을 바꾸는 일이 없기 때문이지요. 또한 저는 그 애가 관자놀이 쪽으로 손을 옮기는 것을 본 적도 단 한 번도 없답니다.

그런데 일이 거기서 그친 게 아니었어요. 자비로우신 부인, 댁의 따님은 보통 때엔 활달하고 솔직하기만 한데 오늘은 승리감에 빠져 제멋대로 오만하게 행동하고 말았답니다. 따님은 상과 증명서를 손에 들고서 이 방 저 방으로 뛰어다녔으며, 또한 그것들을 오틸리에의 얼굴 앞에다 대고 흔들어 보였습니다. '넌 오늘 아주 형편없었어!'라고 그 애는 큰 소리로 말했어요. 하지만 오틸리에는 아주 침착하게 대답했답니다. '오늘이 마지막 시험은 아니야.' 그러자 따님은 '넌 언제나 꼴찌일 거야!'라고 말하고는 뛰어가 버렸답니다.

오틸리에는 다른 모든 사람 앞에서는 침착한데, 저한테만은 그렇지 않은 듯합니다. 불쾌하고 격렬한 마음의 움직임을 내보이지 않으려 애를 써보지만, 얼굴색이 변해 그것을 숨기지 못합니다. 왼쪽 뺨이 순식간에 빨개지는가 하면, 동시에 오른쪽 뺨은 창백해집니다. 징후를 알아차린 저는 걱정이 되어 마음의 안정을 얻을 수 없었습니다. 저는 우리 교장 선생님을 한쪽 옆으로 모시고 가 이 문제에 대해 진지하게 이야기를 나누었습니다. 그 훌륭한 분은 자신의 잘못을 늦게나마 깨달으셨지요. 우리는 오랜 시간 논의하며 이야기를 나누었습니다. 그 내용을 일일이 다 말씀드릴 수는 없습니다만, 일단은 부인께 우리의 결정을 알려드리고, 또 한 가지 부탁 말씀을 드리고자 합니다. 오틸리에를 당분간은 댁에 데리고 계셔 달라는 것입니다. 그 이유는 부인께서 누구보다도 잘 아실 테지요. 부인께서 그렇게 하시기로 결정을 내리신다면, 저도 그 착한 아이를 어떻게 다루어야 할지 더 자세히 말씀드리기로 하겠습니다. 예상대로라면 댁의 따님은 우리 곁을 떠나게 될 것이고, 그렇게 되면 우리는 오틸리에가 되돌아올 날을 기쁜 마음으로 기다릴 것입니다.

혹시 잊어버릴지도 몰라 한 가지 더 말씀드립니다. 저는 오틸리에가 무언가를 요구하거나 무언가를 애타게 바라는 모습을 본 적이 없습니다. 반면에 드문 일이긴 하지만, 누군가가 그 애에게 무언가를 요구할 때 거절하는 경우가 가끔 있습니다. 그 애는 몸짓으로 거절을 표시하는데, 그 의미를 알아차리는 사람에게 그것은 돌이킬 수 없이 단호한 것이랍니다. 그 애는 두 손을 펴 합장한 채로 들어 올려 가슴에 갖다 대지요. 몸은 앞쪽으로 아주 조금만 기울이고는, 간청하는 사람이 요구하거나 바라는 모든 것으로부터 알아서 물러서라는 시선으로 바라본답니다. 자비로우신 부인과의 관계에서야 그럴 일은 없겠지만, 혹시라도 그러한 몸짓을 보시거든 저의 말을 기억하시어 오틸리에를 아껴 주시기 바랍니다."

에두아르트는 편지를 소리 내어 읽으며 때로는 미소를 지었고 때로는 머리를 흔들어 대었다. 그리고 관련된 사람들과 그 일에 대해 몇 마디 언급하기도 했다.

"좋아!" 에두아르트는 마침내 큰 소리로 말했다. "결정됐어. 그 애가 오는 거야! 여보, 당신 문제도 해결되었으니, 이제 우리의 제안을 말해 볼까 하오. 내가 대위가 머무르는 오른쪽 채로 이사하는 게 너무도 절실하오. 아침에도 저녁에도 함께 일하기 좋으려면 말이오. 그 대신 당신과 오틸리에는 당신이 사는 채에서 제일 아름다운 방을 쓰도록 하시오."

샤를로테는 남편이 하자는 대로 따랐고, 에두아르트는 그들이 앞으로 살아갈 생활방식에 대한 견해를 밝혔다. 무엇보다도 그는 이렇게 큰 소리로 말했다. "조카애가 왼쪽 머리에 편두통이 있다 하니 그거 천만다행이오. 나는 가끔 오른쪽 머리에 통증이 있으니까. 서로 마주 앉아 있다가 함께 두통이 일어나는 경우, 나는 오른쪽 팔꿈치로 괴고, 그 애는 왼쪽 팔꿈치로 괴어, 각각 서로 다른 방향으로 손에 머리를 갖다 대고 있으면 보기에도 그럴싸한 한 쌍의 대칭 그림이 생겨날 테니 말이오."

대위는 그런 상황은 위태로운 일이라고 말했다. 반면에 에두아르트는 소리쳤다. "이봐, 친구, 자네나 D를 주의해서 보게! B로부터 C가 떨어져 나가면 B가 도대체 무슨 일을 할 수 있겠나?"

"그건 너무 뻔한 일이에요." 샤를로테가 말했다.

"그렇고말고. B는 자기의 처음이자 마지막인 A에게로 돌아가

겠지!" 에두아르트는 그렇게 소리치고는 자리에서 벌떡 일어나
샤를로테를 꼭 껴안았다.

제6장

오틸리에를 태운 마차가 도착했다. 샤를로테는 그녀를 향해 걸어갔다. 그 사랑스러운 아이는 서둘러 샤를로테에게로 다가가, 그녀의 발 앞에 몸을 던지며 그녀의 무릎을 껴안았다.

"너무 공손하잖아!" 샤를로테는 약간 당황해하며 그 애를 일으키려고 했다. "꼭 그렇게 자신을 낮추려고 한 건 아니에요." 오틸리에는 원래 자세를 유지하며 말했다. "제 키가 이모님의 무릎에도 미치지 못했을 때 이미 이모님의 사랑을 절실히 느꼈던 일을 돌이켜보고 싶었을 뿐이에요."

오틸리에가 일어섰고 샤를로테는 그녀를 진심을 다해 품에 안았다. 그녀는 남자들에게 소개되었고 곧 손님으로서 특별한 대접을 받았다. 아름다움이란 어디서나 환영받는 손님이 아니던가. 그녀는 대화에 적극적으로 참여하지는 않았으나 주의는 기울이는 것처럼 보였다.

다음 날 아침 에두아르트가 샤를로테에게 말했다. "편안하면서도 재미있는 아가씨야."

"재미있다고요?" 샤를로테가 미소 지으며 말했다. "그 애는 아직 입도 열지 않았다고요."

"그런가요?" 에두아르트가 무슨 생각에 잠긴 듯 말했다. "그렇다면 더욱 좋은 일이지요!"

샤를로테는 이제 막 도착한 그녀에게 집안일에 대해 그저 몇 마디 암시만 주었다. 그런데도 오틸리에는 돌아가는 사정을 재빨리 파악했다. 아니 직감적으로 느꼈다. 전체를 위해서, 그리고 한 사람 한 사람 개인을 위해서는 무엇을 해야 할지를 쉽사리 알아차렸다. 그녀는 모든 일을 정확하게 처리했다. 그녀는 명령하는 것 같지도 않으면서 일을 시킬 줄 알았으며, 누군가가 하지 못하고 놓친 일은 스스로 처리했다.

자기에게 주어진 시간이 얼마나 되는지 알자마자 오틸리에는 자신의 시간을 정확하게 나누어 쓰게 해 달라고 샤를로테에게 요청했고, 또 그 시간들을 정확히 지켰다. 그녀는, 샤를로테가 조교를 통해 이미 들었던 대로, 주어진 일을 해내었다. 사람들은 그녀가 하는 대로 일을 맡겨 놓았다. 다만 샤를로테만은 이따금씩 그녀에게 자극을 주려고 했다. 그래서 오틸리에가 좀 더 자유로운 필체로 글을 쓰게 하려고 가끔씩 끝이 뭉툭해진 펜들을 슬쩍 가져다주기도 했다. 하지만 그것들은 곧 다시 날카롭게 다듬어져 있었다.

여자들은 자기들끼리만 있을 때에는 프랑스어로 말하기로 다짐했다. 외국어로 말하는 것을 의무로 정해 놓았고, 또 외국어로 말할 때면 오틸리에가 말을 더 많이 했기에, 샤를로테는 프랑스어로 말하기를 더욱 고집했다. 프랑스어로 말할 때면 오틸리에는 자기가 원했던 것 이상으로 더 많은 말을 하곤 했다. 샤를로테는 오틸리에가 우연한 기회에, 기숙 학교의 일에 관해 정확하면서도 사랑스럽게 이런저런 이야기를 하면 유달리 기분이 좋아졌다. 오틸리에는 그녀의 사랑스러운 벗이 되었고, 언젠가는 자신의 믿음직한 친구가 되어 줄 것을 바라 마지않았다.

샤를로테는 오틸리에를 언급한 이전의 편지들을 꺼내 보기도 했는데, 교장 선생님과 조교가 그 착한 아이를 어떻게 평가했는지를 돌이켜보고, 또한 그것을 그 애의 실제 성격과도 비교해 보고 싶어서였다. 샤를로테는 함께 살아갈 사람들의 성격은 아무리 빨리 알아도 지나치지 않다고 생각했던 것이다. 그래야만 그들로부터 무엇을 기대할 수 있고, 그들에게서 무엇을 배울 수 있으며, 또한 그들에게 무엇을 허용하고 무엇을 용서해야 할지를 알 수 있기 때문이었다.

그렇게 살펴보는 가운데 새로운 점을 발견하지는 못했지만, 이미 알고 있는 많은 것들의 의미는 더욱 분명히 알게 되었다. 예를 들자면, 먹고 마시는 일에서의 오틸리에의 지나친 절제를 그녀는 걱정스러운 눈으로 바라보았다.

그 다음으로 여성들이 주목했던 것은 옷이었다. 샤를로테는 오틸리에가 더 부유하고 더 세련되어 보이게 옷을 입도록 요구했다. 착하고 부지런한 오틸리에는 즉시 이전에 선물 받은 옷감을 직접 재단하였고, 다른 사람들로부터 약간의 도움을 받아 아주 우아한 옷을 금방 만들어 입었다. 유행에 따른 새 옷은 그녀의 모습을 한결 돋보이게 했다. 한 인간이 베일을 벗고 본래의 매력을 드러내며, 새로운 환경에 자신의 개성을 보일 때마다 사람들은 그녀가 더욱 우아해지면서 새로운 면모를 보인다고 느꼈다.

그렇게 하여 그녀는 처음에도 그랬지만 이제 점점 더, 문자 그대로 남자들의 눈에 진정한 위안을 안겨 주었다. 에메랄드가 영롱한 빛깔로 시각을 즐겁게 해 주고, 더 나아가 고귀한 감각에 어떤 치유력까지 발휘한다면, 인간의 아름다움은 훨씬 더 큰 위력으로 외부와 내부의 감각에 영향을 미치기 때문이다. 그녀를 바라보는 사람에게는 어떤 불쾌한 일도 일어날 수 없으며, 그녀를 바라보는 사람은 자기 자신과 그리고 세상과 일체감을 느끼게 되는 것이다.

그래서 그들의 모임은 오틸리에가 온 후로 여러 면에서 활기를 띠었다. 두 친구는 그들이 만나는 시간을 이전보다 더욱 정확하게, 심지어는 분 단위에 이르기까지 정확하게 지켰다. 그들은 식사 때도 차를 마실 때도 그리고 산책하러 갈 때도 필요 이상으로 서로를 기다리게 하지 않았다. 그들은, 특히 밤중에는 식탁을 서둘러 떠나지 않았다. 낌새를 알아차린 샤를로테는 두 사람의 태도를 지켜보며, 그들 중 누가 더 나서서 그렇게 하는지 유심히 살폈다. 그러나 어떤 차이도 발견할 수 없었다. 두 사람 다 이전보다 더 사교적인 모습이었다. 대화를 나눌 때면 그들은 오틸리에의 관심을 끌기에 적합한 게 무엇인지, 그녀의 이해력과 그밖에 그녀의 지식에 어울리는 게 무엇인지를 세심하게 배려하는 것처럼 보였다. 책을 읽거나 이야기를 들려줄 때면, 그녀가 다시 올 때까지 멈추곤 했다. 그들은 이전보다 더 부드러워졌고 전체적으로 보아 말이 더 많아졌다.

그에 상응하며 오틸리에도 날이 갈수록 더욱 열성적으로 봉사하였다. 그 집과 사람들, 그리고 돌아가는 사정을 더 많이 알게 되면서, 그녀는 더욱 활기차게 일에 관여했고, 이전보다 더 빨리 모든 시선과 움직임을 이해했으며, 입만 뻥긋하거나 한 마디만 해도 그것이 무슨 뜻인지 금방 알아차렸다. 그녀는 언제나 차분하게 주목했고, 또 침착하게 움직였다. 앉아 있거나 일어설 때도, 걸어가거나 걸어올 때도, 무엇을 가지러 가거나 가져오고, 다시 자리에 앉을 때에도 불안정한 모습을 조금도 보이지 않았다. 언제나 같은 동작을 반복했고, 언제나 편안하게 움직였다. 더욱이 사람들은 그녀가 다니는 소리를 듣지 못했다. 그만큼 그녀는 조용히 걸어 다녔다.

시중을 드는 오틸리에의 이같이 단정한 태도는 샤를로테에게 많은 기쁨을 주었다. 그녀에게 적합하지 않다고 생각되는 한 가지를 샤를로테는 오틸리에에게 숨기지 않았고 어느 날 이렇게 말했다. "누군가가 손에서 무엇을 떨어뜨렸을 때 그것을 얼른 주워 드리려고 재빨리 허리를 굽히는 세심한 배려는 칭찬받을 만해. 그렇게 함으로써 그분을 언제라도 기꺼이 도와 드리겠다는 우리의 뜻을 알리게 되니까 말이야. 하지만 이 넓은 세상에서 누구에게 그런 식으로 시중 들어야 할지는 잘 고민해 보아야 한단다. 여자들에게는 네가 어떻게 해야 할지 규칙 같은 걸 굳이 정해 놓지는 않겠어. 너는 아직 젊기 때문에, 지체가 높거나 나이 든 분들에게 그런 식으로 행동하는 것은 당연한 의무이고, 네 또래 여자애들에게 그렇게 하는 것은 공손한 태도지. 그리고 나이가 어리고 지체가 낮은 이들에게는 그렇게 함으로써 너의 인간적이고 선한 모습을 보여 주는 거란다. 하지만 남자들에게 그런 식으로 몸을 낮추어 시중을 들어 줄 자세를 보인다는 것은 여자애에게 어울리는 일은 아니야."

"그렇게 하지 않도록 노력할게요." 오틸리에가 대답했다. "하지만 왜 그렇게 했는지 이야기를 들으시면 저의 서투른 행동을 용서해 주실 거예요. 우리는 역사를 배웠거든요. 하지만 저는 마음에 와 닿는 것 말고는 더 이상 많은 것을 기억하지 못했어요. 왜냐하면 그것들을 어디다 쓸지 몰랐으니까요. 다만 몇몇 사건들만은 아주 인상적이었는데, 바로 다음 사건도 그중 하나예요.

영국의 카를 1세가 흔히들 말하는 법정에 서게 되었을 때 그가 들고 있던 작은 지팡이의 금단추가 바닥으로 떨어졌답니다. 그럴 경우엔 모든 사람이 나서서 자기를 도와주는 데 익숙해 있었던 터라 그는 주위를 돌아보며 이번에도 누군가가 작은 시중을 들어 주리라 기대하는 것처럼 보였죠. 하지만 이번에는 아무도 꼼짝하지 않았던 거예요. 그래서 그는 스스로 몸을 굽혀 단추를 주워 올렸답니다. 이 이야기가 제게는 아주 가슴 아프게 여겨졌고, 이후로는 그것이 옳은 태도인지 모르겠으나, 누군가가 손에서 무언가를 떨어뜨리기만 하면 저는 몸을 굽히게 된답니다. 하지만 언제나 그렇게 할 수 있는 일도 아니고……" 그녀는 미소를 지으며 계속 말했다. "또 그때마다 제 이야기를 들려드릴 수도 없으니, 앞으로는 제가 더 조심할게요."

한편 두 남자가 사명감을 느끼고 있는 훌륭한 사업들은 중단 없이 진행되었다. 그들은 무언가를 심사숙고하고 실제로 수행할 새로운 계기들을 날마다 찾아냈다.

어느 날 함께 마을을 지나가며 그들은 불쾌한 어투로 말했다. 땅값이 비싼 마을에 사는 주민들이 오히려 질서도 잘 지키고 청결한 데 비해, 이 마을은 그 점에서 정말로 뒤처져 있다는 것이었다.

"자네 기억나는가." 대위가 말했다. "스위스를 여행하면서 우리가 서로 소망을 말했던 거 말이야. 외따로 떨어진 마을을 스위스의 건축 양식 그대로는 아니더라도, 실용에 중점을 두면서 스위스식의 질서와 청결을 모범 삼아 건설한다면 소위 말하는 전원(田園) 공원을 아주 잘 가꿀 수 있을 거라고 말하지 않았던가."

"바로 이곳이 그렇게 할 만한 곳이야." 에두아르트가 대답했다. "성이 있는 저 산이 앞에 솟은 외진 언덕까지 이어져 있거든. 그리고 그 맞은편에 꽤나 규칙적으로 반원형 마을이 자리 잡고 있지. 그 사이로 개천이 흘러가는데, 그 개천물이 넘치는 것을 어떤 사람은 돌멩이로 막고, 어떤 사람은 말뚝으로, 또 어떤 사람은 통나무로, 그리고 또 다른 이웃은 널빤지로 막아 보려 하지만 모두가 다른 사람에게 도움이 되기보다는, 오히려 자신과 다른 사람들에게 불이익과 손해만 끼치고 있을 뿐이야. 그래서 사람이 다니는 길이 부적절하게 오르락내리락하고, 방금 물을 가로질렀다가 다시 돌 위로 나 있기도 하지. 손을 써서 공사를 하여 여기에 반원형으로 축대를 세우고, 그 뒤로 주택들에 이르는 길을 높이 내고, 멋진 공간을 만들어 단정하게 유지하는 일에 그렇게 많은 비용이 들지는 않을 거야. 공사가 상당히 크긴 하지만 일단 해내기만 하면 온갖 자잘하고 까다로운 문제들을 몰아낼 수 있을 걸세."

"우리 그렇게 해 보기로 하세." 지형을 눈으로 죽 훑어보고는 재빨리 판단을 내린 대위가 말했다. "나는 바로 명령을 내릴 수 있는 일이 아니라면 마을 사람이나 농민들과는 아무런 관계도 맺고 싶지 않아." 에두아르트가 대답했다.

"자네 말이 아주 틀린 건 아니야." 대위가 말을 받았다. "살아가면서 그런 일들이 꽤나 지긋지긋했으니까. 무언가를 얻는 대신에 무엇을 희생할 것인가를 제대로 헤아린다는 건 참으로 어렵지. 목적을 위해 수단을 거부하지 않는 것도 마찬가지로 어려워! 많은 사람들이 수단과 목적을 혼동하고, 목적은 놓쳐 버린 채 수단에 기뻐하지. 온갖 불유쾌한 일이 겉으로 드러나면 그때서야 부랴부랴 치유하려고들 해. 그렇게 된 근원이 어디에 있고 또 어떻게 이루어졌는지는 알아보지도 않고서 말이야. 그래서 하루하루 살아가는 일에는 아주 현명하지만 내일 그 다음의 미래는 거의 내다보는 일이 없는 자들과는 의논하기가 어려워. 공공시설을 지을 경우 어떤 자는 이익을 보고, 어떤 자는 손해를 본다면 그것을 조정하는 일은 불가능하게 되지. 그래서 공동의 이익과 관련된 일이라면 그 모든 것이 절대 권력에 의해 추진되어야 하는 걸세."

그들이 그렇게 서서 이야기를 나누고 있을 때 한 사내가 그들에게 구걸을 했는데 그자는 궁핍하다기보다는 오히려 뻔뻔해 보였다. 대화를 방해 받은 에두아르트는 불쾌해지고 짜증이 나 몇 차례나 그를 차분하게 뿌리치려 했으나 순순히 물러나지 않자 그를 나무랐다. 그런데 그 사내가 중얼거리고, 욕설까지 퍼붓고 미적미적 자리를 떠나며, 거지도 다른 모든 사람과 마찬가지로 하느님과 당국의 보호 하에 있으므로 거지에게 동냥을 거절할망정 모욕을 주어서는 안 된다며 거지의 권리를 내세우자, 에두아르트는 마음의 평정을 완전히 잃고 말았다.

그를 달래려고 대위가 말했다. "이번 일은 우리 지역의 경찰을 이곳까지 확대해야 할 하나의 계기로 받아들이기로 하세! 동냥은 주는 게 맞아. 하지만 직접 주는 건 좋지 않아. 특히 자기 집에서는 말이네. 모든 일은 적절하고 고르게 해야 마땅한데, 그건 자선을 할 때도 마찬가지야. 지나친 자선은 거지들 문제를 해결하는 게 아니라 오히려 그들을 불러들이게 돼. 반면에 여행 중에 스쳐 지나가며 거리에서 만나는 가련한 사람에게는 우리가 우연히 마주친 행운의 인물로 비칠 수도 있으니 그 사람에게는 놀랄 만한 금액의 자선을 베풀어도 무방할 테지. 이 마을과 성의 위치를 고려할 때 그런 시설은 쉽게 만들 수 있어. 나는 이전에 이미 그것에 대해 생각해 놓은 게 있다네.

이 마을의 한쪽 끝에는 술집이 있고, 다른 쪽 끝에는 선량한 노부부가 살고 있어. 이 두 곳에 자네가 적은 액수의 돈을 맡겨 놓게. 그러고는 마을로 들어오는 사람이 아니라 마을에서 밖으로 나가는 사람들이 뭔가를 얻어 가게 하는 거야. 두 집이 마침 성으로 이르는 길목에 있으니까 성으로 올라가려 하는 사람들은 누구나 그 두 곳을 지나가지 않을 수 없지."

"그럼 당장에 그렇게 하세." 에두아르트가 말했다. "더 자세한 것은 나중에 언제라도 보충하면 되니까."

둘은 술집 주인과 노부부를 찾아갔고, 그 일은 마무리됐다.

함께 산성으로 다시 올라가며 에두아르트가 말했다. "세상 모든 일에서 현명한 착상과 단호한 결심이 중요하다는 걸 나는 잘 알아. 자네는 내 아내의 공원 조성에 대해 아주 올바르게 평가해 주었고, 더 나은 조성 방식을 내게 암시해 주었지. 그래서 내가 그 내용을 즉시 내 아내에게 알려주었음을 굳이 숨기고 싶지는 않네."

"나도 짐작은 했지만 잘한 일은 아니라고 보네." 대위가 대꾸했다. "자네는 그녀가 갈피를 못 잡게 만들었어. 그녀는 모든 것을 그냥 내버려 둔 채, 이 일에 있어서만큼은 우리와 맞서고 있네. 그녀는 공원에 관해 말하는 것을 피하고 있고, 오틸리에와 함께 이따금 그곳으로 가면서도 우리를 다시는 정자로 초대하지 않고 있어."

"그렇다고 우리가 겁먹을 필요는 없네." 에두아르트가 대답했다. "무언가가 좋은 일이라는 확신이 들면, 무슨 일이 있어도 나는 그 일이 마무리되는 걸 볼 때까지 마음이 안 놓여. 우리는 평소에도 실마리를 잘 찾아내는 사람들이 아닌가. 저녁 시간에 동상들이 있는 영국식 정원을 화젯거리로 꺼내었다가, 이어서 자네의 농장 지도 이야기를 하는 거야! 처음에는 문제를 제기하되 농담조로 이야기를 시작하는 걸세. 그러고 나면 곧 진지한 이야기로 넘어갈 테지."

이렇게 약속한 후 그들은 책을 펼쳐 보기 시작했는데, 매 페이지마다 그 지역의 윤곽과 자연 상태 그대로의 최초의 경치가 그려져 있었다. 그리고 그 다음 페이지에는 기존의 토지 모두를 더 효율적으로 이용하기 위해 사용된 기술이 가져온 변화가 소개되어 있었다. 그런 식으로 자신이 소유한 땅과 그 일대의 환경을 조감함으로써, 거기에서 무엇을 이루어 낼 수 있을지를 아주 쉽게 파악할 수 있었던 것이다.

대위가 그린 지도를 기초로 작업을 하니 이제 일이 편했다. 다만 그들은 샤를로테가 일을 시작하며 기초로 삼았던 초안에서 완전히 벗어날 수는 없었다. 그래도 그들은 언덕으로 오르는 보다 쉬운 오르막길을 고안해 냈다. 그들은 언덕 위, 아늑한 숲을 앞에 둔 비탈에 별장 하나를 짓고, 이 별장과 성을 서로 연관 지으려 했다. 즉 성의 창문들에서 별장이 내려다보이게 하고, 또 별장에서도 성과 정원들을 두루 보이게 한다는 계획이었다.

대위는 모든 것을 심사숙고하여 측량했고, 마을길과 개천가의 축대와 매립 문제를 다시 화제에 올렸다. "언덕으로 오르는 편안한 길을 내면 축대를 쌓고도 남을 만큼의 돌을 얻게 됩니다. 한 가지 일이 다른 일과 겹쳐지면 두 가지 일 모두가 이전보다 더 싸게, 더 신속하게 이루어지는 거죠."

"이제는 제 걱정거리를 말씀 드릴게요." 샤를로테가 말했다. "어느 정도의 금액을 지불하는 게 불가피해졌어요. 그래서 그러한 시설을 만드는 데 필요한 비용을 주일별로는 아니더라도 적어도 월별로는 배분할 필요가 있어요. 회계 처리는 제가 맡을게요. 제가 비용을 지불하고 직접 회계를 처리하겠어요."

"당신은 우리를 별로 믿지 않는 모양이오." 에두아르트가 말했다.

"자의적인 일들에서는 별로 못 믿어요." 샤를로테가 대답했다. "자의적인 일이라면 우리가 당신네 남자들보다 더 잘 조절하니까요."

준비가 되었고, 작업이 곧 시작되었다. 대위는 항상 현장에 있었으며 이제 샤를로테는 거의 매일 그의 진지하고 확고한 뜻의 목격자가 되었다. 그도 그녀를 더 잘 알게 되었으며 두 사람은 서로 협력하여 일하는 게 편해졌다.

사업이란 춤과도 같다. 같은 걸음을 걷는 사람들은 서로에게 없어서는 안 될 존재가 되기 마련이며, 서로 간의 호의도 거기서 생겨나는 법이어서 샤를로테는 대위를 더 가까이 알게 된 후로는 그에게 진정으로 호의를 베풀었다. 분명한 증거를 들자면, 그녀가 처음에 공사를 할 때 특별히 장소를 골라 장식한 멋진 휴식처가 있었는데, 대위의 계획에 맞지 않아 그것을 아무렇지도

않게 부수게 했는데도 그녀는 불편한 느낌을 조금도 받지 않았
다는 점이다.

제7장

이제 샤를로테가 대위와 공동으로 할 일을 찾게 되자 에두아르트가 오틸리에와 함께 지내는 시간이 저절로 많아졌다. 안 그래도 그의 가슴속에서는 얼마 전부터 그녀에 대한 은밀하고 다정한 감정이 움트고 있었다. 그녀는 모든 이에게 헌신적이었고 상냥했다. 그래서 그녀가 자기에게만 특히 헌신적이고 상냥하다고 생각하는 것은 혼자만의 자아도취일지도 몰랐다. 하지만 그가 어떤 음식을 얼마만큼 좋아하는지를 그녀는 이미 정확하게 알아차리고 있었고, 그가 차에 설탕을 얼마나 넣곤 하는지 등을 훤히 알고 있다는 점만은 의문의 여지가 없었다. 특히 오틸리에는 외풍을 막는 데 세심한 주의를 기울였다. 외풍에 지나치게 예민하게 반응했던 에두아르트는, 아무리 바람을 통하게 해 놓아도 만족해하지 않는 그의 부인과 이따금 부딪치곤 했다. 게다가 오틸리에는 수목원 일도 잘 알고 있었다. 그가 원하는 것을 찾아 어김없이 갖다 놓았고, 그를 초조하게 만들 일을 미리 방지했기 때문에 얼마 지나지 않아 그녀는 그에게 마치 다정한 수호자처럼 없어서는 안 될 존재가 되었다. 그는 그녀가 곁에 없으면 어느새 괴로워지기 시작했다. 게다가 그녀는 그들만 따로 있을 때면, 이내 말이 더 많아지고 더 솔직해지는 듯했다.

에두아르트는 나이가 들어가면서도 어린애 같은 데가 늘 있었는데 그것이 젊은 오틸리에에게 특히 마음에 들었다. 그들은 서로 처음 만났던 오래전 시절을 즐거이 회상했다. 그 회상은 에두아르트가 샤를로테에게 처음으로 호감을 가졌던 시기까지 거슬러 올라갔다. 오틸리에는 그들 두 사람을 드넓은 저택에서 가장 아름다운 한 쌍으로 기억하고 있었다. 에두아르트가 아주 어린 시절 그녀의 기억을 부인하면 그녀는 이렇게 주장하기도 했다. 그가 언젠가 방 안으로 들어왔을 때, 두려움에서라기보다는 당황한 나머지 샤를로테의 품에 꼭 숨었던 장면을 아직도 생생하게 기억한다는 것이었다. 그녀는 자기도 그 옆에 앉아 있었으면 하고 바랐는데, 그것은 그가 무척 활기차 보였으며, 심지어 그녀의 마음에 들었기 때문이었다는 것이다.

사정이 그렇다 보니 두 친구가 이전에 함께 계획했던 일들은 다소간 중단되었다. 그래서 그들은 다시 전체 윤곽을 파악하고, 문서를 작성하고, 편지를 쓸 필요가 있다고 여겼다. 두 사람은 늙은 서기가 한가하게 지내고 있는 것으로 보이는 사무실로 나가기로 했다. 그들은 작업을 시작했고, 보통 때 같으면 손수 처리하곤 했던 이런저런 일을 서기에게 맡기면서도 그 사실 자체를 별로 의식하지도 못했다. 대위는 문서를 작성하려 했지만 첫

문서부터 막혔고, 에두아르트도 편지를 쓰려 했으나 첫 편지부터 잘 쓰이지 않았다. 그들은 구상을 하고 고쳐 쓰느라 한동안 끙끙대기만 했으며, 거의 아무런 진척도 없던 에두아르트가 마침내 시간을 물었다.

알고 보니 대위가 시계 태엽을 감는 것을 잊어버린 건 수년 이래로 처음 있는 일이었다. 시간을 무심코 흘려보내기 시작했음을 그들은 실감하지 못했고, 그저 막연하게 그러려니 하고 예감할 뿐인 듯했다.

이처럼 남자들이 그들의 일에 어느 정도 소홀해진 반면, 여자들의 활동은 더욱 활발해졌다. 주어진 구성원과 필연적인 상황에서 생겨나는 한 가정의 일상적 생활방식은 예사롭지 않은 호감과 움트는 정열을 마치 하나의 항아리인 양 자기 안으로 받아들인다. 그리고 이러한 새로운 성분이 기이한 발효를 일으켜 거품을 내며 항아리의 가장자리를 넘쳐흐르기까지는 상당한 시간이 걸릴 수 있는 것이다.

우리 친구들 사이에서 생겨나고 있는 상호 간의 호감은 아주 유쾌한 방식으로 작용하고 있었다. 서로 간에 감정이 활짝 열렸고, 개별적인 호의가 일반적인 호의로 이어졌다. 저마다 행복하다고 느꼈고 또 기꺼이 다른 이의 행복을 빌었다.

그러한 상황은 사람의 마음을 드넓게 확장시킴으로써 정신을 고양시키며, 우리가 행하거나 시도하려는 모든 것은 헤아릴 수 없는 영역으로 나아가는 법이다. 이 친구들은 집 안에만 갇혀 있지는 않았다. 그들은 멀리까지 산책을 나갔고, 도중에 에두아르트가 오틸리에와 함께 오솔길을 선택하거나 길을 찾으려고 서둘러 갈 때면, 대위는 샤를로테와 함께 의미심장한 이야기를 나누거나, 새로 발견한 장소들이나 예기치 않게 나타난 전망에 관심을 보이며, 빠른 걸음으로 앞서 간 이들의 뒤를 조용히 따라갔다.

어느 날 그들은 오른쪽 채의 성문을 지나 술집 쪽으로 내려갔고, 다시 다리를 지나 연못들이 있는 곳으로 산책을 했다. 그들은 물을 따라 갈 수 있을 때까지 연못가를 걸었고, 마침내 수풀 우거진 언덕과 바위들로 에워싸인 곳에 이르러서는 더 이상 나아갈 수 없었다.

그럼에도 사냥을 다녀 그 지역에 익숙했던 에두아르트는 오틸리에와 함께 수풀을 헤치며 오솔길로 계속 나아갔다. 바위들 사이에 숨겨진 물방앗간이 그리 멀지 않은 곳에 있음을 잘 알았기 때문이었다. 하지만 사람의 발길이 별로 닿지 않은 오솔길은 곧 사라져 버렸고, 그들은 이끼 낀 바위들 사이의 무성한 덤불 속에서 길을 잃었지만, 그리 오래 헤매지는 않았다. 바퀴들이 돌아가는 쏴쏴 소리가 그들이 찾고 있는 장소가 멀지 않은 곳에 있음을 금방 알려 주었기 때문이다.

낭떠러지 쪽으로 다가가자 그들의 눈앞에, 가파른 바위들과 높다란 나무들로 가려진 채 땅 위에 서 있는 오래되고 아름다운 검은빛 목조 건물이 나타났다. 그들은 그 즉시 이끼와 암석 조각들을 밟으며 아래쪽으로 내려가기로 했고, 에두아르트가 앞장을 섰다. 그가 고개를 돌려 올려다볼 때마다 오틸리에는 두려움도 불안함도 없이 이 돌에서 저 돌로 멋지게 균형을 잡으며 가벼운 걸음으로 자기를 따라오고 있었는데, 마치 그 어떤 천상의 존재가 자기 위에서 떠도는 듯했다. 그리고 그녀가 이따금 위험한 곳에서 자기가 내민 손을 붙잡거나, 심지어 자기 어깨 쪽으로 넘어져 기댈 때면, 그녀야말로 지금까지 자신과 맞닿았던 여성 중 가장 부드러운 여성이라는 생각을 부인할 수 없었다. 어쩌면 그녀가 발을 헛디디거나 미끄러져 자기가 그녀를 받아 안고 포옹했으면 하고 바랐는지도 몰랐다. 하지만 그는 몇 가지 이유에서 도저히 그럴 수 없었다. 그녀의 자존심을 상하게 하거나 마음에 상처를 입힐까 두려워하고 있었던 것이다.

이게 무슨 말인지 우리는 곧 알게 될 것이다. 그가 아래쪽에 도착하여 높다란 나무들 아래의 소박한 식탁에서 그녀와 마주 보고 앉았을 때, 친절한 방앗간 여자 주인은 우유를 가지러갔고, 그들을 반가이 맞아 준 방앗간 남자 주인은 샤를로테와 대위를 마중하러 갔다. 바로 그때 에두아르트가 조금은 머뭇거리며 이렇게 말하기 시작했다.

"오틸리에, 한 가지 부탁이 있어. 네가 거부할지도 모르지만! 너는 옷 아래의 가슴팍에 작은 초상을 걸고 다니잖아. 넌 그것을 굳이 숨기려 하지도 않고, 또 그럴 필요도 없어. 훌륭한 남자인 네 아버지의 초상이니까. 어떤 의미에서든 네 가슴에 자리를 차지할 만한 그런 분의 초상이지. 하지만 이렇게 말하는 걸 용서해다오. 실은 그 초상이 너무 크단다. 금속 테와 유리를 볼 때마다 나는 마음이 조마조마해지거든. 네가 아기를 들어 올리거나, 무언가를 앞에 들고 나를 때도 그렇고, 마차가 흔들리거나, 방금처럼 우리가 숲을 헤쳐 가며 바위에서 내려올 때도 말이야. 예상치 못하게 무언가가 밀치거나 떨어지거나 부딪혀서 네가 상처를 입거나 해를 당할 수도 있다고 생각하니 두렵기만 하단 다. 제발 나를 생각한다면 그 초상을 떼어 놓고 있는 게 어떻겠 니. 물론 네 기억 속에서나 네 방에서 떼어 놓으라는 건 아니야. 아니 네가 사는 방에서 제일 아름답고 성스러운 자리에 그 초상 을 놓아두렴. 다만 네 가슴에서 그걸 떼어 놓았으면 하고 바랄 뿐이야. 지나친 걱정일지도 모르지만 그게 네 가슴 가까이에 있 는 건 너무 위험해 보여!"

오틸리에는 그가 말하는 동안 잠자코 앞만 바라보았다. 그러 다가 서두르지도 않고 머뭇거리지도 않으면서, 눈길은 에두아 르트 쪽이라기보다는 하늘 쪽을 향한 채, 목걸이를 풀고 초상을 꺼내어 자신의 이마에 갖다 대었다가는 동무에게 그것을 건네 주며 이렇게 말했다. "우리가 집에 도착할 때까지 이걸 좀 보관 해 주세요! 제가 선생님의 친절한 배려를 얼마나 고맙게 여기는 지 이렇게밖에 보여 드릴 수가 없어요."

그 동무는 초상을 감히 자신의 입술에 갖다 대지는 못하고, 그 녀의 손을 잡아 자신의 눈에 갖다 대었다. 그것은 지금까지 서 로 맞잡았던 가장 아름다운 두 손이었을지도 모른다. 그에게는 가슴에서 돌덩이가 떨어져 나가는 듯했고, 그와 오틸리에 사이 를 갈라놓았던 벽이 허물어지는 듯했다.

방앗간 주인을 앞세우고 샤를로테와 대위는 좀 더 편안한 소로로 내려왔다. 그들은 서로 인사를 나누었고 즐거워하며 기운을 차렸다. 두 사람은 같은 길로는 되돌아가고 싶지 않았다. 그래서 에두아르트가 개천 건너편의 바윗길을 제안했는데, 그 길은 힘은 좀 들었으나 가는 길에 연못들을 다시 볼 수 있었다. 그들은 다채롭게 변하는 관목 숲들을 지나갔고, 평야 쪽으로 녹색의 풍요로운 주변 환경으로 둘러싸인 크고 작은 마을과 농장들을 보았다. 숲 한가운데의 언덕 가에 있는 외딴 전답은 친근한 느낌마저 들었다. 완만하게 오를 수 있는 언덕 위에서 바라보니 앞쪽으로도 뒤쪽으로도 이 지방의 풍요로운 광경이 너무나 아름답게 펼쳐져 있었다. 그곳을 떠나 그들은 기분을 상쾌하게 해주는 숲에 이르렀고, 숲을 빠져 나와 성 맞은편의 바위에 다다랐다.

예측하지 못했지만 그곳에 도착하자 그들은 얼마나 기뻐했던가! 그들은 자그마한 세계를 한 바퀴 돌았던 것이다. 둘은 앞으로 새 건물이 들어설 곳에 서 있었는데, 그곳에서는 다시 그들이 지금 살고 있는 집의 창문들이 보였다.

이끼가 지붕을 덮은 정자로 내려가 네 사람이 처음으로 그곳에 함께 앉았다. 그들이 오늘 느리게 그리고 다소 어렵게 걸었던 그 길을, 서로 이야기를 나누며 여유롭고 쾌적하게 거닐 수 있는 길로 만들었으면 하는 소망을 이구동성으로 표한 것은 너무도 자연스러운 일이었다. 저마다 의견을 내놓았는데, 그들의 계산에 따르면 몇 시간이 걸렸던 그 길을 잘 정비하기만 하면 한 시간 안에 성으로 다시 돌아올 수 있다는 것이었다. 이미 그들은 물방앗간 아래쪽, 개천이 연못으로 흘러 들어가는 곳에 길을 단축시키고 주변 풍경을 멋지게 장식할 다리를 놓는다는 생각에 빠져 있었다. 그때 샤를로테가 공사에 들어갈 비용을 환기시킴으로써 창의적인 상상력에 어느 정도 제동이 걸렸다.

"무슨 방법이 있을 테지." 에두아르트가 답변했다. "위치는 좋은 곳에 있으나 별다른 소득을 내지 못하는 숲속의 저 외딴 전답을 팔아 거기서 나온 돈을 길 내는 공사에 쓴다면 소중한 산책길에 적절하게 투자한 자본의 이자를 만족스럽게 즐기는 셈이 되지. 어차피 연말 결산을 하면 그 전답에서 나오는 소득이 보잘것없어 기분도 별로니까."

알뜰한 살림꾼인 샤를로테조차도 그 의견에 반대할 만한 이유를 찾을 수 없었다. 그 일은 이전에도 언급된 적이 있었다. 그러자 대위는 토지를 농부들에게 나누어 파는 계획을 세웠다. 하지만 에두아르트는 일이 더 간단하고 쉽게 처리되기를 바랐다. 이미 매입 신청을 한 현재의 소작인들에게는 현 상태 그대로 토지를 팔고, 기한에 맞추어 할부로 돈을 지불하게 하면 된다는 것이었다. 그렇게 하면 계획된 공사를 기한 내에 한 구간 한 구간 진척시킬 수 있다는 것이었다.

이토록 합리적이고 적절한 사업은 전폭적인 갈채를 받아 마땅했다. 그들 모두는 머릿속으로 이미 구불구불 이어지는 새 길들을 보고 있었고, 그 길들 위에서 그리고 그 길 가까이에서 더없이 아늑한 휴식처와 전망대를 찾아낼 수 있기를 바랐다.

모든 것을 하나하나 더 생생하게 떠올려 보려고 그날 저녁 그들은 집에서 당장에 새 지도를 꺼내 들었다. 그들은 오늘 걸었던 길을 한눈에 바라보며 어떻게 하면 몇 군데 지점에서 그 길을 보다 더 유익하게 만들 수 있을지를 살펴보았다. 그들은 이전의 모든 계획을 다시 검토하며 최근의 새로운 생각과 연결시켰고, 성 맞은편에 새로운 별장을 만들기로 의견을 모았으며, 거기까지 빙 둘러서 이어질 순환로를 내기로 결정했다.

오틸리에는 그동안 내내 침묵하고 있었다. 마침내 에두아르트는 지금까지 샤를로테 앞에 놓여 있던 설계도를 오틸리에에게 보이며 그녀의 의견은 어떤지를 물었다. 그녀가 잠시 머뭇거리자, 그는 애정 가득한 목소리로, 아직은 모든 게 미정이고, 모든 게 이제 시작이니 침묵만 지키고 있지 말라며 그녀를 격려했다.

오틸리에는 이마 맨 위쪽에 손가락을 갖다 대며 말했다. "저는 별장을 이쪽에 지었으면 해요. 그곳에서는 숲에 가려 성을 볼 수 없고, 마을과 주택도 다 안 보이기 때문에 전혀 다른 새로운 세상 속에 있게 될 거예요. 그 대신 연못과 물방앗간, 언덕과 산, 그리고 평야를 내려다볼 수 있어 전망이 무척 아름답겠죠. 그냥 떠오르는 대로 말씀 드렸어요."

"옳거니! 그런 생각을 못하다니! 안 그런가, 그렇지, 오틸리에?" 에두아르트가 소리쳤다. 그러고는 연필을 꺼내 언덕 위에다 직사각형 하나를 꽤나 힘차고 거칠게 그려 넣었다.

대위는 그것이 마음에 거슬렸다. 세심하고 깨끗하게 그려 놓은 설계도가 그 때문에 망가졌던 것이다. 대위는 부정적인 입장을 살짝만 내비치고는 이내 그 의견에 동의했다. "오틸리에 말이 맞아요." 그가 말했다. "우리가 먼 곳까지 산책을 나가는 건한 잔의 커피를 마시거나, 집에서는 그다지 맛이 나지 않는 생선을 즐기기 위해서가 아닐까요? 우리는 기분 전환을 바라고또 낯선 것들을 원하지요. 조상님들은 이모저모 따져 이곳에 성을 세우신 겁니다. 바람도 잘 막아 주고, 일상의 모든 요구를 충족시켜 줄 만큼 가까운 곳에 자리 잡게 하신 거죠. 하지만 그곳에서 살기보다는 사교적인 용도를 위한 건물이라면 그에 맞게지어져야 마땅하고, 아름다운 계절에 아주 유쾌한 시간들을 보낼 수 있어야겠지요."

이야기가 진행될수록, 그 생각은 더 호응을 받는 듯했다. 에두아르트는 바로 오틸리에가 그런 생각을 했다며 승리의 기쁨을감출 수 없었다. 그는 그녀의 독창적인 의견이 자기 자신의 것이라도 되는 양 자랑스러워했다.

제8장

대위는 다음 날 꼭두새벽에 바로 그 장소를 살펴보고는 우선 임시 설계도를 작성했다. 그리고 다른 이들이 당장 그곳으로 결정하자고 다시 한번 결론을 짓자, 예산 견적과 다른 모든 소요품과 더불어 정확한 설계도를 완성했다. 이것저것 필요한 준비도 빠뜨리지 않았다. 전답을 파는 업무도 곧 착수했다. 남자들은 함께 일할 새로운 동기를 찾았던 것이다.

대위는 에두아르트에게 주춧돌을 놓아 샤를로테의 생일을 축하해 주는 게 예의바른 태도임을, 아니 의무임을 깨우쳐 주었다. 이전부터 그러한 잔치를 싫어했던 에두아르트는 어쩐 일인지 쉽게 그 제안을 받아들였다. 나중에 다가올 오틸리에의 생일에도 마찬가지로 멋진 잔치를 해야겠다는 생각이 퍼뜩 들었던 것이다.

이제 진행하게 된 새 공사를, 중요하면서도 심각한 일로, 아니 우려할 만한 일로 보았던 샤를로테는 예산 책정과 시간 및 돈을 할당하는 일을 다시 한번 곰곰이 따져 보았다. 그들은 낮 동안에는 서로 만날 기회가 적었기에, 밤에는 그만큼 더 절실하게 서로를 찾았다.

오틸리에는 그동안 집안 살림을 도맡아 했는데, 그녀의 조용하고 확고한 태도로 볼 때 그건 당연한 일이었다. 그녀는 모든 성향으로 보아 세상일, 그러니까 바깥세상에서의 생활보다는 집과 집안일에 더 어울렸다. 에두아르트는 그녀가 순전히 다른 사람에 대한 배려 때문에 그 지역을 함께 돌아다녔고, 밤에는 분위기를 깨지 않으려는 의무감 때문에 바깥에 오랫동안 머물러 있었으며, 이따금 집안일을 핑계로 다시 집 안으로 들어오곤 한다는 사실을 곧 알아차렸다. 그래서 그는 함께 산책을 나가더라도 해가 지기 전에 다시 집으로 돌아올 수 있도록 곧장 조정했다. 그는 오랫동안 그만두었던 시 낭송을 다시 시작하기도 했는데, 특히 순수하면서도 열정적인 사랑의 표현이 담긴 시를 주로 낭송했다.

그들은 밤이면 작은 식탁 주위의 정해진 자리에 모여 앉았다. 샤를로테는 소파에 앉고, 오틸리에는 그 맞은편 안락의자에, 두 남자는 남은 두 자리에 앉았다. 오틸리에가 에두아르트의 오른편에 앉았는데, 책을 낭송할 때면 그는 오틸리에 쪽으로 등잔을 밀어 놓았다. 그러면 오틸리에는 책을 들여다보려고 더욱 가까이 다가갔는데, 그녀도 책 읽는 사람의 낯선 입술보다는 자신의 눈을 더 믿었기 때문이었다. 에두아르트는 어떻게든 그녀를 편안하게 해 주려고 가까이 다가가 앉았으며, 심지어는 그녀가 그 페이지의 마지막까지 읽기 전에는 책장을 넘기지 않으려고 이

따끔 필요 이상으로 오랫동안 멈추어 있기도 했다.

샤를로테와 대위는 그 사실을 금방 알아차리고 간혹 미소를 머금으며 서로를 바라보았다. 그런데 오틸리에도 가끔씩 은밀하게 호감을 드러냈고, 그들 두 사람은 또 다른 징조에 놀라지 않을 수 없었다.

성가신 손님들 때문에 그들끼리만 모이는 시간의 일부를 빼앗겼던 어느 날 밤, 에두아르트는 모두에게 좀 더 함께 있자고 제안했다. 그는 플루트를 연주하고 싶어 했는데, 그건 실로 오랜만의 일이었다. 샤를로테는 그들이 함께 연주하곤 하던 소나타 악보를 찾았는데, 눈에 띄지 않았다. 그런데 오틸리에가 조금 머뭇거리더니 악보를 자기 방에 갖다놓았다고 말했다.

"그렇다면 네가 피아노 반주를 해 줄 수 있고 또 그러겠다는 거니?" 소리치는 에두아르트의 두 눈은 기쁨으로 반짝였다. "그럴 수 있을 것 같아요." 오틸리에는 그렇게 대답하고는 악보를 가지고 와 피아노 앞에 앉았다. 청중은 귀를 기울여 들었고, 오틸리에가 그 곡을 완벽하게 익히고 있다는 사실에 놀랐으며, 더군다나 그녀가 에두아르트의 연주 방식에 맞추어 반주할 수 있는 것을 보고는 더더욱 놀랐다. '맞추어 반주한다'라는 말은 정확한 표현이 아니다. 왜냐하면 금방 머뭇거리다가 또 금방 서두르는 남편을 위해 때로는 멈추기도 하고 때로는 함께 가기도 하는 것이 샤를로테의 능숙한 솜씨와 자유로운 의지로 가능한 일이었다면, 지금까지 그 소나타 연주를 몇 번 정도만 들었던 오틸리에는 오히려 에두아르트가 그녀에게 맞추어 반주하는 것으로 느껴질 정도로 그 곡을 속속들이 익힌 것 같았기 때문이다. 그녀는 그의 결함을 완전히 자신의 것으로 만들었고, 그로부터 생동하는 전체가 다시 생겨 나왔던 것이다. 박자에 따라 정확하게 움직이지는 않았지만 그래도 아주 편안하고 기분을 좋게 하는 연주였다. 작곡가 자신도 그의 작품이 그렇게 사랑스럽게 변형되어 연주되는 것을 듣는다면 기뻐해 마지않았을 것이다.

대위와 샤를로테는 이처럼 놀랍고 예상치 못한 일을 침묵으로 지켜볼 수밖에 없었다. 그 결과가 염려되어 인정하지는 못하지만 그렇다고 해서 나무랄 수는 없는, 아니 어쩌면 부럽기도 한 철부지 짓을 바라보는 듯한 느낌이었다. 실은 이 두 사람 사이의 호감 역시 앞의 두 사람 사이나 마찬가지로 깊어 가고 있었던 것이다. 어쩌면 이 둘 사이의 호감은 그들이 자신의 문제에 있어서 보다 진지하고 확고하며, 스스로를 절제할 수 있는 사람들이었기에 더더욱 위험한 것이었을지도 모른다.

이미 대위는 떨쳐 버릴 수 없는 습관이 자신을 샤를로테에게 묶어 놓으려 한다는 것을 느끼기 시작했다. 그는 샤를로테가 공사장으로 오곤 하는 시간에 그녀와 마주치지 않으려고, 꼭두새벽에 일어나 모든 것을 지시해 놓고는 자신의 일을 하기 위해 성의 오른쪽 채로 들어가 버렸다. 처음 며칠 동안 샤를로테는 그것을 우연으로 여기고, 이리저리 그가 있을 법한 곳을 찾아다녔다. 그러다가 그녀는 그의 마음이 이해가 갔고, 그래서 그의 마음을 존중했다.

대위는 이제 샤를로테와 단둘이 있는 것을 피했고, 다가오는 생일 파티를 멋지게 치르기 위해 더욱 부지런히 공사를 추진하고 빠르게 진척시켰다. 그는 마을 뒤편에 아래로부터 위쪽으로 편안하게 다닐 수 있는 길을 내게 했고, 한편으로는 돌을 깬다는 구실로 위쪽에서 아래쪽으로 공사를 하도록 시켜 놓고는, 마지막 날 밤에 그 길의 양쪽이 한 곳에서 서로 만나도록 모든 것을 설계하고 계산해 놓았다. 위쪽에 새로운 별장을 짓기 위해 지하 창고 자리를 흙을 판다기보다는 돌을 깨부수어 이미 마련했고, 작은 홈통'들과 덮개 판을 갖춘 아름다운 주춧돌도 돌을 다듬어 만들어 놓았다.

겉으로 보이는 행동들, 그리고 어느 정도 억제된 감정이 실린 사소하면서도 다정하고 은밀한 의도들은 그들이 함께 있는 동안 대화를 어색하게 만들었다. 어떤 공백을 느낀 에두아르트는 어느 날 밤 대위에게 바이올린을 꺼내와 샤를로테가 피아노를 치는 동안 반주를 해 달라고 요청했고, 다들 그렇게 요구하자 대위는 뿌리칠 수 없었다. 두 사람은 감정을 담아 편안하면서도 자유롭게 가장 어려운 곡 중 하나를 연주했는데, 그것은 그 두 사람과 귀를 기울이고 있는 또 다른 한 쌍의 마음을 크게 만족시켰다. 그들은 더 자주 이런 자리를 마련하고 또 자주 연습을 하기로 약속했다.

"그들이 우리보다 더 잘하잖아, 오틸리에!" 에두아르트가 말했다. "그들에게 찬사를 보내야 마땅해. 물론 우리도 함께 기뻐할 일이지."

제9장

 마침내 생일날이 되었고 모든 준비가 완료되었다. 물이 넘치
는 것을 막고 마을의 길을 높여 주는 축대 전체와 교회 옆을 지
나가는 길도 완성되었다. 그 길은 샤를로테가 만들었던 소로를
한참 동안 따라가다가 바위를 휘감아 올라갔고, 정자 아래에서
왼편으로 꺾어 들었다가, 다시 완전하게 왼편으로 돌고 난 후
차츰차츰 언덕 쪽으로 올라갔다.

 많은 사람이 모여들었다. 교인들은 축제 복장을 한 채 교회로
모였다. 예배가 끝난 후에는 미리 정해진 대로 사내아이들과 청
년과 성인 남자들이 앞장서서 걸어갔다. 그리고 손님과 하인들
을 데리고 주인 식구가 그 뒤를 이어 갔으며, 소녀들과 아가씨,
그리고 부인들은 맨 뒤 쪽에서 따라갔다.

 길이 굽은 곳의 조금 높은 바위 위에 자리가 마련되어 있었다.
대위는 샤를로테와 손님들을 그곳에서 쉬게 했다. 거기에서 그
들은 길 전체를 한눈에 내려다보았는데, 남자들은 무리를 지어

올라오고 있었고, 여인들은 그 뒤를 따라오고 있었다. 화창한 날씨에 참으로 아름다운 광경이었다. 놀라고 감격한 샤를로테는 진심을 다하여 대위의 손을 꼭 잡았다.

천천히 걸어가는 앞 사람들 뒤를 따라가다 보니, 그 사람들 전체가 어느새 별장이 들어설 공간 주위로 하나의 원을 이루었다. 건축주와 그의 가족, 그리고 지체 높은 손님들은 땅속 깊은 곳으로 내려와 달라는 요청을 받았는데, 그곳에는 한쪽이 떠받쳐진 주춧돌을 이제 막 내려놓을 준비가 되어 있었던 것이다. 한손에 흙손을, 다른 손에 망치를 든, 단정하게 차려입은 미장이가 운에 맞추어 우아하게 연설했는데, 그 내용을 불완전하나마여기에 다시 소개한다.

"건물을 지을 때는 세 가지를 고려해야 합니다." 그가 말문을 열었다. "올바른 자리에 들어서야 하고, 기초가 튼튼해야 하며, 완벽한 공사가 이루어져야 한다는 것입니다. 첫 번째 것은 본래건축주가 할 일입니다. 도시에서는 건물을 어디에 세울지를 오직 영주나 교구가 결정할 수 있는 것처럼, 시골에서는 다른 데가 아니라 바로 여기에 내 집을 세워야 해, 라고 말하는 것은 지주의 권리지요."

이 말을 듣는 동안 에두아르트와 오틸리에는 맞은편 가까이에 서 있었으면서도 서로의 얼굴을 쳐다볼 엄두조차 낼 수 없었다.

"세 번째, 즉 공사의 완성은 많은 수공업자들이 관여하여 이루어집니다. 그렇습니다. 거기에 참여하지 않는 수공업자는 거의 없습니다. 하지만 두 번째 일인 기초 공사는 토목공의 일인데, 감히 말씀드리자면, 그것은 공사 전체를 통틀어 가장 중요한 일이지요. 그것은 엄중한 일이고, 그래서 우리도 여러분을 엄중한 심경으로 초대했습니다. 이 행사는 땅속 깊은 곳에서 이루어지는 것이지요. 여기 좁다랗게 파놓은 이 공간 안에서 영광스럽게도 여러분은 우리의 비밀에 찬 공사의 증인으로 참석하고 계십니다. 이제 곧 우리는 잘 다듬어진 이 주춧돌을 아래로 내려놓을 것이고, 이후에는 아름답고 명예로운 인물들로 장식된 이 벽돌들에 다시는 접근할 수 없게 됩니다. 이 벽돌들은 흙으로 메워지게 되니까요.

이 주춧돌이 네모반듯하기에 건물도 네모반듯하게 되며, 이것의 각이 직각이기에 건물도 반듯하게 각이 지며, 이것이 수직으로 놓이기에 모든 담장과 벽도 곧게 서는 것입니다. 건물의 추와 저울이 되는 이 주춧돌을 우리는 이제 곧 내려놓으려 합니다. 그러면 이 주춧돌은 자신의 중력에 따라 제자리를 잡을 것입니다. 물론 여기에 석회와 접합제도 빠져서는 안 될 것입니다. 원래부터 서로 호감을 가진 사람들도 법이 그들을 묶어 놓으면 더욱 잘 결합되어 있는 것과 마찬가지로 그 모양이 서로 꼭 맞는 돌들도 이러한 접착력을 통해 더욱 잘 하나로 결합됩니다. 자, 이제 다른 사람들이 열심히 일하는 가운데 한가하게 그냥 있는 것은 바람직하지 않으니 여러분은 주저하지 마시고 이 일에 함께하시기 바랍니다."

이렇게 말한 후 그는 자신의 흙손을 샤를로테에게 건네주었으며, 그녀는 그것을 사용하여 석회를 주춧돌 아래로 던져 넣었다. 다른 몇몇 사람도 그렇게 요청을 받았고, 곧 주춧돌이 내려졌다. 이어서 샤를로테와 그 밖의 사람들에게 망치가 주어졌는데, 망치로 세 번을 두드려 주춧돌과 땅의 결합을 공공연하게 축복하라는 의미였다.

"드넓은 하늘 아래 야외에서 진행되는 토목공의 일은 언제나 은밀한 곳에서만 이루어지는 것은 아니지만, 그 무엇을 숨기는 일이랍니다." 연사는 계속해서 말했다. "우리가 한 삽 한 삽 쌓아 올린 땅은 언제 그랬냐는 듯이 덮여 버리고, 심지어 우리가 낮 동안에 벽을 쌓아 올렸는데도, 일이 끝나고 나면 사람들은 우리가 한 일을 거의 기억하지도 못합니다. 석공이나 조각가의 일들만 더 눈에 띄기 마련이지요. 미장이가 표면을 바르고 매끈하게 다듬고 색칠을 하여 우리가 손으로 한 일들의 흔적을 말끔히 지워 버리고 우리의 작품을 자기들 것으로 잘 만드는 게 실은 우리의 바람이긴 하지요.

토목공의 경우만큼 일을 제대로 하고, 그렇게 하여 자신이 한 일에 스스로 정당성을 부여하는 사람이 누가 또 있겠습니까? 토목공보다 더 자부심을 키워 나가야 할 사람이 또 누가 있겠습니까? 집이 세워지고, 바닥이 평평하게 포장되고, 건물의 외부가 장식물로 덮일 때도, 그는 여전히 모든 껍질을 꿰뚫고 내부를 들여다보며 전체를 존재하게 하고 지탱하게 만드는, 세심하게 고루고루 마무리된 접합 지점들을 투시합니다.

누구든 악행을 저지른 자는 아무리 막으려 해도 그것이 언젠가 밝혀질 것을 두려워하듯이, 남몰래 선행을 한 사람은 자신의 뜻과는 달리 그 일이 밝혀지리라는 사실을 생각해야만 하지요. 그래서 우리는 주춧돌을 동시에 기념비로 삼는 것입니다. 제각기 다른 깊이로 파인 홈통들 속에 먼 후세를 위해 여러 가지를 증거물로 묻는답니다. 납땜이 된 이 금속제 화살 통들은 문자로 쓰인 정보를 담고 있지요. 이 금속판들에는 온갖 진기한 것들을 새겨 놓았고요. 이 아름다운 유리병들에는 생산년도를 표기하고는, 가장 좋은 품질의 오래 묵은 포도주를 넣어 둘 것입니다. 올해에 주조된 여러 종류의 동전들도 빼놓을 수는 없지요. 우리 건축주님의 후덕하심으로 말미암아 우리는 이 모든 것을 선사받았답니다. 만일 어떤 손님이나 관객께서 후세에 무언가를 남기고 싶으시다면 여기에 아직도 자리가 많이 비어 있습니다."

잠시 말을 멈춘 후 그 기능공*은 주위를 돌아보았다. 하지만 그런 경우에 흔히 그렇듯이, 아무도 준비가 되어 있지 않은 터라 모두들 당황하고 있었다. 그때 마침 젊고 씩씩한 한 장교가 나서서 이렇게 말했다. "이 보물 상자에 아직 들어 있지 않은 무언가를 기부해야 한다면 저는 제복에서 단추 두어 개를 떼어 내겠습니다. 그것들은 아마도 후세에 남겨질 만한 가치가 있을 겁니다." 말은 즉시 행동으로 옮겨졌다! 그러자 많은 사람들이 그와 비슷한 생각을 하게 되었다. 여인들은 주저 없이 작은 머리빗들을 던져 넣었고, 향수병과 다른 장식품도 아끼지 않았다. 다만 오틸리에만은 머뭇거리고 있었는데, 에두아르트가 무언가 다정한 말을 건네자, 사람들이 기부하여 던져 넣은 물건들을 바라보던 그녀는 거기서 시선을 떼고는 아버지의 초상이 달려 있었던 금목걸이를 목에서 풀어 다른 장신구들 위에 조심스럽게 올려놓았다. 그러자 에두아르트는 조금은 서두르며, 꼭 들어맞는 뚜껑을 즉시 내려놓고 봉하라고 지시했다.

열성적으로 일을 주도하던 젊은 기능공은 다시 연사의 얼굴 표정으로 되돌아가 이야기를 계속했다. "이 집의 현재 소유자와 미래의 소유자께서 오래오래 누리시도록 영원을 기원하며 주춧돌을 세우고자 합니다. 하지만 이곳에 귀중한 보물을 묻으면서도 우리는 동시에, 아무리 철저하게 공사하더라도 인간의 일이란 무상하다는 것을 떠올립니다. 말하자면 우리는 단단하게 봉인된 뚜껑이 다시 열릴 가능성을 생각하고 있는 것인데, 이는 우리가 아직 세우지도 않은 모든 것이 다시 파괴되지 않고는 일어날 수도 없는 일입니다.

그러니 우리는 우선 이것을 세워야 하며, 미래로부터 생각을 돌려 현재로 향해야 합니다! 오늘 축제를 벌이고 난 후에는 우리의 일을 당장에 진척시키도록 합시다. 이 집터에서 일을 계속할 일꾼들 중 그 누구도 더 이상 술판을 벌이는 일은 없어야 합니다. 그래야만 건물이 지체 없이 높다랗게 올라가고 마침내 완성이 되어, 아직은 없지만, 창문가에 서서 주인이 가족과 손님들과 더불어 기쁜 마음으로 사방을 둘러보게 될 것입니다. 자, 이제 그분들과 오늘 여기에 참석하신 모든 분의 건강을 위해 건배합시다!"

그는 매끈한 곡선을 이루는, 목이 긴 잔을 단숨에 비우고는 그것을 공중으로 던졌다. 즐거운 행사 때 사용한 잔을 깨뜨리는 것은 넘치는 기쁨을 보여 주는 신호였다. 하지만 이번에는 다른 일이 벌어졌다. 잔이 땅으로 다시 내려오지 않았는데, 물론 기적 때문에 그런 것은 아니었다.

공사를 진척시키려고 반대편 모퉁이에서는 이미 땅을 다 파서 벽을 쌓는 일이 착수되었고, 최종 목표를 위해 필요한 높이만큼 비계를 세워 놓은 터였다.

특히 이 축제를 위해 널빤지로 그것을 덮고, 많은 관객들로 하여금 그 위에 올라가게 한 것은 일꾼들의 편의를 위해서였다. 그런데 그 잔이 그 위로 날아갔고, 어떤 사람이 그것을 붙잡았으며, 그 사람은 이 우연을 행운으로 여겼다. 그는 잔을 손에서 놓지 않은 채 주위 사람들에게 보여 주었는데, 그 잔에는 E와 O라는 글자가 아주 멋지게 휘감긴 서체로 새겨져 있었다. 그것은 젊은 시절 에두아르트를 위해 만들어진 잔들 중 하나였다.'

비계 위는 다시 텅 비어 있었다. 그런데 손님들 중 몸무게가 아주 가벼운 사람들이 주위를 둘러보려고 그 위로 올라갔고, 거기서 사방으로 펼쳐진 아름다운 전망을 보고는 칭송하기에 여념이 없었다. 안 그래도 높은 곳인데 다시 한 층 더 높은 곳에 올랐으니 가려져 있을 게 뭐가 있었겠는가! 들판 안쪽으로 몇몇 마을들이 새로 나타났고, 은빛 강줄기가 선명하게 보였으며, 심지어는 수도의 탑들까지 보일 정도였다. 수풀 우거진 언덕들 뒤편으로는 저 멀리 산맥의 파란 봉우리들이 솟아 있었고, 가까이에 있는 지역은 한눈에 다 내려다보였다. "이제 저 세 개의 연못

이 하나의 호수로 합쳐져야 해." 어떤 사람이 소리쳤다. "그렇게 되면 더 바랄 나위가 없는 장관이 될 거야."

"그렇게 할 수 있어요." 대위가 말했다. "저 연못들이 옛날에는 원래 하나의 산정호수였거든요."

"다만 연못 한가운데에 아름답게 서 있는 나의 플라타너스와 포플러 나무들은 건드리지 말았으면 하오." 에두아르트가 말했다. 그러고는 오틸리에에게로 몸을 돌려 아래쪽을 가리키며 그녀를 몇 걸음 데려갔다. "이 나무들은 내가 직접 심었거든."

"저 나무들이 저기에 서 있은 지 얼마나 되었어요?" 오틸리에가 물었다. "아마 네가 이 세상에서 살아온 시간 만큼일 거야." 에두아르트가 대답했다. "그래, 애야, 네가 아직 요람에 누워 있을 때 내가 이 나무들을 심었단다."

일행은 다시 성으로 돌아갔다. 식사가 끝난 후 오틸리에는 산책 삼아 마을을 지나 새로운 공사장들을 들러 보자고 권유 받았다. 그곳에는 대위의 주선으로 주민들이 그들의 집 앞에 모여 있었다. 그들은 줄을 지어 서 있는 것이 아니라, 자연스럽게 가족끼리 모여 있었다. 일부는 저녁 일을 하고 있었고, 일부는 새로 만든 벤치에 앉아 쉬고 있었다. 적어도 일요일과 공휴일만이라도 이러한 정결함과 질서를 누리는 것은 그들의 유쾌한 의무가 되어 있었다.

우리의 친구들은 벌써부터 자기들끼리만 조용히 있고 싶었지만, 이런저런 만남 때문에 자꾸만 방해를 받았다. 마침내 그들 네 사람만 커다란 홀에 남자 그들은 만족해했다. 하지만 오붓한 분위기는 에두아르트에게 내일 새로운 손님들이 올 거라는 내용의 편지가 전해짐으로써 어느 정도 깨어졌다.

"우리가 추측했던 대로 백작이 오신다네요. 그분이 내일 오신다고요." 에두아르트가 샤를로테를 향해 큰 소리로 말했다.

"그렇다면 남작 부인도 멀지 않은 곳에 있으시겠군요." 샤를로테가 대꾸했다.

"당연하지요!" 에두아르트가 대답했다. "부인도 내일 따로 도착할 겁니다. 그들이 하룻밤 묵어가게 해 달라고 하는군요. 모레 다시 함께 떠난다면서."

"그렇다면 우리가 서둘러 준비를 해야겠구나, 오틸리에!" 샤를로테가 말했다.

"어떻게 준비하면 되는 거예요?" 오틸리에가 물었다.

샤를로테는 대강 지시했고, 오틸리에는 그곳을 떠나갔다.

대위는 그저 막연하게만 알고 있을 뿐인 그 두 사람의 관계에 대해 물었다. 그들 두 사람은 각자 결혼을 한 처지이면서도 이전부터 서로를 열정적으로 좋아하는 사이였다. 이중의 결혼 생활은 주목 받지 않을 수 없었고, 또한 방해를 받았다. 그들은 이혼을 고려했고, 남작 부인의 경우에는 이혼이 가능해졌지만, 백작의 경우는 그렇지 못했다. 그들은 겉으로는 헤어질 수밖에 없었으나, 실제로는 관계를 그대로 지속하였다. 그들은 겨울 동안에는 저택에서 함께 지낼 수는 없었지만, 대신에 여름 동안에는 유람도 가고 온천에서 지내며 서로 애정을 나누었다. 그들은 둘다 에두아르트와 샤를로테보다 나이가 조금 더 많았으나, 모두 이전에 궁정에 있었던 시절부터 잘 지내던 친구들이었다. 그들은 친구들의 모든 것을 다 받아들이지는 않았지만, 언제나 좋은 관계를 유지해 왔다. 하지만 샤를로테는 이번만은 그들이 오는 게 썩 달갑지 않았다. 이유를 곰곰이 생각해 보니 그건 오틸리에 때문이었다. 착하고 순진한 아이에게 일찍이 그러한 사례를 보여 주고 싶지는 않았다.

"우리가 외딴 전답을 파는 문제를 해결할 때까지 며칠 동안만이라도 그들이 오지 않으면 좋을 텐데." 오틸리에가 막 다시 들어왔을 때 에두아르트가 이렇게 말했다. "문서를 완성했는데, 필사본 한 부가 여기 있어. 이제 두 번째 필사본만 있으면 되는데, 나이 든 우리 서기 양반이 몸이 아주 안 좋다는군." 대위가 자신이 하겠다고 나섰고, 샤를로테도 자기가 쓰겠다고 말했지만, 그렇게 하면 안 된다는 몇 가지 반대 이유가 제기되었다. 그때 오틸리에에게 다소 성급하게 소리쳤다. "저한테 맡겨 주세요!"

"넌 할 수가 없어." 샤를로테가 말했다.

"모레 아침까지는 끝내야 하고, 분량도 많아." 에두아르트가 말했다. "끝낼 수 있어요." 자신 있게 말하며 오틸리에는 이미 그 서류를 손에 들고 있었다.

다음 날 아침, 손님 마중을 소홀하게 하는 일이 없도록 그들은 위층에서 주위를 살펴보고 있었다. 그러다가 에두아르트가 말했다. "저쪽 길에서 천천히 오고 있는 사람이 누구지?" 대위는 말을 타고 오는 사람의 모습을 보다 자세하게 묘사했다. "그래 바로 그 사람이야." 에두아르트가 말했다. "세부적인 것은 자네가 나보다 더 잘 보는군. 전체적으로는 내가 더 잘 보고. 그런데 그 세부적인 것이 전체와 너무 잘 맞아 떨어져. 저 사람은 미틀러 씨야. 그런데 저분은 왜 저렇게 천천히 말을 타고 오는 걸까?"

그 사람은 점점 더 가까이 다가왔는데, 정말 미틀러 씨였다. 천천히 계단을 올라오는 그를 사람들이 친근하게 맞이했다. "어제는 왜 안 오셨어요?" 에두아르트가 그를 향해 소리쳤다.

"난 시끌벅적한 잔치를 좋아하지 않소." 그 사람이 대답했다. "하지만 오늘은 우리의 친구인 마님의 생일을 당신들과 늦게나마 조용히 축하하려고 온 거요."

"아니 어떻게 귀중한 시간까지 다 내주시다니요?" 에두아르트가 농담조로 물었다. "나의 방문이 당신들에게 조금이나마 의미가 있는지는 모르겠소만, 내가 찾아온 것은 어제 내가 어떤 생각이 들었기 때문이오. 어제 나는 내가 이전에 평화를 선사해 주었던 어느 집에서 반나절 동안 아주 즐거운 시간을 보냈다오. 그런데 듣자니 이곳에서 생일잔치가 열린다고 하데요. 가만히 생각했지요. '내가 평화롭게 살도록 해 준 사람들하고만 기쁨을 나눈다면 결국에는 내가 이기적이라는 소리를 듣게 될 거다. 스스로 평화를 지키고 돌보는 친구들과는 왜 단 한 번도 함께 기쁨을 나누지 않는 거야.' 생각하면 곧장 실천! 그래서 마음먹은 대로 이렇게 온 거요."

"이제 오셨으면 사람들을 많이 보셨을 텐데, 오늘은 겨우 몇 사람만 보실 수 있어요." 샤를로테가 말했다. "이전에도 당신을 번거롭게 했던 백작과 남작 부인을 만나실 거예요."

괴짜의 방문을 반기는 네 명의 동거인들로 둘러싸여 있던 미틀러 씨는 즉시 모자와 채찍을 찾았고, 와락 그들을 밀쳐 내며 짜증을 냈다. "푹 쉬면서 뭘 좀 하려 하면 늘 불운이 따라온단 말이야! 내 성격을 내가 어쩌란 말인가! 오지 말았어야 했는데. 이제 영락없이 쫓겨나게 생겼군. 난 그 사람들과 한 지붕 아래 있고 싶지 않소. 당신들도 유의하시오. 그자들은 꼭 재앙을 불러오니까. 그들은 주변으로 번져 나가는 곰팡이 같은 자들이오."

사람들이 미틀러를 달래 보려 했지만 소용이 없었다. 그는 큰소리로 말했다. "부부 관계를 파탄으로 몰아가는 자, 말이나 심지어 행동으로 윤리 사회의 근본을 해치는 자는 내가 그냥 두지 않을 거요. 그런 사람을 내가 마음대로 할 수 없다면 아예 그들과는 관계를 맺지 않겠소. 결혼이란 모든 문화의 출발이고 정점이란 말이오. 결혼이 거친 자들을 온화하게 만들어 주고, 최고의 교양을 가진 자도 자신의 온화함을 보여 주기 위해서라면 이보다 더 좋은 기회란 없소. 일단 결혼을 했으면 헤어져서는 안 되오. 결혼이란 그토록 많은 행복을 가져다주기에, 그에 비하면 하나하나의 불행은 아무것도 아니지요. 생각해 봅시다. 불행이란 도대체 뭔가요? 조급함이란 녀석이 이따금 인간을 덮치면, 그는 불행하다고 느끼곤 하지요. 하지만 그 순간만 넘기면, 오래 지속되어 왔던 관계가 여전히 계속되고 있음을 알고는 행복해하기 마련이오. 서로 갈라서기에 충분한 이유란 없는 거요. 인간이 처한 상황이란 게 원체 그때마다의 고통과 기쁨에 내맡겨진 것이어서 한 쌍의 부부가 서로에게 얼마나 빚을 지고 있는 지는 감히 헤아릴 수도 없다오. 그것은 영원토록 짊어져야 하는 무한의 빚이지요. 간혹 그 빚이 불편할 수도 있고, 또 충분히 그럴 수 있는 일이라 보오. 우리는 또한 양심과도 결혼을 한 게 아닐까요? 우리는 이따금 거기서 벗어나고 싶어 하고, 그게 남편이나 부인보다 더 불편할 수도 있지요."

그가 너무도 열을 올려 말을 했기에 그의 이야기는 한동안 더 계속될 수도 있었을 것이다. 만일 나팔 소리를 내는 우편 마차가 사람들의 도착을 알리고, 마차들이 약속이라도 한 듯 같은 시각에 양쪽에서 성 마당 안으로 들어오지 않았더라면 말이다. 성에 사는 식구들이 그들을 맞으려 급히 나간 사이에 미틀러는 몸을 숨겼고, 말을 여관으로 데려오게 하고는 짜증을 내며 말을 타고 그곳을 떠났다.

제10장

    손님들은 진심 어린 환영을 받았다. 그들은 이전에 여러 날을 잘 지냈으나, 그동안 와 보지 못했던 그 집과 방에 발을 들여놓으며 즐거워했다. 친구들에게도 그들의 방문은 매우 기분 좋은 일이었다. 백작과 남작 부인은 청춘 때보다 중년의 나이에 더 사랑스럽게 보이는, 고귀하고 아름다운 인물에 속한다고 할 수 있었다. 처음 피어난 꽃들은 어느 정도 시들어 가고 있으나, 나이가 들어 가면서 사람들에게 호감과 더불어 확고한 신뢰감을 주는 그런 인물들 말이다. 이 한 쌍도 주어진 현재에 아주 유쾌하게 적응했다. 그때그때 삶의 상황을 받아들이고 대처하는 그들의 자유로운 태도, 명랑함, 그리고 걸림 없어 보이는 태도가 즉시에 느껴졌고, 또한 품위 있는 몸가짐은 강제성을 느끼게 하지 않으면서도 전체적으로는 절제를 보였다.

    백작과 남작 부인은 함께 지내며 한동안은 그런 분위기를 풍겼다. 바깥세상에서 막 이곳으로 들어온 그들은, 옷과 장비와 다른 모든 상황에서 볼 수 있듯이, 시골 사람답게 정열을 숨기고 있는 우리 친구들의 모습과는 다소간 대조를 보였다. 그러나 옛 추억과 현재의 관심사가 서로 뒤섞이고, 즉석에서의 활기찬 대화가 모두를 결합시켜 주자, 그러한 대조는 이내 사라졌다.

시간이 얼마간 지나자 그들은 따로따로 모이기 시작했다. 여자들은 처소에 모여 마음 놓고 이런저런 이야기를 나누고, 실내복이나 모자 따위의 최근 디자인을 살펴보는 등등 얼마든지 이야깃거리가 많았다. 한편 남자들은 새로운 마차들을 둘러보며, 이런저런 말들을 소개받고는 흥정하거나 교환하기 시작했다.

식사 때가 되어서야 그들은 다시 한자리에 모였다. 다들 옷을 갈아입고 왔는데 여기에서도 그 한 쌍은 유달리 돋보였다. 그들이 몸에 지닌 모든 것은 새것이었고, 한 번도 선보이지 않은 것 같았으나, 그동안 어느새 익숙해져 편안하게 보였다.

대화는 생기에 넘치고 또 다양했다. 그런 사람들이 모인 자리에서는 으레 그렇듯이 모든 것이 흥미의 대상인 듯 보였고 또 아무것도 흥미의 대상이 아닌 듯 보이기도 했다. 그들은 시중드는 사람들이 알아듣지 못하게 프랑스어를 사용했으며, 세상사에 대한 차원 높은 이야기와 일상적인 이야기를 스스럼없이 편안하게 나누었다. 한 화제에서는 대화가 보통 이상으로 오래 머물렀는데, 샤를로테가 어린 시절에 알던 여자 친구의 소식을 물었기 때문이었다. 샤를로테는 그녀가 곧 이혼할 거라는 뜻밖의 소식을 들었다.

"씁쓸한 소식이네요." 샤를로테가 말했다. "못 보고 있는 친구들이 어쨌거나 잘 지내고 있고, 또 사랑하는 친구가 걱정 없이 지내는 줄 알았는데, 어느새 그 친구의 운명이 흔들리고 있고, 이제 다시 새로운 길을, 어쩌면 또다시 불확실한 인생의 길을 갈지도 모른다는 말을 듣다니요."

"우리가 그렇게 놀라는 것은 실은 우리 자신의 탓이랍니다." 백작이 대꾸했다. "우리는 현세의 일들을, 특히 부부 사이의 결합을 너무도 당연하게 지속적인 것이라 여기지요. 결혼의 경우를 보자면, 우리가 반복해서 보곤 하는 희극들이 그러한 망상을 갖게 하는데, 이는 세상 돌아가는 형편과는 들어맞지 않습니다. 희극에서 볼 때 결혼이란 여러 막에 걸쳐 앞을 가로막는 장애 때문에 지연되던 소망이 마침내 도달하는 최종의 목표지요. 그것에 도달하는 순간 막이 내려오고, 그 순간의 만족은 우리에게 여운을 남깁니다. 하지만 현실에서는 사정이 달라요. 이 세상에서는 막 뒤에서도 연극이 계속되니까요. 그러다가 막이 다시 올라가면, 사람들은 그것에 대해 더 이상 보고 싶어 하지도 듣고 싶어 하지도 않는답니다."

"그 정도로까지 사정이 나쁘지는 않을 거예요." 샤를로테가 미소 지으며 말했다. "이 연극에서 퇴장한 인물들도 다시 새로운 역할을 맡고 싶어 할 테니까요."

"그 말씀에는 반대의 여지가 없어요." 백작이 말했다. "사람들은 다시 새 역할을 맡고 싶어 할 테니까요. 하지만 우리가 세상을 좀 더 알게 된다면, 이런 사실을 이해할 겁니다. 그처럼 변화

무쌍한 세상사 속에서, 부부 관계, 그것만이 결단코 영원히 지속되어야 한다는 생각 자체에는 부적절한 면이 있다는 거지요. 제 친구 중 하나는 기분이 유쾌할 때면 대개는 새로운 법안을 제안하는데, 그의 주장에 따르면 모든 결혼은 5년으로 마감되어야 한다는 것입니다. 그는 이렇게 말하지요. 오(五)라는 아름다운 홀수는 성스러운 수로서, 그 기간 동안이면 서로를 잘 알고, 두어 명의 아이를 낳고, 도로 헤어지고, 또한 이것이 가장 아름다운 점인데, 서로 다시 화해하기에도 충분하다는 겁니다. 그는 수시로 이렇게 외치곤 했지요. '처음 한동안은 시간이 얼마나 행복하게 지나갈까요! 적어도 이삼 년은 만족스럽게 흘러갈 테지요. 그러다가 두 사람 중 한쪽은 관계가 더 오래 지속되었으면 하고 바랄 거고, 예고된 기한'이 다가오면 다가올수록 호감은 더욱 커질 겁니다. 그리고 그동안 무덤덤하기만 했던, 심지어 만족하지 못했던 쪽도 그런 태도에 위로가 되어 상대를 다시 받아들이는 거지요. 우리가 좋은 사람들하고 같이 있으면 시간을 잊듯이, 시간이 흐르는 걸 모르고 지내다가, 정해진 기한이 지나고 나서야 비로소 그 기한이 말없는 가운데 연장된 것을 깨닫고는 놀라기는 하지만 그것을 아주 기분 좋게 받아들이는 것과 마찬가지지요.'"

이야기는 정중하면서도 흥미롭고, 또 샤를로테가 느끼기에 그 농담에 심오한 도덕적 의미를 부여할 수도 있는 것처럼 들리긴 했지만, 그녀에게 그러한 이야기들은, 특히 오틸리에 때문에 듣기 부담스러웠다. 처벌 받아 마땅하거나 용납하기 어려운 상황을 마치 일상적이고 평범하며, 더 나아가 칭송할 만한 것으로 언급하는 지나치게 자유분방한 대화만큼 위험한 것은 없음을 그녀는 잘 알았다. 바로 그러한 생각이 부부 관계를 해치는 것이었다. 그래서 그녀는 기지를 발휘하여 대화의 방향을 돌려놓으려 했다. 하지만 일은 뜻대로 되지 않았다. 게다가 오틸리에가 모든 것을 잘 준비해 놓았던 터라, 오틸리에가 그 자리에서 선뜻 일어설 수 없다는 게 안타까울 뿐이었다. 제복을 차려 입은, 새로 온 몇몇 하인은 서툴렀지만, 침착하고 세심한 그 애는 집안의 집사와 눈짓과 손짓만으로 대처가 가능하게끔 모든 것을 완벽하게 마련해 놓았던 것이다.

백작은 샤를로테가 대화를 딴 곳으로 돌리려는 의도를 눈치채지도 못한 채, 그 문제에 관한 자신의 견해를 계속 토로했다. 평소 같으면 대화를 하며 남에게 부담을 주지 않았던 그였지만, 그 문제만큼은 그의 마음을 너무나 사로잡고 있었다. 자신의 부인과 이혼하려는 것을 가로막는 어려움 때문에 그는 결혼과 관련된 모든 것에 반감을 가지고 있었다. 그만큼 그는 남작 부인과의 결혼을 너무도 열렬하게 원하고 있었다.

"그 친구는 또 다른 법을 제안했지요." 그가 말을 이어갔다. "결혼은 양쪽이, 또는 어느 한쪽이 세 번 결혼했을 경우에만 깨어질 수 없도록 해야 한다는 거지요. 왜냐하면 바로 그런 사람의 경우야말로 결혼의 필수불가결함을 단적으로 보여 주니까요. 그런 경우에는 그 사람이 이전의 결혼 생활에서 어떻게 행동했는지, 그리고 굳이 나쁜 성향 때문이라기보다는 그 자신이 종종 이혼의 동기가 될 만한 어떤 성향을 갖고 있는지 이미 밝혀졌다는 것이지요. 그래서 상대가 어떤 사람인가를 서로 알아보아야 한다는 겁니다. 물론 결과가 어떻게 될지 모르기에, 미혼자는 물론이고 기혼자의 경우에도 마찬가지로 조심할 필요가 있다는 겁니다."

"그건 사회의 이목을 크게 끌겠군요." 에두아르트가 말했다. "지금 우리 현실을 보아도, 일단 결혼을 하고 나면 우리는 더 이상 우리의 덕목에 대해서도 결함에 대해서도 묻지 않지요."

"그런 제도에서라면 이 댁의 주인들은 두 단계를 이미 행복하게 극복했으니, 이제 세 번째 단계를 준비하셔도 되겠군요." 남작 부인이 미소를 띠며 끼어들었다.

"당신들은 잘된 셈이지요." 백작이 말했다. "교단이 나서기를 꺼리는 일을 죽음이 기꺼이 해결해 주었으니까요."

"돌아가신 분들은 그냥 편히 내버려 두시지요." 샤를로테가 다소 진지한 시선으로 대꾸했다.

"왜요?" 백작이 응답했다. "그분들은 공경하는 마음으로 추모하면 되지요. 겸손한 분들이어서, 이런저런 착한 일을 한 것에 대해서도 이삼 년간의 추모로 만족하실 텐데요."

"그런 경우에는 한창 좋은 나이에 희생되는 일만 없었으면 좋겠어요!" 남작 부인이 조심스럽게 한숨을 내쉬며 말했다.

"물론이지요." 백작이 말을 받았다. "하지만 세상 모든 일이 전부 바라는 대로 이루어진다면 우리는 오히려 절망하지 않을 수 없을 겁니다. 아이들은 약속을 지키지 않고, 젊은이들도 약속을 지키는 일이 아주 드물어요. 그런데 막상 그들이 약속을 지키면 세상이 또 그들에게 약속을 지켜 주지 않지요.”

대화의 방향이 바뀌어 다행이라고 생각하던 샤를로테가 명랑한 목소리로 말했다. “맞아요! 어쨌거나 우리는 그분들이 남기고 간 선행을 조금씩이나마 부분적으로나마 누리는 데 곧 익숙해져야 해요.”

“그래요.” 백작이 말을 이었다. “당신들 두 사람은 아주 아름다운 시간을 누렸어요. 지난 세월을 돌이켜보면 당신과 에두아르트는 성 안의 마당에서 가장 돋보이는 한 쌍이었어요. 그렇게 찬란했던 시절에 대해서도, 그토록 빛나던 자태에 관해서도 이제 더 이상 언급할 필요는 없겠지만요. 당신들 두 사람이 춤을 추면, 모든 사람의 시선이 당신들에게로 집중되었지요. 그런데도 서로 속을 터놓지 않는 바람에 두 사람은 그토록 많은 사람들로부터 구혼을 받았지요!”

“그동안 많은 것들이 변했기에 우리는 그처럼 좋았던 과거의 일들을 겸손한 자세로 들을 수 있답니다.” 샤를로테가 말했다.

“나는 에두아르트가 좀 더 끈질기게 나가지 못한 것을 마음속으로 종종 나무랐지요.” 백작이 말했다. “그랬더라면 그의 유별난 부모도 결국에는 포기했을 테니까요. 게다가 젊은 시절의 십 년 세월이란 결코 작은 일이 아니거든요.”

“제가 저분 편을 들어주어야겠어요.” 남작 부인이 끼어들었다. “샤를로테도 책임이 전혀 없는 건 아니고, 조금도 한눈을 팔지 않았던 것도 아니에요. 그녀가 에두아르트를 진심으로 사랑했고 또한 그를 신랑감으로 마음에 두고 있었으면서도, 이따금 그녀가 그를 얼마나 괴롭혔는지에 대해서는 제가 바로 증인이랍니다. 그래서 그는 여행을 떠나거나, 멀리 사라져 버리거나, 그녀를 잊어버리려는 불행한 결심을 쉽게 할 수 있었던 거예요."

에두아르트는 남작 부인을 향해 고개를 끄덕였는데, 그녀가 자기를 옹호해 주는 것에 대해 고마워하는 것처럼 보였다.

"하지만 샤를로테의 입장에서도 제가 한마디 해야겠어요." 그녀가 계속해서 말했다. "그 당시 그녀에게 구애했던 남자는 이미 오래전부터 그녀에게 남다른 애정을 품고 있었더랬지요. 그리고 그 남자는 좀 더 가까이서 알고 보면, 당신들이 인정하고 싶어 하는 것보다는 훨씬 더 사랑스러운 사람이었죠."

"이봐요……" 백작이 다소 활달한 목소리로 말했다. "그 남자가 당신에게도 관심이 없지는 않았다는 것을 사실대로 인정하도록 합시다. 그리고 그 누구보다도 당신이 샤를로테를 가장 두려워하지 않았소. 내가 보기에 여자들은 어떤 유형의 이별에 의해서도 방해받거나 지워지지 않고 아주 오래 지속되는 애착을 가지곤 하는데, 그건 대단히 아리따운 특성이거든."

"그런 좋은 특성이라면 남자들이 더 많이 가지고 있을 걸요." 남작 부인이 말을 받았다. "적어도 당신의 경우에, 사랑하는 백작님, 이전에 당신이 좋아했던 여자만큼 당신에게 더 커다란 영향력을 지닌 사람은 아무도 없다는 걸 저는 깨달았거든요. 당신이 그런 여자를 옹호할 때 보면, 지금의 애인이 당신에게서 기대할 수 있는 것보다 더 열렬하게 편을 들더군요."

"그런 비난이라면 달게 감수할 만하지요." 백작이 답했다. "하지만 샤를로테의 첫 남편만은 용서할 수 없었다오. 그 사람은 정말이지 하늘이 정해 준 한 쌍을 갈라놓았거든요. 이 두 사람은 일단 합해졌다면 첫 5년은 물론이고, 두 번째, 세 번째 결합을 두려워할 필요조차 없었을 테니까요."

"우린 그동안 놓쳐 버린 것을 되찾으려 노력하고 있답니다." 샤를로테가 말했다.

"꼭 그렇게 하셔야 합니다." 백작은 조금은 격정적인 어투로 말을 이어갔다. "제대로 된 결혼은 원래부터 미움의 대상이 되지요. 일반적으로 결혼이라는 것은 유감스럽게도, 좀 지나친 표현을 쓰는 걸 용서해 주시기 바랍니다만, 뭔가 어리석은 데가 있는 법입니다. 아주 섬세한 관계를 망쳐 버리니까요. 혹 어느 한쪽에라도 도움이 된다면, 그것은 기껏해야 둔탁한 안정감 때문이지요. 모든 게 다 그렇고 그런 게 되는 겁니다. 사람들은 서로 결합된 것처럼 보이지만, 실은 그로써 이제 각자 자기의 길을 가는 거지요."

이 대화를 기어이 중단시키려 했던 샤를로테는 바로 그 순간 대담한 표현을 썼고, 그녀의 뜻은 이루어졌다. 대화는 더 일반적인 이야기로 넘어갔고, 남편과 대위도 대화에 동참할 수 있었다. 오틸리에도 발언할 기회를 가졌고, 그들은 최고의 분위기에서 후식을 즐기기도 했다. 우아한 과일 바구니들에 담긴 풍성한 과일과 화려한 꽃병마다 아름답게 나뉘어 꽂힌 알록달록한 꽃들도 좋은 분위기를 만드는 데 커다란 몫을 했다.

새로운 공원 조성도 화제에 올랐으며, 그들은 식사가 끝나자마자 현장을 방문했다. 오틸리에는 집안일이 있다는 구실로 그냥 남았다. 하지만 그녀는 필사를 하기 위해 책상에 가 앉았던 것이다. 대위가 백작의 말 상대가 되어 주었고, 나중에는 샤를로테가 합류했다. 그들이 언덕에 도착하고, 대위가 지도를 가져오기 위해 기꺼이 아래로 급히 내려가고 있었을 때 백작이 샤를로테에게 말했다. "저 사람은 정말 내 마음에 들어요. 일을 전체의 맥락에서 잘 알고 있더군요. 또한 아주 진지하고 일관성 있게 일하는 것 같군요. 그가 이곳에서 해내는 일은 더 높은 신분의 사람들 사이에서라면 더욱 진가를 발휘하게 될 겁니다."

샤를로테는 대위에 대한 칭찬을 들으니 내심 기분이 좋았다. 그녀는 정신을 가다듬고는 방금 들은 이야기를 침착하고 분명하게 되새겨 보았다. 하지만 백작이 다음과 같이 계속 말하자 깜짝 놀라고 말았다. "때마침 그 사람을 잘 만난 것 같군요. 그에게 꼭 맞는 일자리를 내가 알지요. 내가 그를 추천하면, 그 사람을 행복하게 해 주는 동시에 나도 지체 높은 친구와 아주 좋은 관계를 맺게 될 테지요."

그 말은 샤를로테에게 떨어진 벼락과도 같았다. 백작은 아무런 눈치도 채지 못했다. 언제나 자제하는 것에 익숙해 있는 여성들은 이례적인 상황에도 얼핏 보기엔 침착한 태도를 유지하기 때문이었다. 하지만 그녀에게는 백작이 이어서 말하는 이야기가 더 이상 들리지 않았다. "나는 확신이 드는 일이라면 순식간에 해치운답니다. 이미 머릿속으로 편지를 구상해 놓았으니, 서둘러 써야겠어요. 말을 타고 갈 심부름꾼을 좀 구해 주시지요. 오늘 저녁에라도 보낼 수 있게 말입니다."

샤를로테의 마음은 찢어지는 듯했다. 그 제안에 놀라고, 또 자기 자신에게 놀라 그녀는 한마디도 할 수 없었다. 백작은 다행스럽게도 대위를 위한 자신의 계획을 계속해서 이야기했는데, 대위에게 이로운 계획이라는 것은 샤를로테의 눈에 너무도 분명해 보였다. 마침 그때 대위가 올라와 백작 앞에 두루마리를 펼쳤다. 하지만 샤를로테는 이제 잃게 될 그 친구를 이전과 다른 눈길로 쳐다보았다! 겨우 머리 숙여 인사를 한 그녀는 돌아서서 정자 쪽으로 서둘러 내려갔다. 길을 내려오는 그녀의 두 눈에서는 어느새 눈물이 쏟아져 내렸다. 그러다가 그녀는 자그마한 암자의 좁은 공간에 쓰러지듯 몸을 던졌고, 바로 직전까지 예감조차 할 수 없었던 고통과 열정과 절망에 온통 자신을 내맡겼다.

한편 에두아르트는 남작 부인과 함께 연못 쪽으로 갔다. 무슨 일이든 알고 싶어 하는 영리한 그녀는 이것저것 의중을 떠보는 동안에 오틸리에에 대한 에두아르트의 칭찬이 지나치다는 사실을 금방 알아차렸다. 그녀는 아주 자연스럽게 그의 입을 차츰차츰 열게 함으로써 그의 정열이 이제 싹트고 있다기보다는 실제로 정열 그 자체에 빠져 있다는 사실에 의심의 여지가 없음을 마침내 알아차렸다.

기혼 여성들은 서로 좋아하지 않는 사이일지라도, 특히 젊은 아가씨들 앞에서는 무언중에 서로 동맹을 맺는 법이다. 세상사에 밝은 남작 부인에게는 그러한 애정이 초래할 결과가 너무나 빨리 머릿속에 떠올랐다. 안 그래도 그녀는 오늘 아침 오틸리에에 관해 샤를로테와 이야기를 나누었고, 조용한 성격의 오틸리에가 시골에만 머물러 있는 것은 옳지 않다며 이런 제안을 했다. 외동딸의 교육에 온 정성을 쏟고 있는 한 친구가 도시에 살고 있는데 함께 놀아 줄 착한 여자애가 있다면 둘째 딸로 삼아 모든 혜택을 아낌없이 주겠다고 했으니, 오틸리에를 그 친구에게 보내면 어떻겠느냐는 것이었다. 샤를로테는 그 문제를 더 깊이 고민해 보겠노라고 답했다.

에두아르트의 마음을 간파했기에, 남작 부인에게 그 제안은 아주 확실한 계획으로 바뀌었다. 그리고 마음이 급해지면 급해질수록, 그녀는 겉으로는 그만큼 더 에두아르트의 소망에 따라 주는 척을 했다. 이 여자는 누구보다도 잘 자제할 줄 알았는데, 이러한 자제력은 사람들로 하여금 아주 특별한 경우에도 평범해 보이게끔 위장해 주는 법이다. 그런 사람은 강력하게 자신을 억제하고, 또 자신의 통제력을 다른 사람에게까지 파급시켜, 내면적으로 결여된 것을 외견상으로나마 보상받음으로써, 어느 정도 해롭지 않은 사람으로 여겨지는 것이다.

대개 이러한 성향은 다른 사람이 무지해서 또는 사태를 의식하지 못해 덫에 걸리는 것을 보고 은근히 기뻐하는 일종의 악의와 연결된다. 사람들은 바로 눈앞의 성공뿐만 아니라 장차 예기치 않게 상대에게 닥칠 수모를 생각하며 즐거워한다. 남작 부인

또한 꽤나 심술궂은지라, 그녀의 장원에서 포도를 수확하는 일에 에두아르트를 샤를로테와 함께 초대했는데, 오틸리에를 같이 데려가도 좋으냐는 에두아르트의 질문에 마음 가는 대로 하시라는 투로 대답했던 것이다.

에두아르트는 어느새 열광하며 그 지역의 아름다운 풍광과, 커다란 강과 언덕, 바위와 포도밭, 오래된 성들과 뱃놀이, 그리고 포도 수확과 포도즙 짜는 일에 대해 말을 쏟아 냈다. 순진무구한 그는 그러한 광경들이 오틸리에의 신선한 감정에 주게 될 인상을 미리 그려 보며 크게 기뻐했다. 바로 그 순간 오틸리에가 다가오는 게 보였고, 남작 부인은 재빨리 에두아르트에게 계획하고 있는 가을 여행에 대해 아무 말도 하지 말아 달라고 했다. 너무 앞서서 기뻐하면 일이 대체로 성사되지 않는다는 것이었다. 에두아르트는 그러기로 약속했고, 오틸리에 쪽으로 더 빨리 가자며 그녀를 재촉하더니, 마침내 그 사랑스러운 애가 오는 쪽으로 몇 걸음 앞서서 서둘러 걸어갔다. 그의 온몸이 진정 어린 기쁨을 발산하였다. 그는 오는 길에 꺾었던 들꽃 다발을 건네며 오틸리에의 손에 입을 맞추었다. 그 장면을 본 남작 부인은 내심 분노가 치밀어 올랐다. 벌을 받아 마땅한 그러한 애정은 그냥 넘겨서는 안 될 일이기도 했지만, 보잘것없는 애송이 소녀에게 다정하고 부드러운 애정이 베풀어지는 것을 그녀로서는 더더욱 용납할 수 없었다.

저녁 식사를 위해 모여 앉았을 때 그들 사이에는 전혀 다른 분위기가 감돌았다. 식사 시간 전에 벌써 편지를 써 심부름꾼 편으로 보낸 백작은 대위와 이야기를 나누었다. 그날 저녁 백작은 대위를 자기 곁에 두고서 사려 깊은 눈길로 그가 어떤 사람인지를 찬찬히 살펴보았다. 백작의 오른편에 앉아 있던 남작 부인은 그래서 별로 말을 할 기회가 없었고, 에두아르트와도 마찬가지로 대화를 할 수 없었다. 에두아르트는 처음에는 갈증이 나서, 나중에는 흥분한 나머지 포도주를 벌컥벌컥 들이켜며, 자기 옆에 앉힌 오틸리에와 너무도 쾌활하게 이야기를 나눴다. 대위의 다른 쪽 옆에 앉아 있던 샤를로테는 흔들리는 마음을 숨기기가 거의 불가능했다.

남작 부인은 충분한 시간을 두고 그들을 관찰할 수 있었다. 그녀는 샤를로테의 불편한 심기를 알아차렸다. 그녀는 오틸리에에 대한 에두아르트의 태도에만 신경을 곤두세우고 있었기에, 샤를로테 역시 남편의 행동을 미심쩍어하며 짜증을 내는 것이라고 쉽사리 단정했다. 그래서 이제 어떻게 자신의 목적을 가장 잘 이룰 수 있을지를 이모저모로 궁리했다.

식사를 마친 후에도 그들 사이에는 어떤 틈새가 벌어져 있었다. 대위에 관해 제대로 알고 싶었던 백작은, 허황된 구석이라곤 없고 과묵하기만 한 이 침착한 사내가 원하는 것이 무엇인지 알아내려고 이런저런 말을 건네야 했다. 그들은 홀의 한쪽을 함께 거닐었다. 한편 포도주에 취하고 희망에 들뜬 에두아르트는 한쪽 창가에서 오틸리에와 농담을 주고받았고, 샤를로테와 남작 부인은 홀의 또 다른 쪽에서 말없이 나란히 거닐었다. 그러다가 두 여자가 말없이 그냥 서 있는 걸 보자 마

침내 다른 일행도 멈추어 섰다. 여자들은 거처로 들어갔고, 남
자들도 다른 쪽에 있는 거처로 들어감으로써 그날 일과는 끝
나는 듯했다.

제11장

에두아르트는 백작을 따라 그의 방으로 갔고, 그와 즐겁게 이야기를 나누며 한참 동안 그곳에 머물렀다. 백작은 지난 시절로 돌아가 샤를로테의 아름다움을 생생하게 떠올렸고, 그녀를 잘 아는 한 사람으로서 그녀의 아름다움에 대해 열변을 토했다. "아름다운 발은 자연의 위대한 선물이고, 그 우아함은 불멸의 것이지. 오늘 그녀가 걸어가는 모습을 보았는데, 그녀의 발은 아직도 입 맞추고 싶을 정도더군. 좀 야만적이긴 하지만, 깊은 존경의 마음을 표시하는 사르마트인'들의 행동을 따라하고 싶다는 생각마저 들었어. 그들은 사랑하고 숭배하는 사람의 신발로 술을 마시며 건배하는 것을 최고 존경의 표시로 알았다고 하지 않나."

서로 간에 터놓고 말하는 두 남자가 칭송하는 대상이 발끝에만 그치지는 않았다. 그들은 인물 이야기로부터 시작하여 옛날이야기와 모험담으로 거슬러 올라갔고, 일찍이 사랑하는 이 두 사람의 만남을 가로막았던 장애에 관한 이야기까지 나오자, 그들이 서로 사랑한다고 말을 하는 데만 해도 얼마나 힘이 들었고, 또 어떤 계책들을 꾸몄는지를 얘기하며 열을 올렸다.

"자네 기억하나?" 백작이 계속해서 말했다. "우리의 어르신들이 그녀의 숙부를 방문해 넓은 성에서 함께 만나고 있었을 때, 내가 정말이지 우정을 위해 아무런 사심 없이 자네의 모험을 도와주었던 일 말이야. 그날은 모두들 엄숙하게 예복을 입고 지냈지. 그래서 최소한 밤이 되어야 한때나마 자유롭고 다정한 대화를 나눌 수 있는 형편이었어."

"여인들의 숙소로 가는 길을 잘도 알아 두셨더군요." 에두아르트가 말했다. "덕분에 다행히도 저의 연인에게로 갈 수 있었지요."

"자신의 만족보다는 예절 따위를 더 생각하던 그녀 곁에는 아주 불쾌한 감시자가 있었지." 백작이 말을 받았다. "당신들이 오고 가는 눈길과 말로 대화를 잘 나누는 동안 내게는 아주 언짢은 운명이 주어졌던 거야."

"백작님이 오신다는 말을 듣고 어제 저는 아내와 함께 그 일을, 특히 우리가 되돌아오던 때를 떠올렸답니다." 에두아르트가 답했다. "우린 길을 잃어 파수병들의 방 앞에 이르렀고, 그곳에서부터는 길을 잘 알기에 별 문제없이 그 초소는 물론이고, 나머지 초소들도 지나갈 수 있으리라 믿었지요. 그런데 문을 여는 순간 우리는 깜짝 놀라고 말았죠! 길 위에는 매트리스들이 깔려 있었고, 그 위에서 건장한 자들이 여러 줄로 쭉 뻗은 채로 누워 잠을 자고 있는 게 아닙니까. 그 초소에서 유일하게 깨어 있던 초병이 놀란 눈으로 우리를 바라보았지요. 하지만 우리는 줄지어 늘어져 있는 군화들 위로 젊음의 용기와 만용으로 아주 태연하게 지나갔지요. 드르렁 코를 고는 거인들 중 그 누구도 잠에서 깨어나지 않았고요."

"나는 넘어져 마구 소동이 벌어졌으면 했어." 백작이 말했다. "그랬더라면 우리는 기이한 부활'의 장면을 보았을 테지!"

바로 그 순간 성의 종이 열두 차례 울렸다. "마침 자정이군." 백작이 미소 지으며 말했다. "때마침 좋은 시간이야. 이보게, 남작님, 내 청이 하나 있네. 내가 그때 당신을 데려갔던 것처럼 오늘은 당신이 나를 좀 데려가 주시지. 내가 찾아가겠다고 남작 부인에게 약속했거든. 우리는 온종일 단 둘만의 대화를 나누지 못했고, 그토록 오래 보지도 못했으니 서로 은밀한 시간을 그리워하는 건 너무 당연한 일 아닌가. 가는 길만 가르쳐 주시게, 돌아오는 길은 내가 알아서 찾을 테니. 어쨌든 내가 군화에 걸려 넘어지는 일은 없을 것 아닌가."

"주인으로서 기꺼이 친절을 베풀어야지요." 에두아르트가 대답했다. "다만 세 여자가 건너편의 같은 채에 함께 있어요. 그들이 아직 함께 있을지도 모르고, 혹시 또 우리가 소문날 무슨 일이나 저지르지나 않을는지요."

"걱정 놓으시게!" 백작이 말했다. "남작 부인은 나를 기다리고 있으니까. 이 시간에는 그녀의 방에 분명히 혼자 있을 거야."

"안내해 드리는 거야 뭐 쉬운 일이지요." 에두아르트는 그렇게 말하고는 등불을 손에 들고 백작의 앞쪽을 비추며 비밀 계단을 내려갔는데, 그 계단은 기다란 복도로 이어져 있었다. 그 복도 끝에서 에두아르트는 작은 문을 열었고, 그들은 나선형 계단을 올라갔으며, 위쪽에 있는 좁다란 마루 위에서 에두아르트는 백작의 손에 등불을 넘겨주며 오른쪽에 있는, 벽지가 발린 문을 가리켰다. 문은 미는 즉시 곧 열리면서, 백작을 받아들였고, 에두아르트를 어두운 공간 속에 홀로 남겨 두었다.

왼쪽 편의 또 다른 문은 샤를로테의 침실로 들어가는 문이었다. 그는 말소리를 듣고는 귀를 기울였다. 샤를로테가 시녀에게 물었다. "오틸리에는 벌써 잠자리에 들었니?" 시녀가 대답했다. "아뇨, 아가씨는 아래층에서 아직 필사하고 있어요." 그러자 샤를로테가 말했다. "그럼, 불을 켜 놓고 이제 그만 가도록 해. 시간이 늦었어. 촛불은 내가 끌게. 나도 자야겠어."

에두아르트는 오틸리에가 아직 필사하고 있다는 말을 듣고는 감격했다. '그 애가 나를 위해 그렇게 애쓰다니!' 그는 환호했다. 그는 어둠 때문에 완전히 자신에게 갇힌 채 그 애가 앉아서 필사하는 모습을 보았다. 그는 자신이 그녀에게 다가가, 그녀의 모습을 보고, 그녀도 몸을 돌려 자기를 보는 듯했다. 그는 다시 한 번 그녀 가까이에 있고 싶다는 거부할 수 없는 욕망을 느꼈다. 하지만 지금 이곳에서 그녀가 사는 반지하층으로 내려가는 길은 없었다. 그 순간 그는 자신이 아내의 방 문 바로 앞에 서 있다는 사실을 깨달았고, 마음속으로 묘한 혼동이 일었다. 그는 손잡이를 돌려 보았고, 문은 잠겨 있었다. 나지막하게 문을 두드렸는데도 샤를로테는 듣지 못한 듯했다.

그녀는 다소 넓은 옆방에서 맑은 정신으로 거닐고 있었다. 그녀는 백작이 뜻밖의 제안을 한 이후 혼자서 수시로 떠올렸던 생각을 되씹고 또 되씹었다. 대위가 자기 앞에 서 있는 듯했다. 그 사람이 있어 집 안이 가득했고, 산책이 활기찼는데, 이제 그 사람이 떠나야 하고, 모든 게 텅 비게 되다니! 그녀는 혼자서 할 수 있는 모든 말을 마음속으로 되뇌었고, 사람들이 흔히 그렇듯이, 지금의 고통도 시간이 지나면 가라앉을 거라는 언짢은 위안을 미리 해 보기도 했다. 그녀는 고통을 치유하는 데 걸릴 시간을 저주했고, 고통이 치유된 후 마주할 죽음과도 같은 시간도 저주했다.

마침내 그녀가 평소에 거의 보인 적 없는 눈물에서 도피처를 찾은 것은 오히려 다행스러운 일이었다. 그녀는 소파에 몸을 던지고는 온통 고통에 빠져들었다. 에두아르트도 그대로 문 앞을 떠날 수는 없었다. 그는 다시 한번 노크했고, 세 번째에는 상당히 세게 노크했다. 그 때문에 샤를로테는 한밤의 고요함 속에서 그 소리를 아주 또렷하게 듣고는 놀란 나머지 자리에서 벌떡 일어섰다. 맨 처음에는 이 사람이 대위일 거고, 또 그럴 게 분명하다고 생각했다. 그러나 곧 이어 그럴 리 없다는 생각이 들었다. 그녀는 환청이라 여겼지만 노크 소리를 들은 건 분명했다. 한편으로는 그것이 사실이기를 바라는 마음도 들었고, 또 한편으로는 사실이면 어쩌나 하는 두려운 마음도 들었다. 그녀는 침실로 가 빗장을 걸어 놓은, 벽지를 바른 문 쪽으로 나직하게 걸어갔다. 그녀는 두려워하는 자신을 나무랐다. "남작 부인이 뭔가 필요한 게 있는 모양이야!"라며 혼잣말을 하고는 마음을 가라앉히고 차분하게 "밖에 누구세요?" 하고 물었다. 어떤 조용한 목소리가 대답했다. "나요." 목소리를 알아듣지 못한 샤를로테가 물었다. "누구시라고요?" 그녀의 마음속에 대위가 문 앞에 서 있는 모습이 떠올랐다. 조금 더 큰 소리가 들려왔다. "에두아르트요!" 그녀가 문을 열자, 남편이 앞에 서 있었다. 그는 농담을 던지며 그녀에게 인사했고, 그녀도 같은 어조로 대화를 이어갈 수 있었다. 그는 수수께끼 같은 자신의 방문에 수수께끼 같은 설명을 덧붙였다. 그는 마침내 말했다. "내가 왜 지금 당신을 찾아왔는지 고백해야겠소. 내가 오늘 밤 당신의 신발에 입을 맞추기로 서약했지 뭐요."

"당신이 그런 생각을 한 지도 오래됐을 텐데요." 샤를로테가 말했다. "사정이 그랬다니, 더욱 잘된 일이군요!" 에두아르트가 대답했다.

그녀는 자신의 가벼운 잠옷을 그의 시선에서 떼어 놓으려고 안락의자에 앉았다. 그가 그녀 앞에 꿇어앉았다. 그녀는 그가 그녀의 신발에 입을 맞추지 않고, 한쪽 손으로 그녀의 신발을 들고 다른 손으로 그녀의 발을 잡고는 부드럽게 자신의 가슴에 갖다 대는 것을 막을 도리가 없었다.

샤를로테는 천성이 온화하고, 결혼 생활에서도 의도적으로 긴장감을 조성하는 일 없이 사랑스러운 연인의 태도를 지키는 여인들 중 하나였다. 그녀는 남편을 먼저 자극한 적이 단 한 번도 없었으며, 그의 요구에 소극적으로 응하곤 했다. 하지만 그렇다고 해서 냉정하게 대하거나 완고하게 반발하는 일은 없었으며, 허락을 하고서도 내심으로 부끄러워하는 사랑스러운 신부와도 같았다. 그날 밤 에두아르트는 이중의 의미에서 바로 그러한 모습의 그녀를 보았다. 그녀는 남편이 그곳에서 나가 주기를 너무나 바랐는데, 어른거리는 그 친구의 모습이 그녀를 나무라는 것 같았기 때문이었다. 하지만 에두아르트를 떠나가게 했어야 할 그 무엇이 오히려 그를 더욱 끌어당겼다. 그녀의 마음속에서 무언가가 일어나고 있음이 선명하게 보였다. 그녀는 눈물을 흘리고 말았다. 마음이 약한 사람들은 눈물을 보임으로써 대개는 우아함을 잃지만, 우리가 흔히 강하고 자제력이 있다고 여기는 사람들은 눈물을 흘림으로써 오히려 무한한 것을 얻는 법이다. 에두아르트는 사랑스럽고 다정했으며, 또한 아주 적극적이었다. 그는 그녀 곁에 있고 싶다고 청했으나 강요하지는 않았으며, 때로는 진지하게 때로는 농담조로 그녀를 설득했다. 그는 당연히 그래야 한다고 생각하지는 않았지만, 마침내 과감하게 촛불을 껐다.

불빛이 어두워지자마자 마음속의 애정과 상상력이 눈앞의 현실을 넘어 자신의 권리를 주장했다. 에두아르트가 두 팔로 안은 것은 다름 아니라 오틸리에였으며, 샤를로테의 마음속에서는 대위의 모습이 다가왔다 멀어졌다 하며 어른거렸다. 기이하게도, 눈앞에 있지 않은 것과 눈앞에 있는 것이 도발적이면서도 기쁨에 넘쳐 서로 뒤얽혔다.

하지만 현재가 자신의 대단한 권리를 다 빼앗긴 것은 아니었다. 그들은 그날 밤 한동안 이런저런 대화와 농담을 주고받았는데, 마음이 딴 곳에 가 있었기에 그 대화와 농담은 더욱더 막힘이 없었다. 에두아르트가 다음 날 아침 자기 부인의 가슴에서 깨어났을 때 그에게는 예감으로 가득 찬 날이 밝아 오는 것 같았고, 또한 태양이 그의 범죄를 밝게 비추는 듯했다. 그는 조용히 그녀에게서 빠져나왔고, 샤를로테는 잠에서 깨어났을 때 이상하게도 혼자 남아 있는 자신을 발견했다.

제12장

그들이 아침 식사 시간에 다시 모였을 때, 주의 깊은 관찰자라면 개개인의 행동에서 마음속의 서로 다른 생각과 기분을 읽어 낼 수 있었을 것이다. 백작과 남작 부인은 밝고 편안한 기분으로 만났는데, 그것은 이별을 참고 지내다 서로의 애정을 다시 한번 확인한 한 쌍의 연인이 느끼는 그런 마음 상태였다. 반면에 샤를로테와 에두아르트는 말하자면 부끄럽고 후회스러운 마음으로 대위와 오틸리에를 맞았다. 왜냐하면 사랑이란 자기만이 옳다고 믿으며 다른 모든 권리를 그 앞에서 사라지게 하는 그런 것이기 때문이었다. 오틸리에는 어린애처럼 명랑했고, 그런 모습에서 그녀의 마음이 환하게 열려 있음을 알 수 있었다. 대위는 진지해 보였다. 백작과 대화하는 동안 그의 마음속에 한동안 조용하게 잠들어 있던 모든 것이 되살아났기 때문에, 자신이 이곳에서 주어진 몫을 제대로 하지 못하고 빈둥빈둥 시간만 보내고 있다는 생각이 너무도 선명하게 들었다. 두 손님이 떠나자마자 또 다른 손님이 찾아왔는데, 자신에게서 벗어나 기분을 풀고 싶었던 샤를로테로서는 환영할 만한 일이었다. 하지만 오 틸리에와 같이 있고 싶은 마음이 너무도 간절했던 에두아르트 에게 그 방문은 마땅치 않았으며, 내일 아침 일찍까지는 마무 리 지어야 할 필사를 끝내지 못한 오틸리에에게도 그 점은 마찬 가지였다. 그래서 손님들이 늦게야 떠나갔을 때, 그녀도 서둘러 곧장 자신의 방으로 갔다.

저녁이 되었다. 손님들이 마차를 탈 때까지 걸어서 그들과 동 행했던 에두아르트와 샤를로테와 대위는 연못 쪽으로 좀 더 산 책하자는 데 동의했다. 에두아르트가 상당한 비용을 치르고 멀 리서 가져오게 한 보트가 도착해 있었던 것이다. 그들은 보트가 잘 나가는지, 쉽게 조종할 수 있는지 시험해 보려고 했다.

그 보트는 몇 그루의 오래된 떡갈나무에서 멀리 떨어지지 않 은, 가운데 연못가에 매여 있었다. 그 떡갈나무들은 앞으로 공 원을 만들 때 어떻게 이용할지 용도를 정해 놓은 것들이었다. 여기에 선착장을 마련하고, 나무 아래에 휴식을 위한 건물을 세 우고, 호수를 건너는 사람들이 그곳을 목표로 배를 몰게 할 예 정이었다.

"그런데 건너편 선착장은 어디로 정하는 게 가장 좋을까?" 에 두아르트가 이렇게 묻고는 자신이 답했다. "내 플라타너스 나무 들이 있는 데가 좋을 것 같은데."

"그 나무들은 너무 오른쪽에 치우쳐 있어." 대위가 말했다. "더 아래쪽에 배를 대야 성이랑 가깝거든. 어쨌거나 좀 더 고민해 볼 일이야."

대위는 어느새 보트의 뒤쪽에 서서 노를 잡고 있었다. 샤를로테가 보트에 탔고, 에두아르트도 마찬가지로 올라타고는 다른 노를 잡았다. 그러고는 막 노를 저으려는 순간 오틸리에가 떠올랐고, 뱃놀이 때문에 늦어진다면 언제 집에 돌아가는 거야 하는 생각이 들었다. 그는 곧장 결심하고는 다시 땅으로 뛰어내렸고, 대위에게 노를 건네주고는 건성으로 미안하다는 말을 남기고는 집 쪽으로 서둘러 달려갔다.

집에 도착한 그는 오틸리에가 방 안에 틀어박혀 필사를 하고 있다는 말을 들었다. 그녀가 자기를 위해 무언가를 하고 있어 기분은 좋았으나, 지금 당장 그녀를 보지 못한다는 것이 너무나 힘들었다. 그의 초조함은 매순간 더욱 심해졌다. 그는 커다란 홀에서 왔다 갔다 하며, 온갖 것을 시도해 보았으나, 아무것에도 집중할 수 없었다. 그는 샤를로테와 대위가 돌아오기 전에 오틸리에와 단둘이서만 있고 싶었다. 밤이 되었고, 촛불이 켜졌다.

마침내 그녀가 사랑스럽고 환한 모습으로 안으로 들어왔다. 친구를 위해 무언가를 해냈다는 감정이 그녀의 몸과 마음 전체를 들뜨게 해 주었던 것이다. 그녀는 원본과 필사본을 에두아르트가 앉은 탁자 위에 올려놓았다. "한번 대조해 보실래요?" 그녀가 미소 지으며 물었다. 에두아르트는 뭐라 대답해야 할지 몰랐다. 그는 그녀를 바라보다가, 다시 필사본을 살펴보았다. 처음 몇 장은 부드러운 여성의 손으로, 아주 꼼꼼하게 쓰여 있었고, 그 뒤로는 필체가 바뀌어 보다 경쾌하고 자유롭게 보였다. 그리고 마지막 몇 장을 눈으로 훑어보던 그는 소스라치게 놀라고 말았다! "맙소사!" 그가 큰 소리로 말했다. "이게 어찌 된 거야? 이건 내 필체잖아!" 그는 오틸리에를 유심히 쳐다보다 다시 그 페이지들을 바라보았는데, 특히 마지막 부분은 마치 자기 자신이 쓰기라도 한 듯했다. 오틸리에는 말이 없었으나, 아주 만족해하며 그의 눈을 들여다보았다. 에두아르트는 두 팔을 치켜들었다. "너는 나를 사랑하고 있어!" 그가 소리쳤다. "오틸리에, 너는 나를 사랑하고 있어!" 그러고는 그들은 서로를 껴안았다. 누가 누구를 먼저 껴안았는지는 분간할 수 없었다.

그 순간부터 에두아르트에게 세상은 완전히 바뀌었다. 그는 지금까지의 그가 아니었으며, 세상은 지금까지의 세상이 아니었다. 그들은 마주 보고 서 있었고, 그는 그녀의 두 손을 붙잡고 있었다. 그들은 서로의 눈을 들여다보며 다시 껴안으려 했다.

바로 그때 샤를로테가 대위와 함께 안으로 들어왔다. 꽤 오랜 시간을 함께하지 못했다고 용서를 빌며 에두아르트는 속으로 미소 지었다. '이 사람들 왜 이렇게 빨리 돌아온 거야!'라고 그는 혼잣말을 했다.

그들은 저녁 식사를 위해 식탁에 둘러앉았다. 오늘 왔던 방문객들에 대한 평가가 있었다. 에두아르트는 정감 넘치고 상기된 채로 모든 사람을 감싸 주거나 이따금씩 긍정적으로 평가했다. 그와는 견해가 전혀 달랐던 샤를로테는 그의 기분을 알아차리고는, 보통 때는 떠나간 사람들에 대해 언제나 엄격한 잣대를 들이대던 그가 오늘은 왜 그렇게 부드럽고 관대하냐면서 그를 놀려 대었다.

뜨거운 열정과 진심 어린 확신으로 에두아르트는 큰 소리로 말했다. "우리는 어떤 한 사람만을 철저하게 사랑해야만 하오. 그러면 다른 모든 사람도 저절로 사랑스럽게 보이는 거요!" 오틸리에는 시선을 떨구었고, 샤를로테는 멍하니 앞만 바라보았다.

대위가 말을 받았다. "존경하는 마음과 숭배하는 마음은 서로 비슷해요. 어떤 하나의 대상에 대해 그런 생각을 가질 기회가 생길 때, 우리는 비로소 이 세상에서 소중한 게 무엇인지를 깨닫는 겁니다."

샤를로테는 그날 저녁 그녀와 대위 사이에 있었던 일을 다시 떠올려 보기 위해 바로 침실로 가려고 했다.

에두아르트가 강가로 뛰어내리면서 보트를 땅에서 밀어내어, 아내와 친구를 흔들리는 원소* 자체에 내맡겼을 때, 샤를로테는 남몰래 자신을 그토록 마음 아프게 했던 바로 그 남자가 황혼 속에서 자기 앞에 앉아 두 개의 노를 저으며 배를 마음대로 움직여 가는 모습을 바라보았다. 그녀는 지금까지 거의 느껴 보지 못했던 깊은 비애에 잠겼다. 보트는 회전하고, 노는 철썩대고, 수면 위로 바람결이 스쳐 지나갔다. 갈대는 살랑거리고, 새들은 마지막 비상을 하고, 막 떠오르는 별들은 반짝이고 또 깜박거렸다. 모든 것이 가득한 적막 속에서 초자연적인 빛을 발산하였다. 그녀는 이 친구가 자기를 아주 먼 곳으로 데려가 홀로 내려놓고는 내버려 둘 것 같았다. 마음속에 묘한 흔들림이 일었으나, 그녀는 울 수 없었다.

그러는 동안 대위는 자신의 생각대로라면 공원이 어떤 모습이 될지를 그녀에게 설명해 주었다. 보트의 장점을 칭찬하기도 했는데, 한 사람이 두 개의 노를 사용하여 배를 쉽게 움직이고 조종할 수 있다는 것이었다. 그녀도 노 젓기를 쉽게 배울 수 있으며, 이따금 혼자서 물 위를 헤쳐 가며 스스로가 뱃사공이나 항해사가 되어 보는 것도 기분 좋은 일이라고 말했다.

이 말을 듣는 순간 다가올 이별의 예감에 그녀의 가슴이 철렁했다. '이분이 일부러 이런 말을 하는 걸까?' 그녀는 속으로 생각했다. '이분이 벌써 그 사실을 아는 걸까? 그렇게 짐작하는 걸까? 아니면 우연히 말을 꺼냈지만 자기도 모르게 나의 운명을 예고한 걸까?' 그녀는 깊은 비애와 초조함에 사로잡혔다. 그래서 가능한 한 빨리 땅으로 올라가 함께 성으로 돌아가자고 그에게 부탁했다.

대위가 그 연못에서 배를 타 본 것은 그때가 처음이었다. 그는 연못의 깊이를 대강 헤아릴 수 있었지만, 개별적인 지점들의 깊이를 아는 건 아니었다. 날이 어두워지기 시작했다. 그는 내리기에 편하고, 성으로 통하는 오솔길에서 멀지 않다고 추정되는 곳으로 보트를 몰았다. 그런데 그가 예정된 궤도에서 조금 벗어나자 샤를로테는 다소 두려워하며 빨리 땅에 내리고 싶다는 청을 되풀이했다. 그는 다시 힘을 내어 연못가로 접근했지만, 목표 지점에서 약간 떨어진 곳에서 헤어나지 못한다는 느낌을 받았다. 그는 어느 한곳에서 맴돌며 빠져나오지 못했고, 거기서 다시 나오려 애를 써도 허사였다. 이제 어떻게 해야 한단 말인가? 그리 깊지 않은 물속으로 뛰어 들어 그녀를 땅 위로 옮기는 수밖에 없었다. 그는 비틀거리거나 그녀에게 걱정을 끼치지는 않을 정도로 건장했기 때문에 사랑스러운 짐을 무리 없이 건네 놓을 수 있었다. 하지만 그녀는 겁에 질려 두 팔로 그의 목을 꼭 감았다. 그도 그녀를 꼭 붙들고 가슴에 껴안았다. 잔디가 깔린 언덕에 와서야 그는 그녀를 내려놓았지만 마음의 동요와 혼란이 없지 않았다. 그녀는 여전히 그의 목을 감은 채 누워 있었다. 그는 그녀를 다시 두 팔로 와락 껴안고는 그녀의 입술에 격렬하게 키스했다. 그러고는 곧 그녀의 발 앞에 엎드려 그녀의 손에 자신의 입을 맞추고는 큰 소리로 말했다. "샤를로테, 저를 용서해 주시겠어요?"

그 친구의 과감한 키스에 그녀도 화답할 뻔했지만, 그 키스는 샤를로테로 하여금 정신을 차리게 했다. 그녀는 그의 손을 꼭 잡았으나, 그를 일으켜 세우지는 않았다. 그에게로 몸을 굽히고 한 손을 그의 어깨 위에 올려놓으며 그녀가 말했다. "지금 이 순간이 우리의 삶을 완전히 다른 방향으로 돌려놓는 걸 우리가 막을 수는 없겠죠. 하지만 그것을 받아들일지 말지는 우리 자신에게 달려 있어요. 당신은 떠나셔야 해요. 사랑하는 당신은 떠나실 거예요. 백작님이 당신의 운명을 더 나은 곳으로 이끌어 주려 애쓰고 있답니다. 그 점이 저를 기쁘게 하면서 또 아프게 해요. 일이 확정될 때까지 말하지 않으려 했지만, 이 순간이 비밀을 털어놓지 않으면 안 되게 하는군요. 우리가 우리의 상황을 바꿀 수 있는 용기를 가져야만 저는 당신과 저 자신을 용서할 수 있어요. 우리의 생각을 바꾸는 일이 우리에게 달려 있는 게 아니니까요." 그녀는 그를 일으켜 세웠고, 그의 팔을 붙잡고 자신의 몸을 기댔다. 그렇게 그들은 아무 말 없이 성으로 돌아왔다.

그녀는 이제 침실에 서 있었다. 그곳에서 그녀는 에두아르트의 아내로서 자신을 느끼고 또 차분하게 응시해야 했다. 그런 모순된 상황 속에서도 살아오는 동안 여러모로 단련되었던 그녀의 훌륭한 성격이 도움이 되었다. 자기 자신을 의식하고 스스로 절제하는 데에 언제나 익숙해 있었기에, 지금 상황에서도 진지하게 자신을 돌아보며 바람직한 균형에 도달하는 것이 어렵지 않았다. 그녀는 놀랍기만 했던 그날 밤의 방문을 떠올리며 자기 자신의 모습에 대해 미소 짓지 않을 수 없었다. 하지만 곧 묘한 예감이, 기쁘면서도 두려운 떨림이 그녀를 엄습했고, 그 떨림은 경건한 소망과 희망 속으로 녹아들어 갔다. 그녀는 몰아치는 마음을 다잡고 무릎을 꿇었으며, 제단 앞에서 에두아르트에게 했던 맹세를 되풀이했다. 우정과 애정과 체념이 밝은 모습으로 그녀 앞을 스쳐 지나갔다. 그녀는 마음이 다시 안정되는 것을 느꼈다. 달콤한 피로가 곧 그녀를 사로잡았고, 그녀는 조용히 잠들었다.

제13장

  에두아르트는 전혀 다른 기분에 빠져 있었다. 잠 잘 마음이 조금도 없었기에 옷을 벗어야겠다는 생각조차 들지 않았다. 서류의 필사본에, 오틸리에의 어린애처럼 수줍어하는 필체가 시작되는 부분에 그는 천 번이나 입을 맞추었다. 서류의 끝부분에는 감히 입을 맞출 수도 없었는데, 다름 아니라 그것이 자신의 필체로 보였기 때문이었다. '아, 이것이 다른 서류라면!" 하고 그는 조용히 혼잣말을 했다. 어쨌든 그 필사본은 자기 최고의 소망이 성취되었음을 가장 아름답게 확인시켜 주었다. 게다가 그것을 자기 손에 들고 있지 않은가! 제삼자가 서명을 하여 원형이 조금 일그러진다 하더라도 그가 그것을 언제나 가슴에 안고 있지 않을 텐가?

  이지러져 가는 달이 숲 위로 떠오른다. 따뜻한 밤이 에두아르트를 야외로 나가도록 유혹한다. 그는 이리저리 돌아다닌다. 그는 죽어야 할 모든 생물 중에 가장 불안한 자이며 또한 가장 행복한 자다. 그는 여러 정원을 거닌다. 정원들이 그에게는 너무나 좁다. 그는 서둘러 들판으로 나간다. 들판은 너무 넓다. 그는 성 쪽으로 다시 발걸음을 돌린다. 그는 오틸리에의 창문 아래에 와 있는 자신을 발견한다. 그곳에서 그는 테라스의 계단에 앉는다. 그는 혼잣말을 한다. '담과 빗장이 지금 우리를 갈라놓고 있지만 우리의 마음은 떨어져 있지 않아. 그녀가 내 앞에 있다면 내 팔은 그녀를, 그녀의 팔은 나를 안을 것이다. 이러한 확신보다 더 필요한 게 뭐가 있단 말인가!' 그의 주위는 온통 고요했고, 바람 한 점 일지 않았다. 낮과 밤을 구분할 줄 모르는 부지런한 동물들이 땅 밑에서 흙을 헤집고 다니는 소리가 들릴 정도로 사방이 고요했다. 그는 행복한 꿈에 몸을 완전히 내맡기고는 마침내 잠이 들었다. 그러고는 태양이 장엄한 눈길로 솟아올라 새벽안개를 걷어낼 때까지 깨어나지 않았다.

이윽고 깨어나 보니 그는 자신의 영지에서 제일 먼저 일어나 있었다. 그는 일꾼들이 왜 이렇게 오랫동안 나타나지 않는지 의아하게 여겼다. 마침내 그들이 왔지만 그 수가 너무 적어 예정되었던 그날의 작업이 자기가 바라던 바에 미치지 못할 것처럼 보였다. 그는 몇 명의 일꾼을 더 요구했고, 그렇게 하겠다는 약속을 받아 냈으며, 그날 중으로 인력이 보충되었다. 하지만 자신의 계획을 신속하게 진척시키기에는 그들만으로 충분치 않았다. 일을 완성한다는 것이 그에게는 더 이상 기쁜 일이 아니었다. 모든 것은 이미 완성되어 있어야 했다. 그런데 누구를 위해서? 길은 오틸리에가 편히 걸을 수 있도록 나 있어야 하며, 쉼

터는 오틸리에가 편히 쉴 수 있는 곳에 만들어져야 한다. 또한 그는 되도록 서둘러 새 별장 공사를 진척시키려 했다. 오틸리에의 생일날에 맞추어 새 별장을 완성하려 했던 것이다. 에두아르트의 행동과 판단에는 더 이상 절제가 없다. 사랑을 하고, 사랑을 받는다는 의식이 그를 무한의 영역으로 몰아넣는다. 방 하나하나가, 주변 모든 것이 그에게 얼마나 달라져 보이는가! 그는 더 이상 자신의 집에 있는 것 같지 않았다. 오틸리에의 존재가 그 주위의 모든 것을 삼켜 버린다. 그는 온통 그녀에게 빠져 있고, 다른 어떤 생각도 떠오르지 않으며, 어떤 양심의 소리도 그에게 말을 건네지 않는다. 그의 본성 속에 억제되어 있던 모든 것이 뛰쳐나오고, 그의 모든 것이 오틸리에를 향해 콸콸 흘러간다.

대위는 휘몰아치는 이러한 열정을 바라보며 비극적인 결말을 사전에 막을 수 있기를 바랐다. 그는 지금 일방적인 충동으로 지나치게 서둘러 진행되고 있는 모든 공사를 애초에는 조용하고 다정한 공동의 삶을 위해 설계했다. 그는 전답의 매매를 성사시켰고, 첫 번째 불입금도 받았으며, 샤를로테는 약속대로 그 돈을 그녀의 금고에 넣어 두었다. 그런데 그녀는 당장 첫째 주부터 보통 때보다 더 큰 인내심으로 침착하게 순서를 헤아려 보아야 했다. 과도하게 서둘러 일을 진행한 탓에 예상했던 돈으로는 충분치 못하게 된 것이다.

많은 일들이 새로 시작되었고 많은 일들이 행해졌다. 그러니 그가 이런 상황에서 어떻게 샤를로테를 혼자 내버려 둘 수 있겠는가! 그들은 서로 상의하여 차라리 자신들이 계획에 따라 일을 추진시키고, 일을 끝내기 위해 돈을 빌리되, 그것을 상환하기 위해서는 전답 매매에서 아직 지불되지 않은 대금의 지급 기한을 정하자는 쪽으로 의견을 모았다. 저당권 설정을 통해 거의 손해를 보지 않고 가능한 일이었다. 그리하여 그들은 보다 자유로워졌다. 그들은 진행 중인 모든 일에서, 일꾼도 충분했기 때문에 한꺼번에 그리고 확실하게 성과를 거두었고, 이내 목적에 도달했다. 에두아르트도 자신의 뜻과 맞았기에 모든 일에 기꺼이 동의했다.

그러는 동안 샤를로테는 자신이 생각하고 제안한 것들을 꿋꿋이 지켜 나갔고, 같은 생각을 가진 대위도 남자로서 그녀의 편이 되어 주었다. 하지만 그 때문에 그들 사이는 더욱 친밀해졌다. 그들은 에두아르트의 정열에 대해 이야기를 나누고 의논했다. 샤를로테는 오틸리에를 자기 옆에 더 가까이 있게 하고는 그녀를 더욱 엄격하게 지켜보았다. 그러는 동안 자신의 마음을 더 잘 알게 되었고 그럴수록 그녀는 그 소녀의 마음도 더 깊이 들여다보게 되었다. 이제 그 아이를 내보내는 것 이외에는 다른 방법이 없었다.

한편 루치아네가 기숙 학교에서 그토록 칭찬 받는 것이 그녀에게는 그나마 다행스러운 일로 여겨졌다. 그 소식을 들은 고모 할머니가 굳이 그 애를 데려가 자기 곁에 두면서 세상을 가르치겠다고 한 것이다. 그렇게 되면 오틸리에는 기숙 학교로 되돌아갈 수 있고, 대위도 장래를 보장받는 곳으로 떠나갈 수 있어, 모든 것은 몇 달 전의 상태로, 아니 그보다 훨씬 더 좋은 상태로 되돌아갈 수 있었다. 샤를로테는 에두아르트와의 관계도 곧 원래대로 회복되기를 바랐다. 모든 것을 나름대로 차분하게 정돈함으로써 이전의 절제된 상황으로 다시 되돌아가, 강제적으로 굴레에서 벗어났던 것을 다시 좁은 테두리 안으로 가져올 수 있으리라는 망상에 점점 더 깊이 빠져 들어갔다.

에두아르트는 그동안 사람들이 그의 길을 막으려고 세운 장애가 매우 높다는 것을 느꼈다. 그는 사람들이 자신과 오틸리에를 서로 떼어 놓으려 하고, 단둘이서만 얘기하는 것은 물론이고, 심지어는 여러 사람과 같이 있을 때가 아니면 그녀에게 다가가는 것조차 어렵게 한다는 것을 곧 알아차렸다. 짜증이 난 그는 다른 일들에 대해서도 짜증을 냈다. 어쩌다가 오틸리에와 함께 이야기를 나눌 기회라도 잠시 생기면, 그는 그녀에게 자신의 사랑을 확인시키는 것에 그치지 않고 자기 아내에 대해, 그리고 대위에 대해 불평을 늘어놓았다. 그는 자기가 일을 서둘러 진척시킴으로써 금고를 바닥내고 있다는 사실을 깨닫지 못했다. 그는 샤를로테와 대위가 처음 약속과 달리 행동하고 있다며 신랄하게 비난했다. 그러나 두 번째 약정에 동의하고, 더 나아가 반드시 그렇게 실행하도록 동기를 제공했던 건 바로 그 자신이었다.

증오는 편파적이지만 사랑은 더욱더 편파적이다. 오틸리에도 샤를로테나 대위와 얼마간 서먹해졌다. 한번은 에두아르트가 오틸리에에게, 대위가 친구로서 어떤 상황에서 전적으로 솔직하게 행동하지는 않는다고 불평을 늘어놓자, 오틸리에는 별

다른 생각도 없이 대답했다. "그분이 아저씨에게 솔직하지 않은 점이 전에부터 마음에 들지 않았어요. 저는 그분이 언젠가 샤를로테 이모에게 이렇게 말하는 걸 들었거든요. '에두아르트가 플루트를 삑삑 불어 대어 우리를 괴롭히지 않았으면 좋겠어요! 그렇게 해 봐야 뭐가 될 수도 없고, 듣는 사람만 괴롭지요.' 그 말이 저를 얼마나 고통스럽게 했는지 아시겠죠. 저는 아저씨의 연주를 정말 즐겁게 반주하는데요."

이 말을 하는 순간 그녀는 '아차 입을 다물걸' 싶었다. 하지만 일은 벌어지고 말았다. 에두아르트의 표정이 일그러졌다. 그의 마음을 그것보다 더 상하게 한 사건은 이전에 결코 없었다. 자신이 가장 즐기며 하는 일인데 비난을 받은 것이었다. 그는 조금도 잘난 척하지 않고 어린애처럼 순수하게 해보려 했는데 말이다. 그가 재미있어 하고 또 즐겁게 하는 것이라면 친구들도 소중한 마음으로 받아들여야 할 게 아닌가. 하지만 그는 부족한 재능으로 제삼자의 귀를 괴롭히는 게 얼마나 끔찍한 일인지에 대해서는 미처 살피지 못했다. 그는 모욕감을 느꼈고 격분했으며, 다시는 대위를 용서하고 싶지 않았다. 심지어 그는 모든 의무감에서 해방되었다고 느꼈다.

오틸리에와 함께 있고 싶고, 보고 싶고, 속삭이고 싶고, 그녀에게 마음을 털어놓고 싶다는 간절한 마음이 날마다 더 커져 갔다. 그는 은밀히 편지를 교환하자고 그녀에게 청하는 편지를 쓰기로 결심했다. 그런 내용을 간결하게 써서 편지를 책상 위에 올려놓았는데, 불어온 마파람에 그것이 아래로 떨어졌고, 마침 그때 그의 머리를 곱슬곱슬하게 지져 주기 위해 시종이 방으로 들어왔다. 대개의 경우, 시종은 몸을 굽혀 바닥에 있는 종이 쪽지에 파마기의 열을 시험해 보곤 했다. 이번에도 떨어져 있는 쪽지를 집어 들어 와락 구겼고, 그것을 파마기의 열로 그을렸다. 시종의 실수를 알아차린 에두아르트는 그의 손에서 쪽지를 낚아챘다. 그러고는 곧 책상에 앉아 다시 편지를 썼다. 그런데 두 번째에는 그렇게 잘 쓰이지 않았다. 이런저런 염려와 걱정에 시달리긴 했지만 그는 결국 그러한 것들을 극복했다. 그녀에게 접근할 수 있는 기회가 오자마자 쪽지를 오틸리에의 손에 넘겼다.

오틸리에는 지체하지 않고 그에게 답장을 보냈다. 그는 읽지 않은 채로 쪽지를 조끼에 찔러 넣었는데, 당시 유행에 따라 조끼가 짧았던지라 쪽지를 제대로 간직하지 못했다. 쪽지는 그가 모르는 새에 빠져 나와 바닥에 떨어졌다. 샤를로테가 그것을 보고는 집어 올려 흘낏 훑어보고는 그에게 건네주었다. "여기 당신 필체로 뭔가 쓰여 있네요. 아마도 잃어버리고 싶지 않을 것으로 보이는데요." 그녀가 말했다.

에두아르트는 당황했다. '이 사람이 모르는 척하는 걸까?'라고 생각했다. '이 사람이 쪽지의 내용을 알아보았을까, 아니면 필체가 비슷한 것을 보고 헷갈린 걸까?' 그는 후자의 경우이기를 바랐고, 또 그렇게 믿었다. 그는 경고를 받았으며, 그것도 이중의 경고를 받은 셈이었다. 기이하고 우연한 조짐을 통해 어떤 높은 존재가 우리에게 말을 건네는 것처럼 보였지만, 정열에 빠진 그가 그 점을 알아차릴 리는 없었다. 오히려 점점 더 정열에 깊이 빠져들면서 그는 사람들이 자기를 가두고 있는 듯이 보이는 제약이 자꾸 불편하게 느껴졌다. 친근한 사교성은 사라져 갔다. 그의 마음은 닫혔고, 친구와 부인과 마지못해 함께 있어야 할 때에도, 그들에 대한 예전의 애정을 다시 발견하고 되살려 내는 게 불가능했다. 그것에 대해 남몰래 스스로를 나무라는 일도 언짢아졌고, 그래서 유머 같은 것으로 자구책을 써 보기도 했지만, 애정이 없었기에 이전처럼 매력을 보여 줄 수 없었다.

샤를로테 내면의 감정은 이 모든 시련을 극복하는 데 도움이 되었다. 그녀는 그토록 아름답고 고귀한 애정을 단념해야겠다고 진지하게 생각했다.

그녀는 또한 그 결정이 두 사람에게 도움이 되기를 진실로 바랐다! 서로를 떼어 놓는 것만으로는 불행을 이겨내기에 역부족임을 느꼈다. 그녀는 그 착한 아이에 관한 이야기를 꺼내 볼까 고려해 봤지만 그럴 수 없었다. 자신도 마음이 흔들렸던 기억이 떠올랐기 때문이다. 그녀는 그 문제에 관해 일반적인 이야기를 해 보려 했다. 일반적인 이야기라면 그녀가 입 밖에 꺼내기를 두려워하는 자신의 상황에도 들어맞을 것이기 때문이었다. 그녀가 오틸리에에게 주려고 하는 모든 암시는 또한 자신의 마음을 되돌아보게 했다. 그녀는 경고하려 했지만, 정작 경고가 필요한 사람은 그녀 자신이라 느꼈다.

그래서 그녀는 아무 말도 하지 않으면서 두 연인을 서로 떨어져 있게 했지만, 그것으로 상황이 나아지지는 않았다. 이따금 그녀의 입에서 새어 나오는 가벼운 암시는 오틸리에에게 아무런 영향을 줄 수 없었다. 왜냐하면 에두아르트가 오틸리에를 이렇게 설득했기 때문이었다. 자기는 샤를로테가 대위에게 애정을 품고 있다고 확신하며, 샤를로테 본인도 이혼을 원하기 때문에 자기가 이 문제를 예의 바르게 해결하려 생각하고 있다는 것이었다.

순결한 감정에 싸인 채 바라 마지않는 행복의 길을 가는 오틸리에는 에두아르트만을 위해 살았다. 그를 사랑함으로써 모든 선한 것에 대한 의지는 더 굳어졌고, 그를 위해 행동은 더 명랑해졌으며, 다른 사람들에 대해서도 마음을 열었기에, 그녀는 지상의 천국에 살았다.

이렇게 모두는 자기 나름대로 깊이 생각하면서 또는 아무 생각도 하지 않으면서 하루하루 삶을 살아갔다. 모든 것을 뒤흔들 만큼 엄청난 일이 벌어졌을 때 그것이 아무런 얘깃거리도 안 된다는 듯 사람들이 여전히 살아가는 것처럼, 모든 게 그저 평범한 길을 가고 있는 듯 보였다.

제14장

그러는 동안 백작이 대위에게 보낸 편지 한 통이 도착했는데, 그것은 실은 두 가지 내용을 담고 있었다. 하나는 앞으로 있을 아주 좋은 전망을 미리 알려 주는 것이었다. 또 다른 하나는 지금 당장에 주어질 분명한 일자리에 대한 제의를 담고 있었는데, 궁정의 주요 직위이자 사무직인 그 자리는 소령의 보직으로 상당한 급여와 다른 장점들도 있다는 내용이었다. 하지만 그 일자리는 이런저런 주변 상황 때문에 아직은 비밀에 부쳐야 한다는 것이었다. 대위도 그의 친구들에게 장래의 전망에 관해서만 말해 주었을 뿐, 바로 눈앞에 있을 일에 대해서는 침묵했다.

어쨌거나 그는 현재의 일들을 활기차게 진척시켰고, 그가 없는 동안에도 모든 일이 지장 없이 계속될 수 있도록 남몰래 이런저런 조치를 해 놓았다. 이제 여러 일들에 기한을 정하고, 또 오틸리에의 생일에 대비해 그 일들을 빨리 추진하는 것이 중요했다. 그래서 두 친구는 서로 간에 별다른 협의도 없었지만 기꺼이 함께 일을 추진했다. 에두아르트는 돈을 선불로 받아 금고를 보충한 것에 대해 아주 만족해했다. 모든 공사는 신속하게 진행되었다.

세 개의 연못을 하나의 호수로 만드는 것을 대위는 무조건 말리고 싶어 했다. 아래쪽의 뚝은 보강되어야 했고, 중간의 뚝들은 제거되어야 했으므로, 단순하게 생각할 게 아니라 여러 모로 중요하고 신중을 요하는 일이었다. 하지만 서로 맞물려 있는 두 가지 공사는 이미 시작되었고, 이전에 대위 밑에서 도제로 일하던 한 젊은 건축기사가 때마침 이 일에 초빙되었다. 그 건축기사는 때로는 유능한 장인들을 고용했고, 때로는 필요할 때마다 삯일꾼을 시켜 일을 진행시켰으며, 안전과 지속성을 위해 공사에 만전을 기했다. 이를 보며 대위는 자기가 없어도 사람들이 그 사실을 느끼지 않을 듯해 남몰래 기뻐했다. 그는 자신의 자리를 충분히 대체할 사람이 나타나기 전까지는 자신에게 주어진 일을 미완성으로 놔둔 채 떠나서는 안 된다는 원칙을 갖고 있었던 것이다. 사실 그는, 자신들이 물러나는 것을 뼈아프게 느끼게 하기 위해, 자기들이 더 이상 관여하지 말아야 할 때도 이기적인 돌팔이로서 일을 망쳐 놓고 혼란을 야기하는 사람들을 경멸해 왔다.

모두들 오틸리에의 생일을 빛내 주기 위해, 공공연하게 말하거나 솔직하게 털어놓지는 않는 가운데 정성을 다해 일을 했다. 그러나 질투 같은 걸 모르는 샤를로테의 생각에 따르자면, 그것이 무슨 대단한 축제가 될 수는 없는 일이었다. 오틸리에는 아직 어린 데다, 그녀가 누리는 행복의 전후 맥락이나 가족과의 관계를 보더라도 그녀가 어느 날 여왕처럼 등장하는 것은 마땅치 않은 일이었다. 그런데도 에두아르트는 그 일에 대해 아무 말도 하지 않으려 했다. 다만 모든 것이 저절로 벌어지기라도 한 듯, 예기치 않게 놀라움을 주고, 자연스럽게 기쁨을 주고 싶어 했다.

그래서 모두들 말없이, 바로 그날에 이유 불문하고 별장이 완성되어야 한다는 명분에는 뜻을 같이했다. 그리고 완성을 계기로 마을 사람과 친구들에게 축제를 통보한다는 것이었다.

에두아르트의 애정에는 끝이 없었다. 오틸리에를 차지하려는 욕망에 사로잡힌 그의 헌신과 선물과 약속은 절제를 알지 못했다. 그날 그가 오틸리에에게 선사하려는 몇 가지 선물을 샤를로테가 제안했지만, 그가 보기에 그것은 너무나 빈약했다. 그는 자신의 의상을 돌보아 주며, 상인들이나 의상업자들과 늘 관계를 맺고 있는 자신의 시종과 의논했다. 가장 기분 좋게 해 주는 선물이 무엇이고, 또 그것을 전달하는 가장 좋은 방법이 무엇인지를 익히 알고 있는 시종은 즉시 도시로 나가 아주 귀여운 함을 주문했다. 그러고는 모로코산 빨간 가죽으로 덧씌워져 있고 금속제 못이 박힌 그 함에 값하는 선물들로 그것을 가득 채웠다.

시종은 에두아르트에게 또 다른 제안을 했다. 그동안 기회가 없어 점화시키지 못했던 자그마한 불꽃놀이 화약이 준비되어 있었던 것이다. 이것의 화력을 높이고 성능을 확장하는 일은 어렵지 않았다. 에두아르트는 그 구상을 흔쾌히 받아들였고, 시종은 불꽃놀이의 연출을 맡기로 약속했다. 그리고 그 일은 일단 비밀에 부치기로 했다.

한편 대위는 그날이 다가옴에 따라, 다수의 군중이 한꺼번에 모이거나 호기심에 끌려 몰려들 경우 꼭 필요하다고 여겨지는 안전 대책을 마련하였다. 그는 심지어 축제의 기품을 해칠지도 모를 구걸 행위나 다른 불유쾌한 일들을 방비하기 위한 사전 조치를 취하기도 했다.

반면에 에두아르트와 그의 시종은 무엇보다 불꽃놀이 준비에 몰두했다. 불꽃은 키 큰 떡갈나무들 앞에 위치한 가운데 연못가에서 발사할 예정이었다. 사람들로 하여금 맞은편 플라타너스 나무들 밑에 모이게 하여 적당한 거리를 유지한 채 불꽃이 물에 반사되는 것을, 그리고 그것이 바로 물 위에서 타오르며 두둥실 떠다닐 장면을 안전하고 편안하게 구경하도록 해 줄 작정이었다.

그래서 에두아르트는 다른 핑계를 내세워 플라타너스 아래에 있는 관목과 풀과 이끼들을 치워 버리게 했는데, 그제야 비로소 깨끗하게 정리된 땅에서 높다랗고 굵직하게 자라 있는 나무들이 당당한 모습을 드러냈다. 그것을 본 에두아르트는 기쁨을 감출 수 없었다. '내가 이 나무들을 심은 게 대략 이 계절이었어. 그게 몇 년이나 되었지?' 라고 그는 혼자 중얼거렸다. 집에 돌아오자마자 그는 아버지가 특히 그곳 시골에 와 있으면서 아주 단정하게 써 놓은 오래된 일기장을 뒤적였다. 나무를 심은 사실까지 거기에 기록되어 있을 리는 없겠지만, 에두아르트가 아직 기억하고 있는 날에 있었던 집안의 중요 사건들은 적혀 있을 게 분명했다. 몇 권을 뒤적였을 때 바로 그날의 일을 적어 놓은 것이 눈에 띄었다. 게다가 기적적인 우연의 일치를 발견하고 에두아르트는 얼마나 놀라고 또 기뻐했던가! 그해 그 나무들을 심었던 날이 바로 오틸리에가 태어난 날이었던 것이다.

제15장

마침내 에두아르트가 애타게 기다리던 아침이 밝아왔고, 차츰차츰 많은 손님이 모여들었다. 초대장을 여기저기 널리 보냈고, 멋진 일이 많았다고 소문이 난 기공식에 빠진 사람들이 두 번째 잔치만은 놓치지 않으려고 했기 때문이었다.

식사 전에 목수들이 겹겹으로 너울거리는 수많은 나뭇잎과 꽃으로 이루어진 풍성한 화환을 들고는 음악이 울려 퍼지는 가운데 성의 안뜰에 나타났다. 그들은 인사말을 건네고는 화환을 비단 천과 리본으로 가득 장식해 달라며 여인들에게 청했다. 그동안 귀빈들은 식사를 마치고는 환호성을 지르며 줄 지어 걸어갔다. 그들은 잠시 마을에 머물며 부인들과 아가씨들로부터 마찬가지로 리본을 얻은 후, 마침내 많은 이들과 함께 그리고 많은 사람들이 기다리는 가운데, 새 건물이 세워져 있는 언덕 위로 올라갔다.

식사 후 샤를로테는 사람들을 잠시 그 자리에 머물게 했다. 그녀는 형식적이고 요란한 축하 행렬을 원하지 않았다. 사람들은 신분이 높고 낮음을 떠나 편안한 마음으로 몇 사람씩 무리를 지어 넓은 앞뜰에 모였다. 샤를로테는 오틸리에와 더불어 일부러 머뭇거렸지만, 그렇다고 사정이 나아지지는 않았다. 왜냐하면 사실 마지막으로 도착한 사람이 오틸리에였고, 트럼펫과 북이 그녀만을 기다리기라도 했던 것 같았으며, 그녀의 도착과 더불어 잔치가 바로 시작되어야 마땅한 것처럼 보였기 때문이었다.

외관이 거칠어 보이지 않게 하려고, 건물은 대위의 지시에 따라 모양새에 맞추어 초록색 잔가지와 꽃들로 장식되어 있었다. 그런데 대위가 없는 사이에 에두아르트가 건축기사로 하여금 돌림띠* 부분에 꽃으로 날짜를 표시하도록 했고, 그것은 그대로 시행될 뻔했다. 하지만 대위가 때마침 도착하여 오틸리에의 이름이 합각머리의 삼각 벽면에서까지 빛나는 것만은 막았다. 그는 기지를 발휘하여 그 일이 벌어지지 못하게 했으며, 이미 완성된 꽃 글자들은 옆으로 치우게 했다.

화환은 높다랗게 세워졌고, 그 일대의 모든 곳에서 보였다. 알록달록한 리본과 천이 바람에 나부꼈고 짤막한 연설은 대부분이 바람 속에서 울리며 사라졌다. 축하 행사는 끝났고 이제 평평하게 다듬어진, 건물 앞의 지붕 덮인 복도들로 에워싸인 넓은 뜰에서 무도회가 펼쳐질 참이었다. 날씬한 몸매의 한 목수 도제가 민첩한 동작의 시골 처녀를 에두아르트에게 인도하고는 그 옆에 서 있던 오틸리에에게 춤을 청했다. 그 두 쌍을 다른 쌍들이 뒤따랐고, 에두아르트는 곧 짝을 바꾸어 오틸리에의 손을 잡고는 함께 춤을 추었다. 나이 든 이들은 구경만 하고 있고, 젊은 이들은 기쁜 마음으로 마을 사람들의 춤에 끼어들었다.

그 뒤 사람들은 산책을 가려고 흩어지면서, 해질 무렵 플라타너스 나무가 있는 곳에서 다시 모이기로 약속했다. 에두아르트가 제일 먼저 도착하여 모든 준비를 마쳤으며, 시종에게 연못 건너편에서 불꽃놀이 팀과 함께 신나는 광경을 연출하도록 다짐해 두었다.

대위는 그에 따른 준비가 충분치 않다고 느꼈다. 그는 구경꾼들이 몰려올 것에 대비해 에두아르트와 의논하려 했으나, 에두아르트는 축제의 불꽃놀이 부분은 자신에게 맡겨 달라며 다소 서두르며 부탁했던 것이다.

위쪽으로 솟아 있고 잔디가 벗겨져 있는 둑의 바닥은 평평하지 않고 불안전했는데, 그 위로 어느새 사람들이 몰려들었다. 해는 떨어지고 황혼이 들기 시작했다. 더 어두워지기를 기다리는 동안 플라타너스 아래에 모여 있던 사람들은 청량음료를 대접받았다. 사람들은 그 장소를 더할 나위 없이 안성맞춤이라 여겼고, 그곳에서 다양한 경관을 가진 드넓은 호수를 내려다볼 수 있으리라 기대하며 즐거워했다.

고요한 저녁, 바람 한 점 없는 정적이 흥겨운 밤의 축제를 약속하는 듯했는데, 그때 갑자기 무서운 외침이 터져 나왔다. 둑에서 거대한 흙더미들이 무너져 내렸고 여러 사람이 물속으로 떨어지는 게 보였다. 사람들이 점점 더 늘어나 서로 밀치고 올라서고 하는 바람에 흙이 무너져 내리고 말았던 것이다. 모두들 제일 좋은 자리를 차지하려 했고, 그 때문에 아무도 앞으로 나아가지도 뒤로 물러설 수도 없었다.

모두들 무슨 조치를 취하기보다는 그저 더 잘 보기 위해 그 자리에서 펄쩍 뛰거나 앞사람을 밀쳤다. 아무도 다가갈 수 없으니, 어떻게 할 도리도 없었다. 몇몇 용감한 사람과 함께 대위는 급히 달려갔고, 물에 빠진 사람들을 끌어내리려고 애쓰는 구조자들이 자유롭게 움직일 수 있도록, 사람들로 하여금 둑에서 내려와 연못가로 가도록 했다. 너무 겁을 먹어 허우적거리다 둑 쪽으로 오지 못하고 둑에서 멀어져 간 한 소년을 제외하고는 모든 사람이, 일부는 자신의 힘으로 일부는 다른 사람의 도움으로 어느새 다시 마른 땅 위로 올라왔다. 그 소년은 기력이 다해 가는 것처럼 보였고, 한쪽 손과 한쪽 발을 몇 차례 물 위로 뻗어 올릴 뿐이었다. 불행하게도 보트는 불꽃놀이 화약을 가득 실은 채 연못 건너편에 있었고, 그 짐을 천천히 내려놓을 수밖에 없어 구조가 지연되었다. 그때 대위가 결단을 내리고는 윗옷을 벗어던졌다. 모두의 시선이 그에게 집중되었으며, 그의 유능하면서도 다부진 모습은 모두에게 신뢰감을 주었다. 그가 물속으로 뛰어드는 순간 군중 사이에서 놀라움의 탄성이 터져 나왔다. 능숙한 수영 솜씨로 그가 금방 소년이 있는 곳에 도달해, 이미 죽은 듯한 아이를 둑 위로 데려올 때까지 모든 이의 시선은 그의 움직임에 집중되어 있었다.

그러는 동안 보트가 도착했고, 대위는 배 위로 올라가 현장에 있던 사람들이 정말로 모두 구조되었는지를 꼼꼼하게 확인했다. 외과의사가 와서 죽은 것으로 보이는 그 소년을 인계받았다. 샤를로테가 다가와 대위에게, 부디 몸을 생각해 성으로 돌아가 옷을 갈아입으라고 권했다. 그가 머뭇거리고 있을 때, 마침 사고 현장 바로 가까이에 있다가 한 사람 한 사람을 직접 구조했던 침착하고 분별력 있는 사람들이 참으로 다행스럽게도 모두들 구조되었노라고 그에게 확인해 주었다.

샤를로테는 대위가 집으로 가는 모습을 보며, 포도주와 차, 그리고 그밖에 필요한 것들이 찾기 어려운 곳에 있고, 그러한 경우에 사람들이 흔히 엉뚱한 실수를 한다는 생각이 들었다. 그녀는 아직 플라타너스 아래 여기저기 흩어져 있는 사람들 사이로 서둘러 갔다. 에두아르트는 그대로 남아 있어 달라고 사람들을 설득하고 있었다. 그가 곧 신호를 보낼 거고 그러면 불꽃놀이가 시작된다는 것이었다. 샤를로테가 그에게 다가가 지금은 그럴 때도 아니고, 또 이 순간에 제대로 즐길 수도 없으니 놀이를 연기하자고 당부했다. 그녀는 구조된 사람과 구조자의 입장도 고려해야 한다는 점을 상기시켰다. 하지만 에두아르트는 이렇게 대답했다. "의사가 자기 의무를 다할 거요. 그 사람은 만반의 준비를 갖추고 있어요. 우리가 참견하면 괜히 방해가 될 뿐이오."

샤를로테는 자기 생각을 굽히지 않았고, 막 자리를 뜨려는 오틸리에에게 눈짓을 했다. 에두아르트가 샤를로테의 손을 붙잡고는 외쳤다. "우리, 오늘 하루를 야전병원에서 보내는 일만은 없도록 합시다! 그 애는 자비로운 간호사 노릇을 하기는 너무

아까워요. 죽은 것처럼 보이는 사람들은 우리가 없어도 깨어날 거고 살아 있는 사람들은 몸을 말리게 될 거요."

샤를로테는 말없이 자리를 떠났다. 몇몇은 그녀의 뒤를 따랐고, 다른 사람들은 구조된 사람의 뒤를 따랐다. 아무도 그곳에 혼자 남고 싶지 않았기에, 모두들 그들 뒤를 따라갔다. 에두아르트와 오틸리에만 단둘이 플라타너스 아래에 남았다. 그는 그대로 남아 있자고 고집을 부렸고, 오틸리에는 불안한 마음에 자기와 함께 성으로 돌아가자고 애원했다. "아니야, 오틸리에!" 에두아르트가 큰 소리로 말했다. "특별한 일은 순조롭고 평범하게는 이루어지지 않아. 오늘밤의 갑작스러운 일 때문에 우리는 더 빨리 하나가 될 수 있어. 넌 내 여자야! 내가 너에게 이미 여러 번 말했고 또 맹세했잖아. 이제 더는 그런 말도 맹세도 하고 싶지 않아. 이제 이루기만 하면 돼."

맞은편에 있던 보트가 이쪽으로 건너왔다. 거기에 타고 있던 시종이 당황해하며 불꽃놀이를 어떻게 해야 할지를 물었다. "불을 붙이게!" 에두아르트가 그를 향해 말했다. "오틸리에, 이건 너만을 위해 준비한 것이었어. 그러니 너 혼자만 보는 게 맞아. 내가 네 곁에 앉아 함께 즐길 수 있도록 허락만 해다오." 부드러우면서도 조심스럽게 그는 그녀의 곁에 앉았지만, 그녀의 몸에 밀착하지는 않았다.

폭죽들이 휘익 소리를 내며 솟아올랐고, 폭음이 울려 퍼지며 둥그런 불꽃들이 높이 솟구쳤다. 불꽃이 구불구불 올라가며 폭발했고, 그와 동시에 둥그런 수레바퀴 모양이 처음에는 하나씩 보이더니, 이내 쌍을 이루었고, 마침내 모든 것이 한꺼번에 더욱더 번쩍이며 줄지어 퍼져 나갔다. 가슴이 불타오르던 에두아르트는 너무나 흡족한 눈길로 불꽃놀이 광경을 지켜보았다. 휘익 소리와 함께 번쩍이며, 생겨났다 사라지는 광경은 오틸리에의 섬세하고 설레는 마음을 상쾌하게 만들기보다는 두려움에 떨게 했다. 그녀는 수줍어하며 에두아르트에게 몸을 기댔다. 그렇게 가까이 다가오는 모습과, 그러한 신뢰는 그로 하여금 그녀가 이제 온전히 자기 것이 되었다는 느낌을 갖게 했다.

밤이 다시 자신의 권리를 주장하자마자, 달이 솟아올라 귀로에 오른 두 사람의 길을 비추어 주었다. 손에 모자를 쥔 어떤 사람이 그들이 가는 길에 나타나, 오늘 잔치에 가지 못했노라며 그들에게 자선을 요구했다. 달이 그의 얼굴을 비추었고, 에두아르트는 그 성가신 거지가 누군지를 알아차렸다. 하지만 행복에 흠뻑 젖어 있던 그는 화를 낼 수 없었고, 특히 오늘 같은 날에 구걸은 결코 용납할 수 없다는 생각 같은 건 들지도 않았다. 그는 호주머니를 잠시 뒤적거려 금화 한 닢을 주었다. 자신의 행복이 끝없어 보였기에, 그는 모든 사람을 기꺼이 행복하게 해 주고 싶었던 것이다.

한편 집에서는 모든 일이 순조롭게 이루어졌다. 외과의사의 활약, 필요한 모든 것의 준비, 그리고 샤를로테의 조력, 이 모든 게 잘 어우러져 소년은 생명을 되찾았다. 일부 손님들은 멀리서나마 불꽃놀이를 보기 위해, 또 어떤 손님들은 그처럼 혼란스러운 일을 겪은 터라 그들의 조용한 집으로 다시 돌아가기 위해 뿔

뿔이 흩어졌다.

대위도 재빨리 옷을 갈아입고는 필요한 조치를 하는 데 한몫을 했다. 모든 것이 가라앉은 후 그는 샤를로테와 단둘이 남게 되었다. 친밀하고 다정하게 그는 자기가 떠날 날이 멀지 않았다고 말했다. 그날 밤 너무도 많은 일을 겪은지라 그 사실을 듣고도 그녀는 별다른 느낌이 없었다. 그녀는 친구가 어떻게 자신을 희생하여 구조를 하고 또 스스로 위험에서 벗어나는가를 이미 생생하게 보았던 것이다. 그러한 놀라운 사건이 그녀에게는 의미심장한, 그러나 불행하지는 않은 미래를 예고하는 듯 보였다.

오틸리에와 함께 집으로 돌아온 에두아르트도 대위가 곧 떠난다는 소식을 전해 들었다. 그는 샤를로테가 자세한 내용을 이미 알고 있었을 거라 의심했지만, 자기 자신과 자신의 의도에만 빠져 있던 터라 그것을 나쁘게 생각할 겨를조차 없었다.

오히려 정반대였다. 그는 대위가 맞이할 훌륭하고 영예로운 상황에 관한 이야기에 만족해하며 유심히 귀를 기울였다. 그의 은밀한 소망은 걷잡을 수 없이 이런저런 사건들을 앞질러가고 있었던 것이다. 그는 이미 대위가 샤를로테와 결합하고, 자신이 오틸리에와 하나가 된 모습을 보고 있었다. 이번 축제에 그로서는 이보다 더 큰 선물이 있을 수 없었다.

오틸리에는 자기 방으로 돌아왔을 때 탁자 위에 놓여 있는 값비싼 작은 함을 발견하고는 얼마나 놀랐던가! 그녀는 망설이지 않고 상자를 열었다. 그 안에 모든 것이 너무도 아름답게 포장되고 단정하게 정리돼 있어서, 감히 그것들을 풀어 헤치거나 들어 올려볼 엄두조차 낼 수 없었다. 모슬린, 아마포, 비단, 목도리와 레이스들이 제각기 섬세함과 우아함과 귀중함을 뽐내고 있었다. 또한 장신구도 빠지지 않았다. 그녀는 자기를 머리부터 발끝까지 몇 번이라도 치장해 주려는 의도를 알아차렸다. 그러나 그 모든 것은 너무나 귀하고 낯설어 자신이 상상 속에서라도 함부로 가질 수는 없는 것들이었다.

제16장

　다음 날 아침 대위는 떠나고 없었고, 친구들에게 감사의 마음을 전하는 한 장의 편지가 남아 있었다. 대위와 샤를로테는 이미 전날 밤에 짤막하면서 간결한 작별 인사를 나누었다. 그녀는 그 순간을 영원한 이별로 느꼈고, 그것을 받아들였다. 왜냐하면 대위가 그녀에게 마지막으로 읽게 해 준 백작의 두 번째 편지에는 좋은 조건의 결혼 이야기가 있었기 때문이었다. 물론 그는 그 문제에 관심을 보이지 않았지만, 그래도 그녀는 그것을 기정사실로 여겨 그를 깨끗이 단념했던 것이다.

　한편 그녀는 자신이 스스로를 극복할 수 있게 했던 그 힘을 다른 사람에게도 요구할 수 있다고 믿었다. 자신에게 불가능하지 않았으므로 다른 사람도 그와 똑같은 일을 할 수 있으리라 생각했다. 그러한 맥락에서 그녀는 그 문제가 분명하게 매듭지어져야 한다고 느꼈고, 그래서 그만큼 더 솔직하게 마음을 터놓고 남편과 대화를 시작했다.

"우리의 친구가 떠나갔어요." 그녀가 말했다. "이제 우리는 다시 예전처럼 마주 앉았어요. 우리가 다시 이전의 상태 그대로 되돌아갈 수 있을지 아닐지는 우리한테 달렸죠."

그의 정열에 아첨을 떠는 소리 이외에는 아무것도 듣지 못했던 에두아르트는, 샤를로테가 말하는 '이전의 상태'를 그녀가 이전에 과부로 있던 상태를 뜻하는 것으로, 그리고 막연하긴 해도 이혼에 대한 기대를 드러내는 것이라 믿었다. 그래서 그는 미소 지으며 대답했다. "왜 아니겠어요? 그건 우리가 서로 이해만 하면 되는 일이겠지요."

그래서 그는 샤를로테가 이렇게 대꾸하자 크게 기만당하기라도 한 것처럼 느꼈다. "오틸리에를 다른 곳으로 보내는 문제도 우리가 지금 선택해야만 해요. 그 애에게 바람직한 여건을 마련해 줄 기회가 두 가지 있으니까요. 제 딸이 고모할머니한테로 갔으니, 그 애는 기숙 학교로 돌아갈 수 있어요. 아니면 명망 있는 집안으로 갈 수도 있어요. 거기에서 그 집 외동딸과 더불어 신분에 어울리는 교육의 모든 혜택을 누릴 수 있어요."

"하지만 오틸리에가 다정스레 대해 주는 우리 사이에서 호강하며 지낸지라, 다른 사람들과 지내는 것을 꺼려 할 거요." 에두아르트가 꽤나 침착하게 대답했다.

"우리 모두 철없이 지냈어요." 샤를로테가 말했다. "당신도 마찬가지예요. 하지만 지금이야말로 깊은 사려가 필요한 시기예요. 지금 이 시기는 우리의 작은 지역 내 모든 구성원이 가장 잘 지낼 방안을 요구하고, 또 그 어떤 희생도 마다하지 말아야 한다고 우리에게 엄중하게 경고하고 있어요."

"그렇다고 해서 오틸리에가 희생되어야 한다는 건 아무래도 말이 안 되오." 에두아르트가 대답했다. "우리가 그 애를 낯선 사람들한테로 보내 버리면 그 애를 희생시키는 꼴이지요. 대위로 말하자면 좋은 행운이 찾아와 여기서 그를 데려간 거지요. 그러니 우리는 편안한 마음으로, 아니 기분 좋게 그를 떠나가게 두어도 무방해요. 그런데 오틸리에에게는 무슨 일이 생길지 누가 알겠소? 우리가 뭐 때문에 그렇게 서둘러야 한단 말이오?"

"이제 우리가 어떻게 될지는 꽤나 분명해졌군요." 샤를로테가 다소 격한 감정으로 말했다. 그녀는 내친 김에 속내를 드러내려고 말을 계속했다. "당신은 오틸리에를 사랑하고 있고, 그 애에게 기울어져 있어요. 그 애 쪽에서도 애정과 정열이 생겨나 점점 더 커져 가고 있고요. 매순간 자신에게 고백하고 토로하는 일을 우리가 털어놓고 말해서는 안 될 이유는 없는 거겠죠? 앞으로 어떻게 될지 우리가 서로 물어보아서 안 되나요?"

"당장 답변할 수는 없지만 이렇게 말할 수 있을 거요." 에두아르트가 마음을 가다듬으며 대꾸했다. "어떤 일이 앞으로 어떻게 될지 바로 말할 수 없을 때, 사람들은 미래가 어떤 가르침을 줄지 우선 기다려 보기로 결심하지 않소."

"지금 이 경우를 예견하는 데에는 유별난 지혜가 필요한 것도 아니에요." 샤를로테가 대답했다. "어쨌든 저는 이렇게 말하고 싶어요. 이제 우리 둘은 사람들이 가고 싶어 하지도 않고, 가서도 안 되는 길을 맹목적으로 가도 될 만큼 젊지는 않아요. 우리를 보살펴 줄 사람은 더 이상 없어요. 우리가 우리 자신의 친구가 되고 주인이 될 수밖에 없어요. 우리가 극단의 길로 빠져드는 것을 기대하는 사람은 아무도 없고, 비난받을 짓을 하거나 웃음거리가 되기를 기대하는 사람도 없어요."

부인의 솔직 담백한 말에 답변할 수 없었던 에두아르트는 이렇게 물었다. "내가 오틸리에의 행복을 마음에 담고 있다고 해서 당신은 나를 나쁘게 생각하고, 나를 비난할 수 있단 말이오? 그것도 예측할 수 없는 미래의 행복이 아니라, 지금 현재 그 애의 행복인데도 말이오? 솔직하게 자신을 기만하지 말고, 오틸리에를 우리에게서 내쫓아, 낯선 사람들에게 맡겨 버린다는 게 무슨 의미인지를 생각해 보시오. 나로서는 그 애에게 그런 변화를 겪게 한다면 그보다 더 잔인한 일은 없다고 생각하오."

샤를로테는 남편이 그렇게 빙빙 돌려 말하는 이면에서 그의 단호한 의중을 충분히 알아차렸다. 이제야 비로소 그녀는 그가 자기에게서 얼마나 멀어졌는지를 느꼈다. 다소 격한 감정으로 그녀가 소리쳤다. "오틸리에가 우리 사이를 갈라놓고 저한테서 남편을, 아이들'한테서 아빠를 빼앗아 간다면, 그 애가 행복할 수 있을까요?"

"내 생각에 우리 아이들은 별 문제 없을 거요." 에두아르트가 미소를 띤 채 냉정하게 말했다. 그러고는 조금은 다정하게 덧붙여 말했다. "당장 그렇게 극단적으로 생각하는 사람이 어디 있소!"

"정열이야말로 극단적인 것과 가장 가깝죠." 샤를로테가 말했다. "아직 시간이 있을 때 좋은 충고를, 제가 제안하는 도움을 물리치지 말아요. 상황이 분간되지 않을 때는 가장 분명하게 내다보는 사람이 나서서 도와야만 해요. 지금은 제가 바로 그런 사람이라고요. 여보, 사랑하는 에두아르트, 부디 제 말을 들어주세요! 애써 얻어 낸 행복과 아름다운 권리를, 그리고 당신을 제가 그렇게 쉽사리 단념하리라고 생각하나요?"

"누가 그런 말을 해요?" 에두아르트가 당황하며 대답했다.

"바로 당신이요." 샤를로테가 응답했다. "당신이 오틸리에를 가까이에 두려 하고, 그로 인해 생겨날 수밖에 없는 모든 일을 내버려 두고 있어요. 당신을 볼아붙이고 싶지는 않아요. 당신이 자신을 극복하지 못하는 건 어쩔 수 없다 하더라도, 최소한 자신을 속여서는 안 돼요."

에두아르트는 그녀의 말이 옳다고 느꼈다. 마음속에 오랫동안 품고 있던 생각을 갑자기 쏟아 버릴 때 그 말은 무섭기 마련이다. 에두아르트는 순간을 모면하기 위해 이렇게 답했다. "당신이 무슨 생각을 하는지 도대체 알 수가 없소."

"제 의도는……" 샤를로테가 말했다. "당신과 함께 저의 두 제안을 생각해 보자는 거예요. 둘 다 좋은 점이 많아요. 그 애가 지금 처한 상황을 볼 때 기숙 학교가 오틸리에에게 가장 적당할 거 같아요. 그 아이의 장래를 고려한다면 보다 크고 넓은 환경이 더 좋을 듯하고요." 이 말에 이어 그녀는 남편에게 두 제안을 자세히 설명하고는 이렇게 말을 맺었다. "제 생각으로는 여러 가지 이유에서 그 귀부인의 댁이 기숙 학교보다 나은 거 같아요.

특히 그곳의 젊은 남자가 오틸리에에게 쏟고 있는 애정, 아니 정열이 더 깊어지지 않는 게 바람직하니까요."

에두아르트는 그녀의 말에 찬동하는 듯했지만, 그것은 어느 정도 시간을 벌려는 것이었다. 에두아르트가 대놓고 반대하지는 않자, 단호하게 조치하려 했던 샤를로테는 당장 그 기회를 잡아 오틸리에가 떠나는 날을 바로 며칠 후로 확정 지으려 했다. 사실 그녀는 이미 은밀하게 모든 일을 준비해 놓았던 것이다.

에두아르트는 오싹함을 느꼈다. 그는 배신당했다고 생각했고, 아내의 사랑스러운 말이 자신을 행복으로부터 영원히 떼어 놓기 위해 깊이 고민하고 꾸며 내고 계획한 것 같았다. 그는 그 일을 전적으로 그녀에게 맡겨 놓은 듯했으나, 마음속으로는 이미 결단을 내린 상태였다. 다만 숨 돌릴 겨를을 얻기 위해, 그리고 언제일지 모르나 조만간 오틸리에가 떠나가는 불행을 막기 위해 그는 집을 나가 있기로 결심했다. 오틸리에가 떠나는 날 자기는 그 자리에 있지 않을 것이고, 또 그 순간부터 그 애를 더는 보지 않겠노라고 말을 꺼내며 샤를로테를 속이기는 했으나, 그래도 그녀가 그의 의중을 전혀 알아차리지 못한 것은 아니었다. 자기가 이겼다고 믿은 샤를로테는 그가 하는 일을 애써 도와주었다. 그는 말을 준비하게 했고, 시종에게 어떤 짐을 꾸릴 것이며 어떻게 자기 뒤를 따라올 것인지 등등 필요한 지시를 내리고는 즉시 책상에 앉아 편지를 썼다.

에두아르트가 샤를로테에게

"사랑하는 당신, 우리에게 닥친 이 불행은 치유될 수도 있고
그렇지 않을 수도 있소. 다만 지금 내 심경은 이렇다오. 내가
이 순간 절망하지 않기 위해, 나 자신을 위해, 그리고 우리 모
두를 위해 시간 여유를 가져야만 하겠소. 내가 희생하는 만큼
또한 이런 요구를 하고 싶소. 나는 집을 떠나 있다가, 형편이
더 나아지고 평온해질 때만 다시 돌아오리다. 그동안 당신이
집을 맡아 주시오. 다만 오틸리에와 함께 있어 주시오. 나는
그 애가 낯선 사람들 사이가 아니라 당신 곁에 있기를 바라오.
그녀를 돌봐 주오, 평소처럼, 지금까지처럼 그녀를 대해 주시
오. 아니 더 사랑스럽고 더 다정하고 더 부드럽게 대해 주시
오. 내 약속하지만, 오틸리에와는 결코 은밀한 관계를 맺으려
하지는 않겠소. 당신들이 어떻게 사는지 당분간 내게는 아예
알려 주지 마시오. 가장 좋은 일만 생각하리다. 당신들도 나
에 대해서 그렇게 생각해 주기 바라오. 다만, 당신에게 간절하
게 또 진심으로 간청하고 싶은 것이 있소. 오틸리에를 다른 곳
으로 내보내거나 새로운 환경에 내맡겨지게 하지는 마시오!
그 애가 당신의 성과 공원을 벗어나 낯선 사람들에게 맡겨진
다면, 그 애는 나의 것이며, 나는 그 애를 내 것으로 만들 거요.
당신이 나의 애정과, 나의 소망과 나의 고통을 존중해 준다면,
그리고 나의 망상과 나의 희망에 따라 준다면, 자연스럽게 주
어질 치유를 거역하지는 않으리다."

마지막 구절은 그의 가슴이 아니라 그의 펜대 끝에서 흘러나왔다. 그랬다, 그는 편지지를 내려다보며 비통하게 울기 시작했다. 그는 행복해지든 불행해지든, 어떤 식으로도 오틸리에를 사랑하는 일을 결코 그만둘 수 없었다! 이제 그는 자신의 행위가 어떤 의미인지를 깨달았다. 그는 앞으로 일이 어떻게 될지도 모르는 채 떠나가는 것이다. 적어도 지금은 그 애를 다시 만날 수 없게 된 것이다. 그 애를 다시 볼 수 있을지 없을지, 어찌 확신을 가지고 말할 수 있단 말인가? 그러나 편지는 씌었고, 말들은 문 앞에 서 있었다. 매순간 그는 어디에선가 오틸리에를 보게 될까 봐 그리고 동시에 그의 결심이 허사가 될까 봐 염려했다. 그는 바짝 정신을 가다듬었다. 그는 언제라도 돌아올 수 있고, 또 지금 떠나감으로써 자기 소망에 더 가까워지는 것이라 생각했다. 그렇지 않고 자신이 그대로 있을 경우 오틸리에가 집에서 쫓겨나는 모습이 선명하게 떠올랐다. 그는 편지를 봉했고, 계단을 서둘러 내려가 말 위로 훌쩍 뛰어올랐다.

주막 앞을 지나가면서 보니, 어젯밤 그가 듬뿍 자선을 베풀어 주었던 그 거지가 정자 안에 앉아 있었다. 그 사람은 편안하게 점심식사를 하며 앉아 있다가 일어서서 에두아르트에게 공손하게, 아니 경배하듯 허리를 굽혀 인사했다. 어제 오틸리에와 팔짱을 끼고 걸어가고 있을 때 바로 이 사람이 그 앞에 나타나지 않았던가. 그런데 이제 그자가 에두아르트의 일생에서 가장 행복했던 순간을 고통스럽게 떠올리게 했다. 그의 고통은 더욱 커졌다. 거지가 그에게 안겨 준 느낌은 참기 어려웠다. 그는 다시 한번 거지 쪽을 쳐다보았다. "차라리, 그대가 부럽다!" 그는 소리쳤다. "그대는 어제 동냥한 것으로 먹고 살 수 있으나, 나는 이제 더는 어제의 행복을 먹고 살 수가 없어!"

제17장

오틸리에는 누군가가 말을 타고 가는 소리를 듣고는 창가로 갔는데, 에두아르트의 뒷모습이 보였다. 그가 자기를 보지도 않고, 아침 인사도 없이 집을 나가는 게 이상했다. 그녀는 불안해졌고 걱정에 사로잡혔다. 그때 샤를로테가 나타나 먼 산책길에 그녀를 데려갔고, 이런저런 이야기를 들려주었다. 의도적이었 겠지만 샤를로테는 남편에 관해서는 한마디도 하지 않았다. 그들이 다시 돌아왔을 때, 두 사람분의 식사만 차려져 있는 것을 본 오틸리에는 곱절로 당황스러웠다.

사소한 것일지라도 익숙한 것들이 사라지고 나면 섭섭해 하기 마련인데, 하물며 중요한 것들이 없어지면 우리는 고통을 느끼기 마련이다. 에두아르트와 대위는 자리에 없었다. 샤를로테는 오랜만에 손수 식탁을 차렸는데, 오틸리에는 자신이 원래 자리에서 쫓겨난 것 같다는 생각이 들었다. 두 여자는 마주 보고 앉았다. 샤를로테는 아무 거리낌도 없이 대위가 취직이 되었고,

그를 곧 만날 수 있는 희망은 거의 없다고 말했다. 친구를 얼마쯤 배웅해 주려고 에두아르트가 말을 타고 뒤따라갔다고 믿는 것은 그 상황에서 오틸리에가 바랄 수 있는 유일한 위안이었다.

두 사람이 식사를 마치고 일어섰을 때 에두아르트의 마차가 창문 아래에 서 있는 게 보였다. 샤를로테가 다소 못마땅하게 누가 마차를 여기로 오게 했느냐고 묻자, 시종은 이곳에서 몇 가지 짐을 더 싣고 가려고 그랬다고 답했다. 오틸리에는 놀라움과 괴로움을 숨기기 위해 정신을 바짝 가다듬어야만 했다.

시종이 안으로 들어와 몇 가지 필요한 물건을 요청했다. 에두아르트가 쓰는 찻잔과 은수저 한 벌, 그리고 이런저런 것들이었는데, 이것들은 오틸리에에게 먼 곳으로의 여행, 오랫동안 타지에 머무름을 뜻하는 것이었다. 샤를로테는 그의 요청을 아주 무뚝뚝하게 거절했다. 그의 말이 무슨 뜻인지 이해를 못하겠고, 주인의 일과 관련된 것이라면, 시종 자신이 결정하면 되지 않느냐는 의도였다. 그 영리한 남자는 오틸리에와 이야기를 나누는 게 원래 목적이었기에, 어떤 구실이라도 대어 샤를로테를 방 밖으로 나가게 하려 했다. 그는 죄송하다고 말하며 오틸리에라도 그 일을 해 주었으면 한다고 끈질기게 요청했지만, 샤를로테는 이를 거절했다. 시종은 그냥 떠나야 했으며, 마차는 다시 굴러갔다.

오틸리에에게 그것은 무서운 순간이었다. 그녀는 무슨 영문인지 이해할 수도 납득할 수도 없었다. 하지만 한동안 에두아르트를 빼앗기게 되었다는 것은 느낄 수 있었다. 샤를로테는 그러한 상태를 알아차리고는 그녀를 혼자 내버려 두었다. 우리는 오틸리에의 고통과 눈물을 감히 묘사할 수 없다. 그녀는 무한히 괴로워했다. 오로지 하느님에게, 자기가 이날만은 견딜 수 있게 해달라고 기도하며 그날 낮과 밤을 견뎌 냈다. 그리고 다시 정신을 차렸을 때, 그녀는 자신이 다른 사람이 된 것처럼 느껴졌다.

오틸리에는 마음을 가다듬지 못했고, 현실에 순응하지도 못했다. 그러나 그처럼 커다란 상실 후에도 그녀는 여전히 살아 있었고, 또 다른 일을 두려워해야만 했다. 정신이 다시 돌아온 후 그녀를 곧장 사로잡은 걱정은 두 남자가 내보내졌으므로, 이제 자기도 마찬가지로 내보내지게 되리라는 것이었다. 자신을 샤를로테 옆에 두라고 한 에두아르트의 경고에 대해 그녀는 아무것도 몰랐다. 하지만 샤를로테의 행동이 어느 정도 그녀의 마음을 놓이게 했다. 샤를로테는 그 착한 아이에게 할 일을 주었고, 여간해서는 자신에게서 멀리 떼어 놓으려 하지 않았다. 몰아치는 사랑의 열정을 말로는 좀처럼 제어할 수 없음을 잘 알았지만, 그녀는 분별력과 의식의 힘을 믿었고, 그래서 자신과 오틸리에 사이의 이런저런 일을 화제에 올렸다.

샤를로테가 이따금 사려 깊은 의도에서 현명한 생각을 말해 주면, 그것이 오틸리에에게 커다란 위안이 되었다. "열정 때문에 난처해진 사람들을 우리가 침착하게 도와 거기서 벗어나게 해 준다면, 그들이 얼마나 고마워하겠니! 남자들이 미완으로 남겨 둔 일을 우리가 즐겁고 쾌활한 마음으로 해 보자꾸나. 저돌

적이고 성급하기만 한 남자들이 파괴하려 했던 것을 우리는 절제로 보존하고 진척시켜 그들이 돌아올 날에 멋지게 대비하는 게 어떻겠니."

"이모님이 절제라는 말을 하시니 저도 드릴 말씀이 있어요." 오틸리에가 대꾸했다. "특히 포도주를 마실 때 남자들은 절제를 하지 못하던 걸요. 순수한 분별력과 총명함도, 다른 사람에 대한 배려도, 품위와 다정함조차도 몇 시간 동안 사라져 버리고, 훌륭한 남자라면 보여 주거나 지킬 수 있는 온갖 좋은 점 대신에 불상사와 혼란을 야기하는 위기가 닥치는 걸 지켜보면서, 제 마음은 정말이지 우울하고 두려웠어요! 또 그렇게 해서 너무나 자주 억지 결정들이 내려졌고요!"

샤를로테는 그녀의 말을 수긍했다. 하지만 대화를 이어 가지는 않았다. 오틸리에가 여기에서도 오로지 에두아르트만을 염두에 두고 있음을 너무나 잘 느꼈기 때문이었다. 에두아르트는 늘 그런 건 아니었지만, 바람직한 정도를 넘어서서 자주 포도주를 즐기며 만족을 얻었고, 수다를 떨고, 자신의 행동을 북돋우곤 했던 것이다.

샤를로테의 이야기에서 오틸리에는 남자들, 특히 에두아르트를 다시 떠올렸다. 그런데 샤를로테가 곧 있을 대위의 결혼을 두고서 이미 잘 알려진 확실한 일인 것처럼* 말을 하자, 오틸리에는 왠지 이상하다는 생각이 들었다. 이로써 모든 것이 에두아르트가 이전에 확신을 가지고 말했을 때 오틸리에가 떠올렸던 모습과는 다른 양상을 띠게 되었다. 이제 오틸리에는 샤를로테의 모든 발언과 눈짓, 모든 행동과 발걸음 하나하나에 주의를 기울였다. 오틸리에는 자신도 모르게 영리해지고 예리해지고 또 영악해졌다.

한편 샤를로테는 주변의 일 전체를 하나하나 예리한 시선으로 꿰뚫어 보며 능숙한 솜씨로 처리했고, 그 과정에 오틸리에가 언제나 참여하게 했다. 그녀는 망설임 없이 가계를 긴축했다. 모든 것을 찬찬히 살펴보니, 열정으로 비롯된 그 사건은 오히려 일종의 행운이기도 했다. 왜냐하면 이전의 기조가 그대로 계속되었다면, 일은 걷잡을 수 없이 확대되었을 테고, 적시에 상황을 고려하지 않고 과도한 생활 비용과 공사 비용을 들였다면 원래의 넉넉한 재정이 파산까지 가지는 않더라도 상당히 흔들렸을 것이기 때문이었다.

그녀는 현재 진행 중인 시설 공사는 막지 않았다. 오히려 앞으로 증축의 토대가 될 그 일을 계속 진행하게 했는데, 거기에는 그만한 이유가 있었다. 장차 돌아올 남편이 즐겁게 몰두할 일을 마련해 놓고 싶었던 것이다.

그러한 작업과 계획을 진행하는 과정에서 그녀는 건축기사의 작업 방식을 칭찬해 마지않았다. 호수가 짧은 시간 내에 그녀의 눈앞에 펼쳐졌고, 새로 조성된 호숫가에는 예쁘고 다양한 품종의 꽃과 나무들이 심어졌으며, 잔디밭도 만들어졌다. 새 집의 토대를 위해 필요한 기초 작업은 모두 이루어지고 마감되었다. 그러고는 나중에 만족스러운 마음으로 다시 시작할 수 있을 정도로 공사를 진척시킨 후 그녀는 일을 끝냈다. 이런 일을 하는 동안 그녀의 마음은 침착하고 명랑했다. 그러나 오틸리에의 마음은 겉돌고 있을 뿐이었다. 왜냐하면 그녀는 매사를 그것이 에두아르트가 곧 돌아올지 아닐지를 암시하는 징조로만 보았기 때문이었다. 매사를 그렇게 보는 일 말고 그녀의 관심을 끄는 일은 아무것도 없었다.

그러므로 드넓게 확대된 공원을 늘 깨끗하게 유지하려고 농촌 소년들을 모아 작업을 시키기로 한 것은 오틸리에에게 반가운 일이었다. 에두아르트도 이미 그런 생각을 밝힌 적이 있었던 것이다. 소년들을 위해 일종의 밝은 색 유니폼을 만들었고, 아이들은 깨끗이 몸을 씻은 후 저녁 시간에 그것을 입었다. 옷 보관소는 성 안에 있었다. 그리고 그 과정을 이끄는 일은 가장 똑똑하고 야무진 소년에게 맡겼다. 건축기사가 모든 일을 지도했으며, 소년들 모두가 어느새 일정 수준의 솜씨를 익혔다. 소년들을 가르치는 일은 힘들지 않았는데, 그들은 훈련이라도 받는 듯이 작업했다. 그들이 호미와 자루 달린 칼과 갈퀴를, 그리고 작은 삽과 괭이, 먼지떨이 모양의 빗자루를 들고 줄지어 오고, 또 몇몇은 잡초와 돌멩이를 치우기 위해 바구니를 들고 뒤따르고, 또 몇몇은 쇠로 된 높다랗고 커다란 바퀴를 뒤에 끌고 올 때면, 그것은 귀엽고 유쾌한 행렬을 이루었다. 건축 기사는 그 행렬과 같이 걸어가며 별장의 띠 모양 장식을 어떤 위치에 어떤 순서로 작업할지를 메모했다. 반면에 오틸리에에게는 이 모든 것이 집으로 돌아올 주인을 곧 맞이할 일종의 행렬로만 보였다.

그 장면은 오틸리에에게 자기도 비슷한 방식으로 그분을 맞이해야겠다는 용기와 욕구를 불러일으켰다. 지금까지 마을의 소녀들은 바느질과 뜨개질을 하고, 실을 잣고, 그밖에 여자들이 하는 일을 하도록 권장 받았다. 그리고 그러한 미덕들은 마을의 청결과 미화를 위한 기구가 생겨난 후에 더욱 늘어났다. 오틸리에는 우연하게, 또는 기회가 주어지거나 마음이 끌릴 경우에, 언제나 그 일에 관여했고, 마침내 그 일을 더 완전하고 더 일관성 있게 추진하려고 마음먹었다. 하지만 소년들의 경우와 달리 소녀들을 모아 단체를 만들기는 어려웠다. 그녀는 아주 분명하게 아는 것은 아니었지만 좋은 뜻을 따랐고, 소녀들로 하여금 자신의 집과 부모와 자매에게 애정을 가지도록 영향을 미치려 애썼다.

많은 소녀들이 그녀의 생각을 잘 따라 주었다. 다만 덩치가 작고 성격이 명랑한 한 소녀는 비난을 받곤 했는데, 아무런 재주도 없고 집에서는 도대체 아무것도 하려 하질 않는다는 것이었다. 오틸리에는 그 소녀가 싫지 않았는데, 그 애가 자기에게는 유달리 다정하게 굴었기 때문이었다. 그 애는 오틸리에를 따랐고, 그녀가 허락할 때면 함께 돌아다녔다. 그럴 때면 소녀는 활발하고 명랑하고 지칠 줄을 몰랐다. 아이는 아름다운 마님을 졸졸 따라다니고 싶은 생각이 절실했던 모양이었다. 처음에 오틸리에는 그 아이가 따라다니는 걸 그냥 두었지만, 나중에는 아이에 대한 애정이 저절로 생겨났다. 마침내 그들은 더 이상 헤어지지 않았고, 나니는 자기 주인을 어디든 따라다녔다.

오틸리에는 종종 정원으로 난 길을 걸어가 아름답게 피어나고 있는 것들을 보며 기뻐했다. 딸기와 버찌의 철이 끝나가고 있었는데, 나니는 늦자란 그 열매들을 유달리 맛있게 먹었다. 가을의 풍성한 수확을 기약하는 다른 과일을 보며 정원사는 언제나 그의 주인을 생각했으며, 그가 돌아오기를 바란다는 말을 결코 빼먹지 않았다. 오틸리에는 선량한 노인의 말에 기꺼이 귀를 기울였다. 그는 자신의 직업을 잘 터득하고 있었으며 그녀에게 에두아르트에 관한 이야기를 쉼 없이 들려주었다.

올해 봄에 접목한 가지들 모두가 너무나 아름답게 자랐다고 오틸리에가 기뻐하자, 정원사가 시무룩하게 말했다. "착한 우리 주인님이 이 기쁨을 누리실 수 있었으면 얼마나 좋겠어요. 그분이 이번 가을에 오신다면 그분의 부친 때부터 있던 여러 가지 귀한 것들이 성의 옛 정원에 그대로 서 있는 걸 보시게 될 텐데요. 요즈음의 과수원지기들은 카르투지오 교단'의 수도사들처럼 믿을 수가 없어요. 카탈로그에 들어 있는 이름들이야 그럴듯하지요. 하지만 접목을 하고 길러 마침내 열매를 맺을 때 보면, 그 나무들은 정원에 서 있을 가치조차 없는 것들이지요."

그 충직한 하인은 오틸리에를 볼 때마다 거의 빠짐없이 주인님이 언제 돌아오시냐고 거듭해서 물었다. 오틸리에가 날짜를 정확하게 답변하지 못하면, 그 착한 남자는 표정이 다소 흐려지면서, 그녀가 자기를 믿지 못해 그러는 것이라고 말했다. 아무것도 모른다는 느낌 때문에 그녀도 마음이 짓눌렸고 또 괴로웠다. 하지만 그럼에도 불구하고 그녀는 이 화단과 꽃밭을 멀리할 수 없었다. 그녀가 일손을 도와 함께 씨를 뿌려 놓은 모든 것이 이제 활짝 피어나고 있었다. 이제 나니가 언제든 물을 뿌려 주는 것 이외에는 따로 돌볼 일도 별로 없었다. 오틸리에는 축하를 해 주려고 마음속으로 여러 번 다짐한 에두아르트의 생일날에 그녀의 애정과 감사한 마음을 보여 주면서, 화려하고 풍성하게 피어날 꽃들을 바라보며 얼마나 감격에 젖었던가! 그러나 그 축제를 보게 되리라는 희망에만 부풀어 올라 있었던 것은 아니었다. 의심과 근심이 이 착한 아가씨의 영혼에 끊임없이 무언가를 속삭였다.

샤를로테와 이전처럼 속을 털어놓으며 한마음이 되는 일은 이제 더 이상 불가능해졌다. 왜냐하면 두 여성이 처한 상황이 아주 달랐기 때문이었다. 모든 것이 이전처럼 머물러 있고, 모든 사람이 정해진 삶의 궤도로 되돌아온다면, 샤를로테로서는 현재의 행복에 만족할 수 있고, 미래에 대한 밝은 전망도 열려 있는 것이었다. 반면에 오딜리에는 모든 것을 잃었는데, 이는 너무도 분명한 사실이었다. 에두아르트에게서 처음으로 삶과 기쁨을 발견했던 그녀가 현재 상황에서는 이전 같으면 상상도 못했을 무한한 공허를 느끼고 있었던 것이다. 무언가를 찾는 가슴은 무언가가 결여되어 있다고 느끼며, 무언가를 상실한 가슴은 그리움을 느끼기 마련이 아닌가. 그리움은 짜증과 초조함으로 바뀌고, 기다림과 고대에 익숙해 있는 여인의 감정은 갑갑한 주변에서 벗어나 활동하고 시도하고, 자신의 행복을 위해 뭔가를 하고 싶어 하는 법이다.

오틸리에는 에두아르트를 단념하지 않았다. 샤를로테가 교묘하게도 자신의 확고한 생각을 거슬러가면서까지 그 일을 기정사실로 받아들이고, 자신의 남편과 오틸리에가 편안한 친구 관계로 남을 수 있다고 애써 강조하기는 했어도, 오틸리에가 어떻게 에두아르트를 단념할 수 있었겠는가. 오틸리에는 밤마다 혼자 있을 때면 열어 놓은 함 앞에 무릎을 꿇고 앉아 아직 아무것도 사용해 보지 않았고, 재단을 하거나 옷으로 만들어 입지도 않은 생일 선물들을 얼마나 자주 바라보곤 했던가. 해가 떠오르면 그 착한 아가씨는 얼마나 자주, 지금까지 자신이 온갖 행복을 누렸던 그 집에서 서둘러 나와, 야외로, 평소에는 별 다른 관심도 주지 않았던 곳으로 달려갔던가. 그녀는 땅 위에도 머물러 있고 싶지 않았다. 보트 안으로 뛰어올라 호수 한 가운데로 노를 저어갔다. 그러고는 여행기를 꺼내 출렁거리는 파도에 몸을 내맡기고는, 책을 읽으며 낯선 곳으로 가는 꿈에 빠져들었다. 그곳에서 그녀는 언제나 사랑하는 친구를 만났다. 그녀는 여전히 그의 가슴 가까이에 있었고, 그는 그녀의 가슴 가까이에 있었다.

제18장

우리는 앞에서 놀랍도록 활동적인 미틀러라는 남자를 소개한 적이 있다. 그가 자신의 친구들 사이에서 터져 나온 불미스러운 일에 관한 소식을 듣고는, 그 누구도 도움을 요청하지 않았음에도 자신의 우정을 보여 주고 자신의 수완을 발휘하고 싶다는 마음을 가지게 되었으리라는 것은 이해가 가고도 남는다. 그는 일단은 시간을 두고 기다려 보는 게 바람직하다고 생각했다. 그는 도덕적으로 혼란한 일이 벌어졌을 때 배운 사람들을 돕는 것이 배우지 않은 사람들을 돕는 것보다 더 어렵다는 사실을 너무나 잘 알고 있었기 때문이었다. 그래서 그는 한동안 그 문제를 그대로 내버려 두었다. 하지만 결국에는 더 이상 참을 수 없었고, 에두아르트가 있는 곳을 수소문해 이미 알고 있었던 터라 서둘러서 그를 찾아갔다.

그곳으로 가는 길에 미틀러는 아늑한 계곡에 도달했는데, 나무가 무성히 자란 그곳의 부드러운 녹색 초원을 때로는 구불구불하게, 때로는 쏴쏴 소리를 내며 개울물이 넘실넘실 활기차게 흘렀다. 완만하게 굽이치는 구릉들 위로는 풍요로운 밭과 잘 자란 과일나무들이 줄지어 서 있었다. 마을들은 서로 간에 그리 가까이 붙어 있지는 않았으며, 전체적으로 평화로운 분위기였다. 그리고 그 부분 부분들은 그림으로 그릴 정도는 아니지만 살기에는 아주 적당한 곳으로 보였다.

정결하고 소담한 집이 딸려 있고, 정원으로 둘러싸인, 잘 관리된 외딴 농가가 마침내 그의 눈에 들어왔다. 그는 이곳이 바로 에두아르트가 머물고 있는 곳이라고 짐작했는데, 그의 예측은 틀리지 않았다.

고독하게 지내는 이 친구에 대해 말할 것 같으면 말없이 자신의 정열에 온 마음을 내맡긴 채 이런저런 계획을 세워 보기도 하고, 이런저런 희망을 품고 지낸다는 정도로 이야기할 수 있을 것이다. 그는 오틸리에를 이곳에서 만나고 싶고, 그녀를 이곳으로 데려와 유혹하고 싶다는 소망을 가지고 있음을 스스로 부인할 수 없었다. 또한 무엇이 허용될 수 있고, 무엇이 허용될 수 없는 일인가 하는 생각을 떨쳐 버리지 못했다. 그의 상상력은 온갖 가능한 것들 사이로 떠다녔다. 이곳에서 그녀를 소유하지 못한다면, 다시 말해 법적으로 소유할 수 없다면, 그녀에게 이곳 농장이라도 주고 싶었다. 이곳에서 그녀가 혼자 조용히 자립해 살게 하고 싶었다. 그녀는 당연히 행복해야 하며, 자신을 괴롭히는 상상력이 그를 몰아 댈 때면, 다른 남자와 함께 사는 일이 있더라도 그녀는 행복해야 한다는 생각마저 들었다.

에두아르트의 하루하루는 이렇게 희망과 고통 사이에서, 눈물과 명랑한 기분 사이에서, 그리고 계획과 준비와 절망 사이에서 끊임없이 흔들리며 흘러갔다. 미틀러 씨가 갑자기 나타난 것이 그를 놀라게 하지는 않았다. 그는 오래전부터 그 사람이 왔으면 하고 바랐기에 미틀러의 출현이 반쯤은 반가웠다. 에두아르트는 샤를로테가 그 사람을 보냈다고 생각했는데, 그는 이미 이런저런 변명으로 결정을 미루고, 또 더욱 단호한 제안들을 할 준비가 되어 있었다. 한편 그는 오틸리에에 관한 소식을 듣기를 바라고 있었던 터라 미틀러 씨는 하늘이 보낸 사자(使者)만큼이나 사랑스러웠다.

그런 까닭에 미틀러 씨가 그곳에서 보내서 온 게 아니라 자기가 오고 싶어 왔다는 말을 듣고 에두아르트는 짜증이 나고 불쾌해졌다. 그의 마음은 닫혔고, 처음에는 대화조차 제대로 되지도 않았다. 하지만 사랑에 빠져 있는 자의 심경은 그의 내부에서 일어나고 있는 것을 친구 앞에서 쏟아내고 싶은 절실한 욕구를 가지고 있음을 미틀러 씨는 너무나 잘 알았기에, 이것저것 몇 마디 나눈 후 이번에는 자신의 역할에서 벗어나 믿고 마음을 털어놓을 수 있는 자의 역할을 맡기로 했다.

그런 후 에두아르트가 그런 식으로 혼자 지내는 것을 친근한 어조로 나무라자, 그는 이렇게 대답했다. "시간을 어떻게 더 기분 좋게 보낼 수 있을지를 모르겠어요! 나는 언제나 그녀 생각만 하고 언제나 그녀 곁에 있으니까요. 나는 오틸리에가 어디에 있는지, 어디를 가고 있는지, 어디에 서 있고, 어디에서 쉬고 있는지를 상상할 수 있는 더없이 소중한 혜택을 누리고 있어요. 나는 그녀가 여느 때처럼 내 앞에서 행동하고, 언제나 내 마음에 쏙 드는 일을 해내고 계획하는 모습이 바로 눈앞에 선하게 보인답니다. 하지만 거기서 그치지는 않아요. 그녀로부터 멀리 떨어져 있으면서 내가 어떻게 행복할 수 있겠습니까! 그래서 상상력을 발휘하여, 오틸리에가 내 곁으로 오려면 그녀가 무엇을 해야 할지를 계속 떠올린답니다. 나는 그녀의 이름으로 내게 감미롭고 은밀한 편지를 쓰고, 내가 그녀에게 답장을 하며 그 편지들을 모두 모아 둡니다. 나는 그녀에게 해로운 일은 하지 않겠다고 약속했고, 그 약속을 지킬 겁니다. 그런데 그녀가 내게 아무 소식이 없으니 무엇이 그녀를 가로막고 있는 걸까요? 혹시 샤를로테가 잔인하게도 그녀로 하여금 내게 편지를 쓰지 말고 자신에 관한 소식도 전하지 말도록 약속하고 서약하기를 강요한 건 아닐까요? 그건 자연스럽고 또 그럴 가능성도 있어요. 하지만 나로서는 그런 일은 듣지도 못했고, 또 참을 수도 없어요. 그녀가 나를 사랑한다고 나는 믿고 있고 또 그렇게 알고 있는데, 그녀는 왜 거기서 달아나 내 팔에 안기려는 결심을 하지도 않고 용기를 내지도 않을까요? 나는 가끔 생각한답니다. 그녀는 그렇게 해야 하고, 또 그렇게 할 수 있다고 말입니다. 현관에서 무언가가 움직거리기만 하면 나는 문 쪽을 바라봅니다. 그여자가 들어왔으면! 하고 나는 생각하고, 또 바라는 거지요. 아아! 나는 가능한 일이 불가능하므로, 불가능한 일도 가능하게 되어야 한다고 상상하곤 합니다. 밤에 잠에서 깨어, 등잔불이 침실을 가로질러 희미한 빛을 던질 때면, 그녀의 모습이, 그녀의 영혼이, 그녀의 아른거리는 자취가 허공을 날아 내게로 와서 단 한순간만이라도 나를 붙잡아 주기를 꿈꿉니다. 그녀가 나를 생각하고 있다, 그녀는 나의 것이다, 하고 확신할 수 있도록 말입니다.

내게는 단 하나의 기쁨이 아직 남아 있어요. 내가 그녀 가까이 있을 때에는 그녀가 꿈에 나타나는 일은 단 한 번도 없었답니다. 그런데 이제 멀리 떨어져 있으니까 우리가 꿈에서 만나는군요. 참으로 묘하네요. 여기서 다정한 이웃들을 알고 나니까 비로소 그녀의 모습이 꿈에 나타나 이렇게 말하려는 듯합니다. '이곳저곳 둘러보세요! 저보다 더 아름답고 사랑스러운 사람은 없을 걸요.' 그렇게 그녀의 모습은 내가 꿈꿀 때마다 거기 섞여 나타나고, 내가 그녀와 함께 겪는 모든 일은 서로 뒤섞이고 또 겹칩니다. 우리는 혼인서약서에 서명을 하기도 합니다. 거기에 그녀의 손이 있고 나의 손이 있고, 그녀의 이름이 있고 나의 이름이 있어요. 두 이름은 서로를 지우기도 하고, 서로 엉클어지기도 하지요. 하지만 이처럼 복된 상상력의 유희도 고통이 없지만은 않답니다. 이따금 그녀는 내가 그녀에 대해 품고 있는 순수한 생각을 모욕하는 행동을 하기도 해요. 그럴 때 나는 내가 그녀를 얼마나 사랑하고 있는지를 비로소 느낀답니다. 이루 말할 수 없는 두려움을 느끼면서 말입니다. 그녀는 때로는 그녀답지 않게 나를 놀리기도 하는데, 그럴 때면 정말이지 괴로워요. 하지만 그녀의 모습은 곧 바뀌어, 아름답고 둥그런 천사의 얼굴이 슬픈 표정을 지으며 다른 얼굴이 된답니다. 나는 괴로워하고 만족하지 못하고 혼란스러워하지요.

웃지 말아요, 미틀러 씨, 아니 차라리 웃어요! 나의 이런 애착이, 당신이 보기에 어리석고 미친 듯한 나의 애정이 난 부끄럽지 않아요. 그래요, 나는 지금까지 사랑이라는 것을 해 본 적이 없어요. 이제야 비로소 나는 그것이 무엇인지를 알았어요. 내가 그녀를 알게 되고, 그녀를 사랑하게 되고, 모든 걸 바쳐 사랑하게 될 때까지 나의 삶에 있어서 모든 것은 하나의 전주곡일 뿐이었고, 기다림에 불과했으며, 시간을 때우고 또 때우는 것에 불과했어요. 사람들이 내 앞에서 대놓고 그러지는 않았지만 내 등 뒤에서는, 내가 대개의 경우 일을 서투르게 하고 어설프게 한다고 비난했지요. 그럴지도 모르지요. 하지만 실은 대가로서의 내 모습을 보여 줄 일을 그동안에는 찾지 못했던 겁니다. 사랑의 재능에 있어서 나를 능가할 사람이 있다면 난 그런 사람을 만나 보고 싶군요.

사랑은 비통하고, 고통스럽고 눈물겨운 일입니다. 하지만 그것은 다시는 포기하기 어려울 만큼 내게는 자연스럽고 나다운 일이랍니다."

이처럼 생생하고 진심 어린 얘기를 하고 나니 에두아르트의 마음은 한결 가벼워졌다. 하지만 자신의 기구한 처지 하나하나가 갑자기 눈앞에 선하게 떠오르자, 그는 고통스러운 번민에 사로잡혀 눈물을 터뜨렸다. 그리고 다시 이런저런 고백을 하는 동안 그의 가슴은 부드러워졌고 그만큼 더 많은 눈물이 흘러내렸다.

에두아르트의 정열이 고통스럽게 터져 나오는 것을 보며 여행의 목적이 허사로 돌아가고 말았다는 것을 깨달은 미틀러는, 그래도 자신의 성급한 기질과 냉철한 사리 판단을 감출 수 없었기에 솔직하면서도 퉁명스럽게 불만을 토로하고 말았다. 에두아르트는 용기를 내어야 마땅하고, 스스로가 남자로서의 체면을 얼마나 손상시키는지를 생각해 보아야 한다는 것이었다. 그리고 불행 속에서도 정신을 다잡아 고통을 태연하고 품위 있게 견디는 것이야말로 인간에게 주어진 최고의 명예로서, 높이 평가받고 존경받고 모범이 되어야 함을 잊어서는 안 된다는 것이었다.

극도로 고통스러운 감정에 휩싸여 흥분되어 있는 에두아르트에게 그러한 말들은 공허하고 보잘것없게 들렸다. "행복하고 마음 편한 사람이라면 그런 말을 할 수 있겠지요." 에두아르트가 득달같이 말했다. "하지만 고통 받고 있는 자에게 자신이 정말이지 참기 어려운 존재라는 것을 안다면 그도 부끄러워할 테지요. 무한히 인내하라고 말들은 하지만, 둔감하고 편하게만 생각하는 사람은 무한한 고통을 인정하려 하지 않아요. 모든 위로가 야속하기만 하고, 절망을 의무로 받아들여야만 하는 그런 경우도 있는 법이니까요! 영웅들을 묘사할 줄 아는 고귀한 그리스인이라면 자신의 부하들이 고통스러운 감정에 북받쳐 우는 것을 결코 경멸하지 않아요. 그는 속담을 인용하며 이렇게 말할 겁니다. '눈물이 많은 남자가 착한 사람들이지. 메마른 가슴과 메마른 눈을 가진 자들은 모두 나를 떠나라!' 불행한 자를 그저 구경거리로 여기는 행복한 자들을 나는 저주합니다. 육체적으로, 정신적으로 곤경에 처한 아주 참혹한 상황에서도 갈채를 받으려면 고귀하게 행동해야 한다고들 말하지요. 마치 검투사가 그들의 눈앞에서 품위 있게 죽듯이 그렇게 사라져야 박수갈채를 받을 수 있다고 말입니다. 친애하는 미틀러 씨, 방문해 주셔서 고맙습니다. 하지만 당신이 정원이나 주변을 돌아보시는 게 저한테 커다란 사랑을 베푸시는 겁니다. 우리 다시 만나기로 하지요. 저는 보다 침착해져, 당신과 비슷한 사람이 되도록 노력해 볼게요.”

미틀러는 대화가 일단 중단되면 다시 이어 가기 어려울 것 같아 이야기를 멈추기보다는 그 방향을 돌리고 싶었다. 에두아르트로서도 대화가 목표 지점을 향해 나아가고 있었기에 계속해서 말하고 싶어 했다.

“물론 이런저런 생각을 하고, 이런저런 얘기를 해 봐도 아무 도움이 되지 않아요.” 에두아르트가 말했다. “그래도 이렇게 얘기를 나누다 보니, 내가 어떤 결정을 내려야 할지, 내가 어떤 결심을 했는지 처음으로 알게 되었고, 또 처음으로 분명히 느끼게 되었어요. 현재의 내 삶과 미래의 내 삶을 눈앞에 그려 보고 있어요. 비참함인가 행복인가, 내가 선택할 수 있는 것은 둘 중 하나랍니다. 부디 내가 이혼할 수 있게 도와주세요. 그것은 이미 불가피한 일이고, 물은 이미 엎질러졌어요. 샤를로테의 동의를 받아 주세요! 더 자세히 말하고 싶지 않지만, 나는 그녀의 동의를 얻어 낼 수 있으리라 믿어요. 제발 가셔서 우리 모두의 마음을 달래 주시고 우리를 행복하게 해 주세요!"

미틀러는 말문이 막혔다. 에두아르트가 계속해서 말했다. "나의 운명과 오틸리에의 운명은 갈라놓을 수 없으며, 우리는 파멸하지 않을 겁니다. 이 유리잔을 보세요! 우리의 이름이 여기 새겨져 있어요. 즐겁게 환호하던 한 남자가 그것을 공중으로 던졌지요. 이제 아무도 그 잔으로 마실 수 없고, 그것은 바위 바닥에 떨어져 깨어질 운명이었지요. 그런데 누군가가 그것을 받았답니다. 나는 비싼 값을 치르고 그것을 다시 사들였고, 이제 날마다 그 잔으로 마시면서, 운명이 맺어 준 모든 관계는 결코 파괴될 수 없다고 날마다 확인한답니다."

"아아, 맙소사!" 미틀러가 외쳤다. "내가 친구를 위해 얼마나 참아야 한단 말인가! 인간에게 있을 수 있는 가장 해로운 것으로서 내가 증오하는 미신까지 겪어야 하다니. 우리는 앞을 내다보기도 하고 꿈도 꾸며 나날의 일상에 의미를 부여하지요. 그런데 삶 자체가 심각해져, 우리 주위의 모든 게 움직이고 부글부글 끓어오르면 그러한 유령들이 일으키는 뇌우는 더욱더 무시무시해질 뿐이지요."

"삶의 불확실성 속에서, 희망과 두려움 사이에서 헤매는 가련한 영혼에게, 비록 그쪽으로 항해해 갈 수는 없더라도 그쪽을 바라볼 수는 있게 인도하는 하나의 별만은 그대로 내버려 두시지요." 에두아르트가 큰 소리로 말했다.

"그렇게 해서 바람직한 결과라도 나온다면 나도 모른 척할 거요." 미틀러가 대꾸했다. "하지만 내가 늘 보아 왔듯이 불길한 징후에 주목하는 사람은 아무도 없어요. 그저 기분을 맞추어주고 그럴듯해 보이는 것에만 주의를 기울이고, 그런 것만 믿어대지요."

이제 거기에 오래 머물면 머무를수록 점점 더 불편을 느끼는 그런 어두운 영역까지 이끌려 들어갔다고 생각한 미틀러는, 때마침 샤를로테에게로 가 달라는 에두아르트의 간절한 소원을 얼마간 기꺼운 마음으로 받아들였다. 이 순간 그가 에두아르트에게 도대체 어떤 말로 대응할 수 있었겠는가? 여성들이 어떻게 지내는지 알아보려고 시간을 버는 것만이 이제 자신의 성향에 걸맞게 할 수 있는 유일한 일이었다.

그는 서둘러서 샤를로테에게로 갔는데, 그녀는 평소대로 차분하고 명랑했다. 그녀는 그동안 일어났던 모든 일에 관해 기꺼이 말해 주었다. 실은 에두아르트가 한 이야기에서 그는 표면적인 것만을 알 수 있었다. 그는 나름대로 신중하게 접근했고, 이혼이라는 말을 꺼내기는커녕 암시조차 하지 않았다. 그래서 샤를로테가 이런저런 유쾌하지 않은 이야기를 이어가다가 마침내 "저는 모든 게 다시 원래대로 돌아오고, 에두아르트도 다시 제 곁으로 오리라 믿고 바랄 수밖에 없어요. 보시다시피 제가 이토록 희망을 품고 있는데 그렇게 되지 않을 리는 없겠죠."라고 말하자, 그는 의아해하고 놀라면서도, 자신의 타고난 성향에 따라 정말로 마음이 가벼워졌던 것이다.

"부인의 말씀 그대로 이해해도 되는 거지요?" 미틀러가 말을 끊었다. "물론이에요." 샤를로테가 대꾸했다. "이건 정말이지 너무나 반가운 소식인 걸요!" 그는 손뼉을 치며 외쳤다. "남자의 감정에 그런 식으로 대응하는 게 얼마나 큰 효과가 있는지를 나는 알아요. 그렇게 해서 많은 결혼이 보다 빨리 추진되기도 하고 확정되기고 하고 또 재결합되는 걸 보아 왔답니다! 수천 마디 말보다 그런 든든한 희망 하나가 더 낫고, 지금 우리가 가질 수 있는 최선의 것은 바로 그런 희망이지요." 그는 계속해서 말을 이었다. "나로 말씀드릴 것 같으면, 짜증날 일이 한두 가지가 아니랍니다. 이 경우에는 보아하니 내 자존심은 구겨지고 말겠군요. 내가 아무리 활약해도 당신들한테서는 고맙다는 말을 못 듣게 생겼으니까요. 내 꼴이 맙소사 가난한 사람을 치료할 때는 모든 게 다 잘 이루어지지만, 돈을 많이 낼 부자는 거의 치료하지 못하는 의사와도 같다는 생각이 드는군요. 나의 노력과 설득이 성과를 내지 못하는 곳에서 문제가 저절로 해결된다면 다행이겠지만요."

샤를로테는 에두아르트에게 소식을 전해 달라고 부탁했다. 그녀의 편지를 한 통 가지고 가서 앞으로 무엇을 할 수 있는지 그리고 무엇을 되돌려 놓아야 할지를 좀 살펴 달라고 요청했다. 하지만 미틀러는 더 이상 개입하고 싶지 않았고, 큰 소리로 말했다. "이미 이것저것 다 해 봤답니다. 일단 편지를 쓰세요! 내가 가나 다른 사람이 가나 마찬가지일 겁니다. 나는 나를 더 필요로 하는 곳으로 발걸음을 돌려야 하니까요. 행복을 비는 일이라면 다시 오겠소. 세례식* 말이오."

가끔 그랬듯이 샤를로테는 이번에도 미틀러가 못마땅했다.

그의 재빠른 행동이 좋은 결과를 가져오곤 했지만, 너무 서두르는 바람에 실패를 초래하기도 했던 것이다. 그 사람만큼 그때마다의 생각에 따라 즉시에 행동하는 사람은 아무도 없었다.

샤를로테가 보낸 심부름꾼이 에두아르트에게로 갔고, 그는 약간은 놀라며 그를 맞이했다. 그 편지는 예스와 노를 결정지을 그런 것이었다. 그는 한동안 편지를 뜯어볼 엄두를 내지 못했다. 그러다가 편지를 읽었는데, 이렇게 끝나는 마지막 구절에서 그는 당황한 나머지 돌처럼 굳고 말았다.

"그날 밤의 순간들을 생각해 보세요. 당신이 연인으로서 모험심을 발휘하여 아내를 찾아와, 뿌리칠 수 없도록 가슴으로 끌어당겨, 애인이자 신부인 그녀를 두 팔로 꼭 안아 주었던 때를 말이에요. 우리 이 기이한 우연의 순간에 하늘이 맺어 준 인연을 존중하도록 해요. 우리의 삶의 행복이 무너지고 사라져 버릴지도 모를 그런 순간에 우리의 관계를 새로이 맺어 주려는 하늘의 뜻을 따르도록 해요."

그 순간 이후 에두아르트의 마음속에 무슨 일이 일어났는지를 묘사하기는 어려우리라. 그렇게 궁지에 몰렸을 때는 마침내 시간을 때우고 삶의 공허를 메우기 위해 오래된 습관이나 이전의 취향이 되살아나기 마련이다. 사냥과 전쟁은 그러한 귀족들을 위해 언제나 마련되어 있는 하나의 도피처였다. 에두아르트는 내면의 위험에 균형을 맞추어 줄 외적인 위험을 동경하였다. 산다는 것이 견딜 수 없는 일로 다가왔기에 그는 파멸을 동경했다. 심지어 그가 더 이상 살아 있지 않음으로 해서 사랑하는 사람들과 친구들을 행복하게 해 줄 수 있으리라는 생각이 위안마저 되었다. 자신의 결심을 비밀로 했기에, 그의 의지를 막을 수 있는 사람은 아무도 없었다. 격식을 제대로 다 갖추어 그는 유언장을 썼다. 오틸리에에게 재산을 양도할 수 있어서 달콤한 행복감마저 들었다. 샤를로테와 아직 태어나지 않은 아기와, 대위와 하인들에게도 유산을 할당하였다. 다시 발발한 전쟁은 그의 계획을 위한 좋은 계기가 되었다. 젊었을 때에는 군대 생활을 어정쩡하게 하는 바람에 너무 힘이 들어 군대를 떠났었다. 그런데 이제 그 사령관의 지휘 하에서라면 전사의 가능성도 있지만, 승리는 확실하다고 말할 수 있는 상관과 함께 출정한다는 것이 그의 마음을 환하게 해 주었다.

나중에서야 샤를로테의 비밀을 알게 된 오틸리에는 에두아르트와 마찬가지로, 아니 그 이상으로 충격을 받고는 자신 속으로 침잠하고 말았다. 그녀는 더 이상 할 말이 없었다. 희망을 가질 수도 없었고, 소망도 허락되지 않았다. 하지만 오틸리에의 일기는 그 내면을 잠시 들여다보게 하므로, 그중 일부를 공개하기로 한다.

제2부

제1장

    실제의 평범한 생활에서도 우리는 서사시에서 사람들이 작가적 기법이라고 찬탄하는 장면과 종종 마주친다. 말하자면 주요 인물이 떠나거나 몸을 숨기거나 아무런 활동도 하지 않게 되면, 지금까지 별다른 주목을 받지 못하던 제2, 제3의 인물이 즉시 그 자리를 메우고 왕성하게 활동함으로써 우리의 주목과 관심을, 심지어는 칭송과 칭찬을 받을 가치가 있는 자의 모습으로 등장하는 것이다.

    그처럼 대위와 에두아르트가 떠난 후 곧장 건축기사가 날마다 더욱 중요한 인물로 부각되었다. 여러 가지 사업을 지시하고 실행하는 일이 오직 그에게 달려 있었다. 그는 정확하고 분별력 있고 활동적인 사람으로 인정받았고, 여인들에게도 이것저것 힘이 되었으며, 조용하고 지루한 시간에는 그들을 즐겁게 해 줄 줄도 알았다. 그는 외모부터 신뢰감을 주고 호감을 불러일으킬 만했다. 문자 그대로 균형 잡힌 몸매에, 호리호리하고 키가 조금 큰 편인 그 젊은이는 조바심 내지 않으면서 겸손했고, 졸라 대지 않으면서도 믿음직했다. 그는 모든 근심거리와 힘든 일을 기꺼이 떠맡았다. 또한 계산에도 능숙해 곧 집안 살림 전체를 파악했으며, 그의 긍정적인 영향력이 구석구석까지 미쳤다. 낯선 사람들을 맞이하는 일은 대개 그에게 맡겨졌는데, 그는 예기치 않은 방문은 거절하거나 부인들이 사전에 준비할 수 있도록 해 주어 그들에게 불편한 일이 일어나지 않게 했다.

그러던 어느 날 한 젊은 법률가가 그에게 꽤나 부담을 주는 일이 생겼다. 그 법률가는 이웃의 한 귀족이 보낸 사람이었는데, 그가 제기한 문제는 별로 중요하지는 않았지만 샤를로테의 마음을 움직였다. 우리가 이 사건에 유의해야 하는 까닭은, 그것이 오랫동안 잠잠하게 내버려져 있던 여러 가지 일들에 자극을 주었기 때문이었다.

우리는 샤를로테가 교회 마당을 개조해 놓았던 것을 기억하고 있다. 모든 비석은 원래 자리에서 담벼락 옆과, 교회의 받침돌 옆으로 옮겨졌고, 나머지 공간은 평평하게 다듬어 놓았다. 교회로 가는, 그리고 교회를 지나 맞은편 작은 문으로 나 있는 널따란 길을 제외한 나머지 공간 전체에는 여러 종류의 클로버 씨를 뿌려 놓았는데, 그것들이 아주 아름답게 파릇파릇 자라 꽃을 피우고 있었다. 새 묘지들이 마당 끝에서부터 일정한 규칙에 따라 들어서도록 되어 있었고, 빈 땅은 언제라도 평평하게 만들어 씨를 뿌릴 수 있게 준비돼 있었다. 일요일이나 축제일에 교회에 가면 이 묘지가 환하고 엄숙한 모습을 보여 주리라는 것을 부인할 사람은 아무도 없었다. 심지어는 옛 관습에 집착하는 나이 든 목사님도, 처음에는 그렇게 개조하는 것에 별로 만족해하지 않았지만, 이제는 마치 필레몬처럼 그의 바우키스와 함께 후문 앞 오래된 보리수나무 아래 편히 쉬며, 울퉁불퉁 솟은 묘지들 대신에 알록달록 아름다운 양탄자가 눈앞에 펼쳐져 있는 모습을 보며 즐거워했다. 샤를로테가 교회더러 그 땅을 사용하도록 보장해 주어 교회 살림에도 도움 될 것이기 때문이었다.

하지만 교구의 여러 신자들은 그로 인해 그들의 조상이 잠들어 있는 곳의 표지가 없어지고 그에 따라 추모의 마음이 사라진다며 처음부터 반대했다. 잘 보존된 비석들이 누가 묻혀 있는지는 말해 주지만, 어디에 묻혔는지는 말해 주지 않는다는 것이었다. 많은 사람들이 무엇보다 '어디에'가 중요하다고 주장했다.

이웃에 사는 한 가족이 바로 그런 생각을 했다. 그 가족은 몇 해 전 이 공동묘지에 자기 가족을 위한 공간을 가진다는 조건을 약정 받고 교회에 약간의 헌금을 냈다. 그런데 지금까지 믿어 왔던 조건이 일방적으로 파기됐고 모든 이의 신청과 반론이 받아들여지지 않았기에 젊은 법률가를 보내 헌금을 취소하고 돌려받으려 했다. 이러한 변화를 일으킨 장본인인 샤를로테는 그 젊은이와 직접 이야기를 나누려고 했다. 그는 열렬하긴 하지만 지나치게 요란스럽지는 않게, 자신과 자기 고용주의 논거를 제시하여 동석한 사람들에게 생각할 거리를 안겨 주었다.

그의 집요한 입장을 정당화시킬 만한 말을 짧게 한 후 그는 곧장 본론으로 들어갔다. "지체 높은 사람이나 하잘것없는 사람에게나 그의 가족을 모셔 둔 자리를 분명히 표시하는 것은 중요한 일이라는 걸 아시지 않습니까. 아이를 묻은, 아주 가난한 농부에게는 묘지에 자그마한 나무 십자가를 세우고 화환으로 장식하는 것은 하나의 위안입니다. 그러한 표지가 슬픔 자체처럼 시간이 지나면 사라진다 할지라도, 아픔이 지속되는 한 추모의 마음을 간직하고 싶은 것이지요. 부유한 사람들은 이러한 십자가들을 쇠로 바꾸고, 이런저런 방식으로 그것들을 견고하게 만들어 여러 해 동안 보존하지요. 하지만 그것들도 결국에는 퇴락하여 눈에 잘 띄지 않게 되므로, 재산이 있는 분들은 다름 아니라 여러 세대 동안 보존할 수 있고 또 후손들이 새롭게 단장할 수 있는 돌을 세우는 방식을 택합니다. 물론 우리의 마음을 끌어당기는 것은 돌이 아니라, 그 아래에 보존되어 있는 것, 바로 옆의 흙과 하나가 되어 있는 것이지요. 그러므로 중요한 것은 추모하는 게 아니라 그 사람 자체이며, 회상이 아니라 바로 현재인 것입니다. 사랑하는 이가 죽었다면 저는 그를 비석에서가 아니라 둥그런 묘지 안에서 진정으로 포용할 겁니다. 비석이란 그 자체로 별게 아니니까요. 하지만 그 비석이 경계석 구실을 제대로 해야만 배우자와 친척과 친구들이 누군가의 죽음 후에도 묘지 둘레에 모일 수 있는 것이지요. 그래서 살아 있는 사람은 낯선 사람이나 반갑지 않은 사람들이 사랑하는 고인들 가까이에 오는 것을 거부하고 물리칠 수 있는 권리를 마땅히 가져야 합니다.

　그래서 저는 제 의뢰인이 기부금을 돌려받는 것이 전적으로

옳고 그게 정당하다고 생각합니다. 그의 가족들이 어떤 식으로
든 마음이 상했고, 다른 방법으로는 달리 보상받을 수 없기 때
문이지요. 그들은 사랑하는 이들에게 제물을 바치는 고통스럽
고도 감미로운 느낌을, 그리고 언젠가는 바로 그들 곁에서 쉴
수 있으리라는 기대에 찬 위로를 포기할 수밖에 없었습니다."

"그렇지만 법적인 대응으로 혼란을 일으킬 정도로 그 문제가
중요한 것은 아니라고 봐요." 샤를로테가 응답했다. "나는 교회
가 입을 손해를 보상하는 일이 있더라도, 내가 한 공사에 대해
서는 별로 후회하지 않을 거예요. 다만 한 가지만은 당신께 솔
직히 말씀드리지요. 당신의 주장에는 공감할 수 없어요. 적어도
죽은 후에는 마침내 모두가 평등해진다는 순수한 감정은, 우리
개개인이 서로 얽혀 고집을 부리고 경직되게 살아가는 것보다
는 더 위안이 되는 듯해요. 당신은 어떻게 보세요?" 그녀는 건축
기사를 향해 질문을 던졌다.

"저는 그런 문제에 대해 논쟁을 하거나 판단을 내리고 싶진
않아요." 그가 답했다. "제 분야나 사고방식과 관련지어서만 대
강 말씀드릴게요. 사랑하는 이의 유해를 유골 단지에 넣은 채
가슴에 껴안고 다녀도 더 이상 행복해지지 않게 된 후, 잘 장식
한 커다란 석관에 그 유해를 원형대로 보존할 정도로 우리가 부
유하지도 않고 또 마음의 여유도 없는 데다, 교회에서도 우리
자신과 가족을 위한 자리조차 없어 야외로 쫓겨나야 할 형편이
라면, 부인께서 도입한 그 방식은 정말로 일리가 있다고 봅니
다. 한 교구의 주민들이 열을 지어 나란히 묻히면 그들은 자기

가족 옆에, 또는 그 밑에서 잠들게 되지요. 그리고 언젠가 흙이 우리를 받아들인다면, 우연히 생겨나 차츰차츰 내려앉는 무덤을 즉시 평평하게 만들어 모두가 함께 덮개를 떠받치게 함으로써 한 사람 한 사람 모두에게 덮개의 무게를 덜어 주는 것보다 더 자연스럽고 순수한 일은 없다고 봅니다."

"그렇다면 추모의 표시도 하지 않고, 기억하게 해 줄 어떤 것도 없이 모든 게 그냥 스쳐 지나가야만 하는 건가요?" 오틸리에가 대꾸했다.

"그렇지 않아요!" 건축기사가 말을 계속했다. "추모하지 말라는 게 아니라 자리에 연연하지 말아야 한다는 뜻입니다. 건축예술가나 조각가는, 사람들이 스스로의 존재를 자기들에 의해, 자기들의 예술에 의해, 그리고 자기들의 손에 의해 지속되기를 바란다는 사실에 아주 관심이 많답니다. 그렇기 때문에 저는 잘 생각해서 잘 만든 기념비들이 따로따로 흩어져 있지 않고, 오래 서 있을 수 있는 하나의 장소에 세워지길 바란답니다. 성직자들께서도 교회 안에 개인적으로 묻히는 특권을 포기하셨으니, 적어도 그곳이나 아니면 묘지 둘레에 아름답게 만든 홀에 추모비를 세우자는 거지요. 물론 그것들을 만드는 형식은 천 가지나 있고, 그것들을 꾸밀 장식물도 얼마든지 있답니다."

"예술가들의 방식이 그처럼 다양하다면, 우리는 어째서 작은 오벨리스크나 잘려진 기둥, 유골 단지에서 내내 벗어나지 못하는 거죠? 그동안 내가 보아 왔던 것들은 당신이 그처럼 칭송하는 천 가지의 발명품이 아니라 천 가지의 똑같은 반복이었답니다." 샤를로테가 말했다.

"아마도 여기서는 그럴 테죠." 건축기사가 말했다. "하지만 어디에서나 다 그런 건 아니랍니다. 창의적 발명이나 적절한 응용은 보통 나름대로 고유한 특성을 가지고 있어요. 이런 경우에 엄숙한 대상에 유쾌함을 불어넣고, 불쾌한 대상을 보고도 불쾌한 마음에 빠져들지 않게 하는 것은 특히 어려운 일이죠. 제가 온갖 종류의 기념비들 설계안을 많이 모아 놓고 있으니 기회가 되면 보여 드릴게요. 하지만 한 사람의 가장 아름다운 기념비는 언제나 그 사람 자신의 형상이랍니다. 이것이야말로 다른 무엇보다도 그 사람이 누구였는지를 가장 잘 보여 주죠. 그것은 글자 수가 많건 적건 간에 최고의 비문(碑文)이랍니다. 다만 그것은 그 사람의 최고 전성기 시절에 만들어져야 하는데, 흔히 그렇지 못해요. 아무도 살아 있는 모습을 보존하겠다고 생각하지 않으며, 또 그렇게 하는 경우라도 흡족한 방식으로 이루어지는 경우는 드물답니다. 그래서 죽은 사람에게 재빨리 석고를 붓고, 또 그렇게 만든 마스크를 단 위에 올려놓고는, 그것을 흉상이라고 부르는 거죠. 하지만 예술가가 그 마스크에 다시 완벽하게 생명을 불어넣는 일은 아주 드물답니다."

"아마 의식하거나 일부러 그러시는 건 아니겠지만 당신의 말은 저의 입장을 아주 유리한 쪽으로 끌어 주고 있어요." 샤를로테가 대꾸했다. "물론 한 인간의 형상은 독립적인 것이지요. 그것은 어디에 있든 그 자체로 고유하기 때문에, 그것더러 묘지의 표지판이 되라고 요구할 수는 없답니다. 그런데 묘한 감정이 일어나는데 당신께 털어놓아도 될까요? 나는 초상에 대해 일종의 반감을 가지고 있어요. 초상이란 언제나 은밀하게 질책하는 느낌을 주니까요. 그것들은 멀리 떨어져 있는 무언가를, 이미 죽어 버린 무언가를 암시하며, 현재를 제대로 존중하는 게 얼마나 어려운가를 생각하게 해 준답니다. 우리가 얼마나 많은 사람을 만났고, 또 서로 사귀었는가를 떠올려 보세요. 그러면서 동시에 우리가 그들에게, 그들이 우리에게 얼마나 아무것도 아닌 존재였는가를 생각하면 도대체 우리는 어떤 기분이 드는 걸까요! 우리는 재기발랄한 사람을 만나고도 그와 이야기를 나누지 않고, 학식 있는 사람을 만나고도 그에게서 배운 게 없으며, 여행을 많이 한 사람을 만나고도 별로 들은 게 없고, 사랑하는 사람을 만나서도 그에게 다정한 어떤 것을 보여 주지 못해요.

그런데 유감스럽게도 그러한 일이 우리 곁을 스쳐 지나가 버리는 사람들과의 관계에서만 일어나는 건 아니랍니다. 사회와 가족이 사랑스러운 구성원에 대해 그렇게 행동하고, 도시들이 훌륭한 시민들에 대해, 백성들이 뛰어난 군주들에 대해, 그리고 국가가 훌륭한 인간들에 대해 그런 식으로 행동한답니다.

나는 왜 사람들이 죽은 자에 관해서는 거리낌 없이 좋은 말만 하고, 산 사람에 관해서는 언제나 조심스럽게 말하는가 하는 질문을 받은 적이 있어요. 나는 이렇게 답했어요. 죽은 사람에 대해서는 두려워할 게 아무것도 없고, 산 사람은 우리가 살아가다 보면 언젠가 마주칠지도 모르니까 그런다고요. 그러므로 다른 이를 추모하는 일에서 생긴 근심은 그렇게 순수하지 않아요. 대개 이기적인 장난에 불과해요. 반면에 살아 있는 사람들을 언제나 생기 있고 활달하게 대하는 것은 성스럽고 진지한 일이죠."

제2장

그 사건과 이에 연관된 대화에 자극을 받아 그들은 다음 날 묘지로 갔다. 묘지를 장식하고 분위기를 환하게 만드는 것과 관련하여 건축기사는 여러 가지 좋은 제안을 냈다. 가자마자 그의 주목을 끈 건물은 교회였는데, 거기에도 세심한 주의를 기울여야 한다고 그는 말했다.

이 교회는 몇 세기 전에 독일의 건축 방식과 기술에 따라 단정하게 세워졌고 멋지게 장식되어 현재에 이르렀다. 인근에 있는 어떤 수도원의 건축사가 이 자그마한 건물에 식견과 애정을 바쳤음이 분명했고, 신교 예배를 위해 내부 구조를 개조하는 바람에 정숙함과 위엄이 어느 정도 손상되긴 했어도, 보는 사람에게 여전히 엄숙하고 아늑한 느낌을 주었다.

건축기사는 외부와 내부를 옛 모습대로 복원하고, 그 앞에 있는 묘지와 조화를 이루게 하려는 생각에서 샤를로테에게 적당한 액수의 비용을 청구하여 어렵지 않게 타 냈다. 그 자신도 솜씨가 뛰어나기는 했지만, 집 짓는 일에 아직 고용되어 있는 몇 사람의 일꾼을 이 경건한 공사가 끝날 때까지는 붙잡아 두어야 했다.

그래서 교회 건물과 아울러 주변 환경과 부속 건물들을 조사하기로 했다. 그러다가 한쪽 구석에서 그동안 거의 주목받지 못했던, 아담하고 소박한 크기의 예배당이 귀엽고 세심하게 장식되어 있는 것을 발견한 건축기사는 대단히 놀라면서도 만족해했다. 예배당에는 이전에 예배에 쓰던, 색칠한 목각 유물들이 여럿 간직돼 있었는데, 그 옛날의 예배는 갖가지 그림이나 도구로 다양한 축제의 이름을 표시해 놓고는 각각의 축제를 독특한 방식으로 거행했었다.

건축기사는 예배당을 즉시 그의 계획에 포함시켰으며, 특히 이 좁은 공간을 지난 시대와 그 시대의 취향을 기리는 기념물로 복원해야겠다는 구상을 떨쳐 버릴 수 없었다. 그는 비어 있는 벽들이 자신의 취향에 따라 장식된 모습을 상상해 보며, 화가로서 자신의 재능을 발휘할 생각에 기뻐하고 있었다. 하지만 그는 함께 살고 있는 사람들에게 우선은 그 계획을 비밀에 부쳤다.

무엇보다도 그는 약속한 대로 부인들에게 옛날 묘비와 단지들, 그리고 그 밖의 유사한 물품들의 복제품과 설계 그림들을 보여 주었다. 대화가 북방 민족들의 보다 단순한 묘지들에 이르자, 그는 묘지 안에서 발견한 여러 종류의 무기와 연장 등의 수집품을 가져와 보여 주었다. 그는 모든 것을 아주 깨끗하게 또한 들고 나르기 좋도록 서랍과 상자 속에 넣고는, 천으로 덮은 조각판자들 위에 보관하고 있었는데, 그 옛날의 엄숙한 물건들이 이렇게 다루어지니 조금은 우스꽝스럽게 보였고, 사람들은 마치 방물장수의 상자라도 보듯이 만족해하며 그것들을 구경하였다. 일단 맛보기는 보여 준 데다, 외로움을 달래 줄 대화가 필요했기에, 그는 매일 밤 자기 수집품 중 일부를 가지고 나타났다. 대개 독일에서 나온 것들로, 한 면만 새긴 은화, 양면을 새긴 중세의 두꺼운 동전, 그리고 인장(印章)과 그에 딸린 물건들이었다. 이 모든 물건은 상상력을 그 옛날로 돌아가게 했다. 그가 마침내 최초의 인쇄와 목판 인쇄 그리고 아주 오래된 구리 동판에 대한 이야기로 대화를 장식하고, 같은 맥락에서 교회 역시 날마다 색깔과 그 밖의 장식에 있어서 과거의 모습을 더해 감에 따라, 사람들은 자기가 정말로 새로운 시대에 살고 있는 것인지, 아니면 전혀 다른 도덕과 관습과 생활 방식과 사고방식에 따라 살고 있는 현재가 오히려 꿈이 아닌지를 스스로에게 물어야 할 지경이었다.

이런 준비 과정을 거친 후 마침내 그가 가져온 제법 커다란 서류 가방은 열띤 호응을 얻었다. 가방에 든 것은 대개 인물화 스케치에 불과했지만, 바로 그림들 위에 그린 것으로서 고풍스러운 특징을 그대로 간직하고 있어 구경하는 이들의 마음을 사로잡았다! 스케치된 모든 인물의 순수한 모습만 그대로 드러나 보였다. 고귀하다고까지 말할 수는 없어도 모두가 선한 모습이었다. 수집품들은 환한 그림들로서, 어느 근엄한 인물이 우리를 너그럽게 받아들이는 표정을 짓고 있기도 하고, 또 어떤 스케치는 얼굴과 몸짓에서 그대로 드러나듯이 사랑과 기대에 조용히 자신을 맡기고 있는 모습이 그려져 있었다. 머리가 벗겨진 노인, 풍성한 곱슬머리의 소년, 씩씩한 젊은이, 진지한 남자, 깨달음을 얻은 성자, 공중을 나는 천사, 이 모두가 순진무구한 만족감과 경건한 기대로 행복하게 보였다. 거기서 일어난 일은 아주 하찮은 것일지라도 천상의 삶의 모습이었고, 예배 행위도 너무나 자연스러워 보였다.

대부분의 사람들은 그러한 세계를 마치 사라져 버린 황금의 시대나 잃어버린 낙원인 것처럼 바라보는 듯했다. 오직 오틸리에만 자신이 바로 그 시대의 사람 중 하나라고 느꼈을 것이다.

이러한 옛날 그림들까지 보았던 터라, 건축기사가 예배당의 아치형 천장의 공간에다가 그림을 그려 넣고, 그렇게 함으로써 그가 너무나 좋은 시간을 보냈던 곳에 추억의 자취를 남기겠다고 제안했을 때, 누가 반대할 수 있었겠는가. 이와 관련하여 그는 다소간 애수에 잠겨 이렇게 입장을 밝혔다. 이곳 사정으로 보건대 자기가 이처럼 훌륭한 분들 사이에서 지내는 게 언제까지나 지속될 수도 없고, 또 어쩌면 곧 떠나야 할지도 모르기 때문이라는 거였다.

그 며칠간 별다른 일도 없었고, 진지한 대화를 나눌 일들만 많았다. 이 기회를 빌려 오틸리에가 노트에 기록해 놓은 것들 중 몇 가지를 들려주고자 하는데, 그 목적을 위해서라면 그녀의 사랑스러운 기록을 보는 동안 우리에게 떠오르는 하나의 비유보다 더 적절한 징검다리는 없을 것이다.

우리는 영국 해군이 애용하는 특별한 장치에 관한 이야기를 들어서 알고 있다. 왕실 함대의 모든 밧줄은, 가장 질긴 것에서 부터 가장 약한 것에 이르기까지, 한 가닥의 붉은 실이 전체를 관통하도록 만들어져 있어서 전체를 다 풀어헤치지 않고는 그 붉은 실을 뽑아낼 수가 없고, 그래서 아주 작은 토막의 밧줄일 지라도 그것이 왕실의 것임을 알 수 있게 해 준다는 것이다.

마찬가지로 오틸리에의 일기는 애정과 애착이라는 실이 모든 것을 관통하며 서로 연결하고 전체를 특징짓는다. 그리고 이를 통해 이런저런 견해와 인용된 격언, 그 밖의 모든 것이 온전히 글을 쓴 사람 자신의 것이 되며 그녀에게 의미를 지니게 된다. 우리가 발췌하여 전해 줄 구절들 하나하나도 그 확실한 증거가 될 것이다.

오틸리에의 일기에서

삶 이후를 생각해 볼 때 인간이 가질 수 있는 가장 편안한 마음은 언젠가 자신이 사랑하는 사람들 곁에서 쉴 수 있다는 것이다. "자기 가족들 곁에 모인다"는 말은 정말이지 가슴에 사무치는 표현이다.

멀리 떠난 사람이나 돌아가신 분들을 더 가까이 느끼게 하는 기념비나 표지들이 있긴 하지만 그림만큼 의미 있는 것은 없다. 비슷하게 닮지 않았다 하더라도 사랑하는 이의 그림을 보고 있노라면, 이따금 친구와 다툴 때처럼 무언가 마음을 끌어당기는 것이 있다. 몸은 둘이지만 서로 떨어질 수 없다는 포근한 느낌이 든다.

우리는 종종 그림을 보면서 그 사람이 바로 눈앞에 있는 것처럼 대화를 나눈다. 그 사람은 말할 필요도 없고, 우리를 바라보지 않아도 되며, 우리에게 관심을 가지지 않아도 된다. 그가 무슨 행동을 하거나 무엇을 느끼지도 않고, 오로지 그림으로서만 우리를 대하는데도 우리는 그를 바라보고, 그 사람에 대한 우리의 관계를 느끼며, 심지어 그에 대한 우리의 관계가 더 깊어질 수도 있다.

우리는 잘 아는 사람의 초상화에 만족하는 일이 결코 없다. 그래서 나는 늘 초상화가들을 안됐다고 여긴다. 다른 사람들에게 불가능한 것을 요구하는 일은 아주 드물다. 그런데 우리는 초상화가에게는 그런 점을 요구한다. 사람들은 주변 인물에 대한 그의 관계를, 애정과 미움을 초상화가들이 그림 속에 모두 담아 주기를 바란다. 초상화가들에게 어떤 사람을 보는 대로 그리지 말고, 모든 사람이 그를 어떻게 보는가를 그려 달라고 요구한다. 그러니 예술가들이 점차 말문을 닫고 세상일에 무관심해지거나 고집스러워지는 것을 나는 이상하게 여기지 않는다. 그렇다고 해서 우리가 사랑하는 소중한 사람들의 초상화를 포기할 수는 없는 일이므로, 어떻게 하는 게 바람직한지는 조심스럽게 고민해 보아야 할 테다.

높다란 흙무더기와 바위 조각들로 덮인 몸뚱이 곁에 있던 무기와 오래된 연장들을 모은 건축기사의 수집품이, 사후에도 자기를 보존하려는 인간의 노심초사가 얼마나 헛된가를 증명해 준다는 건 사실이다. 우리는 그처럼 모순된 존재다! 건축기사는 자신이 선조들의 그러한 무덤을 파헤쳤다고 고백하면서도, 후세들을 위해 비석 만드는 일을 계속하고 있다.

하지만 그런 것을 그리 심각하게 생각할 필요가 있을까? 우리가 행하는 모든 일은 과연 영원을 위한 것일까? 우리가 아침에 옷을 입는 것은 밤에 그것을 다시 벗기 위함이 아닐까? 우리는 다시 돌아오기 위해 여행을 떠나는 게 아닐까? 그렇다면 비록 백 년 동안에 불과하더라도 우리가 가족 곁에서 쉬고 싶다는 소망을 가져서는 안 될 이유라도 있는가?

교인들의 발에 밟혀 퇴락한 수많은 묘비들과 그 위로 무너져 내린 교회들을 보면, 죽음 후의 삶이란 게 언제나 제2의 삶인 것처럼 보일 수도 있다. 우리는 그림 속에서, 그리고 비문 속에서 제2의 삶 안으로 들어가 원래 살아 있을 때보다 더 오랫동안 거기서 머무른다. 하지만 제2의 삶인 그림도 언젠가는 사라지기 마련이다. 인간에게와 마찬가지로 비석에게도 시간은 자신의 권리를 양도하지 않는다.

제3장

그다지 잘하지는 못하는 분야의 일을 하다 보면 아주 유쾌한 기분이 든다. 어떤 아마추어가 결코 익히지 못할 예술에 손을 댄다고 해서 그를 욕해서는 안 되며, 어떤 예술가가 자신의 영역을 넘어 이웃 분야로 들어가고 싶은 욕망을 느낀다고 해서 그를 비난할 필요도 없다.

그런 열린 마음으로 예배당에 그림을 그리려는 건축기사의 계획을 들여다보기로 하자. 물감을 마련하고, 치수를 재고, 마분지에 스케치를 했다. 독창적인 작품을 내놓겠다는 생각은 아예 하지 않았다. 그는 자신이 한 스케치에 따라 그림을 그렸다. 그의 걱정은 앉아 있는 인물들과 공중을 날아다니는 인물들을 요령 있게 배분하고, 그들로써 공간을 어떻게 멋지게 장식할 수 있을까 하는 것뿐이었다.

비계(飛階)를 세우고 작업을 진행했다. 어느새 몇 가지가 눈에 띄었을 때, 샤를로테가 오틸리에를 데리고 방문하는 것이 반갑지 않을 리 없었다. 생기 넘치는 천사의 얼굴들, 파란 하늘을 배경으로 한 선명한 색의 옷은 보는 이의 눈을 기쁘게 해 주었다. 천사들의 고요하고 경건한 모습은 마음을 가다듬게 하고 아주 부드러운 분위기를 풍겼다.

여인들은 그가 있는 비계 위로 올라갔다. 모든 것이 자로 잰 듯 쉽고 편하게 진행되는 광경을 보는 순간, 오틸리에의 마음속에 이전에 수업 시간에 배웠던 것이 갑자기 솟아나는 듯했다. 그녀는 물감과 붓을 들었고, 지시에 따라 주름 많은 옷을 깔끔하고 맵시 있게 그려 넣었다.

오틸리에가 어떤 식으로든 일에 열중하며 시간을 보내는 것을 즐겁게 보았던 샤를로테는 두 사람을 그대로 놔두고 그곳을 떠나, 아무에게도 털어놓을 수 없는 자신의 사유와 근심을 혼자서 곰곰이 되씹어 보았다.

보통 사람들은 그날그날의 하찮고 당황스러운 일로 격분하며 불안하게 행동함으로써 우리로 하여금 동정 어린 미소를 짓게 한다. 반면 우리는 거대한 운명의 씨앗이 뿌려지고 그 씨앗이 어떻게 성장할지 기다려야만 하고, 거기서 초래된 될 선과 악을, 행복과 불행을 앞당겨서도 안 되고 앞당길 수도 없는 한 사람의 심경을 경외심으로 바라보고 있는 것이다.

에두아르트는 고독하게 지내는 그에게 샤를로테가 보낸 심부름꾼을 통해 호의적이면서도 성의 있게, 그러나 친밀하고 다정하다기보다는 차분하고 진지한 답장을 써 보냈다. 에두아르트는 이내 종적을 감추었는데, 그의 아내는 그에 관해 아무런 소식도 들을 수 없었다. 그러다가 아주 우연히 신문에서 그의 이름을 발견했는데, 중요한 전투에서 공을 세워 훈장을 받은 사람들 중에 그의 이름이 들어 있었다. 그제야 그녀는 그가 어떤 길을 택했고, 이제는 커다란 위험에서 벗어났음을 알았다. 그러나 그녀는 그가 곧 더 큰 위험을 찾아 나서리라는 것을 확신했으며, 극단적인 위험에 자신을 내맡기는 그를 말리기는 어려울 것임을 너무나 잘 알았다. 그녀는 근심을 홀로 안은 채 내내 생각에 잠겨 있었고, 어떻게 할지 이런저런 궁리를 했지만, 마음을 진정시켜 줄 전망은 보이지 않았다.

한편 이 모든 일을 조금도 눈치채지 못한 오틸리에는 그 작업에 커다란 애착을 가지게 되었으며, 샤를로테로부터 그 일에 지속적으로 관여해도 좋다는 허락을 쉽게 받아 냈다. 이제 작업은 빠르게 진척되었고, 파란 하늘은 금방 고귀한 거주자들로 채워졌다. 꾸준히 실습을 한 결과 오틸리에와 건축기사는 마지막 그림들을 그릴 때는 손놀림이 더욱 자유로워졌고, 그림들은 눈에 띄게 좋아졌다. 건축기사가 맡아서 그리기로 했던 얼굴들도 차츰차츰 아주 독특한 특징을 드러내었다. 그 얼굴들이 모두 오틸리에를 닮기 시작했던 것이다. 지금까지 자연이 낳은 용모에도 예술이 만든 용모에도 사로잡힌 적이 없었던 젊은이의 영혼에 한 아름다운 소녀가 가까이에 있다는 사실이 몹시도 생생한 인상을 주었음에 틀림없었다. 그래서 눈에서 손으로 옮겨 가는 동안 아무것도 사라지지 않았던 것이다. 아니, 눈과 손 그 둘이 마침내 하나가 되어 작업을 했던 것이다. 어쨌거나 마지막에 그린 얼굴들 중 하나는 마치 오틸리에 자신이 천상에서 내려다보고 있기라도 한 것처럼 완벽하게 그려져 있었다.

천장 작업은 끝이 났다. 벽들은 소박하게 그대로 두되 밝은 갈색으로 칠하기로 되어 있었다. 둥근 기둥들과 예술적인 조각 장식들은 더 짙은 갈색으로 칠할 예정이었다. 그러나 그런 일을 하다 보면 하나의 일이 언제나 다른 일로 이어지기 마련이어서, 하늘과 땅을 서로 연결하기 위해 꽃과 과일 바구니들을 그리기로 결정했다. 이 일이야말로 온전히 오틸리에의 분야였다. 정원은 가장 아름다운 꽃들로 채워졌고, 화환들로 아주 풍성하게 장식되었는데, 일은 예상보다 더 빨리 마무리되었다.

하지만 모든 것은 아직 황량하고 어수선해 보였다. 비계들은 서로 얽힌 채 밀쳐져 있었고, 판자들이 겹겹이 쌓여 있었으며, 고르지 못한 바닥은 쏟아진 물감으로 엉망진창이었다. 건축기사는 자기에게 일주일간의 시간을 주고 그때까지는 예배당에 발을 들여놓지 말아 달라고 여인들에게 당부했다. 마침내 어느 날 아름다운 밤에 그는 두 여인에게 그곳으로 함께 가면 어떻겠느냐고 제안을 했다가, 지금은 여인들만 갔으면 좋겠다면서 금방 자리를 떴다.

그가 가고 나자 샤를로테가 말했다. "그 사람이 깜짝 놀랄 일을 해 놓았는지는 모르겠지만 나는 지금은 내려가 보고 싶은 생각이 없단다. 네가 혼자 가서 보고 내게 좀 알려다오. 그가 무슨 멋진 일을 해 놓았을 게 틀림없어. 나는 네가 이야기해 주는 것을 듣고 난 후 그곳으로 직접 가서 살펴보려고 해."

오틸리에는 샤를로테가 이런저런 일에 신중하고, 감정의 동요를 피하며, 특히 놀라고 싶어 하지 않는다는 것을 잘 알았기 때문에 곧장 혼자서 그리로 가서 자기도 모르게 건축기사가 어디에 있나 하고 주변을 둘러보았다. 하지만 건축기사는 아무 곳에서도 보이지 않았으며, 어디엔가 숨어 버린 듯했다. 그녀는 문이 열려 있는 교회 안으로 들어갔다. 교회는 벌써 작업이 끝나 깨끗하게 청소되어 있었고 준공식도 마친 상태였다. 그녀는 예배당 문 쪽으로 다가갔는데, 청동 장식을 한 육중한 문이 그녀 앞에서 가볍게 열리는 순간, 낯익은 공간에서 예기치 않은 광경을 보고는 깜짝 놀랐다.

높은 곳에 있는 단 하나의 창문을 통해 형형색색의 엄숙한 빛이 비쳐 들어왔는데, 그 창문에는 색채 유리들이 단정하게 끼워져 있었다. 그렇게 하여 그곳은 전체적으로 낯선 색조를 띠었고, 자기만의 고유한 분위기를 자아냈다. 천장과 벽의 아름다움은 바닥 장식을 통해 더욱 고조되었는데, 바닥은 어떤 아름다운 모범을 본떠 특별히 만들고, 백회를 부어 서로 결합시킨 벽돌들로 이루어져 있었다. 벽돌과 색채 유리는 건축기사가 남몰래 준비했기 때문에 그 전부를 짧은 시간 내에 붙여 놓을 수 있었다. 휴식 공간도 마련되어 있었다. 그 교회의 유물 중에는 아름다운 무늬를 새겨 넣은 성가대 의자도 몇 개 있었는데, 이제 그것들은 벽 쪽에 아주 보기 좋게 세워져 있었다.

이미 알고 있는 것들이었지만, 이제 전체적으로 낯설게 보이는 광경을 보며 오틸리에는 기뻐해 마지않았다. 그녀는 서 있기도 하고, 이리저리 걷기도 하며, 이곳저곳 둘러보았다. 그러다 가 마침내 의자들 중 하나에 앉았다. 위로 올려다보고 주위를 쳐다보는 동안 그녀는, 마치 자신이 그곳에 있는 것 같기도 하고 있지 않은 것 같기도 했으며, 자신을 느끼는 것 같기도 하고 느끼지 못하는 것 같기도 했다. 모든 것이 자기 앞에서, 그녀 자신도 자기 앞에서 사라져 버릴 것처럼 느껴졌다. 태양이 지금까지 아주 환하게 비추어 주던 창문을 떠나갔을 때에야 비로소 오 틸리에는 정신을 차리고 서둘러 성 쪽으로 걸음을 옮겼다.

그녀는 이 놀라운 사건이 정말로 특별한 날에 일어났음을 애 써 모르는 채 할 수 없었다. 그날은 에두아르트의 생일 전날 밤 이었던 것이다. 물론 그녀는 그날 밤을 전혀 다른 식으로 축하 하려고 기대했었다. 그날의 축하연을 위해서는 세상의 모든 것 으로 치장해도 모자랄 지경이었다! 그런데 가을의 풍성한 꽃들 은 지금 꺾이지도 않은 채 그대로 서 있지 않은가. 해바라기들 은 여전히 하늘을 향해 얼굴을 쳐들고 있고, 과꽃들은 말없이 수줍게 앞만 쳐다보고 있었다. 그중 고작해야 화환으로 묶인 것 들은, 어떤 예술가의 변덕에만 그치지 않고 어딘가에 실제로 쓰 인다고 하더라도 공동묘지 같은 공간이나 장식하기에 알맞은 것이었다.

이런 생각에 잠겨 있는 동안 오틸리에는 에두아르트가 그녀 의 생일잔치를 떠들썩하게 벌여 주었던 일을, 그리고 새로 지은 집의 지붕 아래에서 다정한 일들을 마음껏 기약했던 일을 떠올 리지 않을 수 없었다. 그녀의 눈과 귀 앞으로 축포 소리가 쏴쏴 소리를 내며 다시 스쳐 지나갔다. 그녀가 고독을 느낄수록 상상 속에서 더욱더 많은 축포 소리가 들려왔다. 하지만 그럴수록 그녀는 더더욱 혼자임을 느낄 뿐이었다. 그녀는 이제 더 이상 그의 팔에 기대어 있지도 않았으며, 언젠가 다시 기댈 수 있으리라는 희망도 없었다.

오틸리에의 일기에서

그 젊은 예술가의 말 한 마디를 여기에 기록해 두고 싶다. "수공업자나 예술가에게 있어서 우리가 가장 분명하게 알 수 있는 점은, 인간은 전적으로 자기 자신에게 속하는 것을 소유하기가 가장 어렵다는 사실입니다. 마치 새들이 알에서 깨어난 둥지를 떠나가듯이, 그의 작품들은 그를 떠나가 버리죠."

건축예술가는 이 점에서 누구보다도 가장 기이한 운명을 안고 있다. 그는 나중에 자신이 거기서 떠날 수밖에 없는 공간들을 만들어 내려고 그의 정신 전부와 모든 애정을 쏟아 붓지 않는가! 왕궁의 화려한 홀들도 건축예술가 덕분에 태어났지만, 정작 자신은 그 찬란함을 누리지 못한다. 그는 사원에서는 자신과 가장 거룩한 분 사이에 경계선을 긋는다. 그는 영혼을 고양시키는 축제를 위해 자신이 만든 계단을 더 이상 밟아서는 안 되는데, 그것은 금 세공사가 자신이 광택을 내고 보석들을 배열해 놓은 성체 전시대를 먼발치에서만 경배해야 하는 것과 같다. 건축가는 부유한 자에게 궁전의 열쇠와 더불어 온갖 안락함과 풍족함을 넘겨주지만 자신은 그 어느 것도 함께 누리지 못한다. 재산을 이미 물려받은 자식이 아버지에게 더 이상 아무런 반응도 보이지 않는 것처럼, 예술이라는 것도 같은 방식으로 차츰차츰 예술가를 떠나갈 수밖에 없지 않은가? 예술이 모든 사람의 것이 되며 또한 예술가 자신의 것이 되기도 하는 공공적인 영역의 정립에 거의 혼자서만 몰두해야 한다면, 예술이 자신의 길을 개척해 나가는 것이 얼마나 고단하겠는가!

고대 민족들의 생각 중 하나는 진지하며 또 으스스하게 보일 수도 있다. 그들은 자기 선조들이 커다란 동굴 안의 왕좌 주변에 둘러앉아 침묵의 대화를 나누는 것이라고 여겼다. 새로 들어오는 자가 그런대로 품위가 있는 경우 그들은 자리에서 일어나 환영 인사를 했다. 내가 어제 예배당에 앉아 무늬를 새겨 넣은 나의 의자 맞은편에 몇 개의 의자들이 서 있는 것을 보았을 때 떠오른 그러한 생각은 친근하고 우아하다는 느낌마저 들게 했다. 나는 속으로 생각했다. '마침내 사람들이 들어와 네가 자리에서 일어나 다정하게 허리 굽혀 인사하며 그들에게 자리를 안내할 때까지, 너는 왜 자신에게로 돌아가 오래오래 조용히 앉아 있을 수 없단 말인가?" 색채 유리들은 낮을 엄숙한 황혼으로 만든다. 그리고 밤도 그렇게 완전히 어둡게 내버려 두지는 않으려고 누군가가 영원한 등불을 켜 놓게 한 게 아닐까.

인간은 자기가 원하는 대로 상상하는 것인지 모르며, 또 언제나 무언가를 보고 있는지도 모른다. 내가 보기에 인간은 오로지 보는 것을 중지하지 않으려고 꿈을 꾼다. 내면의 빛이 일단 우리에게서 비쳐 나온다면, 우리는 더 이상 다른 빛을 필요로 하지 않을지도 모른다.

한 해가 저물어간다. 바람이 그루터기 위를 스쳐 지나가지만 흔들어 놓을 수 있는 것을 찾지 못한다. 가냘픈 나무들에 매달린 빨간 열매들만이 우리에게 아직도 무언가가 살아 있음을 떠올리게 해 주려는 듯하다. 타작하는 이의 찰싹찰싹 두드리는 소리가 베어진 이삭 속에도 그처럼 많은 영양분과 생명이 숨겨져 있으리라는 생각을 일깨워 주듯이 말이다.

제4장

그런 일들로 인해 세상이 무상하고 덧없다는 감정에 사로잡혀 있던 오틸리에가 더 이상 그녀에게 숨겨질 수 없었던 소식, 즉 에두아르트가 시시각각 전황이 바뀌는 전쟁에 몸을 내맡겼다는 소식을 듣고 얼마나 충격을 받았을지는 미루어 짐작할 수 있다. 그 때문에 온갖 생각들이 떠올라 맴돌며 사라지지 않았다. 다행스럽게도 인간은 어느 정도의 불행만을 받아들일 수 있다. 그 정도를 넘어서는 경우 인간은 파멸하거나 도리어 무심해진다. 공포와 희망'이 하나가 되어 서로를 상쇄함으로써 둔탁한 무감각의 상태로 빠져 버리는 경우가 있는 것이다. 그렇지 않다면 멀리 떨어져 있는, 너무도 사랑하는 이가 시시각각 위험에 빠져 있음을 알면서도 우리가 어떻게 나날의 평범한 삶을 살아갈 수 있겠는가.

마치 어떤 선한 영이 오틸리에를 보살펴 주기라도 하는 듯이, 그녀로 하여금 외로움과 무위의 상태로 빠져 들게 할 것 같았던 적막을 깨며 갑작스럽게 시끌벅적한 사람들이 들이닥쳤다. 그들은 그녀에게 밖으로부터 할 일을 안겨 주어 자신에게서 벗어나게 했으며, 또한 동시에 그녀의 내면에 자신감이 생기도록 해주었다.

샤를로테의 딸인 루치아네는 기숙 학교를 졸업하고 드넓은 세상으로 나와 그녀의 숙모 집에서 수많은 사람들 가운데 있게 됐다. 다른 이의 호감을 사려는 그녀의 행동은 곧 실제로 호감을 불러일으켰고, 아주 부유한 한 젊은이가 그녀를 소유하려는 격렬한 애정을 금방 느끼게 되었다. 그의 엄청난 재산은 어떠한 종류이든 최고의 것을 자기 소유라고 당당하게 부를 수 있는 권리를 주었다. 그에게는 온 세상이 부러워할 만한 완벽한 여인을 갖는 것 이외에는 아무 부족한 게 없는 듯했다.

이런 집안일이 지금까지 샤를로테를 아주 바쁘게 했고, 그녀의 모든 생각과 서신 교환은 그 일을 중심으로 이루어졌다. 물론 이것은 에두아르트에 대한 자세한 소식을 얻는 것과는 상관없는 일이었다. 그 때문에 오틸리에는 이 무렵 이전보다 혼자 지내는 시간이 더 많아졌다. 오틸리에는 루치아네가 온다는 사실을 알고 있었다. 그래서 그에 꼭 필요한 이런저런 준비를 해놓았지만, 사실 루치아네가 그렇게 금방 오리라고는 예상치 못했다. 미리 편지를 쓰고, 약속을 하고, 더 면밀하게 채비하려 했는데 갑자기 그 성과 오틸리에에게 폭풍이 불어닥쳤던 것이다.

시녀와 하인, 그리고 트렁크와 궤짝을 실은 마차들이 도착했다. 어느새 집 안에 주인집 식구가 두 배, 세 배로 늘어난 듯했고, 그런 후에 진짜 손님들이 나타났다. 고모할머니가 루치아네와 몇 명의 여자 친구와 함께 왔고, 루치아네의 신랑도 사람들을 데리고 나타났다. 현관은 가죽 가방, 외투 상자, 그리고 그 밖의 가죽 상자들로 가득 했다. 수많은 작은 상자와 케이스들은 겨우 분류해 갈라놓을 수 있었다. 들고 오고 끌고 온 짐은 끝도 없었다. 그러는 동안 비가 세차게 퍼부어 번거로운 일들이 생겼다. 오틸리에는 이러한 야단법석에 차분하게 대처했다. 그녀의 명쾌하고 능숙한 일솜씨가 그야말로 아름다운 광채를 발휘했다. 그녀는 짧은 시간 안에 모든 물건을 제자리에 갖다 놓고 정리했다. 모든 사람에게 편안하게 묵을 곳이 나름대로 마련되었고, 누구든 별다른 불편 없이 하고 싶은 일을 할 수 있어서 모두들 대접을 잘 받는다고 느꼈다.

아주 힘든 여행을 한 후라 이제 모두들 휴식을 취하고 싶어 했다. 신랑은 장모님에게로 얼른 다가가 자신의 사랑과 호의를 확인시켜 주고 싶어 했다. 반면에 루치아네는 쉬고 있을 수 없었다. 이제 말을 탈 수 있는 행운을 마침내 얻었으니까. 신랑은 멋진 말들을 소유하고 있었고, 그들은 곧장 말에 올라타지 않을 수 없었다. 뇌우와 바람, 비와 폭풍우도 그들을 말리지 못했다. 그들은 금방 젖었다가 이내 다시 몸을 말리기 위해 사는 사람들 같았다. 그녀는 그냥 걷고 싶을 때면, 어떤 옷을 입었는지, 어떤 구두를 신었는지 아랑곳하지 않았다. 말로만 익히 들었던 그 주변 일대를 기어이 보아야만 했다. 말을 타고 갈 수 없을 경우에는 걸어서 돌아다녔다. 그녀는 곧 모든 것을 다 보고는 나름대로 판단을 내렸다. 성격이 급해 누구도 쉽게 말릴 수 없었다. 주변 사람들이 그 때문에 이런저런 고통을 당해야 했는데, 가장 힘든 건 시녀들이었다. 그들은 빨래하고 다리미질하고, 풀어헤치고 꿰매는 일을 끝도 없이 해내야 했다.

집과 그 주변을 거의 둘러본 루치아네는 이제 이웃들을 방문해야겠다는 생각이 들었다. 그들은 말이나 마차를 아주 빨리 몰았으므로 상당히 멀리 떨어진 이웃들까지 두루 방문할 수 있었다. 성은 답례 방문객으로 넘쳐 났고, 소홀히 하는 일이 없도록 방문 날짜를 제때제때 정해 놓았다.

샤를로테가 숙모나 신랑의 집사와 함께 집안의 내부 형편을 살펴보느라 애를 쓰고, 오틸리에는 하인들과 함께 대규모 방문객들을 보살피는 데 소홀함이 없도록 돌보고, 사냥꾼과 정원사, 어부와 상인들도 바삐 움직이는 동안에, 루치아네는 기다란 꼬리를 뒤로 끌며 불타오르는 혜성의 핵인 것처럼 모습을 드러내곤 했다. 평범한 방문객과의 대화는 그녀에게는 이내 김빠진 것으로 여겨졌다. 아주 나이 많은 사람들이라도 카드놀이 탁자에서 잠시 여유를 즐기게 하고는 금방 다른 놀이에 동원되곤 했다. 어느 정도 움직일 만한 사람이라면 ―그녀가 애교를 떨며 조르는데 누가 움직이지 않을 수 있었겠는가?― 춤을 추는 것까지는 몰라도 왁자지껄한 저당 잡히기 놀이나 벌칙 놀이나 흉내 내기 놀이를 위해 다시 동원되었다. 저당물 돌려주기 등등 모든 것은 그녀를 중심으로 진행되었지만, 반대급부로 그 누구도, 특히 어떤 남자도, 그가 어떤 유형의 사람이든 그가 무엇을 원하든 간에 완전히 빈손으로 돌아가는 사람은 없었다. 그녀는 중년의 몇몇 중요 인물을 완전히 자기편으로 만드는 데 성공하기도 했는데, 그때그때 닥치는 생일과 명명일을 알아내어 특별히 축하해 주었던 것이다. 여기에서 그녀만의 독특한 수완이 발휘되었다. 그녀는 모든 사람이 호의적으로 대접 받았다고 여기면서, 또한 그중에서도 자기가 가장 잘 대접받았다고 믿게 했다. 그런 믿음은 거기에 모인 사람 중 최고의 연장자조차도 정신없이 빠져들고 마는 어리석음이었다.

뭔가를 앞에 내세울 게 있고, 지위나 명망, 명성이나 그 밖의 중요한 것을 지닌 남자들을 자기 사람으로 만들고, 그들의 지혜나 분별력에 손해를 끼치며, 우려할 만한 문제가 있음에도 불구하고 자신의 거칠고 기이한 성격에 호감을 가지도록 하는 것이 그녀의 계획이었다면, 여기에서 그녀의 젊음은 적지 않은 위력을 발휘했다. 계기만 주어지면 그녀는 남자들을 매혹시키고 마음을 사로잡을 수 있었기에 남자라면 모두 나름대로 기회를 가지고 있는 셈이었다. 그렇게 하여 그녀는 어느새 건축기사에 눈독을 들이고 있었다. 그러나 검고 긴 곱슬머리를 한 그는 아무 관심도 없다는 듯 거리를 두고는 꼿꼿하고 차분하게 서 있었으며 모든 질문에 짧고 간결하게 대답하면서 더 이상의 이야기에 말려들지 않으려는 듯했다. 그래서 그녀는 별로 내키지 않았지만 교활한 꾀를 내어 그를 일단 주인공으로 만들고, 그렇게 하여 그를 자신의 사람으로 만들기로 작정했다.

루치아네가 그토록 많은 짐을 가지고 온 것에는 그만한 이유가 있었다. 그녀가 도착한 후에도 이런저런 짐이 추가로 따라왔다. 그녀는 옷을 끝도 없이 갈아입을 예정이었다. 마음 내키는 대로 하루에 서너 번씩 옷을 갈아입었고, 아침부터 저녁까지 평복을 입기도 하고, 사교 모임에서는 흔히들 입는 옷으로 갈아입곤 했다. 그러는 와중에 실제로 가장무도회 옷을 입고 나타나서는 여자 농부와 어부, 그리고 요정과 꽃 파는 아가씨 행세를 했다. 늙은 여인으로 변장하는 것도 꺼리지 않았는데, 그렇게 하면 그녀의 젊은 얼굴이 외투 밖으로 더욱더 신선하게 드러나 보였다. 늙은 여인으로 변장한 그녀를 보면 실제 인물과 가공의 인물이 헷갈릴 정도여서 마치 요정의 친척이거나 사돈처럼 보였다.

변장한 원래 의도는 그녀가 다양한 성격을 능숙하게 표현해 낼 줄 아는 팬터마임의 동작과 춤을 위해서였다. 그녀를 추종하는 한 기사가 그녀의 동작에 어울리는 최소한의 음악을 반주하기 위해 피아노 앞에 앉기도 했는데, 잠시 이야기를 나눈 후 그들은 즉시 보조를 맞추었다.

어느 날 열띤 무도회가 잠시 휴식 시간을 갖는 동안, 그녀는 자신만의 숨겨진 순발력으로 즉흥 연기를 보여 달라는 요청을 받았다. 그녀는 당황한 듯 보였으며 보통 때와는 달리 청을 선뜻 받아들이지 않았다. 그녀는 머뭇거리면서 즉흥 예술인이라도 되는 양 무엇을 해야 할지 선택을 관객에게 맡겼다. 아마도 미리 약속했을 수도 있지만 그때 마침 피아노를 연주하는 조수가 피아노 앞에 앉아 장송곡을 연주하기 시작하면서 그녀가 아주 잘 익히고 있는 아르테미시아* 장송 행렬을 보여 달라고 요청했다. 그녀는 그 청을 받아들였고 잠시 자리를 비웠다가, 부드럽고 슬픈 장송곡이 울리는 가운데 과부 왕비의 모습을 하고는 유골 단지를 안은 채 차분한 걸음으로 나타났다. 그녀의 뒤에서 사람들이 커다란 흑판 하나를 들고 왔고 금빛의 펜대 끝에는 끝을 잘 깎은 분필 하나가 꽂혀 있었다.

그녀의 숭배자이자 부하격인 남자들 중 하나에게 그녀가 귀에다 대고 뭔가를 속삭이자, 그 사람은 곧장 건축기사에게로 가서, 마우솔루스의 묘지를 그려 주는 건축기사로서 등장해 주기를 간곡히 요청했다. 결코 엑스트라로서가 아니라 비중 있는 공연자로서 함께 무대에 서 달라는 청이었다. 건축기사는 얼핏 당황한 듯 보였지만, 이내 마음을 가다듬고는 더욱 그럴듯한 광경을 연출해 보여 주었다. 온통 검은색의 몸에 꼭 끼는, 당시 유행하던 민간인 복장을 한 그의 모습은 휘장이나 주름진 견직물, 술 장식과 매듭, 그리고 늘어뜨린 장식과 머리 위의 관들을 한 인물들과 기묘한 대조를 이루었다. 그는 두어 명의 시종이 붙들고 있는 커다란 흑판 앞에 진지하기 그지없는 모습으로 서서 신중하고 정확하게 묘지를 그렸는데, 그것은 카리아의 왕보다는 랑고바르드의 왕에게 더 어울리는 묘지였을지도 몰랐다. 그 비례 관계는 아주 아름다웠고, 부분 부분이 모두 진지하고, 장식도 매우 재치가 있었다. 구경꾼들은 그것이 그려지는 과정을 만족스럽게 지켜보았으며, 마침내 완성되자 모두들 찬사를 보냈다.

그는 그동안 내내 왕비 쪽으로는 거의 얼굴 한번 돌리지 않고, 오로지 자신의 일에만 집중했다. 마침내 그가 그녀 앞으로 가 허리를 굽히며 이제 명령을 완수한 것으로 생각한다는 표시를 보이자, 그녀는 유골 단지를 치켜 보이며 그것이 맨 위에 그려져 있는 것을 보고 싶다는 뜻을 표했다. 유골 단지가 다른 부분의 특징과 잘 어울리지 않았으므로 그러고 싶지 않았지만, 그는 그녀의 뜻대로 했다. 하지만 루치아네는 이제 더 이상 인내할 수 없었다. 왜냐하면 그녀는 그에게서 꼼꼼하게 잘 그린 그림 같은 것을 받으려는 마음은 추호도 없었기 때문이었다. 그가 약간의 스케치로 묘비와 좀 비슷하게 그리기만 하고, 나머지 시간을 그녀에게 할애했더라면 오히려 그녀의 본래 목적과 소망에 더 부응했을 것이다. 하지만 기대와 다른 그의 행동은 그녀를 매우 당혹스럽게 했다. 왜냐하면 그녀가 오로지 그와 어떤 관계를 맺기 위해, 고통을 참아 가며 지시하고 암시하며, 점차 완성되어 가는 그림에 이따금 갈채를 보내고, 심지어는 그의 몸을 몇 차례나 거의 끌어당기다시피 했지만, 그는 아주 경직된 모습만을 보였기 때문이었다. 그래서 그녀는 매번 유골 단지로 되돌아가 그것을 가슴에 껴안은 채 하늘을 우두커니 쳐다보아야만 했고, 상황이 점점 더 악화되는 바람에 그녀는 카리아의 왕비라기보다는 에페수스의 유족'과 비슷해 보였다. 그리하여 공연은 점점 더 길어졌다. 평소에 인내심이 강했던 피아노 연주자도 이제 어떤 음조로 이어 가야 할지를 몰랐다. 그는 마침내 유골 단지가 피라미드 위에 서 있는 것을 보고는 신에게 감사드렸으며, 왕비가 막 감사의 표시를 하려 했을 때 그의 연주는 자기도 모르게 명랑한 주제로 넘어가 버렸고, 그렇게 하여 공연은 본래의 성격을 잃고 말았다. 하지만 관객은 하나같이 환호하며 귀부인의 뛰어난 공연과, 건축기사의 예술적이고 우아한 그림에 대해 찬사를 보냈다.

특히 신랑은 건축기사와 이야기를 주고받았다. 신랑이 말했다. "시간이 지나면서 그림이 변한다는 것은 애석한 일이오. 이 그림을 제 방으로 가져다 놓고 그것에 대해 이야기를 나누었으면 해요." 건축기사가 대답했다. "그게 마음에 드신다면, 건물이나 묘비를 세밀하게 그린 것들을 보여 드릴 수 있어요. 여기 이것은 우연적이고 일시적인 스케치에 불과하니까요."

멀지 않은 곳에 서 있던 오틸리에가 두 사람에게로 다가와서는 건축기사에게 말했다. "남작님께 기회를 봐서 당신의 수집품을 꼭 보여 드리도록 하세요. 남작님은 예술과 고대 미술의 애호가시거든요. 두 분이 좀 더 가까이 사귀셨으면 해요."

루치아네가 그곳으로 와서 물었다. "무슨 대화를 나누고 계신 거예요?"

"이분이 소유하고 있는 예술품 수집품에 대해서요." 남작이 말했다. "적당한 때에 우리에게 보여 주시겠다네요."

"당장 가져와서 보여 주시죠!" 루치아네가 큰 소리로 말했다. "그래요, 지금 곧장 가져오시는 거죠?" 그녀는 두 손으로 그를 친근하게 붙잡고는 미소 지으며 덧붙여 말했다.

"지금은 그럴 때가 아니어요." 건축기사가 답변했다.

"뭐예요!" 루치아네가 명령이라도 하듯 외쳤다. "여왕의 명령에 복종하지 않겠다는 거예요?" 그녀의 어조는 짓궂은 요청으로 바뀌었다.

"너무 고집 부리지 말아요!" 오틸리에가 나지막하게 말했다.

건축기사는 허리를 숙여 인사하고는 그 자리를 떠나갔다. 긍정도 거절도 아니었다.

그가 나가자마자 루치아네는 홀에서 사냥개를 몰며 이리저리 뛰어다녔다. 그러다가 우연히 그녀의 어머니와 부딪쳤고, 그 순간에 그녀가 외쳤다. "아차! 좀 아쉬운 점이 있었어요! 제 원숭이를 데려왔어야 하는 건데요. 사람들이 말렸지 뭐예요. 사람들이 자기들만 편하려고 하는 바람에 제 즐거움이 망쳐진 거라고요. 지금이라도 원숭이를 데려오게 해야겠어요. 누가 가서 좀 데려오도록 해야겠어요. 사진이라도 봤으면 좋겠어요. 물론 원숭이 그림도 그리도록 해야겠어요. 제 곁에서 떨어져 있지 않도록 말이에요."

"내가 서재에서 아주 놀라운 원숭이 사진들이 들어 있는 책을 가져다주면 네게 위로가 될지 모르겠구나." 샤를로테가 대꾸했다. 루치아네는 큰 소리로 환호했고, 샤를로테는 2절판 책을 가져오게 했다. 인간과 비슷하고, 예술가에 의해 더욱더 인간의 모습으로 그려진 흉측한 짐승들의 그림은 루치아네에게 커다란 기쁨을 주었다. 그녀는 짐승들마다에서 아는 사람들과의 유사점을 찾을 수 있어서 너무나 즐거웠다. "이놈은 삼촌과 닮지 않았어요?" 그녀가 무자비하게 말했다. "또 이놈은 장신구 장사

꾼 M 같고, 저놈은 S목사님 같고, 그리고 이놈은 누구더라 그 사람을 너무나 닮았어요. 사실 원숭이들이야말로 진짜 멋쟁이들이죠. 그런데도 상류층의 모임에 끼워 주지 않으려는 게 이해되지 않아요."

그녀는 상류층 모임에서 그런 말을 했지만, 누구도 그것을 고깝게 여기지 않았다. 사람들은 그녀의 애교를 너그럽게 받아들이곤 했는데, 그러다 보니 그녀의 무례까지 다 받아 주는 꼴이 되고 말았다.

그러는 동안 오틸리에는 루치아네의 신랑과 이야기를 나누었다. 그녀는 건축기사가 돌아오기를 기다렸는데, 그의 더 진지하고 더 멋진 수집품들이 거기 모인 사람들을 원숭이로부터 해방시켜 줄 것을 바랐기 때문이었다. 그렇게 기대하면서 남작과 대화를 주고받았고, 그로 하여금 이런저런 일에 관심을 갖게 했다. 하지만 건축기사는 모습을 보이지 않았다. 마침내 그가 돌아왔지만, 그는 무슨 문제라도 있었냐는 듯이, 무언가를 가져오지 않았고 무슨 행동도 하지 않은 채 사람들 사이로 섞여 버렸다. 오틸리에는 한동안, 뭐라고 말을 해야 할지, 짜증도 나고 화도 나고 당황스럽기도 했다. 그녀는 건축기사에게 좋은 말로 부탁했고, 루치아네를 무한히 사랑하지만 아내의 태도에 고통을 받고 있는 것처럼 보이는 신랑을 달래 주고 있었던 것이다.

간식을 먹는 동안 원숭이를 둘러싼 이야기는 중단되어야 했다. 그들은 함께 놀이를 하고, 심지어 춤도 추고, 때로는 무덤덤하게 빙 둘러앉아 있다가, 가라앉은 분위기를 다시 북돋우기도 하면서 여느 날처럼 자정이 넘도록 시간을 보냈다. 루치아네는 아침에는 잠에서 깨어나지 못하고, 밤에는 잠자리에 들지 못하는 것에 이미 습관이 들어 있었다.

이 무렵 오틸리에의 일기에는 사건들은 거의 기록되어 있지 않은 반면, 삶과 연관되거나 삶으로부터 얻은 경구와 성찰의 문장들이 더 빈번하게 보인다. 하지만 이것들 중 대부분이 자신의 성찰에서 나온 것일 리는 없으며, 아마도 그녀가 손에 넣게 된 어떤 책에서 자기 마음에 드는 구절들을 적어 놓았을 가능성이 높다. 내적으로 보다 긴밀하게 연결된 그녀의 이런저런 생각을 통해, 우리는 앞에서 말한 그 붉은 실'을 실마리로 엿볼 수 있을 것이다.

오틸리에의 일기에서

우리는 아주 기꺼이 미래를 내다본다. 왜냐하면 우리는 그 안에서 이리저리 움직이는 확실치 않은 무엇을 말없는 소망 속에서 우리에게 유리한 방향으로 끌어당기고 싶어 하기 때문이다.

많은 일을 일어나게 하는 우연이 또한 우리의 친구들을 불러올지도 모른다고 생각하지 않는다면, 우리가 커다란 사교 모임에 참여하고 있기란 쉽지 않다.

물론 은둔하여 살 수도 있지만, 그러다 보면 우리는 어느새 채무자가 되거나 또는 채권자가 된다.

우리가 은혜를 베푼 누군가를 만나면 우리는 금방 그 생각이 난다. 그러나 우리에게 은혜를 베풀어 준 누군가를 만날 때 그것을 생각지 못하는 경우는 얼마나 많은가!

자신을 전달하는 것은 자연적인 일이다. 전달된 바를 주어진 그대로 받아들이는 것은 교육의 일이다.

자기가 남을 얼마나 자주 오해하는가를 안다면 아무도 모임에서 많은 이야기를 하지 않을 것이다.

다른 사람의 말을 반복할 때 그 내용이 바뀌는 것은 우리가 그것을 이해하지 못했기 때문이다.

듣는 사람들을 고려하지 않고 혼자서 오래 이야기하면 거부감을 불러일으킨다.

입 밖으로 내뱉은 모든 말은 그 반대 의미를 야기한다.

공박하는 말도 아첨하는 말도 대화를 그르친다.

가장 안락한 모임은 구성원이 서로를 명랑하게 대하고 존중해 주는 모임이다.

인간은 자신이 무엇을 우스꽝스럽게 여기는가를 통해서 자신의 성격을 가장 분명하게 드러낸다.

우스꽝스러운 것은 해롭지 않은 방식으로 우리의 감각과 연결되는 도덕적 대비로부터 생겨난다.

감각적인 사람은 웃을 일이 없을 때도 종종 웃는다. 무엇이 그를 자극하든, 그는 내적인 만족감을 표출한다.

오성적 인간은 거의 모든 것을 우스꽝스럽게 여기고, 이성적 인간은 거의 아무것도 우스꽝스럽게 여기지 않는다.

나이 든 남자를 보고 사람들은 아직도 젊은 여자를 얻으려고 하느냐고 나쁘게 말한다. 그러면 그는 대꾸한다. "그것만이 젊어질 수 있는 유일한 수단이며, 그것은 모든 사람이 원하는 바다."

사람들은 자신의 결점을 그대로 견디고, 처벌을 받아들이며, 자신의 결점 때문에 많은 것을 참고 견딘다. 그러나 사람들이 그것을 없애 버리려고 할 때는 그만 인내심을 상실한다.

어떤 결점들은 개개인의 존재를 위해 필수적이다. 옛 친구들이 어떤 특징을 없애 버렸다면 우리의 마음은 편치 않을 것이다.

사람들은 누군가가 이전의 방식이나 버릇과 달리 행동하면 이렇게 말한다. "그 사람 곧 죽으려나 봐."

우리가 계속 지니고 있어도 좋고, 심지어 키워 나가도 좋은 결점이란 어떤 것일까? 그것은 다른 이의 기분을 해치기보다는 다른 이를 미소 짓게 하는 결점들이다.

정열이란 결점 아니면 덕망이다. 다만 승화된 결점이고 덕망일 뿐이다.

우리의 정열은 진정한 불사조다. 이전의 불사조가 불에 타 버리면 새로운 불사조가 곧장 재에서 솟아오른다.

커다란 정열은 희망이 없는 병이다. 그것을 치유할 수 있는 것, 그것이야말로 정열을 진정으로 위험하게 만든다.

정열은 고백을 통해 상승되기도 하고 완화되기도 한다. 우리가 사랑하는 사람들을 신뢰하며 그들에 대해 침묵을 지키는 것에 있어서 중용의 길보다 더 바람직한 것은 없다.

제5장

그런 식으로 루치아네는 사교라는 소용돌이 속에서 도취의 삶을 강행했다. 때로는 그녀가 하는 일들이 많은 사람들에게 자극을 주며 관심을 끌었고, 때로는 애교와 선행으로 다른 사람들을 자기 쪽으로 끌어들일 줄 알았기에 그녀를 추종하는 자들은 날로 늘어 갔다. 나누어 주는 일에 있어서 그녀는 최고였다. 숙모와 신랑의 사랑으로 그녀에게 아름다운 것과 값비싼 것들이 한꺼번에 쏟아지듯 주어졌기 때문에, 그녀는 자기 것을 소유한다는 의식이 없는 듯했고, 그녀 주변에 쌓여 있는 물건의 가치를 모르는 것 같았다. 그래서 그녀는 어떤 여자가 주위 사람들에 비해 너무 초라한 옷차림을 하고 있다고 여길 때는 한순간도 꾸물대지 않고, 값비싼 목도리를 벗어 그 여자에게 감아 주었다. 게다가 누구도 거절하지 못할 만큼 장난기 넘치면서도 능숙하게 선물을 선사했다. 그녀의 신하들 중 한 사람은 언제나 지갑을 지니고 다니면서, 그들이 머무는 곳 어디에서나 늙고 중병에 걸린 사람들을 찾아내어 최소한 한순간만이라도 그들의 어려움을 덜어 주는 임무를 지니고 있었다. 그리하여 그녀는 그 일대에서 훌륭한 사람이라는 명성을 얻었다. 하지만 그 명성은 이따금씩 그녀를 괴롭히기도 했는데, 고통에 시달리는 사람들이 귀찮을 만큼 그녀에게로 몰려왔기 때문이다.

무엇보다도 그녀의 명성을 드높인 것은 한 불행한 젊은이에게 그녀가 눈에 띌 정도로 집요하게 선행을 베푼 일 때문이었다. 용모가 아름답고 몸매도 좋았던 그 젊은이는, 비록 명예로운 일이긴 하지만 전쟁터에서 오른손을 잃었기 때문에 사교 모임을 멀리하고 있었다. 그러한 불구가 그를 우울하게 했고, 사람을 새로 만날 때마다 자신의 재난을 설명해야 한다는 점에 짜증이 났다. 그는 차라리 은둔해 독서와 공부에 전념하며 사회와 다시는 아무런 관계도 맺지 않으려 했다.

이런 젊은이가 있다는 사실이 루치아네에게 알려지지 않을 리 없었다. 젊은이는 처음에는 소규모의 모임에, 그러다가 조금 더 많은 사람들이 모인 곳에, 마침내 아주 커다란 사교 모임에 불려 나올 수밖에 없었다. 그녀는 다른 누구보다도 그를 다정하게 맞이했다. 특히 그가 잃은 것을 대신 채워 주려는 의도에서 지나칠 만큼 그를 떠받들었다. 그의 상실을 가치 있는 것으로 만들어 줄 줄 알았던 것이다. 식사 때 그는 그녀 바로 옆에 앉아야 했다. 그녀는 음식을 잘라 앞에 놓아줌으로써 그가 포크만 사용해도 되게끔 도왔다. 나이 든 사람이나 신분이 높은 사람들이 옆자리를 차지해 버리면 그녀는 이리저리 온 식탁에 신경을 썼다. 그래서 그가 멀어서 음식에 손이 닿지 않을 경우, 바쁘 일하는 시종들이 그녀를 대신해서 그를 도왔다. 마침내 그녀는 왼손으로 글을 써 보라고 그를 격려했다. 그는 힘들여 쓴 모든 글을 그녀에게 보냈고, 그녀는 멀리 있을 때나 가까이 있을 때나 언제나 그와 관계를 유지했다. 어떻게 그런 관계가 되었는지 자신도 잘 몰랐지만 젊은이는 실제로 그때부터 새로운 삶을 시작할 수 있었다.

그러한 행동이 신랑의 마음을 불편하게 했으리라는 생각하는 이도 있겠지만, 실은 그 반대였다. 그는 루치아네의 노력을 훌륭한 일로 여겼다. 조금이라도 미심쩍은 일이면 무엇이든 거절할 줄 아는, 좀 지나치다고 볼 수 있는 그녀의 특성을 잘 알게 되면서 그는 그녀가 하는 일을 완전히 마음 놓고 받아들였다. 그녀는 모든 사람을 내키는 대로 다루었고, 누구든지 한번은 그녀에 의해 밀쳐지거나 심하게 끌어당겨지거나 놀림 당해야 하는 위험을 안고 있었다. 하지만 그 누구도 그녀에게 같은 행동으로 대응하는 것은 용납되지 않았다. 누구도 마음대로 그녀의 몸에 손을 대서는 안 되며, 그녀가 누리는 자유는 아무나 함부로 누릴 수 없었다. 그녀는 자신에 대해 다른 사람들은 엄격한 윤리의 경계 안에 묶어 놓으면서도, 자신은 경계를 언제라도 넘나드는 것처럼 보였다.

사람들은 칭찬과 비난에도, 애정과 반감에도 별다른 신경을 쓰지 않는 것이 루치아네의 원칙이려니 생각했다. 왜냐하면 그녀는 사람들을 이런저런 방식으로 자기편으로 만들려고 애쓰는가 하면, 다른 한편으로는 상대가 누구든 가리지 않고 독설을 퍼부어 그들과의 관계를 다시 망가뜨리곤 했기 때문이었다. 그래서 그녀와 일행은 이웃의 성이나 남의 집을 방문할 때면 언제나 친절하게 대접받았지만, 돌아올 때면 그녀가 모든 인간관계를 우스꽝스러운 관점에서만 받아들인다는 것을 거리낌 없이 내뱉었다. 말하자면 이런 식이었다. 그 삼형제는 누가 가장 먼저 결혼해야 할지를 두고 말만 늘어놓다가 나이를 훌쩍 넘겨 버렸고, 또 어떤 키가 작고 젊은 여인은 키가 크지만 나이 많은 남자와 결혼했으며, 그와 반대로 키가 작고 활발한 어떤 남자는 덩치는 크지만 아무짝에도 쓸모없는 여인과 결혼했다는 것이다. 어느 집에서는 발걸음을 옮길 때마다 아이가 발에 차였고, 또 다른 집에서는 아이들이 없었기 때문에 사람들이 아무리 복작거려도 왠지 허전했다고 말했다. 재난 사고로 인한 상속의 기회가 주어지기 힘들기 때문에, 집안의 누군가가 웃을 수 있기 위해서 늙은 남편들은 하루 빨리 무덤에 묻혀야 하며, 젊은 부부들은 집안 살림을 하는 게 조금도 어울리지 않으니 여행이나 떠나라는 식이었다. 사람들에게 그렇게 하듯이 그녀는 물건에 대해서도, 살림 도구와 식사 도구, 건물에 대해서도 그런 말투를 썼다. 특히 모든 벽장식에 대해서는 한껏 조롱 섞인 평가를 했다. 아주 오래된 수직(竪織) 벽지에서부터 최근에 유행하는 벽지에 이르기까지, 엄숙한 가족사진으로부터 아주 경박한 새 동판화에 이르기까지, 그녀는 모조리 비판했고, 조롱 어린 평가로 삼켜 버렸기 때문에 주위 5마일 이내에 뭔가가 아직 남아 있다면 오히려 이상하게 여겨질 정도였다.

　무엇이든 부정하려는 이러한 태도 속에 악의가 깃들어 있는 것 같지는 않고, 대개 어떤 이기적 변덕이 루치아네를 부추겼는지도 모른다. 하지만 그녀는 오틸리에와의 관계에서는 진정한 악의를 내뿜었다. 그 사랑스러운 아가씨의 차분하면서도 쉼 없는 행동에 누구나 한마디씩 언급하고 칭찬하는 것을 루치아네는 경멸의 눈으로 내려다보았다. 오틸리에가 정원과 온실을 아주 잘 가꾼다는 말이 나왔을 때, 그녀는 지금이 한겨울이라는 건 생각지도 못하고, 꽃도 열매도 볼 수 없으니 이상하지 않느냐고 조롱했다. 그뿐만 아니라 그때부터 푸른 잎이든 나뭇가지든, 그밖에도 무엇이든 싹이 트기만 하면 모조리 가지고 오게 하여 날마다 방과 식탁을 치장하는 데 낭비해 버림으로써 오틸리에와 정원사는 적잖이 마음고생을 했다. 내년, 혹은 더 오랫동안 그들의 희망이 망가져 버리는 것을 보고 있어야 했다.

　또한 그녀는 오틸리에가 집 안에서 조용히 움직이는 평화조차 허락하지 않았다. 오틸리에는 놀러 가거나 썰매를 타는 데 동행해야만 했고, 이웃에서 벌어지는 무도회에도 함께 가야만 했다. 다른 많은 사람들이 그것 때문에 죽지는 않으므로, 눈도 추위도 심지어 밤의 거센 폭풍우도 꺼려서는 안 된다는 식이었다. 그 연약한 아가씨는 이로 인해 적지 않게 고통 받았으나, 그렇다고 해서 루치아네가 득을 보는 일도 없었다. 오틸리에가 아무리 수수한 옷차림을 하고 지나가더라도 가장 아름다운 여자였다. 적어도 남자들에게는 그렇게 보였다. 오틸리에가 넓은 공간에서 맨 앞자리 혹은 맨 뒷자리에서 살짝 움직이기만 해도 모든 남자가 그 주위로 모여들었다. 루치아네의 신랑마저도 오틸리에와 자주 이야기를 나누었는데, 특히 자기가 하고 있는 일과 관련하여 충고와 협력이 필요할 때에 더욱 자주 대화를 주고받았다.

남작은 그동안 건축기사와 더 가까워졌다. 건축기사가 소장하고 있는 예술품과 관련하여 역사에 대해 많은 이야기를 나누었으며, 다른 일에서도, 특히 예배당을 관찰하고 연구하는 문제에 있어서도 그의 재능을 높이 평가했다. 남작은 젊고 부자였다. 수집을 좋아했고 건축도 하고 싶어 했다. 남작은 취미 활동에 열심이었으나 지식은 빈약했다. 그러므로 건축기사야말로 바로 자신이 찾던 남자였으며, 그와 함께라면 하나의 목적 이상을 동시에 이룰 수 있을 것처럼 여겨졌다. 남작은 부인에게 자신의 의도를 들려주었는데, 그녀는 찬사를 보내며 그러한 제안에 아주 만족해했다. 이는 건축기사의 재능을 그녀의 의도대로 이용할 수 있으리라는 생각에서라기보다는 그가 오틸리에에게 애정을 품고 있다는 것을 눈치채고는 그 젊은이를 오틸리에로부터 떼어 놓기 위해서였다. 즉흥 축제를 벌일 때마다 그가 아주 유능하게 일을 해냈고 이런저런 행사에 많은 자료를 제공해 주긴 했지만, 그래도 루치아네는 자신이 모든 일을 더 잘해낼 수 있다고 믿었다. 하지만 그녀의 착상이라고 해 봤자 대개 평범한 것이어서, 아주 뛰어난 예술가의 솜씨가 아니라 능숙한 시종의 솜씨만 있어도 얼마든지 해낼 수 있었다. 누구의 생일이나 영예로운 날에 쓸 축하 인사를 고안할 때면, 그녀의 상상력은 기껏해야 제물을 바칠 제단을 넘어서지 못했고, 그것이 석고로 된 머리든 아니면 살아 있는 사람의 머리든 거기에 얹어 줄 화환 정도에 머물렀다.

건축기사와 그 집은 어떤 관계인가라는 신랑의 물음에 오틸리에는 최선의 답변을 줄 수 있었다. 그녀는 샤를로테가 이전에 그를 위해 일자리를 마련해 주려고 애를 썼다는 사실을 알고 있었다. 만약 이 손님들이 오지 않았더라면 이 젊은이는 예배당이 완성된 후 즉시 그곳을 떠났을 것이다. 왜냐하면 겨울에는 모든 건축이 중단되어야 하고 또 그럴 수밖에 없기 때문이었다. 그러니 솜씨 좋은 예술가가 새로운 후원자를 만나 다시 재능을 발휘하고 일을 할 수 있다면 바람직한 일일 터였다.

건축기사에 대한 오틸리에의 관계는 순수하고 사심 없는 것이었다. 그가 그곳에서 편안하게 일하고 있는 모습을 보고 있으면 그녀는 마치 오라버니가 가까이에 있는 것처럼 즐겁고 기뻤다. 그에 대한 그녀의 감정은 혈연의 친척을 대하는 듯 평화롭고 담담한 차원의 것이었다. 왜냐하면 그녀의 가슴속에는 더 이상 빈 공간이 없었기 때문이었다. 오틸리에의 가슴은 에두아르트를 향한 사랑으로 꽉 차 있었으며, 모든 것을 꿰뚫어 보는 신만이 그녀의 가슴을 에두아르트와 함께 공유할 수 있었다.

겨울이 깊어지면 깊어질수록, 날씨가 험해지면 험해질수록, 밖으로 나다니기 힘들어지면 힘들어질수록, 좋은 사람들과 더불어 점점 짧아져 가는 하루하루를 보내는 일은 더욱더 매력적인 것처럼 보였다. 잠시 사람들이 썰물처럼 빠져나간 후 수시로 많은 사람이 그 집으로 밀어닥쳤다. 좀 먼 곳에 주둔하고 있는 수비대의 장교들도 몰려왔는데, 교양 있는 자들은 모임에 커다란 도움이 되었고, 다소간 거친 자들은 모임을 불쾌하게 만들었다. 가족들도 빠지지 않았고, 어느 날에는 전혀 예기치 않게 백작과 남작 부인이 함께 마차를 타고 당도했다.

그들이 나타나자 비로소 분위기가 귀족적으로 변하는 듯했다. 지위와 덕망을 갖춘 남자들이 백작을 에워쌌고, 여자들은 남작 부인을 정중하게 대했다. 그 두 사람이 함께 나타나 밝은 모습을 보이는 이유가 이내 드러났다. 백작의 아내가 죽었고, 이제 사정이 허락되기만 하면 이들이 새로운 결합을 이룰 것이라는 소식이 알려졌기 때문이었다. 오틸리에는 그들이 처음으로 방문하여, 결혼 생활과 이혼, 만남과 헤어짐, 희망과 기대, 아쉬움과 체념에 관해 말했던 한마디 한마디를 떠올렸다. 당시에는 아무런 전망도 가질 수 없었던 그들이 이제는 바라 마지않던 행복에 그토록 가까이 다가간 채 그녀 앞에 서 있었다. 그녀의 가슴에서는 자기도 모르게 한숨이 터져 나왔다.

루치아네는 백작이 음악 애호가라는 말을 듣자마자 연주회를 마련했다. 그녀는 기타를 반주하며 노래를 들려주고 싶어 했고 또 그렇게 했다. 그녀의 연주 솜씨가 서툴지는 않았고, 목소리는 듣기에 편안했다. 하지만 가사의 경우에는, 한 아름다운 독일 여인이 기타에 맞추어 노래한다는 것 이상으로는 이해되지 않았다. 그런데도 사람들은 그녀의 노래가 아주 표현력이 있었다고 말해 주었고, 그녀는 왁자지껄한 박수갈채에 만족했다. 다만 이 경우에도 묘한 불협화음이 있었다. 모인 사람 중에 한 시인이 있었는데, 루치아네는 그가 자신을 위해 몇 편의 시를 써주기를 원했기 때문에 그를 특별히 자기 쪽으로 끌어당기려 했다. 그래서 그날 밤 그녀는 대부분 그 시인이 쓴 가사만을 노래했다. 그는 다른 모든 사람처럼 그녀에게 정중한 태도를 보였지만, 그녀는 그 이상의 것을 기대했다. 루치아네는 몇 번이나 그에게 은근히 눈치를 주었지만 아무런 반응을 얻지 못했고, 마침내 마음이 조급해져 그녀의 추종자 중 한 사람을 그에게 보내, 자신의 시가 멋지게 낭송되는 것을 듣고는 매혹되지 않았는지를 알아보게 했다. "내 시라고요?" 시인은 놀란 표정으로 대꾸하고는 덧붙여 말했다. "죄송합니다만, 저는 모음(母音)들만 알아들었어요. 그것도 결코 다 알아들은 건 아니고요. 물론 그렇게 친절한 뜻에 대해 감사의 마음을 전하는 것은 저의 의무겠지요." 추종자는 할 말을 잃었고 그 말을 전하지도 않았다. 시인은 몇 마디 그럴싸한 말로 그 문제에서 벗어나려고 했다. 그녀 쪽에서는 자기를 위해 쓴 시 몇 편을 갖고 싶다는 의도를 상당히 분명하게 전달했던 것이다. 정말이지 그것을 너무나 불손한 일로 여기지만 않았더라면, 그는 그녀에게 그저 알파벳을 나열한 것을 건네주고, 흘러나오는 멜로디에 맞추어 아무렇게나 쓴 찬가를 바칠 수도 있었을 것이다. 하지만 그녀는 다소간 모욕감을 느끼면서 그 일에서 물러나야 했다. 루치아네는 그 시인이 바로 그날 밤 오틸리에가 가장 좋아하는 멜로디에 상냥한 것 이상의,

너무나 사랑스러운 가사를 붙여 주었다는 사실을 알게 되었던 것이다.

자기에게 이로운 일이든 해로운 일이든 언제나 끼어들기를 좋아하는 유의 사람들이 모두 그렇듯이, 루치아네는 자신의 행운을 낭송에서 시험해 보려 했다. 그녀는 기억력은 좋았으나, 솔직히 말해 그녀의 낭송에는 혼이 깃들지 않았으며 열정은 없고 너무 격하기만 했다. 그녀는 담시나 짧은 이야기들, 그리고 그밖에 낭송회에서 시연되곤 하는 것들을 낭송했다. 낭송하는 동안 과장된 몸짓을 곁들이는 안 좋은 버릇이 있었는데, 그로 인해 원래 서사적이거나 서정적인 것을 극적인 것과 엉성하게 연결시켜 오히려 혼란을 초래했다.

통찰력 있는 남자였던 백작은 그곳에 모인 사람들과 그들의 성향, 그리고 열정과 취향을 금방 꿰뚫어 보고는 다행인지 불행인지 루치아네의 개성에 아주 잘 맞는 새로운 공연 방식을 택하도록 했다. 그가 말했다. "내가 보기에 이곳에는 몸매가 좋은 사람들이 여럿 있군요. 그들 중에는 그림 같은 동작이나 자세를 흉내 낼 줄 아는 사람들도 틀림없이 있을 겁니다. 그런 분들이 직접 나서서 우리가 잘 아는 실제의 그림을 몸으로 연출해 보여 준다면 어떨까요? 아주 힘든 규율이 필요하긴 하겠지만, 그래도 그러한 모방은 엄청난 매력을 발산할 것입니다."

루치아네는 이쪽이야말로 자신의 영역이라고 금방 느꼈다. 적당한 키, 풍만한 몸매, 반듯하면서도 또렷한 얼굴, 밝은 갈색의 풍성한 머리, 가느다란 목…… 그녀는 이미 모든 것을 그림처럼 갖추고 있었다. 몸을 움직이는 경우에 가끔씩 우아하지 못한 그 어떤 모습이 드러나고, 가만히 서 있을 때 그녀의 모습이 오히려 더 아름답게 보인다는 사실을 알았더라면, 그녀는 그러한 자연스러운 조형 예술의 모방에 더 많은 열정으로 빠져들었을 것이다.

사람들은 이제 유명한 그림들의 동판화를 찾아 나섰고, 우선 반 다이크'의 벨리사리우스'를 택했다. 키가 크고 건장한 체격의 한 중년 남자가 눈이 먼 채 앉아 있는 장군 역을 하고, 건축기사는 장군 앞에 진심 어린 슬픈 표정으로 서 있는 병사 역을 맡기로 했는데, 건축기사는 정말이지 병사의 모습과 비슷해 보였다. 루치아네는 다소간 겸손한 태도로 뒤쪽에 서 있는 젊은 여인 역을 택했는데, 그녀는 동냥 받은 상당한 액수의 돈을 지갑에서 꺼내 편편한 손바닥에 올려놓고 세어 보고 있었다. 한 노파는 그녀에게 지나치게 구걸을 많이 하지는 말라며 말리는 듯이 보였다. 젊은 여인에게 실제로 동냥을 주고 있는 부유한 한 여인도 빼놓지 않았다.

사람들은 이런저런 그림들을 앞에 두고 진지하게 몰두했다. 백작은 건축기사에게 설치 방식과 관련해 몇 가지를 조언했고, 건축기사는 즉시 무대를 세우고 조명을 위해 필요한 조치를 취했다. 사람들이 준비하는 일에 깊이 빠져 들었을 때에야 비로소 그 일에 상당한 비용이 들고, 한겨울 시골에서는 이런저런 요구를 충족시킬 수 없다는 사실을 깨달았다. 그 때문에 일이 늦어지지 않도록 루치아네는 자신의 거의 모든 의상을 잘라 내어, 예술가들이 마음 내키는 대로 그려 놓은 다양한 옷들을 만들게 했다.

밤이 왔고, 공연은 많은 관객의 열광적인 갈채를 받으며 시작되었다. 의미심장한 음악이 기대감을 북돋웠고, 벨리사리우스가 막을 열었다. 등장인물들은 잘 어울렸고, 색깔도 적절하게 배분되었으며, 조명도 매우 예술적이어서 사람들은 진짜로 다른 세계에 와 있는 것처럼 느꼈다. 다만 가상이 아니라 실제의 세계가 펼쳐지고 있다는 사실이 그 어떤 두려움마저 불러일으켰다.

막이 내렸고, 관객의 요청에 따라 두어 번 다시 막이 올려졌다. 막간의 음악 연주가 관객을 즐겁게 해 주었고, 이제 더 수준 높은 그림으로 그들을 놀라게 할 예정이었다. 그것은 푸생*을 통해 유명해진 아하수에로와 에스더*였다. 이번에는 루치아네가 더욱더 치밀하게 연출했다. 그녀는 기진맥진하여 쓰러지는 여왕의 모습으로 모든 매력을 발산했고, 영리하게도 주위에 둘러서서 시중을 드는 예쁘고 아름다운 몸매의 소녀들보다 자신을 돋보이게 했다. 그 소녀들 중 누구도 감히 그녀와는 견줄 수 없었다. 오틸리에는 그 그림뿐만 아니라 다른 모든 그림에서도 배제되었다. 제우스에 못지않은 왕을 연출하기 위해, 그들은 황금빛 옥좌 위에 그곳에 모인 사람들 중 가장 건장하고 아름다운 남자를 골랐기 때문에 그 그림은 정말이지 비교할 수 없을 정도로 완벽한 것이 되었다.

세 번째 그림으로는 소위 말하는 '아버지의 훈계'라는 테르보

르호*의 그림이 선택되었는데, 이 그림을 새긴 빌레*의 멋진 동판화를 모르는 사람은 없을 것이다! 한 발을 다른 발 위로 포개어 앉은 채로, 고귀한 기사의 모습을 한 아버지가 자기 앞에 서 있는 딸에게 무언가 양심에 호소하는 말을 하고 있는 듯하다. 주름이 많은 하얀 비단옷을 입은 아름다운 여인은 비록 뒷모습만 보이지만, 온몸이 바짝 긴장해 있는 것 같다. 하지만 아버지의 표정과 몸짓은 그의 훈계가 격하거나 모욕적이지는 않다는 것을 보여 준다. 어머니로 말할 것 같으면, 그녀가 막 마시려고 하는 포도주 잔을 들여다보며 조금은 당황스러운 심경을 감추려고 하는 듯하다.

이 그림의 연출에서 루치아네가 가장 빛나는 모습을 선보일 예정이었다. 그녀의 많은 머리카락과 머리 모양, 목과 등은 말할 수 없이 아름다웠다. 당시 유행하던 여성들의 복고풍 옷에서는 거의 눈에 띄지 않는 허리가, 옛 의상을 입은 그녀의 경우에는 우아하고 날씬하고 경쾌한 모습으로 멋지게 드러나 보였다. 건축기사의 의상은 아주 예술적인 방식으로 하얀 비단옷에 많은 주름이 잡히게 했는데, 그 생생한 재현이 원래의 그림을 훨씬 능가했음이 분명했기에 모든 이의 경탄을 불러일으켰다. 앙코르 소리는 그칠 줄을 몰랐다. 뒷모습만을 실컷 보여 준 그 아름다운 사람의 얼굴을 보고 싶다는 자연스러운 소망이 너무도 컸기 때문에, 어떤 유쾌하고 성미 급한 친구가 한 페이지의 끝에 종종 써넣는 말인 '부디 다음 장으로 넘겨 주세요'를 큰 소리로 외치며 모든 사람의 동의를 부추겼다. 하지만 출연자들은 자신들의 장점을 잘 알고 있었고 그 작품의 의미를 잘 이해하고 있었으므로, 관객의 외침에 따르지 않았다. 수치심을 느끼는 듯 보이는 그 딸은 관객에게 얼굴 표정을 보여 주지 않은 채 가만히 서 있었다. 아버지는 훈계하는 자세 그대로 앉아 있었고, 어머니는 투명한 잔에서 코와 눈을 떼지 않았는데, 그녀는 마시는 듯한 동작을 취했지만 그 안의 포도주는 줄어들지 않았다. 네덜란드의 음식점 광경이나 대목장 광경을 만드는 데 드는 소품들에 대해서야 새삼 말할 필요도 없으리라!

백작과 남작 부인은 떠나가면서, 그들이 곧 결혼식을 올리고 나서 행복하게 보낼 몇 주일 안에 다시 오겠노라고 약속했다. 샤를로테는 힘겹게 두 달을 지낸지라 이제 나머지 사람들도 떠나가기를 바랐다. 그녀는 자기 딸이 신혼과 청춘의 흥분이 가라앉고 나면 행복하게 살 거라고 확신했다. 신랑이 스스로 이 세상에서 가장 행복한 남자라고 믿었기 때문이었다. 재산도 많고 심성도 온화했던 그는 세상 사람들이 좋아할 수밖에 없는 한 여인을 소유하고 있다는 자존감 때문에 특별히 흐뭇해하는 깃 같았다. 그는 모든 것을 그녀와 연결 짓고, 오로지 그녀를 통해서만 자신과 연관시키는 방식으로 아주 유별나게 생각하고 있어서, 만일 새로 온 어떤 사람이 당장 그녀에게 각별한 관심을 기울이지 않거나, 착한 성격 때문에 나이 든 사람들의 경우에 흔히 그렇듯이 그녀를 특별히 챙기지도 않으면서 자기와 가까운 관계를 가지려고 하면 불쾌한 감정을 느낄 정도였다. 그러나 건축기사가 이내 모든 일을 순조롭게 이끌어 주었다. 새해에 건축기사는 그를 따라가 도시에서 그와 함께 사육제를 지내기로 했다. 루치아네는 그곳에서 앞서 멋지게 연출한 그림 놀이를 다시 재현하고 또 다른 많은 일들을 통해 최대의 행복을 누리려 했다. 그녀의 만족을 위해 필요한 경비라면 숙모와 신랑은 대수롭지 않게 여기는 듯했기에 더욱더 기대에 부풀어 있었다.

이제 작별의 시간이 왔지만, 그냥 평범하게 헤어질 수는 없었다. 누군가가 샤를로테가 준비해 둔 겨울 식량이 곧 바닥난다고 장난스럽게 큰 소리로 외치자, 벨리사리우스 역을 했고 아주 부자였으며, 루치아네의 매력에 빠져 한동안 그녀를 흠모해 오던 한 신사가 별생각 없이 이렇게 소리쳤다. "자 그러면 이제 폴란드식으로 합시다! 모두들 우리 집으로 가서 먹어 치웁시다! 그리고 돌아가면서 그런 식으로 계속하는 겁니다." 말이 나온 김에 즉각 실행하기로 했다. 루치아네는 그 제안을 받아들였다. 다음 날 모두가 짐을 꾸려 다른 장원으로 몰려갔다. 그곳은 공간은 넓었으나 별로 편안하지 않고 시설도 좋지 않았다. 그래서 이런저런 부적절한 일이 생겨났지만, 그것이 오히려 루치아네의 기분을 좋게 해 주었다. 그들의 생활은 점점 더 거칠고 격렬해졌다. 깊은 눈밭에서 몰이사냥을 하고, 여느 때 같으면 불편하기만 했을 일들을 과감하게 했다. 남자들은 물론이고 여자들도 빠지지 않았으며, 사냥을 하고 말을 타고 달리고 썰매를 타기도 하고 소란을 떨며 한 장원에서 다른 장원으로 옮겨 다니다 마침내 수도 가까이로 가게 되었다. 그곳 궁정과 도시에서 사람들이 어떻게 향락을 누리는가 하는 소식과 이야기는 그들의 상상력을 다른 방향으로 돌려놓았고, 숙모도 앞장을 서는 바람에 루치아네와 그녀의 일행은 쉬지 않고 또 다른 삶의 환경 속으로 들어갔다.

오틸리에의 일기에서

사람들은 이 세상에서 모든 사람을 자신이 내세우는 대로 받아들인다. 그러므로 우리도 무엇이라도 되는 듯 자신을 내세워야 한다. 우리는 보잘것없는 사람들보다는 차라리 불편한 사람들을 참고 견딘다.

우리는 사회에 모든 걸 요구할 수 있지만, 그 결과까지 바랄 수는 없다.

사람들이 우리에게 다가올 때 우리는 그들을 알 수 없다. 그들이 누구인지를 알려면 우리가 그들에게로 가야 한다.

우리가 방문객들에 대해 이런저런 험담을 하는 것, 그들이 떠나가자마자 그들을 좋게 평가하지 않는 것은 자연스러운 일이라고 나는 여긴다. 왜냐하면 우리는 그들을 우리의 기준에 따라 판단할, 소위 말하는 권리를 가지기 있기 때문이다. 분별력이 있고 공정한 사람들마저도 그러한 경우 날카로운 비판을 거의 삼가지 않는다.

반면 우리가 다른 사람 집에 갔다가 그들의 환경이나 습관, 아울러 필연적이고 불가피한 상황에 처해 있는 그들의 모습을 보고, 또한 그들이 주위 사람에게 어떤 영향을 미치는지 그리고 그들이 얼마나 잘 적응하는지를 보고 와서는, 여러모로 존경받아 마땅해 보이는 면을 가소롭게 여긴다면 거기에는 이미 몰이해와 악의가 깃들어 있는 것이다.

오로지 무력을 통해서만 이룰 수 있거나 무력을 통해서도 결코 이룰 수 없는 것을 우리는 좋은 행동이나 좋은 법도를 통해 이루어야 한다.

여성들과의 교제는 선한 윤리의 기본 요소다.

인간의 성격이나 특성을 어떻게 삶의 방식과 더불어 유지할 수 있을까?

고유한 특성은 삶의 방식을 통해 비로소 드러나는 법이다. 누구나 중요한 존재가 되고자 하지만, 다만 그것이 다른 이에게 불쾌감을 주어서는 안 된다.

교양 있는 군인은 사회에서뿐만 아니라 일상의 삶에서 가장 커다란 특권을 누린다.

거친 병사들은 적어도 그들의 성격 때문에 그런 것은 아니다. 대개 강함 뒤에는 선량함이 숨어 있기 때문에 불가피한 경우 그들과도 그럭저럭 지낼 만하다.

서투른 민간인만큼 성가신 사람은 없다. 그런 사람은 거친 일을 할 필요가 없으므로 그에게 섬세함이라도 요구할 수 있어야 한다.

예의범절에 대해 예민한 감각을 지닌 사람과 함께 살 때, 뭔가 예의범절과 부닥치는 일이 벌어지면 우리는 바로 그 사람들 때문에 두려워진다. 누군가가 의자를 흔들거리며 앉아 있을 때면 나는 샤를로테의 입장이 되어 느낀다. 왜냐하면 샤를로테는 의자를 흔들며 앉아 있는 것을 죽도록 싫어하기 때문이다.

그런 남자를 보는 순간 여자들이 그를 쳐다보거나 그와 함께 이야기를 나누고 싶은 생각이 싹 달아나 버리는 줄을 안다면, 어떤 남자도 코 위에 안경을 걸친 채 은밀한 방 안으로 들어가지는 않을 것이다.

경외심을 보여야 할 자리에서 친밀한 척하면 언제나 웃음거리가 되고 만다. 그것이 얼마나 우스꽝스럽게 보이는지를 안다면, 칭찬을 듣자마자 모자를 벗는 사람은 아무도 없을 것이다.

깊은 도덕적 근본이 없는데도 공손함이 밖으로 드러나는 일은 없다. 밖으로 드러나는 이러한 표시와 근본을 동시에 전수해 주는 것이 올바른 교육이다.

행동은 누구든 자신의 모습을 비추어 주는 거울이다.

가슴에서 우러나오는 공손함이 있다. 그것은 사랑과 비슷하다. 사랑으로부터 외적 행동의 가장 편안한 공손함이 우러나온다.

자발적으로 남에게 종속된다는 것은 가장 아름다운 상태다. 그런데 사랑이 없다면 그것이 어떻게 가능하겠는가.

소망한 것을 가지고 있다고 생각할 때 우리는 그 소망으로부터 가장 멀리 떨어져 있다.

실제로 그렇지도 않으면서 자신을 자유롭다고 여기는 자보다 더 노예인 사람은 없다.

자기가 자유롭다고 말하는 순간 그는 구속되어 있음을 느낀다. 자기가 구속되어 있다고 감히 말할 때 그는 자유로움을 느낀다.

다른 사람의 뛰어난 장점들에 맞서 자신을 구해 줄 수 있는 수단은 사랑뿐이다.

멍청한 자들이 뛰어난 남자에게 호의를 베푼다면 그것은 끔찍한 일이다.

시종들에게는 영웅이 있을 수 없다고들 말한다. 영웅은 오로지 영웅만 알아볼 수 있기 때문이다. 시종은 아마도 자기와 비슷한 사람들을 평가할 수 있을 것이다.

평범한 사람들에게 있어서 가장 큰 위안은, 천재도 불멸의 존재가 아니라는 사실이다.

위대한 인물들은 언제나 약점을 통해서 그들의 세기와 관계를 맺는다.

우리는 대개의 경우 사람들을 실제 그런 것보다 더 위험하게 여긴다.

바보와 현명한 자들은 둘 다 해롭지 않다. 어중간한 바보와 어중간한 현자들, 다만 그들이 가장 위험하다.

우리는 예술을 통해서 이 세상을 가장 안전하게 피해 갈 수 있고, 동시에 예술을 통해서 가장 안전하게 이 세계와 관계 맺을 수 있다.

최고로 행복한 순간에도 최고로 고난을 겪는 순간에도 우리는 예술가를 필요로 한다.

예술은 힘든 일과 선한 일을 다룬다.

어려운 것을 쉽게 다루어 놓은 것을 보면 우리는 불가능한 게 무엇인지를 알게 된다.

목표에 가까이 가면 갈수록 어려움은 커진다.

씨를 뿌리는 것은 수확하는 것보다 어렵지 않다.

제6장

손님들의 방문으로 샤를로테가 커다란 불안을 감수해야 했지만, 이번 일로 자신의 딸을 완전히 이해하게 된 것은 오히려 다행이었다. 그녀가 세상을 두루 겪어 본 것이 이 점에서 큰 도움이 되었다. 그토록 기묘한 성격의 인물을 만난 것은 처음은 아니었지만, 지금까지 이처럼 심한 경우를 겪은 적은 결코 없었다. 하지만 그녀는 그런 사람들이 살아가면서 이런저런 사건을 겪고, 부모와의 관계를 통해 배우면서, 아주 편안하고 사랑스러운 성숙에 도달할 수 있다는 사실을 경험을 통해 알고 있었다. 그러는 동안 그 사람들의 이기주의는 완화되고, 열에 들뜬 행동은 차츰 분명한 방향을 잡았다. 보통 같으면 손님들이 그냥 즐기도록 바라거나 적어도 괴로워하지만은 않기를 바라는 것이 부모로서의 입장이겠으나, 샤를로테는 다른 사람들이 어쩌면 불쾌하게 여길지도 모를 일들이 벌어지는 것을 어머니로서 그대로 내버려 두었다.

그런데 샤를로테는 딸이 떠나간 후 묘하게도 뜻밖의 충격을 받아야만 했는데, 그것은 굳이 비난받을 만한 행동을 하지도 않았을뿐더러, 오히려 칭찬 받을 만한 일을 했음에도 불구하고 그녀의 딸이 나쁜 평판을 남겼기 때문이었다. 루치아네는 기뻐하는 사람들과 더불어 기뻐하고, 슬픔에 잠긴 사람과 더불어 슬퍼하는 데에 그친 게 아니었다. 그녀는 타인을 자가당착에 빠지게 하는 기질을 마음껏 발휘하여, 기뻐하는 자들을 짜증 나게 하고 슬픔에 잠긴 자들을 웃게 만드는 것을 원칙으로 삼은 듯 보였다. 가정을 방문할 때마다 그녀는 모임에 참가할 수 없었던 병약자들의 안부를 물었다. 그녀는 그들의 방으로 찾아가 의사 노릇을 했고, 마차에 늘 싣고 다니는 여행용 약품 상자에서 강장제를 꺼내 모든 사람에게 강제로 먹이다시피 했다. 짐작할 수 있듯이 그러한 치료는 우연에 따라 성공할 수도 있고 실패할 수도 있었다.

그런 식의 자선 행위에 있어서 루치아네는 아주 냉혹했고 누구의 설득도 받아들이지 않았는데, 자신이 매우 훌륭하게 행동하고 있다고 확신했기 때문이었다. 그러나 그녀의 시도는 도덕적인 면에서도 실패였다. 후유증을 남겼고 모든 사람의 입에 오르내렸기 때문에 바로 그 점이 샤를로테의 마음을 무겁게 했다. 루치아네가 떠나간 후에야 샤를로테는 그런 이야기를 들었다. 결국 그 일을 함께할 수밖에 없었던 오틸리에가 자세히 설명해 주었던 것이다.

한 명망 있는 집안의 딸들 중 하나가 불행하게도 자신의 잘못으로 여동생이 죽자 마음의 안정을 찾지도 못하고 원기를 회복하지도 못하고 있었다. 그녀는 자기 방에서 뭔가를 하며 조용히 지냈고, 가족들도 따로따로 혼자서 올 때만 만났다. 여러 사람이 모여 있으면 그녀는 그들이 자신과 자신의 상태에 관해 이런저런 궁리를 하는 것이라 의심했기 때문이었다. 그러나 그녀는 한 사람씩 만날 때면 분별력 있게 자신의 의사를 표현했고 몇 시간씩 대화를 나누곤 했다.

루치아네는 그 이야기를 듣고는 즉시 마음속으로 그 집으로 가서 기적을 행하여, 그 여자를 사람들에게로 돌아오게 만들겠다고 생각했다. 루치아네는 여느 때보다 신중하게 행동했고 정신적으로 괴로워하는 환자가 있는 곳에 혼자 들어가, 음악으로 환자의 신뢰를 얻은 듯했다. 그러다가 루치아네는 마침내 사태를 망치고 말았다. 충분히 준비되었다고 판단을 내린 나머지, 사람들로부터 주목을 받기 위해 창백한 얼굴의 그 예쁜 소녀를 어느 날 밤 갑자기 시끌벅적하고 호화로운 모임으로 데려온 것이었다. 거기 모인 사람들이 경솔하게도 호기심과 염려의 마음에서 환자 주위로 몰려들었다가 다시 피하고, 머리를 맞대고 속삭임으로써 환자를 당황하게 하고 자극하지만 않았더라면, 루치아네의 시도는 성공을 거두었을지도 모른다. 그러나 예민한 소녀는 그것을 견디지 못했다. 그녀는 마치 괴물이 다가오는 것을 보고 놀라기라도 한 것처럼 경악의 비명을 지르며 달아났다. 사람들은 놀란 나머지 사방으로 흩어졌고, 오틸리에를 비롯한 몇몇 사람이 완전히 기진맥진한 그녀를 다시 자신의 방으로 데려다놓았다.

그런데도 루치아네는 거기에 모인 사람들을 제멋대로 심하게 질책했다. 바로 자신이 그 일에 전적으로 책임이 있다고는 전혀 생각하지 못했고, 이런저런 실패를 거듭하면서도 행동을 자제 하려 하지 않았다.

환자의 상태는 이후 더 나빠졌고, 마침내 극도로 악화되어 부 모가 그 가련한 소녀를 집에 둘 수가 없어 정신병원에 넘겨야 만 했다. 샤를로테로서는 그 가족을 특별히 세심하게 대함으로 써 자신의 딸이 초래한 고통을 어느 정도 덜어 주는 수밖에 없었 다. 그 일은 오틸리에에게 깊은 인상을 남겼다. 그녀는 샤를로 테에게도 숨기지 않았듯이 그 환자를 일관성 있게 치료했더라 면 틀림없이 회복할 수 있었다고 확신했기에 불쌍한 소녀 때문 에 더욱더 마음이 아팠다.

사람들은 보통 과거의 유쾌했던 일보다는 오히려 불쾌했던 일을 언급하곤 한다. 그래서 오틸리에가 다정하게 간청했는데 도 불구하고, 건축기사가 그날 밤 자신의 수집품을 가져와 보여 주지 않아 오틸리에를 당황하게 했던 사소한 오해도 화제에 올 랐다. 그 거절의 행동이 늘 마음 한구석에 남아 있었고, 그녀의 느낌은 아주 옳았다. 오틸리에와 같은 아가씨의 요청을 건축기 사와 같은 젊은이가 거절할 리는 없었다. 그녀가 우연한 기회에 은근히 그 일을 나무라자 건축기사는 상당히 일리가 있는 변명 을 들려주었다.

"교양 있는 사람들마저도 귀한 예술품을 얼마나 거칠게 대하

는지 아신다면, 제 예술품들을 사람들 사이에 내놓지 않으려는
마음을 이해하실 겁니다." 건축기사가 말했다. "메달을 잡을 때
엔 테두리 부분을 잡아야 한다는 걸 아무도 몰라요. 그들은 아
주 아름답게 각인된 부분을, 매끈한 바닥면을 손으로 마구 만지
지요. 소중한 작품들을 엄지와 검지 사이에 넣고는 마치 어떻게
생겼나 보려는 듯이 이리저리 굴리곤 해요. 커다란 판을 들 때
에는 두 손으로 붙잡아야 한다는 생각은 하지도 않은 채, 소중
한 동판화나 세상에 둘도 없는 그림을 한 손으로 집어 들기도 하
지요. 마치 어떤 거만한 정치가가 신문을 집어 들었다가 와락
구겨 버리며 자기가 세상에서 일어나는 일들에 대해 이미 판단
을 내리고 있음을 내비치기라도 하는 듯이 말이에요. 만일 스무
사람이 차례로 예술품을 그런 식으로 엉망으로 다룬다면 스물
한 번째 사람에게는 더 이상 볼 게 남아 있지도 않는다는 점을
아무도 생각하지 못한답니다."

"저도 가끔 그런 식으로 당황하게 해드린 적은 없나요?" 오틸
리에가 물었다. "당신의 소중한 보물을 별 생각도 없이 손상시
키지나 않았나요?"

"전혀 없었어요." 건축기사가 대답했다. "결코 없었답니다!
당신에게는 있을 수 없는 일이지요. 당신은 예의범절을 타고났
어요."

"어쨌든……" 오틸리에가 대답했다. "앞으로는 예의범절을
다룬 책에서, 사교 모임에서의 식탁 예법과 같은 단원 뒤에 예
술 소장품이 있는 곳과 박물관에서의 예의에 관해 아주 상세하

게 말해 주는 단원을 삽입한다면 나쁘지 않을 것 같아요."

"좋은데요." 건축기사가 말했다. "그렇게 되면 박물관 관리자나 애호가들이 자신들의 희귀한 소장품을 더 기꺼이 내놓을 겁니다."

오틸리에는 어느새 그를 용서하고 있었다. 그런데 그는 그녀의 질책을 너무 심각하게 받아들이는 듯했고, 자기는 작품을 기꺼이 공개할 것이고, 친구들을 위해 흔쾌히 일할 거라고 다짐을 반복했다. 그녀는 자신이 그의 예민한 감정을 상하게 했고, 책임이 자신에게 있다고 느꼈다. 그래서 대화 중에 그가 무슨 부탁을 하자 딱 잘라 거절할 수가 없었다. 언뜻 자신의 감정에 물어보아도, 자신이 그의 소원을 어떻게 충족시켜 줄 수 있을지 막막했다.

사정은 이랬다. 루치아네의 질투 때문에 그림 놀이에서 오틸리에가 제외되었다는 것이 그에게는 아주 뼈아픈 일이었다. 샤를로테가 몸이 좋지 않아 사교 모임 중 가장 빛나는 이 장면에서 잠시만 함께할 수 있었다는 사실도 그에게는 유감이었다. 이제 그는 어떤 사람의 명예를 위해, 그리고 또 다른 사람의 즐거움을 위해, 지금까지 선보인 공연보다 훨씬 더 멋진 공연을 하여 자신의 고마운 마음을 표하기 전에는 그곳을 떠나고 싶지 않았다. 어쩌면 자신도 의식하지 못하는 또 다른 충동이 작용했을지도 모르는 일이었다. 이 집을, 이 가족을 떠난다는 것이 그의 마음을 무겁게 했고, 지난 얼마 동안은 평온하고 다정한 오틸리에의 눈길만을 보며 살았는데, 이제 그녀의 눈과 이별하는 일이 불가능하게 여겨졌던 것이다.

성탄절이 가까워지고 있었고, 그는 실제 인물들을 통해 그림을 재현하는 일이 본래는 예수 탄생 그림에서 나왔다는 생각이 문득 들었다. 사람들은 그 거룩한 시간에 처음에는 목자들이, 그리고 곧 왕들이 얼핏 천민으로 보이던 성모 마리아와 아기에게 바쳤던 경건한 모습을 다시 재현해 보려 했던 것임이 분명했다.

그는 그러한 그림을 머릿속으로 완벽하게 그려 보았다. 잘생기고 청순한 소년을 한 명 발견했고, 목자와 그의 아내도 빼놓을 수 없었다. 하지만 오틸리에 없이는 그 일을 해낼 수 없었다. 그 젊은이는 머릿속으로 그녀를 성모 마리아로 승화시켰고, 만일 그녀가 그 역을 거절한다면 더 볼 것도 없이 그 일은 포기해야 했다. 오틸리에는 그의 제안에 다소 당황하여 샤를로테에게 먼저 물어보라고 미루었다. 샤를로테는 그에게 기꺼이 허락해 주었고, 또 감히 성녀의 모습을 흉내 내어야 하는 오틸리에가 느낄 두려움을 친근하게 달래 주었다. 건축기사는 성탄절 전야에 모든 것을 갖추어 놓으려고 밤낮으로 작업했다.

그는 문자 그대로 밤낮으로 준비했다. 그에게는 별다른 욕구가 없었다. 그저 오틸리에가 곁에 있다는 사실이 모든 청량제를 대신했다. 그녀를 위해 일을 하기에 잠도 필요 없고, 그녀를 위해 헌신하기에 음식도 필요 없는 듯했다. 그리하여 성탄 전야에는 만반의 준비가 갖추어졌다. 그는 울림이 좋은 관악기들을 동원했고, 그것들이 서막을 열며 바람직한 분위기를 만들어 주었다. 드디어 막이 올랐을 때 샤를로테는 정말 놀라고 말았다. 그녀가 상상했던 그 그림은 이 세상에서 이미 너무 자주 반복되어 그려져 왔기에 새로운 인상을 기대하기란 불가능했다. 그런데 눈앞에 실제로 나타난 장면은 특별한 장점을 지니고 있었다. 공간 전체는 황혼이라기보다는 밤의 분위기였는데, 그럼에도 불구하고 배경 하나하나가 조금도 불분명하지 않았다. 모든 빛은 아기에게서 온다는 탁월한 발상을 그 예술가는 교묘한 조명 장치를 통해 표현해 냈는데, 그 장치는 그림자로 드리워 있었으며 전면에서 다만 스쳐 지나가는 빛을 받고 있는 인물들에 의해 가려져 있었다. 기뻐하는 소녀와 소년 들이 빙 둘러서 있었고, 그들의 생생한 얼굴은 아래쪽에서부터 비치는 환한 빛을 받고 있었다. 물론 천사들도 있었는데, 그들 자신의 광채는 신의 광채 때문에 어두워 보였고, 신적이고-인간적인 몸' 앞에서 에테르로 응축된 그들의 몸'은 더 많은 빛을 필요로 하는 듯 보였다.

다행스럽게도 아기는 아주 아늑한 자세로 잠들어 있었다. 그래서 숨겨진 보물을 보여 주려고 이루 말할 수 없이 우아하게 베일을 젖히고 있는 성모에게 시선이 머무르는 것을 방해하는 것은 아무것도 없었다. 그림은 바로 이 순간을 포착하며 멈추어 선 듯했다. 육체적으로는 눈이 부시고 정신적으로는 놀란 나머지, 주위에 둘러서 있던 사람들은 부신 눈을 돌리기 위해 막 몸을 돌렸다가는 이내 다시 호기심과 기쁨에 눈을 깜박였고 경탄과 공경심이라기보다는 놀람과 즐거움에 사로잡혀 있는 듯했다. 물론 경탄과 공경심이 완전히 빠진 것은 아니고, 몇몇 나이든 사람들을 통해 표현되어 있었다.

오틸리에의 모습과 몸짓, 표정과 눈길은 지금껏 어떤 화가가 그린 것보다 뛰어났다. 감수성이 뛰어난 전문가가 이 장면을 보았다면 무언가가 움직일지도 모른다는 공포심에 빠져들었을 것이다. 앞으로 다시는 그처럼 마음에 드는 것이 나타나지 않으리라 걱정할 수도 있었을 것이다. 하지만 불행하게도 그곳에는 이 모든 효과를 제대로 이해할 수 있는 사람이 아무도 없었다. 다만 키가 크고 호리호리한 목자로서 옆에서 무릎 꿇고 있는 사람들을 내려다보는 건축기사만이, 가장 정확한 위치에서라고 장담할 수는 없겠지만 가장 커다란 기쁨을 누리고 있었다. 그런데 누구라서 새로 창조된 성모 마리아의 표정을 묘사할 수 있겠는가? 그녀의 표정에는 뜻밖에 얻은 커다란 영광, 이루 말할 수 없는 행복감과 아울러 가장 순수한 순종, 사랑스럽기 그지없는 겸손의 감정이 배어 있었다. 거기에는 그녀 자신의 느낌뿐만 아니라, 그녀가 하는 역할에 대한 상상도 포함되어 있었다.

샤를로테는 그 아름다운 공연을 보고 기뻐했고, 그중에서도 아기가 주로 그녀의 관심을 끌었다. 그녀의 두 눈에서 눈물이 쏟아져 나왔고, 이제 곧 그와 비슷한 사랑스러운 아기를 자신의 품에 안게 되리라는 생각이 생생하게 떠올랐다.

막이 내려졌다. 연출자를 쉬게 하고 연출된 정경에 변화를 주려는 의도가 있었다. 예술가는 처음의 밤과 세속의 장면을 낮과 영광의 장면으로 변형시키려 했고, 그 때문에 사방에서 비추어 줄 강력한 조명이 필요하여 막간에 점화를 시켜 놓았다.

어느 정도 연극 같은 분위기에서 오틸리에는 지금까지 샤를로테와 몇몇 집안사람을 제외하고는 아무도 이 성화 흉내 내기를 본 사람이 없다는 사실에 크게 안심했다. 그래서 막간에 한 낯선 사람이 도착했고, 샤를로테가 홀에서 그를 친절하게 대접하고 있다는 말을 듣고는 다소 당황했다. 그 사람이 누구인지 아무도 그녀에게 말해 줄 수 없었다. 그녀는 혼란을 일으키지 않기 위해 그냥 모르는 척했다. 촛불과 등잔불이 타올랐고, 그녀의 주위는 온통 환해졌다. 막이 올랐고, 관객에게 놀라운 광경이 펼쳐졌다. 그림 전체가 빛으로 가득했고, 아주 돌출되어 보이던 그림자 대신에 색채들만 남았는데, 그 색채들은 잘 선택되어 온화한 분위기를 연출해 주었다. 긴 속눈썹 아래로 눈을 반짝이던 오틸리에는 샤를로테 옆에 한 남자가 앉아 있는 것을 발견했다. 그녀는 그의 모습을 알아볼 수 없었지만 목소리에서 그가 기숙 학교의 조교임을 알아차렸고, 묘한 감정에 사로잡혔다. 이 성실한 선생의 목소리를 듣지 못한 이후로 그녀에게 얼마나 많은 일이 일어났던가! 지그재그로 번쩍이는 번개처럼 일련의 기쁨과 고통이 그녀의 영혼 앞을 스쳐 지나가며 이런 질문을 던졌다. '이분에게 모든 것을 고백하고 털어놓는다면 어떨까? 성모 마리아의 형상으로 그분 앞에 모습을 드러낸다면 너는 얼마나 초라하게 보일 건가, 자연스러운 너의 모습만 보았던 그분이 이제 가면을 쓴 나의 모습을 보면 얼마나 이상하게 여길까?' 이런 감정과 생각들이 그녀의 내부에서 이전에 단 한 번도 없었을 정도로 빠르게 서로 맞부딪쳤다. 그녀는 내내 굳어 있는 모습을 연출해야 했기에 마음은 무거웠고 두 눈은 눈물로 가득했다. 그래서 사내아이가 움직이기 시작하고 연출가가 할 수 없이 막을 다시 내리라는 신호를 했을 때 그녀는 너무도 기뻤다!

소중한 친구에게 바로 달려갈 수 없다는 고통스러운 감정이 잠시 동안 오틸리에의 다른 감정들과 나란히 뒤섞이나 싶더니, 이제 그녀는 더욱더 당황하고 말았다. 이 이상한 옷을 입고 이상한 장식을 한 채로 그 사람에게 가도 된단 말인가? 옷을 갈아입어야 할 게 아닌가? 그녀는 망설이지 않고 후자를 택했고, 막간에 마음을 진정시키려 애썼다. 그래서 평소와 같은 옷을 입고 새로 온 손님을 맞이하게 되자 오틸리에는 비로소 마음의 평정을 되찾았다.

제7장

건축기사는 자신의 후원자라 할 수 있는 여인들이 잘되기를
바랐기 때문에, 이제 작별하는 마당에 그들이 훌륭한 조교와 함
께 잘 지내게 된 것을 알고 마음이 편안했다. 하지만 자신에 대
한 여인들의 호의를 떠올려 보니 그처럼 빨리, 그리고 겸손한
생각이지만 그토록 다행스럽게, 아니 완벽하게 자신이 다른 사
람에 의해 대체되는 것을 보니 다소 고통스럽기조차 했다. 그는
지금까지 머뭇거려 왔지만 이제 떠나지 않을 수 없는 상황이었
다. 떠나간 후에 감수해야 할 일을 적어도 지금 당장 겪고 싶지
는 않았다.

작별할 때 두 여인이 선물로 준 조끼는 이런 아련한 감정을 크
게 달래 주었다. 그는 두 여인이 오랫동안 그 조끼를 짜고 있는
모습을 보아 왔고, 언젠가 그 조끼를 차지할 미지의 행운아에
대해 내심 질투를 느껴 왔다. 그러한 선물이야말로 누군가를 사
랑하고 연모하는 남자가 받고 싶어 하는 가장 기분 좋은 것이었

다. 그는 그 선물을 받아 보며 아름다운 손가락들이 지치지 않고 움직이던 장면을 떠올렸으며, 그렇게 오랜 시간 작업하는 동안 사모하는 마음 또한 없지는 않았으리라고 추측하며 스스로를 달랠 뿐이었다.

두 여인은 이제 새로 온 남자를 돌봐 주어야 했다. 그들은 그에게 호의를 가지고 있었고, 그가 자기들 집에서 편히 지내도록 해 주고 싶었다. 여성들이란 자기만의 변하지 않는 내밀한 관심을 품고 있는 법이며, 이 세상의 무엇도 그들을 그 관심으로부터 떼어 놓지는 못한다. 반면 겉으로 드러나는 사교 관계에 있어서 그들은 바로 자신의 마음을 사로잡는 남자에게 기꺼이 그리고 쉽사리 자신을 내맡긴다. 거절하거나 받아들이거나, 고집하거나 양보함으로써 그들은 실제로 통제권을 쥐고 있는 셈이며, 문명의 세계에 사는 어떤 남자도 감히 그 통제권에서 벗어나지 못하는 것이다.

건축기사는 말하자면 자신의 관심사와 그때마다의 기분에 따라 재능을 발휘하여 여인들을 만족시키고 목적을 달성했으며, 일도 오락도 그러한 의미와 의도에 따라 이루어 냈다. 조교 선생이 오고 나서부터는 짧은 시간 만에 다른 생활 방식이 자리 잡았다. 그의 커다란 재능은 말을 잘하는 것이었으며, 특히 청소년의 교육 문제에 있어서 인간 사이의 관계를 대화로 잘 풀어 나갔다. 그로 인해 지금까지 지내 오던 것과는 상당히 다르게 느껴지는 생활 방식이 생겨났다. 지금까지 그들이 살아오던 방식을 조교가 별로 탐탁지 않게 여겼기에 그 차이점은 더욱 두드러져 보였다.

조교는 자신이 이곳에 도착한 뒤 보았던, 살아 있는 사람들을 통해 재현해 보인 그림에 대해서는 아무 말도 하지 않았다. 반면 사람들이 교회와 예배당, 그리고 이와 연관된 것들을 자랑스럽게 보여 줄 때면 자신의 견해를 감추지 않았다. "제 생각으로는, 성스러운 것을 감각적인 것에 이렇게 접근시키거나 이렇게 뒤섞어 버리는 것이 조금도 마음에 들지 않아요. 어떤 특별한 공간을 만들어 바치고 봉헌하고 장식하여 경건한 감정을 불러일으킴으로써 기쁨을 얻으려는 것은 말이 안 되는 일입니다. 어떠한 환경도, 아무리 천한 환경일지라도 우리 안에 있는 신성(神性)을 저해해서는 안 될 것입니다. 신성은 어디에서나 우리 곁에 있으며, 모든 장소를 신전으로 만들어 줍니다. 저는 사람들이 함께 모여 식사하고 즐겁게 지내고 놀이를 하고 춤을 즐기는 홀에서 가정 예배가 이루어지는 걸 보고 싶어요. 인간에게 있어서 가장 고귀한 것, 가장 뛰어난 것은 형체가 없으므로, 거룩한 행위 말고 다른 방식으로 그것에 형체를 부여하는 일을 우리는 삼가야 합니다."

그의 성향을 대강 알고 있었고 짧은 시간 동안 더욱더 깊이 알게 된 샤를로테는, 곧 기숙 학교 조교에게 자기 분야의 일을 맡겼다. 그녀는 건축기사가 떠나기 전에 정원 관리를 위해 뽑아 놓았던 소년들을 큰 홀에다 불러 모았는데, 밝고 깨끗한 제복을 입은 소년들의 절도 있는 동작과 자연스럽고 활발한 모습은 매우 돋보였다. 조교는 자기 방식대로 그들을 시험해 보았고, 이런저런 질문을 던져 이내 소년들의 정서와 능력을 파악했고, 믿기 어려운 일이었지만, 한 시간도 채 못 되어 그들을 실제로 의미 있게 교육시키고 격려해 주었다.

"어쩌면 그렇게 할 수 있죠?" 소년들이 나가자 샤를로테가 물었다. "나는 귀를 쫑긋 기울여 주의 깊게 들었어요. 물론 나도 다 아는 얘기이기는 하지만, 나로서는 어디에서부터 시작하여 그처럼 짧은 시간 내에 어떻게 그 많은 말을 조리 있게 전할 수 있을지 감도 잡을 수 없답니다."

"아마도 자기 직업에서 장점을 살려 낸다면 그런 비밀을 얻을 수 있을 겁니다." 조교가 대답했다. "하지만 그런 일이나 그보다 더 이상의 일을 해낼 수 있는 아주 간단한 원칙을 굳이 숨기지는 않겠어요. 어떤 대상이나 물질 또는 어떤 개념을 포착하세요. 이름이야 무엇이라 불러도 다 좋아요. 그리고 그것들을 단단히 부여잡고는 그 부분들 하나하나를 분명히 밝혀내세요. 그렇게 대화를 나누다 보면, 아이들에게서 무엇이 이미 발전되어 있고, 무엇을 이끌어내야 하며, 무엇을 전해 주어야 할지를 쉽게 알 수 있답니다. 부인의 질문에 대한 답변들이 때로는 아주 적절하지 않을 수도 있고 때로는 아주 막연한 데로 흘러가 버릴 수도 있을 겁니다. 그럴 때 부인께서 다시 제기하는 질문이 어떤 정신과 의미를 담고 있다면, 그리고 부인께서 자신의 관점에서 물러서지 않으신다면, 아이들은 마침내 가르치는 사람이 무엇을 어떻게 하기를 원하는지 스스로 생각하고 파악하고 확신을 갖게 되는 거랍니다. 가르치는 사람이 배우는 사람들에 의해 우왕

좌왕 끌려 다니고, 그들을 방금 자신이 논한 관점에 묶어 둘 수 없다면 그것은 가르치는 사람의 최대 실수가 됩니다. 언제 한번 그런 실험을 해 보세요. 아주 흥미로울 겁니다."

"그거 멋진데요." 샤를로테가 말했다. "그러니까 훌륭한 교육은 바로 훌륭한 삶의 방식과는 정반대군요. 사교 모임에서는 어느 한 가지에 머물러서는 안 되는데 교육에서는 모든 산만함을 막는 것이 최고의 원칙이군요."

"산만해지지 않으면서 변화를 따르는 것이야말로 교육과 삶에 있어서 가장 아름다운 슬로건일 겁니다. 다만 그러한 바람직한 균형을 쉽게 유지할 수만 있다면 말입니다!" 조교는 계속해서 이야기하려 했는데, 그때 샤를로테가 마침 활발하게 줄을 지어 마당을 가로질러 가는 사내애들을 다시 좀 보라고 그에게 큰 소리로 말했다. 그는 아이들에게 제복을 입혀 걷게 한 데에 만족감을 보이며 말했다. "남자들은 소년 때부터 제복을 입어야 해요. 함께 행동하고 그들 또래에 섞이고 단체 생활에 복종하고 전체를 위해 일하는 데 익숙해져야 하니까요. 모든 제복은 더 단정하고 꼿꼿한 행동과 군인다운 감각을 키워 주지요. 하긴 모든 소년은 안 그래도 타고난 병정들이랍니다. 아이들이 전쟁과 싸움 놀이를 하며 습격하고 기어 올라가는 걸 보세요."

"소녀들에게 제복을 입히지 않았다고 저를 나무라시지는 않으시겠죠." 오틸리에가 말을 받았다. "제가 그 애들을 당신께 보여 드릴 테니, 알록달록한 차림으로 모두들 섞여 있는 모습이 마음에 드셨으면 좋겠어요."

"그건 아주 당연하다고 봐요." 그가 답했다. "여성은 자신에게 무엇이 잘 맞고 또 무엇이 잘 어울리는지 각자 느낄 수 있도록 배워야 해요. 그러기 위해서는 자기 방식대로 아주 다양하게 옷을 입어 봐야 하죠. 그리고 그보다 더 중요한 이유는 여성들은 평생 동안 혼자 독립해야 하고 홀로 행동하도록 운명을 타고났다는 것입니다."

"그건 아주 역설적으로 들리는데요." 샤를로테가 응답했다. "우리가 우리만을 위해서 있을 때는 거의 없으니까요."

"아 그건 말이죠!" 조교가 말했다. "다른 여성들을 떠올려 보면 분명히 그렇답니다. 사랑하는 연인으로서, 신부로서, 아내로서, 그리고 어머니로서의 여자를 보면 그들은 언제나 고립되어 있고 항상 혼자이며 또 혼자이고 싶어 합니다. 우쭐대는 여성들도 그 점에서는 마찬가지랍니다. 모든 여성은 천성적으로 다른 여성을 밀어내지요. 왜냐하면 모든 여성은 남녀 모두가 할 일을 요구받으니까요. 남성들은 달라요. 남성은 남성을 필요로 합니다. 남성들은 다른 남성이 없을 경우 제2의 남성이라도 만들어 낼 겁니다. 반면에 여성들은 자기와 같은 여성을 만들어 내는 것을 생각조차 않으면서도 영원히 살아갈 수 있을 겁니다."

"진실을 그리 교묘하게 말씀하시니……" 샤를로테가 말했다. "마침내 교묘한 것도 진실인 것처럼 보이는군요. 당신의 말씀 중에 가장 좋은 점만 받아들이기로 하죠. 하지만 남성들이 우리보다 너무나 뛰어난 장점들을 갖고 있다는 말을 인정하지 않기 위해서라도 여성으로서 여성들과 뭉치고 그들과 하나가 되어 일하겠어요. 나중에 남자들끼리 그렇게 사이가 좋지 않게 지내는 일이 벌어져, 우리가 고소함을 더욱 생생하게 느끼더라도 우릴 나쁘게 여기지는 말아 주세요."

사려 깊은 그 남자는 오틸리에가 그녀의 어린 학생들을 다루는 모습을 유심히 지켜보고는 전폭적인 지지의 갈채를 보냈다. "가장 기초적인 일까지는 잘할 수 있도록 아랫사람들을 이끌어 주는 것은 아주 잘하는 일이에요." 그가 말했다. "청결한 환경은 아이들로 하여금 무슨 일이든 기쁜 마음으로 떠맡게 해 준답니다. 그리고 명랑한 마음과 자신감을 가지고 자기 일을 할 수 있도록 자극을 줄 수 있다면 모든 게 해결된 셈이죠."

게다가 그는 겉으로 보이는 모습이나 외형이 기준이 아니라 모든 게 내면적이고 절대적인 필요에 따라 이루어지는 것을 보고는 크게 만족했다. 그는 큰 소리로 말했다. "들을 자세가 되어 있는 사람이라면 교육이란 게 도대체 무엇인지를 단 몇 마디로 말할 수 있을 겁니다."

"그렇다면 저를 데리고 한번 시험해 보시죠?" 오틸리에가 친근하게 말했다.

"기꺼이 그러지요." 그가 대답했다. "다만 이 이야기를 다른 사람에게 전하지는 말아 주세요. 소년들은 하인으로 키우고, 소녀들은 엄마로 키워야 합니다. 그러면 만사형통이지요."

"엄마로 키운다고요." 오틸리에가 대답했다. "그 말은 그럴 듯해요. 여자들은 굳이 엄마로서가 아니더라도 언제나 돌보는 이로서의 자세를 갖추어야 하니까요. 하지만 우리의 젊은 남자들은 자신이 하인이 되기에는 너무 아까운 존재라고 여길걸요. 누구든 자기가 통치자가 될 만큼 유능하다고 믿는 걸 쉽게 볼 수 있죠."

"바로 그렇기 때문에 그들에게 그런 이야기를 하지 않으려는 겁니다." 조교가 말했다. "사람들은 아양을 떨며 삶 속으로 섞여 들지만, 삶은 우리에게 아양을 떨지 않죠. 얼마나 많은 이들이 자기들은 결국 그렇게 살 수밖에 없었노라고 스스로 고백하게 되는 걸까요? 그건 그렇고 우리와 별 상관이 없는 그런 생각은 일단 제쳐 두기로 해요!

당신이 어린 학생을 가르치는 방식은 정말 옳아요. 당신의 아주 어린 소녀들이 인형을 들고 이리저리 돌아다니거나 인형을 위한 옷을 만들고, 나이가 더 많은 언니들은 아이들을 보살피는 가운데 가정이 저절로 굴러갈 때, 삶을 위한 다음 발걸음은 그리 어렵지 않아요. 소녀들은 부모 곁에 남겨 두고 온 것을 자신의 신랑에게서 다시 찾게 되는 거죠.

하지만 교육 받은 계층의 사람들의 경우에는 문제가 아주 복잡하답니다. 보다 높고, 보다 섬세하고, 보다 미세한 관계들을, 특히 사회적 관계들을 고려해야만 하니까요. 그렇기 때문에 우리는 이 경우 학생들을 바깥세상을 고려해 교육시켜야만 합니다. 그것은 필수적이고 피해 갈 수 없는 일이며, 이때는 무엇보다도 중용을 지키는 것이 올바른 길입니다. 왜냐하면 보다 넓은 사회에 대비해 아이들을 교육시키려 할 때 우리는 내면의 본성이 요구하는 것을 간과한 채 한계를 넘어서까지 그들을 몰아세우는 경우가 허다하니까요. 바로 여기에 문제가 있는데, 교육자들이 그것을 어느 정도 해결하기도 하고 못 보고 넘기기도 한답니다.

기숙 학교에서 우리의 여자 학생들에게 가르치는 많은 것들을 보면 여러모로 걱정이 앞섭니다. 내 경험에 비추어 보자면, 그것들이 앞으로 거의 쓸모가 없을 것이기 때문이죠. 여성이 가정주부가 되고 엄마가 된다면, 즉시 지워져 버리지 않고 망각되지 않는 것이 도대체 무엇이 있을까요!

나는 일단 이 일에 몸을 바치고 있기에, 앞으로 충실한 여성 보조원의 도움을 받아 나의 학생들을 성심껏 가르치고 싶다는 간절한 소망을 저버릴 수 없답니다. 그렇게 해야 학생들이 자신의 분야에서 독립적으로 일을 하는 데 필요한 것을 배울 수 있으니까요. 그들에 대한 교육이 완성된다는 것은 바로 이러한 의미에서라고 말하고 싶어요. 물론 우리가 한 해 한 해 살아가다 보면, 우리 자신 때문이 아니라, 주변 환경에서 야기되는 문제들을 해결하기 위한 다른 교육도 언제나 거듭해서 추가되어야 하겠지만요."

오틸리에는 정말이지 이 이야기가 마음속 깊이 들어왔다! 지난해에 닥쳤던 예기치 못한 열정은 그녀에게 얼마나 많은 가르침을 주었던가! 바로 앞에 닥칠 미래만 내다보더라도 그녀의 눈앞에는 온갖 시련들이 어른거리는 듯했다!

젊은 조교는 다소 의도적으로 여자 보조원, 즉 신부에 대한 이야기를 꺼냈다. 비록 겸손한 사람이긴 해도 그는 자신의 의도를 에둘러서 암시하는 것까지 단념할 수는 없었다. 그랬다. 그는 이런저런 상황과 사건을 계기로, 이번 방문에서 그의 목표를 향해 몇 걸음 더 나아가겠다는 기대에 부풀어 있었던 것이다.

기숙 학교의 여자 교장은 이미 노령이었다. 그녀는 이미 오래전부터 직원들 중에서 그녀와 함께 일할 사람을 찾고 있었다. 마침내 자신이 충분히 신뢰하게 된 그 조교에게, 기숙 학교를 함께 이끌고, 학교가 자신의 소유인 것처럼 일을 하다 자신이 죽고 나면 유일한 상속자이자 주인이 되어 달라는 제안을 한바 있었다. 그런데 조교에게는 그 과정에서 자신과 어울리는 아내를 맞는다는 점이 중요했다. 그는 남몰래 오틸리에를 마음에 두고 있었다. 다만 이런저런 의구심이 들긴 했지만, 다행스러운 사건들을 계기로 의구심은 수그러들었다. 루치아네는 기숙 학교를 떠났고, 이제 오틸리에는 더 자유롭게 되돌아올 수 있게 되었던 것이다. 에두아르트와의 관계에 대한 약간의 소문이 돌긴 했지만, 사람들은 비슷한 유의 다른 사건들처럼 그 문제를 대수롭지 않게 받아들였고, 또 바로 그 사건이야말로 오틸리에가 되돌아오는 데 도움이 될 수 있었다. 한 모임에 중요한 사람들이 나타나면 어떤 결과가 결코 없을 수 없듯이, 이 경우에도 예기치 않은 방문객이 찾아와 특별한 자극을 주지 않았더라면 어떤 결정이나 진척도 있을 수 없었을 것이다.

백작과 남작 부인은 이러저런 기숙 학교의 형편에 대해 자주 자문을 의뢰받곤 했는데, 거의 모든 사람이 자기 아이들의 교육 문제에 관해서는 어찌 할지를 잘 모르기 때문이었다. 그러던 차에 그들은 호평이 자자하던 이 기숙사를 특별히 알아보려 했고, 마침 그 둘은 이제 새로 결혼한 처지라 함께 조사해 볼 수 있었던 것이다. 하지만 남작 부인의 심중에는 또 다른 의도가 있었다. 지난번 남작 부인은 샤를로테의 집에 머무는 동안 에두아르트와 오틸리에에 관하여 샤를로테와 자세히 얘기를 나눈 적이 있었다. 부인은 거듭해서 오틸리에가 떠나야 한다고 주장하면서 샤를로테에게 그렇게 하라고 용기를 주었으나, 샤를로테는 여전히 에두아르트의 위협을 두려워하고 있었다. 그들은 이런저런 방도에 관해 이야기를 나누었고, 기숙 학교 이야기를 하던 중에 마침 조교가 오틸리에에게 애정을 품고 있다는 이야기를 들은 바 있었기에, 남작 부인은 염두에 두었던 방문을 결행하기로 마음먹게 되었던 것이다.

부인은 도착하여 조교와 인사를 나누었다. 그들은 기숙 학교를 둘러보았고 오틸리에에 관해서도 이야기를 나누었다. 백작은 지난번에 방문했을 때 오틸리에를 더 잘 알게 되었기 때문에 그녀에 관해 기꺼이 얘기를 나누었다. 지난번에 오틸리에는 백작에게 자진해서 다가갔었다. 아니 그녀가 그에게 이끌렸는데, 내용이 풍성한 그와의 대화를 통해 지금까지 전혀 몰랐던 것을 새롭게 깨치고 배우는 듯한 느낌이 들었기 때문이었다. 그녀가 에두아르트와 만나는 동안에 세상을 잊고 지냈다고 한다면, 백작과 함께 있는 동안에는 세상이 비로소 괜찮은 곳으로 여겨졌다. 모든 이끌림은 상호적인 것이다. 백작은 오틸리에를 자기 딸처럼 여길 정도로 그녀에게 깊은 애정을 느꼈다. 바로 이 점에서도 오틸리에는 첫 번째 이유에 못지않게 두 번째로 남작 부인 앞에 놓인 장애물인 셈이었다. 오틸리에가 또 어쩌다가 정열에 불타올라 남작 부인 본인에게 해가 될 일을 저지를지 누가 알겠는가! 지금이야말로 그녀를 결혼시켜 기혼녀들에게 더 이상 해를 끼치지 않게 만들 안성맞춤의 기회였다.

그래서 남작 부인은 차분하면서도 설득력 있는 어조로 조교를 교묘하게 자극하여 성으로 잠시 여행을 감으로써, 그녀에게는 이미 털어놓은 바 있는 그의 계획과 소망에 때를 놓치지 말고 더 가까이 다가서라고 부추겼다.

그래서 조교는 교장의 흔쾌한 동의를 받은 후, 커다란 희망을 품은 채 여행길에 나섰다. 그는 오틸리에가 자신에게 괜찮은 여자라는 것을 알고 있었다. 둘 사이에 약간의 신분 차이가 존재했지만, 그건 오늘날의 사고방식으로는 쉽게 해결할 수 있는 문제였다. 게다가 남작 부인도 오틸리에가 옛날이나 지금이나 가난한 소녀이며, 부유한 집안과 인연을 맺는 것은 누구에게도 도움 되지 않는다는 사실을 주지시켜 주었다. 아무리 재산이 많은 사람일지라도 인척 관계가 맺어짐에 따라, 원래부터 재산권을 확실하게 가진 듯 보이는 사람들로부터 상당한 금액을 받아 낸다면 마음이 편할 리 없다는 것이다. 어떤 사람이 죽은 후에 자신의 재산권을 자기가 사랑하는 사람들을 위해 베푸는 경우가 매우 드물다는 점은 정말이지 기이한 일이 아닌가. 혈통을 존중하다 보면 물려줄 생각이 없었는데도 불구하고, 자기 뒤를 이어 재산을 소유하게 될 사람들만 행운을 누리는 경우가 허다한 것이다.

여행하는 동안 그는 자신이 오틸리에와 완전히 동등한 신분이라는 느낌이 들었다. 대접을 잘 받았기 때문에 그의 희망은 더욱 고조되었다. 오틸리에가 자신을 향해 이전처럼 마음을 활짝 열지는 않는 듯했지만, 그녀는 전보다 더 성장해 있었고, 더 교양을 갖추었으며, 굳이 말하자면 이전에 알았던 그녀보다는 전반적으로 더 말을 많이 했다. 그곳 사람들은 특히 그의 분야와 관계되는 일이라면 그가 이런저런 것을 탐구해 보도록 친절하게 허락해 주었다. 하지만 자기 목표에 다가가려고 할 때면, 마음속의 두려움이 그를 붙들어 매는 것이었다.

한번은 오틸리에가 함께 있는 자리에서 샤를로테가 그에게 기회를 만들어 주려고 다음처럼 말했다. "이제는, 제 주변에서 일어나고 있는 일을 이모저모 다 살펴보신 거죠. 그런데 오틸리에를 어떻게 생각하세요? 아가씨가 있는 데서 직접 말씀해 보시지요."

그 말에 조교는 통찰력 넘치는 차분한 어조로, 오틸리에가 더 자유롭게 행동하고 더 편안하게 이야기하며, 말보다는 행동에서 드러나듯이, 세상사에 대한 더 깊은 시선을 갖게 된 것 같아 아주 좋은 모습으로 변했다고 평했다. 하지만 오틸리에가 당분간 기숙 학교로 되돌아가 있는 것이 그녀에게 아주 유익하리라 본다는 말도 덧붙였다. 세상이 그저 단편적으로, 만족을 주기보다는 혼란스럽게 하고, 이따금은 너무 늦게 가르쳐 주는 것들을 그곳에서 일관된 순서에 따라 철저하게 배우고 영원히 자기 것으로 만드는 게 좋겠다는 것이었다. 중언부언하고 싶지는 않지만, 오틸리에도 당시에 서로 연관성을 가진 중요한 강좌들을 수강하다 중도에 그만둔 사실을 스스로 잘 알고 있을 거라고 했다.

오틸리에는 그의 말을 부인할 수 없었다. 그러나 그녀는 그것을 어떻게 해석해야 할지 몰랐기에, 이야기를 듣는 동안 느꼈던 바를 솔직하게 고백할 수는 없었다. 사랑하는 남자를 생각할 때면 그녀에게는 이 세상 모든 것이 서로 연관된 듯 보였고, 그래서 그의 존재 없이는 무엇이 어떻게 연관될 수 있는지를 알지 못했다.

샤를로테는 그의 제안에 분명하면서도 다정한 태도로 답변했다. 그녀는 자기는 물론이고 오틸리에도 오래전부터 기숙 학교로 돌아가기를 원하고 있었노라고 말했다. 물론 지금은 그처럼 사랑스러운 친구이자 자기를 도와주는 그녀가 옆에 있어야 하지만, 그래도 이전에 시작했던 것을 마무리 짓고 중단했던 것을 온전하게 배울 때까지 그곳으로 돌아가 있는 게 오틸리에의 소원이라면 자기로서는 방해가 되고 싶지 않다는 뜻이었다.

조교는 이 제안을 기쁘게 받아들였다. 오틸리에는 생각만 해도 소름이 돋았지만 정면으로 반대할 수는 없었다. 반면 샤를로테는 시간을 벌려고 생각했다. 그녀는 에두아르트가 행복한 아버지로서 자신을 되찾고 돌아오기를 바랐고, 그러면 모든 것이 제대로 돌아갈 것이며, 오틸리에도 이런저런 방식으로 보살핌을 받게 되리라고 확신했다.

대화 참여자 모두를 깊은 고민에 빠지게 만든 중요한 대화 후에는 모두를 당황스럽게 하는 것과 비슷한, 일종의 적막 같은 것이 찾아오는 법이다. 그들은 홀에서 각자 이리저리 왔다 갔다 했다. 조교는 이 책 저 책 뒤적이다 마침내 루치아네가 왔을 때부터 거기에 놓여 있던 사진첩을 보았다. 거기에 원숭이들만 들어 있는 것을 보고 그는 사진첩을 얼른 도로 덮어 버렸다. 그런데 이 사건이 계기가 되어 또 다른 대화가 이어졌던 모양인데, 우리는 오틸리에의 일기에서 그 흔적을 발견하게 될 것이다.

오틸리에의 일기에서

흉하게 생긴 원숭이들을 어떻게 그리 꼼꼼하게 그릴 생각을 할 수 있는 건지! 비록 그것들을 짐승으로 여긴다 하더라도, 그들은 이미 자신을 비하하고 있는 것이다. 그런데 그 탈 뒤에서 아는 사람들 얼굴을 찾는 재미에 빠진다는 것은 정말이지 더 고약한 일이다.

캐리커처나 일그러진 그림을 그리는 데 기꺼이 시간을 들이는 사람은 그 어떤 괴팍함의 소유자가 아닐 수 없다. 내가 자연사(自然史) 때문에 골머리를 썩이지 않아도 되었던 것은 우리의 마음씨 좋은 조교 선생 덕이다. 나는 벌레나 풍뎅이들과는 조금도 친해질 수 없었다.

이번에 그는 자기도 마찬가지 형편이라고 내게 고백했다. "바로 우리 주변에 살아 있는 게 아니라면 자연에 관해 더 이상 알 필요도 없어요." 그가 말했다. "우리 주변에서 꽃을 피우고, 푸르러지고, 열매를 맺는 나무들, 우리가 그 옆으로 지나가는 모든 관목, 우리가 그 위를 밟고 지나가는 모든 풀줄기와 우리는 진실한 관계를 맺고 있어요. 그것들은 우리의 진정한 동포랍니다. 나뭇가지 위에서 이리저리 뛰놀고, 정자에서 노래하는 새들은 우리의 이웃이지요. 새들은 어릴 때부터 우리에게 말을 걸고, 우리는 그들의 말을 이해하는 법을 배웁니다. 자신의 환경에서 쫓겨난 모든 낯선 생물은 우리에게 불안한 인상을 주며, 그것은 오랜 적응을 통해서만 누그러지는 건지 모릅니다. 주위에 있는 원숭이라든지 앵무새나 무어인을 참고 견뎌 내고 있는 사람은 어느새 번잡하고 소란스러운 삶을 살고 있는 것이지요."

그토록 모험적인 일을 겪어 보고 싶다는 호기심에 찬 욕구에 사로잡힐 때면 나는 이런저런 기적을 다른 기적들과 일상 속에서 생생하게 연결시키는 여행자들을 부러워했다. 그런데 그 여행자 또한 다른 사람으로 변하기 마련이다. 종려나무 아래를 거닐면서도 대가를 치르지 않는 사람은 아무도 없으며, 코끼리와 호랑이가 출몰하는 나라에서는 누구라도 생각이 바뀌기 마련이다.

아주 낯설고 진기한 것을 매번 그 위치와 세세한 주변 환경과 아울러 가장 고유한 특성을 묘사하고 서술할 줄 아는 자연 과학자야말로 존경받아 마땅하다. 훔볼트'가 이야기하는 것을 단 한 번이라도 들을 수 있다면 얼마나 좋을까!

광석 진열장은 다양한 동물과 식물의 우상들이 향유를 바

른 채 빙 둘러 서 있는 이집트의 묘지처럼 보일 수 있다. 신비
로 가득 찬 어스름한 곳에서 그런 것들과 시간을 보내는 일은
사제들에게는 어울리는 일일 것이다. 하지만 그러한 것이 일
반적인 수업에 포함되어서는 안 되는데, 우리에게 보다 가깝
고 보다 존귀한 것들이 그것에 의해 쉽사리 밀려나는 일이 벌
어져서는 안 되기 때문에 더욱더 그렇다.

단 한 번의 유일한 선행에서, 단 한 편의 훌륭한 시에서 감
정을 일깨울 수 있는 교사는 일련의 하등 생물들 전체를 그 형
태와 이름에 따라 가르치는 것보다 더 좋은 교육을 하는 셈이
다. 왜냐하면 이런 교육의 결과라는 게 고작해야, 우리가 안
그래도 알 수 있듯이, 인간 존재라는 것이 가장 탁월하게 그리
고 가장 유일하게 신의 모습을 자체 내에 지니고 있다는 사실
로 드러날 뿐이기 때문이다.

자신이 끌리는 일에, 자신이 기쁨을 느끼는 일에, 자신에게
유익하다고 믿는 일에 종사하는 것은 각자에게 맡겨진 자유
다. 그러나 인류의 본래 연구 대상은 인간일 따름이다.

제8장

바로 직전에 지나간 일에 몰두할 줄 아는 사람은 거의 없다. 현재의 일이 우리를 강제적으로 붙들어 두거나, 우리가 과거 속으로 빠져 들어가 완전히 사라져 버린 것을 가능한 한 다시 불러내어 재현하려 하기 때문이다. 조상으로부터 많은 혜택을 입은 부유한 대가족들도 아버지보다는 할아버지를 더 추모하곤 한다.

물러가는 겨울이 마치 봄이 온 것처럼 속이곤 하던 아름다운 날들의 어느 하루, 조교는 커다랗고 오래된 성의 정원을 거닐면서 에두아르트의 아버지 때부터 전해져 오는, 줄지어 늘어선 키 큰 보리수나무들과 잘 정돈된 공원을 보고 감탄하며 그렇게 생각했다. 나무들은 그걸 심은 사람의 뜻대로 훌륭하게 자라 있었지만, 막상 그 가치를 인정하고 즐길 수 있게 된 지금 그것들에 관해 말하는 사람은 아무도 없었다. 나무들을 찾아가는 사람은 거의 없었고, 취미 생활도 소비 생활도 그것들과는 상관없이,

멀리 떨어진 다른 곳에서 이루어지고 있었다.

조교는 돌아오는 길에 샤를로테에게 그런 이야기를 했는데, 샤를로테는 그것에 비판적인 입장은 아니었다. 그녀가 대답했다. "삶이 지속되는 동안 우리는 자기 자신의 뜻에 따라 행동하며, 스스로가 자신의 활동과 만족을 선택한다고 여겨요. 하지만 더 자세히 들여다보면, 그것들은 우리가 따르지 않을 수 없는, 그 시대의 계획이자 경향이랍니다."

"물론 그렇습니다." 조교가 말했다. "그 누가 주변 환경의 흐름에 거슬러 나아갈 수 있을까요? 시간은 앞으로 가고 있고, 시간 속에서 성향과 견해, 선입견과 취미 생활도 함께 발을 맞추어 나아가는 거죠. 만일 어떤 아들의 청년기가 바로 변혁의 시대에 해당한다면, 그가 자기 아버지와 아무런 공통점도 갖고 있지 않을 게 분명합니다. 아버지가 많은 것을 소유하고 재산을 지키고, 자신의 영역을 제한하고 좁히며, 세상으로부터 떨어져 자신의 향락을 누리기를 좋아하는 시대에 살았다고 한다면, 아들은 자신을 확장하고, 자신의 생각을 널리 알리고 퍼뜨리며 닫혀 있는 것을 개방하려 할 것입니다."

"모든 시대는……" 샤를로테가 대답했다. "방금 이야기한 아버지와 아들의 경우와 같아요. 모든 소도시가 자신만의 성과 참호를 가져야 했고, 사람들이 늪에다가 모든 귀족의 장원을 세우고, 아주 보잘것없는 성들도 연결 다리를 통해서만 접근 가능했던 상황들에 대해 우리는 거의 이해하지 못합니다. 이제는 비교적 큰 도시들도 장벽을 허물고, 영주들의 성에 있는 참호들도 메워지고 있으며 도시는 그저 널따란 지대를 이룰 뿐이지요. 그래서 여행 중에 그런 것을 보노라면 온천지에 평화가 뿌리내리고, 황금시대가 눈앞에 다가와 있다고 믿지 않을 수 없답니다. 탁 트인 들판과 비슷하지 않은 정원에서는 아무도 편안함을 느끼지 못해요. 그 어떤 것도 기교나 강제성을 연상시켜서는 안 되니까요. 우리는 완전히 자유롭기를 원하고, 자유로이 숨 쉬고자 하죠. 조교 선생께서는 세상이 혹시 지금의 상황에서, 이전의 다른 상황으로 거슬러 올라갈 수도 있다고 보시나요?"

"안 그러리란 법이 있나요?" 조교가 대답했다. "모든 상황 자체가 어려움을 갖고 있어요. 제약된 상황에서도 구속에서 벗어난 상황에서도 그 점은 마찬가지랍니다. 후자의 경우에는 과잉이 전제가 되고, 그것은 낭비로 이어지지요. 부인께서 아주 눈에 띄는 경우를 예로 들어 설명하셨으니 저도 그걸 기준으로 말씀드리겠습니다. 결핍이 생겨나면 금방 자기 제약이 따르기 마련이지요. 땅과 경작지를 이용할 수밖에 없는 인간들은 그들의 생산품을 안전하게 보호하기 위해 다시 경작지 주위로 담을 쌓지요. 그러면 거기서 차츰차츰 사물에 대한 새로운 관점이 생겨난답니다. 유용성이 다시 우위를 점하고, 마침내는 많은 것을 소유한 사람마저도 모든 것을 유용성의 관점에서 생각하지 않을 수 없죠. 말하자면 부인의 아드님이 이 모든 공원 시설을 돌보지도 않고 다시 높다란 담장 뒤에, 그리고 조부님이 심어 놓으신 키 큰 보리수나무들 아래로 칩거해 버릴 수도 있답니다."

샤를로테는 아들을 예고하는 말을 듣고는 은근히 기뻤기 때문에, 조교가 그녀의 사랑스럽고 아름다운 공원이 앞으로 어떻게 될 건지 다소 반갑지 않은 예언을 한 것도 그냥 넘겨 버렸다. 그녀는 아주 친절하게 대꾸했다. "우리 둘은 아직 그런 모순을 여러 번 체험할 만큼 나이가 많지는 않아요. 하지만 어린 시절을 돌이켜보고, 나이 든 어른들이 한탄하던 것을 기억에 떠올리고, 시골과 도시를 동시에 고려해 본다면 그 얘기를 반박하기는 어려울 거예요. 그렇다면 그러한 자연적인 흐름을 막을 길은 없는 걸까요? 아버지와 아들, 부모와 자식을 조화시킬 방법은 없을까요? 당신은 친절하게도 제가 사내아이를 가질 것이라고 예언하셨어요. 그런데 그 아이가 아버지와 꼭 반대편에 서야만 하는 걸까요? 그래서 자신의 부모가 세운 것을 완성하고 드높이는 대신에 보란 듯이 파괴해야만 하는 걸까요?"

"그러지 않으려면 현명한 방법이 하나 있기는 있답니다." 조교가 대답했다. "하지만 사람들이 그 방법을 거의 쓰지 않아요. 아버지가 아들을 공동 소유자로 대우해 주고, 아들이 함께 집을 짓고, 함께 나무를 심게 하고, 자기 자신이 그러는 것처럼 아들에게도 해가 되지 않는 범위 내에서 마음대로 할 수 있도록 허용하는 겁니다. 하나의 행위는 다른 행위와 자연스럽게 섞여 들어야 하며, 그 어떤 행위도 다른 행위에 덧붙이는 방식으로 연결되어서는 안 되는 거죠. 어린 가지는 오래된 나무 가지에 쉽게 그리고 기꺼이 접합되지만, 이미 다 자란 가지는 그것이 불가능하답니다."

조교는 이제 작별해야 하는 순간을 맞아 우연하게도 샤를로테에게 마음에 드는 이야기를 하고, 그럼으로써 그녀의 호의를 다시 얻어 기뻤다. 그는 벌써 오랫동안 집을 떠나와 있었다. 하지만 완전한 확신이 들기 전까지는 돌아갈 결심을 할 수 없었다. 오틸리에 문제로 어떤 결정이 내려지기 이전에 우선은 다가오고 있는 샤를로테의 출산 기간이 지나가는 것을 보아야만 했다. 그는 돌아가는 형편에 따랐고, 다소간 전망과 희망을 품은 채 다시 교장 선생에게로 돌아갔다.

샤를로테의 출산일이 다가오고 있었다. 그녀는 이전보다 더 자주 자기 방에 머물러 있었다. 그녀 주위에 모여 있는 여자들은 그녀와 아주 가까운 사람들이었다. 오틸리에는 자신이 무슨 일을 하는지 별로 의식하지도 않은 채 집안 살림을 돌보았다. 그녀는 정말이지 온몸을 다 바쳤다. 그녀는 샤를로테를 위해, 아기를 위해, 그리고 에두아르트를 위해 봉사했고, 할 수 있는 한 최선을 다해 헌신하려고 했다. 하지만 어떻게 해야 그렇게 할 수 있을지는 잘 몰랐다. 매일 자신의 의무를 다하는 것만이 그녀를 완전한 혼란 상태에서 벗어나게 했다.

축복 속에서 아들이 태어났고, 여자들은 이구동성으로 아기가 아버지를 빼어 닮았다고 말했다. 산모에게 축하를 하고 진심으로 아기를 맞으러 간 오틸리에만은 마음속으로 아기가 아버지와 그렇게 닮지는 않았다고 생각했다. 샤를로테는 이미 딸의 결혼을 준비하면서 남편의 부재를 뼈저리게 느낀 터였다. 그런데 이제 아들이 태어났는데도 아버지는 그 자리에 없었고, 장차 아들을 부를 이름조차 아버지가 지을 수 없었던 것이다.

친지들 중에서 가장 먼저 축복을 전한 사람은 미틀러였는데, 그는 출산 소식이 있는 경우 즉시 알려 달라고 주변 사람에게 부탁해 놓았던 것이다. 그는 흐뭇한 표정을 지으며 도착했다. 오틸리에의 면전에서 자신의 승리감을 가까스로 감춘 그는 곧장 샤를로테를 향해 큰 소리로 말했다. 자기야말로 모든 근심을 없애고 그와 동시에 눈앞의 모든 장애물을 제거해야 할 사람이라는 것이었다. 그리고 세례식은 오래 미루어져서는 안 된다고 했다. 이미 한 발은 묘지를 딛고 있는 늙은 목사가 축복을 내려 과거와 미래를 연결하기로 했다. 아기는 오토라는 이름으로 부르기로 했다. 아기의 이름은 다름 아니라 아버지와 아버지 친구의 이름을 따를 예정이었다.

그런 경우에 이런저런 상황을 고려하다 보면 언제나 새로운 문제점이 생겨나고, 모든 관계를 존중하다 보면 몇몇 사람의 마음은 상하기 마련이다. 이렇게 수많은 의구심과 반대, 주저함과 망설임, 잘난 체하거나 아는 체하는 소리, 흔들리는 생각과 견해, 이런저런 생각의 번복 등을 물리치는 데에는 바로 이 사람 미틀러의 밀어붙이는 결단력이 필요했던 것이다.

미틀러는 모든 안내문과 대부(代父)의 초대장을 맡았다. 그 일은 즉시 끝내야만 했는데, 그가 보기에 악의를 가지고 험담하는 다른 사람들에게도 그 가족의 너무나 소중한 행복을 알리는 것은 아주 중요한 일이기 때문이었다. 물론 지금까지의 열정과 관련된 사건들이 사람들의 귀를 피해 가지는 못했지만, 그런 사람들은 일어나는 모든 일은 이야깃거리가 되기 위해 일어나는 것이라고 확신하는 법이었다.

세례식은 엄숙하게, 하지만 간소하고 짧게 진행하기로 했다. 사람들이 모여 의논했고, 오틸리에와 미틀러가 세례 증인으로서 아기를 안고 있기로 했다. 나이 든 목사는 교회 시종의 부축을 받으며 천천히 걸어 나왔다. 기도가 끝난 후 오틸리에는 아기를 두 팔로 안았고, 몸을 숙여 아기를 내려다보며 두 눈을 들여다보는 순간 적지 않게 놀랐다. 바로 그녀 자신의 눈을 들여다보는 듯했기 때문이었다. 그렇게 닮은 것을 본다면 누가 놀라지 않을 수 있겠는가. 처음으로 아기를 받아 안은 미틀러도 아기의 생김새가 놀랍도록 닮은 것을, 그것도 대위와 닮은 것을 보고는 말문이 막혔다. 지금까지 그런 일을 겪은 적은 단 한 번도 없었던 것이다.

늙고 선량한 목사는 몸이 허약했기 때문에 평소보다 더 많은 절차를 지키며 세례식을 거행할 수는 없었다. 반면에 눈앞의 일에 몰두한 미틀러는 자신이 이전에 관직을 수행하던 일을 떠올렸다. 그는 어떤 경우에든 즉석에서 그가 어떻게 연설을 할지, 자신을 어떻게 돋보이게 할지를 생각하곤 했던 것이다. 더군다나 이번에는 모여 있는 소수의 사람들이 모두 친구들인지라 더더욱 뒷전에 머물러 있을 순 없었다. 그래서 그는 세례식이 끝날 무렵 느긋하게 목사를 대신해 나섰고, 생기 넘치는 어조로 대부로서의 자신의 의무와 소망을 말하기 시작했으며, 샤를로테의 만족스러운 표정이 갈채를 보내는 것이라 생각하고는 더욱 신이 났다.

우리의 당당한 연사는 그 선량한 노인네가 앉고 싶어 할 줄은 미처 헤아리지 못했고, 자신이 커다란 재앙을 불러오는 중이라는 사실은 더더욱 알아차리지 못했다. 그는 그 자리에 모인 모든 사람과 아이의 관계를 일일이 역설하면서 오틸리에의 심리 상태를 어느 정도 시험대에 올려놓았고, 마침내 노인을 향해 이렇게 말했다. "이제 존경하는 우리 목사님을 대신해 시므온의 말을 인용할까 합니다. '주여, 당신의 종을 평화로 인도하소서, 저는 두 눈으로 이 집의 구세주를 보았나이다.'"

그가 멋지게 연설을 마무리하려던 찰나, 아기를 맡아 있던 노인이 처음에는 아기 쪽으로 몸을 기울이는가 싶더니 이내 주저앉았다. 손쓸 틈도 없이 넘어진 그를 사람들은 곧 소파로 옮겼고, 온갖 응급조치에도 불구하고 노인의 사망을 선언할 수밖에 없었다.

탄생과 죽음, 관과 요람을 바로 옆에서 나란히 목격하고 사유한다는 것, 그것도 그냥 상상 속에서가 아니라 두 눈으로 이 엄청난 양극단을 한꺼번에 받아들인다는 것은 그 자리에 있는 사람들에게 너무나 힘든 일이었고, 너무도 갑작스럽게 벌어진 일이라 더욱더 그랬다. 오직 오틸리에만이 잠들어 있는 자를, 친절하고 호의적인 표정을 여전히 간직하고 있는 노인을 일종의 질투심으로 바라보았다. 그녀의 영혼은 이미 생명을 잃었는데 육신이 더 오래 보존될 이유가 있단 말인가?

그날의 상서롭지 않은 사건들은 이런 식으로 그녀를 이따금 무상함과 이별과 상실에 대한 상념에 빠지게 했다. 반면 밤마다 벌어지는 신기한 현상들은 그녀에게, 사랑하는 이의 존재를 확신시켜 주었고, 자신의 존재를 더 단단하고 생기 있게 만들어 줌으로써 위안이 되었다. 밤에 휴식을 취하려 자리에 누워 잠과 깨어 있음 사이의 달콤한 감정 속에 둥실 떠 있을 때면, 그녀는 아주 환하긴 하지만 은은하게 빛나는 공간을 들여다보는 듯했다. 그곳에서 그녀는 에두아르트의 모습을 아주 또렷하게 보았다. 그는 평소와는 달리 군복을 입고 있었으며 그때마다 다른 자세를 취하고 있었는데, 그 모습이 너무도 자연스러웠으며 비현실적인 데라고는 조금도 없었다. 그는 서 있고, 걸어가고, 누워 있고, 말을 타고 달리기도 했다. 아주 미세한 부분까지도 다 보이는 그의 모습은, 그녀가 인위적으로 무언가를 더하지도 않고, 무언가를 원하거나 상상력을 동원하지 않았는데도 그녀 앞에서 저절로 움직였다. 때때로 그녀는 그가 뭔가에, 특히 움직이는 뭔가에 둘러싸여 있는 것을 보았다. 움직이는 그것은 밝은 바탕보다 더 어두워 보였다. 하지만 그녀는 때로는 인간이나 말로, 때로는 나무와 산악으로 보이기도 하는 그림자들을 거의 구분할 수 없었다. 대개 그녀는 이런 현상들을 보다가 잠들었는데, 평온한 밤을 지내고 아침에 다시 깨어날 때면 마음이 상쾌하고 차분하게 가라앉아 있었다. 그녀는 확신했다. 에두아르트는 아직 살아 있어, 나는 그분과 여전히 아주 긴밀하게 연결되어 있어.

제9장

봄이 왔다. 늦긴 했지만 보통 때보다는 더욱 빠르고 더욱 반갑게 찾아온 봄이었다. 오틸리에는 이제 정원에서 예상했던 결실을 보게 되었다. 모든 것이 제때 싹을 틔우고, 파릇파릇해지고 꽃을 피웠다. 시설이 잘된 온실과 화단 뒤편에 마련되어 있던 이런저런 것들이 이제 밖에서 작용하는 자연을 맞이하였으며, 의무적으로 작업하고 보살펴야 했던 일이 지금까지처럼 희망에 찬 노고에 불과한 것이 아니라 명랑하게 누릴 수 있는 즐거움이 되었다.

오틸리에는 정원사를 위로해야만 했는데, 루치아네의 거친 행동으로 화분들 사이에 허술한 빈틈들이 생기고 나무 꼭대기들 사이의 대칭이 여기저기 파괴되었기 때문이었다. 그녀는 모든 것이 곧 다시 본래 모습을 찾을 것이라고 그에게 용기를 주었다. 하지만 그는 자기 일에 너무나 깊은 애정과 순수한 마음을 갖고 있었기 때문에 그러한 위로는 그에게 별다른 효험이 없었다. 정원사가 다른 취미 생활이나 기호로 인해 산만해져서는 안 되는 것과 마찬가지로, 식물도 지속적인 완성이나 잠정적인 완성을 위해 그 평온한 행로를 방해받아서는 안 되는 것이었다. 식물도 고집 센 인간들과 같다. 우리가 그들을 고유한 성격에 따라 다룬다면 그들로부터 온갖 것을 얻어 낼 수 있는 법이다. 아마도 정원사만큼 모든 계절에 모든 시간마다 조용하게 바라보고, 가장 적합한 일을 하도록 일관되게 요구받는 사람은 없을 것이다.

　선량한 정원사는 바로 이러한 자질을 한껏 갖추고 있었기에 오틸리에도 그와 함께라면 아주 즐겁게 일했다. 그런데 그는 얼마 전부터 더는 편안한 마음으로 자신의 재능을 발휘할 수 없었다. 그는 묘목이나 채소를 키우는 일이라든지, 오래된 관상수에 관해서라면 누구보다도 이런저런 일을 완벽하게 해낼 수 있었고, 또한 온실이나 화초의 구근(球根), 카네이션이나 앵초 묘목을 다루는 데 있어서는 심지어 자연에 도전장을 내밀 만한 사람이었지만, 새로운 관상수나 유행하는 꽃들은 그에게 다소 낯설었다. 게다가 그는 시대에 따라 새로이 등장한 식물학의 무한한 분야와, 거기에서 윙윙거리는 낯선 이름들에 대해 일종의 두려움을 갖고 있었고, 그 두려움이 그를 짜증 나게 했다. 지난해부터 주인들이 지시하기 시작한 것을 그는 쓸모없는 지출이자 낭비로 보았다. 많은 값비싼 식물들이 죽어 가는 것을 보았고, 또한 자신을 정직하게 대하지 않는 듯 보이는 장사꾼 정원사와도 별로 좋은 관계가 아니었기 때문에 그는 더더욱 그렇게 생각했다.

그는 이런저런 실험을 한 후 일종의 계획을 세웠는데, 그 계획은 원래 에두아르트가 돌아올 것에 대비해 만들어졌기에 오틸리에도 더더욱 그를 격려해 주었다. 다른 일에 있어서도 그녀는 에두아르트가 옆에 없음으로 해서 나날이 더 힘들다고 느꼈던 것이다.

　식물들이 점점 더 많은 뿌리를 내리고 가지를 뻗는 동안, 오틸리에도 점점 더 그 공간들에 애착을 느꼈다. 꼭 한 해 전에 그녀는 낯선 사람으로, 보잘것없는 존재로 이곳에 오지 않았던가. 그리고 이후 그녀는 얼마나 많은 것을 배웠던가! 하지만 유감스럽게도 그 이후 얼마나 많은 것을 다시 잃어버려야만 했던가! 그녀는 일찍이 이처럼 부유하면서도 동시에 이처럼 가난한 적이 없었다. 두 가지 감정이 순식간에 서로 바뀌고 또 뒤바뀌었다. 그랬다. 그 둘은 아주 긴밀하게 서로 교차하였다. 그래서 그녀는 다시 바로 가까이에 있는 것에 관심을 기울이고, 열정을 쏟는 것 말고는 달리 어쩔 도리가 없었다.

　에두아르트가 특히 좋아하는 모든 것이 또한 그녀의 주목을 가장 강하게 끌었음은 분명하다. 이제 그 자신이 곧 되돌아와, 그가 없는 동안 그녀가 그에게 바친 섬세한 봉사에 대해 떠나 있던 사람으로서 직접 감사의 말을 해 주기를 바라서는 안 될 이유라도 있단 말인가?

　하지만 그녀가 그를 위해 일한 데에는 전혀 다른 동기도 있었다. 그녀는 무엇보다도 아기를 보살피는 일을 맡았는데, 아기를 유모에게 맡기지 않고 우유와 물로 키우기로 결정했기 때문에,

그녀가 그만큼 더 아기의 가장 가까운 보호자가 될 수밖에 없었다. 아름다운 계절에 바깥 공기를 마음껏 누리게 하려고 그녀는 세상모르고 잠든 아기를 기꺼이 직접 데리고 나가 꽃나무와 꽃들 사이를 누볐다. 아기와 함께 자라도록 운명 지워진 듯한 어린 관목과 식물들 사이에서 그 꽃들은 언젠가는 소년이 된 아기를 친절하게 맞아 줄 터였다. 주변을 둘러본 그녀는 아기가 얼마나 멋지고 풍요로운 환경에 태어났는가 하는 생각을 멈출 수 없었다. 그녀의 눈길이 가닿는, 거의 모든 게 앞으로 그의 소유가 될 것이기 때문이었다. 이와 더불어 아기가 아버지와 어머니가 보는 앞에서 자라고, 또 그로 인해 그들이 기쁜 마음으로 새롭게 결합할 수 있다면 얼마나 바람직하겠는가!

오틸리에는 이 모든 것을 너무나 순수하게 느꼈고, 그 때문에 모든 것을 정말이지 있는 그대로 보았으며, 자기 자신은 조금도 고려하지 않았다. 이 맑은 하늘 아래에서, 이 밝은 햇볕 아래에서 갑자기 그녀는 자신의 사랑을, 스스로를 완성하기 위해서는 조금도 이기적이어서는 안 된다는 사실을 분명히 깨달았다. 그녀는 문득문득 자기가 그러한 경지에 이미 도달했다는 생각이 들었다. 그녀는 사랑하는 이의 안녕만을 빌었고, 만일 그 사람이 행복하다는 것을 알기만 한다면 그를 단념하거나, 심지어 그를 다시 만나지 않을 수도 있다고 믿었다. 하지만 그녀는 결코 다른 사람의 여자는 되지 않겠노라고 마음속으로 단호하게 다짐했다.

가을도 봄처럼 찬란하게 피어나도록 이미 준비되어 있었다.

소위 말하는 여름 식물들과, 가을에도 꽃 피우기를 멈추지 않을 수 있고, 추위에도 당당히 맞서 자랄 수 있는, 특히 과꽃을 비롯하여 아주 다양한 식물들의 씨를 뿌려 놓았고, 이제 그것들을 이곳저곳으로 옮겨 심어 이 지상에 별이 총총한 나라가 생겨날 예정이었다.

오틸리에의 일기에서

책에서 읽은 좋은 생각이나 귀로 들었던 이야기 중 유별난 것을 우리는 일기에 적곤 한다. 마찬가지로 친구들의 편지에서 읽은 개성적인 이야기나 독창적인 견해, 스쳐 지나가는 재치 있는 말을 기록하려 애쓰다 보면 우리는 아주 풍요로운 자산을 가지게 된다. 우리는 대개 편지를 폐기해 버리고 다시는 읽지 않는다. 우리는 편지를 숨기기 위해 마침내 파괴하고 마는데, 가장 아름답고 싱싱한 삶의 숨결이 그리하여 우리와 다른 사람에게서 돌이킬 수 없이 사라져 버린다. 나는 이제 그렇게 소홀히 했던 것들을 원래대로 돌려놓고 싶다.

그렇게 한 해 동안의 아련한 얘기를 처음부터 다시 되풀이하려고 한다. 이제 우리는 다행스럽게도! 한 해 중의 가장 아름다운 대목에 도달했다. 오랑캐꽃과 은방울꽃은 책의 제목 또는 거기에 덧붙인 그림들과도 같다. 우리가 삶의 책 속에서 그것들을 다시 펼치면 언제나 기분 좋은 인상을 받는다.

우리는 가난한 사람들, 특히 자립 능력이 없는 사람들이 길

거리에 누워 있거나 구걸을 하면 그들을 욕한다. 그들도 할 일이 주어지기만 하면 마찬가지로 활동할 수 있음을 왜 모른단 말인가? 자연이 친근한 보물들을 펼쳐 놓으면 아이들은 금방 그 뒤를 쫓아다닌다. 그게 바로 그들의 일인 셈이다. 그렇게 되면 구걸하는 이는 아무도 없고, 모두가 그대에게 화환을 건네 줄 것이다. 또한 그대가 잠에서 깨어나기 전에 아이는 꽃을 꺾어 놓을 것이고, 구걸하던 아이는 그토록 다정하게 그대를, 그리고 선물을 바라볼 것이다. 무언가를 요구할 만한 권리가 있다고 느끼는 사람은 그 누구도 가련하게 보이지 않는다.

한 해가 때로는 왜 그리 짧고, 때로는 왜 그리 길며, 기억 속에서도 왜 그리 짧아 보이기도 하고 또 길어 보이기도 하는 것인가! 내게는 지나간 과거가 꼭 그렇다. 그리고 지나가 버리는 것과 지속적인 것이 서로 얽혀 있는 정원에서만큼 그런 생각이 더 분명하게 떠오르는 곳은 없다. 물론 흔적을, 그와 비슷한 것을 남기지 않고 무상하게 지나가버리는 것은 아무것도 없다.

우리는 겨울도 기꺼이 감수한다. 나무들이 그렇게 유령처럼, 헐벗은 채 우리 앞에 서 있을 때면 우리는 그만큼 더 자유롭게 자신을 펼칠 수 있다고 믿는다. 나무는 아무것도 아닌 존재지만, 또한 아무것도 가리지 않는다. 하지만 일단 싹이 트고 꽃잎이 나오면, 사람들은 잎이 완전한 모습을 갖추고, 주변 풍경이 뚜렷이 모습을 드러내며, 나무가 하나의 완성된 형상으로 우리에게 다가올 때까지 조급해한다. 자기 부류에서 완벽해진 모든 것은 그 부류를 넘어서기 마련이며, 무언가 다른 것, 비교 불가능한 무엇이 될 수밖에 없다. 나이팅게일은 이런저런 소리를 내는 데 있어서 여전히 새에 머무른다. 하지만 일단 새라는 종을 뛰어넘으면 날개 달린 모든 동물에게 노래란 도대체 무엇인가를 암시해 주려는 듯 보인다.

사랑이 없는 삶, 사랑하는 이가 가까이에 없는 삶은 하나의 '삼류희극'일 뿐이며, 삐걱거리는 서랍에 든 작품일 뿐이다. 사람들은 서랍에서 대본을 하나씩 꺼냈다가 다시 집어넣고는 바삐 다음 서랍으로 넘어간다. 훌륭하고 중요해 보이는 모든 것도 서로 간에 거의 연결되어 있지 않다. 우리는 언제나 처음부터 시작해야 하지만 아무 데서나 그냥 끝내고 싶을 따름이다.

제10장

샤를로테는 자기 나름대로 활달하게 잘 지낸다. 그녀는 또록
또록한 사내아이를 보며 즐거워한다. 장래가 촉망되는 아기의
모습은 시시각각 그녀의 눈과 마음을 사로잡는다. 그녀는 아이
를 통해 이제 세상과 재산을 새로운 관점에서 본다. 그녀의 예
전의 활동력이 되살아난다. 눈길이 미치는 곳곳에서 지난해에
자신이 많은 일을 했음을 확인했고, 자신이 이루어 놓은 일에
대해 기쁨을 느낀다. 어떤 기묘한 감정이 일어나 그녀는 오틸리
에와 아기를 데리고 정자로 올라간다. 집안의 제단으로 사용하
는 작은 테이블 위에 아기를 눕히고는 아직도 두 자리가 비어 있
음을 보면서 지난 시절을 떠올린다. 그녀와 오틸리에에게도 새
로운 희망이 다가오고 있지 않은가.

젊은 여인들은 수줍어하면서도 주변의 이 청년 저 청년을 둘
러보며, 그 사람을 신랑으로 맞아들이면 어떨까를 이모저모 남
몰래 따져 본다. 더군다나 딸이나 여학생의 앞날을 돌보아야 만

하는 사람은 보다 넓은 테두리에서 신랑감을 알아보기 마련이다. 이 순간 샤를로테가 바로 그런 마음이었다. 이전에 대위와 오틸리에가 이 정자에 나란히 앉아 있던 모습 그대로 그 둘의 결합이 불가능하지만은 않게 보였다. 그가 조건이 좋은 결혼을 하리라는 전망이 다시 사라져 버렸다는 사실을 그녀도 모르지 않았던 것이다.

샤를로테는 계속 걸어서 올라갔고, 오틸리에는 아기를 안고 갔다. 샤를로테는 이런저런 생각에 빠져 있었다. 단단한 육지에서도 파선은 있을 수 있는 거야. 거기에서 가장 신속하게 회복하고 다시 일어서는 게 훌륭하고 칭찬할 만한 일인 거지. 그런데 삶이라는 게 이익과 손실만을 기준으로 평가되어야 하는 걸까! 누구든 계획을 세우더라도 그것이 방해받을 수도 있지 않은가! 어떤 길을 정해 놓고 가긴 하지만 거기서 벗어나는 경우도 종종 있지 않은가! 보다 높은 목표에 도달하려고 뚜렷하게 세워 놓았던 목표에서 벗어나는 일도 흔하다! 여행자가 도중에 바퀴가 부러지면 엄청나게 짜증 나기 마련이지만, 바로 그런 불유쾌한 우연으로 인해 유쾌하기 그지없는 사람들을 사귀고 또 관계를 맺어 그것이 평생 동안 영향을 미치는 경우도 있는 법이다. 운명은 우리에게 소망을 가지도록 허용하지만, 소망을 넘어서 우리에게 무언가를 줄 수 있기 위해 운명은 자기 방식대로 그 소망을 받아들인다.

이런저런 비슷한 생각을 하는 동안 샤를로테는 언덕 위의 별장에 도착했고, 그곳에서 그 상념들은 완전한 확신이 되었다.

주변 풍경은 예상보다 훨씬 더 아름다웠다. 시야를 어지럽히는 자잘한 모든 것은 다 치워졌고, 자연과 시간이 가꾸어 놓은 멋진 풍광은 온전히 드러나 보였으며, 여기저기 빈 공간을 메우고 외따로 떨어진 장소들을 기분 좋게 연결하기 위해 심은 어린 식물들은 이미 파릇파릇 물들어 있었다.

별장 자체는 사람이 들어가 살 만했고, 특히 맨 위의 방들에서 내려다보이는 전망은 매우 다채로웠다. 주위를 오래 둘러보면 볼수록 아름다운 정경이 더욱더 많이 눈에 띄었다. 하루 중 시각이 시시각각 달라짐에 따라 달과 해는 이곳에 참으로 멋진 효과를 불러일으킬 것이다! 정말이지 이곳에서 지내고 싶다는 마음이 간절하게 들 정도였다. 이제 거친 작업이 다 끝났음을 본 샤를로테의 마음에는 다시 집을 짓고 뭔가를 만들고자 하는 욕구가 금방 되살아났다! 칠이나 가벼운 금도색을 해낼 수 있는 목수나 도배장이나 칠장이만 있으면 되는 일이었기에, 건물은 짧은 시간 만에 제 모습을 갖추었다. 지하 창고와 부엌도 금방 설치되었다. 이곳이 성에서는 멀리 떨어져 있는 만큼 필요한 모든 물건을 가까이에 모아 놓았기 때문이었다. 여자들은 아기를 데리고 맨 위에 살았는데, 새로운 중심이 된 그 거처는 예기치 않았던 산책을 가능하게 했다. 날씨가 아주 좋을 때면 그들은 높은 지대에서 신선한 공기를 느긋하게 마음껏 즐겼다.

오틸리에가 때로는 혼자서 때로는 아기와 함께 가장 즐겨 가는 길은 편안한 보도를 따라 플라타너스 나무들이 있는 곳으로 내려가는 길이었다. 그 길을 따라가면, 사람들이 물을 건널 때 이용하는 보트들 중 한 척이 매어져 있는 지점으로 이어졌다. 그녀는 샤를로테가 다소 걱정을 하기에 이따금 아기는 놔둔 채 혼자서 보트 타기를 좋아했다. 또한 그녀는 날마다 성의 정원으로 정원사를 방문하여, 이제 시원한 바람을 즐기고 있는 많은 어린 식물들을 돌보는 그의 정성에 우호적인 관심을 보이는 것을 빼먹지 않았다.

이처럼 아름다운 시기에, 에두아르트를 여행 중에 알게 되어 몇 번 만난 적 있는 한 영국인이 찾아온 것은 샤를로테에게 아주 반가운 일이었다. 그는 좋다는 말을 수차례 들은 바 있는 아름다운 공원을 보고 싶어 했다. 그는 백작의 추천서를 갖고 왔으며, 또한 조용하면서도 아주 인상 좋은 한 남자를 동행자라고 소개했다. 그는 때로는 샤를로테와 오틸리에와 함께, 때로는 정원사나 사냥꾼들과, 이따금은 그의 동행자와 더불어, 또는 혼자서 그 일대를 두루 돌아보았다. 사람들은 그의 말에서, 그가 공원 애호가이자 전문가이고, 어쩌면 그러한 것을 여러 번 만들어 보기도 한 사람임을 알 수 있었다. 나이가 지긋함에도 불구하고 그는 삶을 멋지게 꾸며 주고 삶을 의미 있게 만들어 주는 모든 일에 유쾌한 마음으로 참여했다.

그가 같이 있기에 샤를로테와 오틸리에는 비로소 주위 풍경을 완벽하게 즐길 수 있었다. 숙련된 눈길을 가진 그는 모든 인상을 아주 생생하게 받아들였다. 그가 이전에 그 지역을 미리 알지 못했고, 사람들의 손으로 만들어 놓은 것과 자연이 제공한 것을 거의 구분할 수 없었기에, 거기에 이루어져 있는 것을 보는 그의 기쁨은 그만큼 더 컸다.

　그가 이런저런 조언을 해 주었기에 공원은 더욱 커지고 풍성해졌다. 그는 자라고 있는 새로운 식물들이 앞으로 어떻게 될 것인지 이미 알았다. 어느 곳에서 아름다움을 더 돋보이게 하고 어디를 아름답게 만들어야 할지도 속속들이 알았다. 그는 이곳의 샘을 깨끗이 하면 관목 숲 전체의 가치를 높이는 장식이 될 수 있으며, 또 저곳의 동굴 안을 치우고 넓힌다면 바람직한 휴식처가 될 거라고 말했다. 또한 나무 몇 그루만 베어 낸다면 그곳에서 웅장한 바위들이 솟아 있는 풍경을 볼 수 있다고 말했다. 그는 그곳 주민들에게 할 일이 그처럼 많이 남아 있는 게 다행이며, 앞으로 여러 해 동안 너무 서두르지는 말고, 새롭게 만들어 내고 꾸미는 기쁨을 간직하라고 설득했다.

　게다가 그는 같이 지내는 시간을 제외하고는 남에게 조금도 부담을 주지 않는 사람이었다. 그는 자신의 여행에서 자신과 다른 사람들을 위한 아름다운 결실을 맺게 하려고 하루 중 대부분의 시간 동안 공원의 그림 같은 풍경을 휴대용 사진기에 담고 스케치하는 데 바쳤다. 그는 벌써 몇 해 전부터 많은 이름난 지역에서 그런 일을 해 왔고, 멋지고 흥미로운 것들을 수집해 왔다. 그는 늘 갖고 다니는 커다란 서류 가방을 부인들 앞에 내놓고는 때로는 그림을 보여 주고 때로는 설명해 주며 그들을 즐겁게 했다. 그 덕택에 부인들은 외딴곳에서 아주 편안하게 세상을 구경할 수 있었다. 그들은 해변과 항구와 산, 호수와 강, 도시와 성 등 등 역사 속에서 이름을 떨친 여러 지방이 바로 눈앞에서 지나가는 즐거움을 누릴 수 있었다.

두 여인은 각자 특별한 관심을 가지고 있었다. 샤를로테는 보다 일반적인, 역사적으로 눈에 띄는 것에 관심을 가졌다. 반면에 오틸리에의 관심은 무엇보다도 에두아르트가 많이 이야기하고, 기꺼이 머물고 싶어 하고, 이따금 다시 가고 싶어 했던 지역에 집중되었다. 모든 인간에게는 가까운 곳이든 먼 곳이든 자신의 성격이나 첫인상 또는 특정한 상황이나 습관 때문에 유달리 좋아하고 자극을 받으며 이끌리는 장소가 있는 법이다.

그래서 샤를로테는 후작에게 어디가 가장 마음에 들며, 선택해야 한다면 어디에 주거를 정할 것인지를 물었다. 그러자 그는 한 곳 이상의 아름다운 곳들을 보여 주었고, 무슨 일이 있었기에 그곳이 자신에게 사랑스럽고 가치 있는 장소가 되었는지를 자신만의 독특한 억양의 프랑스어로 편안하게 들려주었다.

또한 지금은 대개 어디에서 살며, 또 어디로 가장 돌아가고 싶은가 하는 질문에 대해서는 아무런 꾸밈도 없이, 그러나 여인들의 기대와는 달리 다음처럼 말했다.

"나는 어느 곳이든 집으로 삼는 데 익숙해 있답니다. 그리고 다른 사람들이 나를 위해 집을 짓고 나무를 심어 살 만한 곳으로 만들려 애쓰는 걸 보면 고맙기 그지없어요. 하지만 나는 내가 소유한 집들로 돌아가고 싶지는 않아요. 정치적인 이유도 있지만, 무엇보다 아들놈 때문이랍니다. 그 애를 위해 모든 걸 다 만들고 시설을 해 주었고, 그것을 아들에게 넘겨주어 한동안 그곳에서 같이 즐기기를 바랐는데, 그 애가 모든 것에 조금도 관심을 보이지 않고 인도로 가 버렸지 뭡니까. 그곳에서 다른 사람들처럼 삶을 더 고상하게 보내든지 아니면 낭비하고 말겠지만요.

물론 우리는 삶에 대비한다고 너무너무 많은 비용을 미리 지불합니다. 적당한 정도에서 곧장 편안함을 느끼지 못하고, 언제나 더욱더 편안해지려고 일을 벌이고 또 벌입니다. 그런데 말입니다. 지금 나의 건물과 공원, 나의 정원들을 누리는 사람은 도대체 누구입니까? 나도 아니고 내 가족도 물론 아니지요. 낯선 손님들, 호기심 많은 사람들, 소란을 떨어대는 여행객 아닌가요.

많은 것을 갖추었는데도 우리가 집에 머무르는 시간은 점점 더 짧아지고 있어요. 도시 생활에서 익숙해 있는 것들이 없는 시골에서는 특히 그렇답니다. 우리가 가장 절실하게 원하는 책을 손에 넣을 수 없고, 가장 필요한 것들도 구할 수 없으니까요. 우리는 언제나 살기 편하도록 다 꾸며 놓고는 다시 이사를 갑니다. 굳이 의도를 가지고 그런다든지 기분 내키는 대로 그러는 건 아니지만, 상황이나 열정, 우연과 필연 등 모든 것이 그렇게 되도록 작용하지요."

후작은 자신의 생각이 여인들의 마음을 얼마나 깊이 움직였는지 조금도 알지 못했다. 하긴 구성원들 사이의 관계가 잘 알려진 모임에서도 그저 평범한 생각을 말했다가 곤경에 처하는 경우가 종종 있지 않은가! 호의적이고 좋은 의도에서 나온 이야기라 하더라도 그것이 우연히 감정을 상하게 하는 경우는 샤를로테에게 조금도 새롭지 않았다. 세상 돌아가는 형편이 그녀의 눈에 뚜렷이 보였기 때문에, 누군가가 부주의하게 이런저런 불쾌한 일로 시선을 돌리게 하더라도 그녀는 별다른 고통을 느끼지 않았다. 반면에 의식이 확고하지 않은 젊은 나이여서 직접 보기보다는 예감을 하고, 보고 싶지 않거나 보아서는 안 될 일로부터는 시선을 돌려도 좋고, 시선을 돌려야 마땅한 오틸리에는 이러한 슬픈 이야기 때문에 엄청난 고통에 빠지고 말았다. 그녀 앞에서 우아한 베일이 강제로 찢겨 나갔기 때문이다. 지금까지 집과 장원, 정원과 공원 그리고 주변 경관 전체를 위해 했던 모든 일이 애초부터 쓸데없는 일처럼 느껴졌다. 이 모든 것을 소유하고 있는 바로 그 사람은 지금 그것을 누릴 수 없고, 지금 여기에 와 있는 손님처럼 온 세상을 떠돌아다녀야 하며, 그것도 가장 사랑하는 가장 가까운 사람들에 의해 위험천만한 떠돌이 생활로 내쫓겼기 때문이었다. 그녀는 말없이 귀를 기울이는 것에 익숙해 있었다. 하지만 지금 그녀는 너무도 고통스러운 상황에 처했고, 그 손님은 더욱더 신이 나서 의미심장한 이야기를 계속했기 때문에, 그녀의 상황은 나아지기보다는 더욱 악화되었다.

"나는 언제나 스스로 많은 것을 즐기려고 많은 것을 체념한 여행자라 여기기 때문에 이제 올바른 길에 들어섰다고 생각해요." 그가 말했다. "나는 변화에 익숙해요. 사람들이 오페라를 보면서 이전에 이미 그렇게 많은 장식들이 있어 왔기에 언제나 새로운 장식을 다시 기대하는 것처럼, 내게 변화는 하나의 욕구랍니다. 가장 좋은 음식점에서도 가장 나쁜 음식점에서도 무엇이 제공될지를 나는 알아요. 그것은 좋을 수도 있고 나쁠 수도 있지만, 아무 곳에서도 내게 익숙한 것을 찾지는 못한답니다. 그래서 결국에는 피할 도리 없는 습관에 전적으로 의존하거나 아니면 완전히 우연에 내맡기는 거지요. 적어도 지금은 무언가가 옮겨졌다거나 없어졌다고 해서 짜증을 내지는 않는답니다. 또한 수리를 하기 위해 날마다 쓰던 거실을 사용할 수 없게 되었다든지, 사람들이 내가 사랑하는 찻잔을 깨어 버려 한동안은 할 수 없이 다른 잔으로 마셔야 한다고 해서 짜증을 내지 않아요. 나는 그 모든 것에 초연하답니다. 어쩌다가 내가 머무는 집이 불타기 시작한다면 나의 시종들은 침착하게 짐을 꾸리고, 우리는 마차를 타고 장원과 도시를 빠져나가는 거지요. 좋은 점이 이렇게 많은데도 불구하고 연말에 세밀하게 결산해 보면 집에서 지낼 때보다 더 많은 비용이 들지 않았음을 확인할 수 있지요."

이야기를 듣는 동안 오틸리에는 눈앞에 에두아르트의 모습이 떠오를 뿐이었다. 그는 지금 결핍과 고난 속에서 험난한 길을 가고 있고, 위험과 곤경 속에서 들판에 야영하며, 연이어 닥치는 불확실하고 아슬아슬한 위기들에 익숙해지고, 집도 친구도 없이, 모든 것을 내던져 더 이상 잃어버릴 것도 없는 처지가 아닌가. 다행스럽게도 그곳에 모여 있던 사람들은 잠시 서로 떨어져 있게 되었다. 오틸리에는 홀로 실컷 울 수 있는 장소를 찾아냈다. 사람들이 일단 고통을 당하면 스스로를 더욱 괴롭히곤 하듯, 그녀는 그가 처한 상황을 더욱 또렷하게 머릿속에 그려 보려 애썼고, 어떤 막연한 고통보다 더 무자비하게 그녀의 마음을 짓눌렀다.

에두아르트의 상황이 너무도 가련하고 너무도 애처롭다는 생각이 들어, 그녀는 자신이 어떤 희생을 치르더라도 에두아르트와 샤를로테의 재결합에 도움이 된다면, 자신의 고통과 사랑을 어느 은밀한 곳에 숨긴 채 어떤 일이든 하며 지내겠다고 결심했다.

한편 사려 깊고 차분하며, 뛰어난 관찰자인 후작의 동행자는 이야기가 잘못된 방향으로 가고 있음을 알아차리고, 그것이 이 집안의 상황과 비슷하다는 사실을 후작에게 넌지시 귀띔해 주었다. 후작은 이 가족의 형편에 대해 아무것도 몰랐던 것이다. 하지만 동행자는 여행 중 자연적인 것과 인위적인 것 사이의 관계에서 생겨나고, 규범적인 것과 무제한적인 것, 오성과 이성, 정열과 선입견 사이의 갈등에서 벌어지는 기묘한 사건들에 특히 관심이 깊었기에, 이 집안에서 어떤 일이 있었고 지금 어떤 일이 일어나고 있는지를 이전부터 알고 있었으며, 이제 바로 이 집에 머물면서 더 많은 것을 알게 된 터였다.

후작은 당황하지는 않았지만 마음이 아팠다. 사교 모임에서 이따금 그런 함정에 빠지지 않으려면 아예 입을 다물어야 하지 않겠는가. 왜냐하면 중요한 이야기뿐만 아니라, 아주 사소한 이야기들도 그런 식으로 불협화음을 일으키며 참석자들의 이해관계와 맞부딪칠 수 있기 때문이다. "오늘 밤에는 다시 기분을 좀 풀도록 하지요." 후작이 말했다. "다 아는 밋밋한 이야기 같은 것들은 하지 말고요. 여행 중에 당신의 서류 가방과 추억을 풍성하게 만들어 준 유쾌하고 의미 있는 일화와 사건 들 중 일부나마 이분들에게 들려주는 게 어떻겠나!"

비록 의도는 아주 좋았으나 낯선 두 손님은 이번에는 편안한 이야기로 친구들을 즐겁게 해 줄 수 없었다. 왜냐하면 동행자가 이런저런 진기하고 의미 있고 명랑하고 감동적이고 무시무시한 이야기들로 주목을 끌며 관심을 확 끌어당겨 놓고 나서는, 후작이 진기하기는 하나 달콤한 사건으로 이야기를 마치려 했는데, 그 사건이 이야기를 듣는 이들의 사연과 얼마나 유사했는지 그는 조금도 예감하지 못했던 것이다.

놀라운 이웃 아이들
단편소설(노벨레)*

이름 있는 두 집안의 아이들인 소년과 소녀는 앞으로 적절한 나이에 이르면 혼인하기로 예정된 가운데 함께 성장했고, 양가 부모들은 그들이 장차 맺어질 것을 기뻐했다. 그런데 두 훌륭한 아이들 사이에 묘한 반감이 생겨났고, 사람들은 그들의 의도가 이루어지지 않으리라는 사실을 곧 알아차렸다. 아마도 그 둘은 서로 너무 닮은 것 같았다. 둘 다 내향적이고, 의지가 분명하고 목표가 확고했다. 그 아이들은 각자 친구들로부터 사랑과 존경을 받았다. 그런데 둘은 함께 있을 때면 언제나 서로 적대적이었고, 자기 입장만 앞세우고, 서로 만나면 서로에게 파괴적이었고, 어떤 목표를 향해 경쟁하는 것이 아니라 언제나 어떤 목적을 위해 서로 다투었다. 아주 선량하고 사랑스러운 아이들이었지만 함께 얽히는 관계에서는 서로 미워하고 심술을 부렸다.

이러한 기묘한 관계는 어린 시절 소꿉놀이 때부터 드러났고 나이가 들면서도 계속됐다. 소년들이 편을 갈라 전쟁놀이를 하며 전투를 벌이곤 할 때면 왕고집 소녀는 한쪽 병사들의 선두에 서서 너무도 거세게 분노에 넘쳐 다른 편 병사들과 전투를 하는 바람에, 그녀의 유일한 적수인 그가 침착하게 마침내 자신의 적을 무장 해제시켜 체포하지 않으면 소년 쪽의 병사들이 모욕적으로 참패당해 도주해야 할 정도였다. 그리고 그렇게 체포당했을 때도 소녀는 아주 거칠게 저항했기 때문에 소년은 자신의 두 눈을 보호하고 그녀도 다치지 않게끔, 자신의 비단 목도리를 찢어 그녀의 두 손을 등 뒤로 묶어야 했다.

하지만 소녀는 이것을 결코 용서하지 않았다. 심지어 그녀는 은밀하게 수를 벌여 그를 해치려고도 했다. 이런 기묘한 열정적 성격을 오래전부터 주목해 오던 부모들은 서로 양해하여 두 적수를 서로 떼어 놓았고, 저 사랑스러웠던 희망은 포기했다.

소년은 새로운 환경에서 곧 두각을 나타냈다. 그에게는 어떤 종류의 교육도 효력을 보였다. 후원자들과 그의 성향 때문에 그는 군인이 되었고, 가는 곳마다 사랑과 존경을 받았다.

그의 실천적 성격은 오로지 다른 사람들을 행복하고 편안하게 해 주는 걸 자기 일로 여기는 듯했고, 그 자신은 분명하게 의식하지 못했지만 자연이 자기에게 마련해 준 유일한 적수를 잃어버린 것을 내심 다행스럽게 생각했다.

반면에 소녀는 갑작스럽게 바뀐 상황에 처했다. 나이가 들어 교양도 점점 쌓여 가고, 더 나아가 그 어떤 내면의 감정이 일자 그녀는 지금까지 사내아이들과 해 오던 격렬한 놀이로부터 멀어졌다. 사방을 둘러보아도 그녀에게는 무언가가 결여된 듯했다. 그녀의 증오를 불러일으킬 만한 것은 주위 어디에도 없었고, 사랑할 만한 사람도 아직 보이지 않았다.

그녀의 옛 적수보다 나이가 많고 신분도 높고 재산과 명망도 있을뿐더러, 모임에서 인기가 있고, 여자들도 잘 따르는 한 젊은 남자가 그녀에게 온갖 애정을 기울였다. 한 남자가 친구로서, 애인으로서, 그리고 시종으로서 자기를 위해 헌신하는 경우는 처음 있는 일이었다. 그녀보다 나이가 많고, 교양 수준이 높고, 더 빛나고 더 품위 있는 다른 여인들보다도 그녀를 더 높이 평가해 준다는 것이 마음에 들었다. 그는 몰아붙이는 일 없이 꾸준히 주의를 기울여 주고, 이런저런 불쾌한 사건들이 일어나는 경우 진실하게 도왔으며, 그녀의 부모에게 속을 털어놓긴 했지만, 그녀가 아직 어렸기에 침착하게 그리고 희망에 찬 마음으로 구애를 해 왔다. 그녀는 그 모든 것을 그 남자의 장점으로 받아들였는데, 흔히 그렇듯이 그가 세상에 잘 알려진 부자라는 외적인 사정도 한몫했다. 그녀는 자주 신부로 불리기도 했고, 마침내 스스로를 그렇게 여겼다. 그녀를 비롯한 모든 이는 그녀가 그렇게 오랫동안 신랑으로 여겨 온 남자와 반지를 교환하는 날까지 그 어떤 시험이 더 이상 필요하리라고는 생각지 않았다.

모든 일은 차분하게 진행되었으며, 약혼을 통해서 더 빨라지지도 않았다. 양측 다 모든 일이 진행되는 대로 따랐고, 함께 지내는 것을 기뻐했으며 그 좋은 시절을 삶의 봄으로서 진지하게 누리고자 했다.

한편 고향을 떠나갔던 소년은 최고로 멋진 남자로 교육을 마쳤고, 자신의 삶을 스스로 헤쳐 나갈 수 있는 데 합당한 수준을 갖추고는 휴가를 얻어 그의 가족을 방문했다. 아주 자연스럽지만 기이한 방식으로 그는 아름다운 이웃집 처녀와 다시 마주치게 되었다. 근래에 들어 그녀는 다정다감한 신부로서의 가정생활에 대한 감각을 키우고, 주변의 모든 것과 화합을 이루며 살고 있었다. 그녀는 스스로 행복하다고 믿었고 어느 점에서 그것은 사실이기도 했다. 그런데 이제 실로 오랜만에 무언가가 다시 그녀의 앞을 가로막았다. 그것은 증오의 대상은 아니었다. 그녀는 이제 증오를 할 수 없는 사람이 돼 있었다. 본래부터 내면적인 가치를 막연하게 인정하려던 것에 불과했던 유치한 증오심은 이제 기쁨에 찬 경탄, 즐거운 관찰, 상대의 마음에 드는 고백, 반쯤은 고의적이고 반쯤은 자기도 모르게 저절로 가까워지는 모습으로 나타났다. 그리고 이 모든 것은 상호적이었다. 오랫동안 떨어져 있었기에 할 얘기도 그만큼 더 많았다. 저 유치했던 무분별함도 이제 철이 든 그들에게는 익살스러운 추억에 불과했다. 그들은 저 옛날의 짓궂은 증오를 적어도 다정하고 주의 깊게 상대를 대함으로써 보상이라도 해야할 것 같았고, 이제 상대를 공공연하게 인정함으로써 당시의 억지스러운 오해를 불식시키려는 듯했다.

남자가 보기에 모든 것은 합당하고 바람직한 테두리에 머물러 있었다. 그는 자신의 신분과 환경을 한껏 활용하려는 야심에 몰두해 있었기에, 아름다운 신부의 우정을 감사의 선물로 편안하게 받아들였고, 그녀를 자기와 조금도 연관시켜 생각하지 않았으며, 자기와도 아주 잘 지내고 있는 신랑감을 아니꼽게 여기지도 않았다.

반면에 그녀의 경우는 전혀 달랐다. 그녀는 꿈에서 깨어난 듯했다. 이웃 소년과의 싸움은 그녀의 최초의 열정이었으며, 그 격렬한 싸움이야말로 저항의 형태로 드러난, 타고난 격정적 애정 표시였던 것이다. 돌이켜보면 언제나 그를 사랑했던 기억만 남아 있었다. 손에 무기를 들고 그에게 적대적으로 행동했던 모습을 떠올리자 절로 미소가 번졌다. 그가 자기를 무장 해제시켰을 때의 더할 나위 없이 좋았던 느낌을 떠올려 보려고 했다. 그가 그녀를 묶었을 때 커다란 행복감을 느꼈으며, 자신이 그를 해치고 화나게 만들려고 했던 모든 행동은 오직 그의 관심을 끌기 위한 순진무구한 수단이었다고 생각했다. 그녀는 그때의 이별을 안타까워했고, 그녀가 빠져 들었던 잠을 애통해했으며, 꿈속인 양 그녀를 질질 끌고 갔던 그

버릇에 저주를 퍼부었다. 그토록 보잘것없는 사람이 자기 신랑이 되게 한 건 바로 그 버릇 때문이 아니었던가. 그녀는 변했고, 곱절로 변했다. 앞쪽으로든 뒤쪽으로든 어떻든 그녀는 변해 있었다.

그녀가 남몰래 품고 있는 감정을 밖으로 끌어내어 함께 나눌 수 있는 누군가가 있다고 하더라도 그는 그녀를 나무라지 않을 것이다. 신랑과 그 이웃 청년을 나란히 앉혀 놓고 비교한다면 물론 신랑은 더 이상 비교의 대상도 될 수 없었다. 그녀가 보기에 한쪽이 어느 정도의 신뢰를 인정하지 않을 수 없는 사람이라면, 다른 한쪽은 전적으로 신뢰할 수 있는 사람이었다. 심중의 그녀는 한 사람을 사교의 대상으로 삼고 싶었고, 다른 한 사람은 동반자로 삼고 싶었다. 그리고 더 높은 관심이 필요한 경우나 극단적인 경우를 고려한다면, 한 사람은 의심스럽지만 다른 한 사람은 전적으로 믿을 수 있을 것만 같았다. 여자들은 그런 식의 비교에 특별한 감각을 타고났으며, 그러한 감각을 더 키워 나갈 기회뿐 아니라 그럴 만한 이유도 갖고 있다.

아름다운 신부가 그런 생각들을 혼자서 아주 은밀하게 키워 가면 갈수록, 그리고 누군가가 신랑의 편에 서서 관계와 의무라는 게 무엇이며 또 어떻게 하는 게 마땅한 도리고, 바꿀 수 없는 필연적인 운명은 받아들일 수밖에 없는 것처럼 보인다고 말해 주는 경우가 적었기 때문에, 그녀의 아름다운 마음은 그만큼 더 한쪽으로 기울었다. 한편으로는 세상과 가족의 이목, 신랑과 자신의 결혼 승낙에 어쩔 도리 없이 묶여 있었고, 다른 한편으로는 성장을 거듭하는 청년이 자신의 생각과 계획과 전망에 관해 조금도 숨기지 않고, 진실하기는 하지만 결코 부드럽지는 않은 오라버니의 입장에서 그녀를 대하며, 심지어는 이제 곧 떠나간다는 이야기를 하자, 그녀에게 이전의 치기 어린 마음이 온갖 술수와 폭력과 더불어 되살아났고, 더욱 성장한 삶의 단계에서 반항심으로 무장하자 그 결과는 더욱 심각하고 파괴적으로 보였다. 그녀는 한때 미워했지만 이제는 그토록 열렬히 사랑하는 남자의 무관심한 태도에 벌을 주고, 자신이 그를 소유하지 못할 바에는 최소한 그의 상상력과 후회하는 마음과 영원히 함께하기 위해 죽기를 결심했다. 그는 그녀의 죽은 모습을 떨쳐 버리지 못해야 하며, 그녀의 마음을 알아보지 못하고, 알려고도 하지 않았으며 올바르게 평가하지도 못한 것에 대해 자책해야 마땅하다는 것이었다.

이러한 기이한 망상이 어디를 가든 그녀를 따라다녔다. 그녀는 그런 생각을 이런저런 방식으로 숨기고 있었다. 주위 사람들도 그녀가 이상하다고 생각하긴 했지만, 누구도 그녀 마음속의 진정한 이유를 발견할 만큼 주의를 기울이지 않았고 눈치가 빠르지도 않았다.

그러는 동안 친구들과 친척, 친지들은 잔치를 준비하느라 지쳐 있었다. 어떤 새로운 문제나 예기치 못한 일이 생기지 않고 그냥 지나가는 날은 거의 없었다. 그 고장의 아름다운 장소

는 빠짐없이 장식되었고 기뻐하는 많은 손님들을 맞이할 준
비가 되어 있었다. 이곳에 온 우리의 젊은이도 자기가 떠나가
기 전에 자신의 의무를 다하려고 젊은 예비부부를 가까운 친
척들과 더불어 유람선 놀이에 초대했다. 그들은 멋지게 장식
한 아름답고 커다란 배에 올라탔는데, 그것은 작은 홀과 몇 개
의 선실을 갖추고, 육상의 편의시설을 수면 위로 옮겨 놓으려
시도한 요트 중 하나였다.

　사람들은 커다란 강 위에서 음악을 들으며 배를 타고 갔다.
승객들은 뜨거운 낮 동안 갑판 아래에 모여 대화를 나누고 게
임을 즐겼다. 가만히 있을 줄을 모르는 젊은 주빈(主賓)은 늙
은 선장을 대신하여 키를 잡았고, 늙은 선장은 그의 옆에서 잠
들어 있었다. 깨어 있는 자는 하필이면 바로 그때 정신을 집중
해야만 했다. 배가 두 개의 섬이 강바닥을 좁게 만들고, 편편
한 모래톱이 양쪽에서부터 뻗쳐 있어 항해하기 위험한 지점
에 접근하고 있었기 때문이었다. 조심스러우면서도 냉철한
항해자는 선장을 깨우고 싶은 마음이 들기도 했으나, 그냥 과
감하게 용기를 내어 좁은 틈 사이로 배를 몰았다. 그런데 바로
그 순간, 한때 그의 적수였던 아름다운 그녀가 머리에 화환을
얹은 채 갑판 위에 나타났다. 그녀는 머리에서 화환을 집어 들
고는 배를 몰고 있는 그에게 던지며 외쳤다. "기념으로 이걸
받아요!" 그는 화환을 받아 들면서 그녀를 향해 소리쳤다. "방
해하지 말아요! 지금 온 힘을 다해 조심해야 한단 말이오." 그
녀가 다시 소리쳤다. "다시는 당신을 방해하지 않겠어요. 당

신은 다시는 나를 보지 못하게 돼요!" 그녀는 이렇게 말하고는 배 앞쪽으로 서둘러 갔고, 거기서 물로 뛰어들었다. 몇 사람이 소리를 질렀다. "사람 살려! 사람 살려! 사람이 물에 빠졌어요." 그는 극도로 당황했다. 요란한 소리에 늙은 선장이 잠에서 깨어나 젊은이가 넘겨준 키를 잡으려 했지만, 두 사람이 미처 교체할 시간마저 없었다. 배가 뭍에 닿자마자 남자는 거추장스러운 옷가지를 벗어 던지고는 물속으로 뛰어들어 아름다운 그 적수 아가씨 쪽으로 헤엄쳐 갔다.

물이란 그것과 친숙하고 그것을 다룰 줄 아는 사람에게는 친근한 원소(元素)다. 물은 그를 데려갔고, 능숙하게 헤엄치는 그는 물을 제대로 다스렸다. 그는 금방 자기 앞에서 떠내려가는 아름다운 그녀에게 도달했다. 그는 그녀를 붙잡고는 높이 들어 올린 채 데려갈 수 있었다. 두 사람은 강물에 거세게 떠내려가며 섬과 모래톱 지대를 한참 지나갔고, 마침내 강이 다시 넓어지고 유유히 흐르기 시작하는 곳에 이르렀다. 아무 생각할 겨를도 없이 일단 용기를 내어 그저 기계적으로 움직이던 다급한 상황에서 벗어나 이제 그는 숨을 돌릴 수 있었다. 그는 머리를 물 위로 들어 올려 주변을 살펴보고는 있는 힘을 다해 편편하고 관목 숲이 우거진 편편한 곳으로 천천히 헤엄쳤다. 그곳은 완만하고 편안하게 강 쪽으로 내려가는 지점이었다. 그는 우선 아름다운 노획물을 물기가 없는 자리에 데려다 놓았다. 하지만 그녀에게서는 생명의 숨결이 조금도 느껴지지 않았다. 절망에 빠져 있던 그에게 관목 숲 가운데를 지나가는, 발길이 많이 닿은 작은 길이 눈에 띄었다. 그는 다시 기운을 차려 소중한 짐을 다시 짊어졌고, 곧 외딴집을 발견하고는 그곳으로 갔다. 그곳에는 선량한 젊은 부부가 살고 있었는데, 그들은 위급한 불의의 사고가 일어났음을 곧장 알아차렸다. 잠시 정신을 가다듬은 후 그가 요청한 일들이 이루어졌다. 밝게 불을 밝혔고, 병상에는 모직 이불을 깔았으며, 모피와 가죽을 비롯하여 몸을 따뜻하게 데워 줄 만한 것이면 있는 대로 급히 꺼내 왔다. 사람을 구하겠다는 의욕이 다른 모든 생각을 압도했다. 반쯤 굳은 채 벌거벗고 있는 아름다운 몸을 다시 살려 내기 위해 어떤 일도 소홀히 하지 않았고, 마침내 구조는 성공했다. 그녀가 두 눈을 뜨고 친구를 바라보았으며, 천사와 같은 두 팔로 그의 목을 껴안고는 한동안 그대로 있었다. 두 눈에서 눈물이 쏟아져 나오면서 그녀는 완전히 회복되었다. "내가 당신을 이렇게 다시 만나게 되었는데도 나를 떠나갈 거예요?" 그녀가 큰 소리로 말했다. "아니요, 아니!"라고 외쳤지만 그는 자기가 무슨 말을 하는지, 무슨 일을 했는지 알지 못했다. 그가 덧붙여 말했다. "안정해야지요, 안정! 당신을 위해서, 그리고 당신과 나를 위해서도 안정해야지요."

그녀는 이제 자신을 돌아보며 비로소 자기가 처한 상황을 깨달았다. 사랑하는 사람 앞에서, 자기를 구해 준 사람 앞에서 그녀가 부끄러워할 리는 없었다. 하지만 그녀는 그도 자신을 돌볼 수 있도록 그를 놓아주었다. 그가 걸치고 있는 모든 것이 아직도 젖어 있고 물방울을 떨어뜨리고 있었기 때문이다.

그곳의 젊은 부부는 서로 의논했다. 남편은 젊은이에게, 부인은 아름다운 아가씨에게 아직도 완벽한 상태로 걸려 있는 결혼식 예복을 내어 주고는 그 한 쌍에게 머리서부터 발끝까지, 그리고 안팎으로 예복을 입게 했다. 조금 후 모험의 두 주인공은 옷을 다 챙겨 입었을 뿐만 아니라 화장까지 마쳤다. 두 사람은 너무나 아름다워 보였고, 다시 마주쳤을 때 그들은 놀란 눈으로 서로를 쳐다보았다. 그들은 자기들의 변장을 반쯤은 미소를 지으며 바라보고는 격렬한 열정으로 서로를 와락 껴안았다. 청춘의 힘과 사랑의 활력이 곧 그들을 완전히 회복시켜 주었으며, 그들을 춤추게 할 음악이 없는 게 유일하게 아쉬운 일이었다.

물에서 땅으로, 죽음에서 삶으로, 가족으로부터 황야로, 절망에서 황홀로, 무관심으로부터 애정과 정열로 돌아와 있는 자신들을 발견한다는 것, 그 모든 일이 순식간에 벌어졌음을 머리로 이해하기는 쉽지 않았다. 머리가 터져 버리거나 다시 혼미한 상태로 빠져 버릴 것 같았다. 그러한 갑작스러운 일을 견디려면 가슴이 제 몫을 온전히 다해야 했다.

이런저런 일에 온통 빠져 있다가, 그들은 한참 지나서야 남아 있는 사람들이 불안해하고 근심에 잠겨 있을 거라는 생각이 들었다. 그리고 그들을 어떻게 다시 만날까 하는 고민에 두려움과 근심을 떨쳐 버릴 수 없었다. "우리 달아나 버릴까? 아니면 숨어 버릴까요?" 청년이 말했다. "어쨌든 우리 함께 있어요." 아가씨는 그의 목에 매달리며 말했다.

배가 좌초되었다는 이야기를 들은 그곳 시골 사람이 이것저것 물어보지도 않고 강변으로 급히 내달려갔다. 마침 배가 다가왔고, 그들은 힘겹게 배를 다시 물에 띄웠다. 그들은 실종된 자들을 찾겠다는 희망으로 막연히 배를 타고 갔다. 그 시골 사람은 소리를 지르고 손짓을 보내며 배에 탄 사람들의 주의를 집중시켰고, 배가 닿기 좋아 보이는 지점에 이르러서는 직접 달려가 보았고, 그러면서 손짓과 외침을 멈추지 않았다. 배는 강변을 향해 가고 있었고, 마침내 그들이 도착했을 때 그곳에서는 정말이지 보기 드문 광경이 펼쳐졌다! 약혼자들의 양가 부모들이 허둥지둥 제일 먼저 내렸다. 신랑은 거의 의식을 잃은 상태였다. 애지중지하는 아이들이 구조되었다는 말을 들은 지 얼마 되지 않아 당사자들이 기묘한 복장을 한 채 관목 숲에서 나왔다. 젊은 쌍이 바로 앞으로 다가올 때까지 사람들은 그들을 알아보지 못했다. "아니 저게 누구야?" 어머니들이 물었고, "아니 저게 뭐람?" 아버지들이 물었다. 구조된 두 사람이 그들 앞에 무릎을 꿇었다. "당신의 아이들입니다, 부부가 됐어요." 그들이 큰 소리로 말했다. "용서해 주세요!" 아가씨가 말했고, "축복해 주세요!" 청년이 말했다. 모두들 놀라 말문이 막혀 있자, 두 사람이 말했다. "축복해 주세요!" 그러고 나서 다시 "축복해 주세요!"라는 말이 세 번째로 울려 퍼졌을 때, 누가 그것을 거절할 수 있었겠는가!

제11장

이야기를 하던 사람은 샤를로테의 감정이 극도로 흔들리는 것을 알아차리고는 잠시 멈추었다. 아니 이야기를 진작에 중단했다. 샤를로테는 자리에서 일어나 미안하다는 표정을 지으며 말없이 그 방을 나갔다. 그것은 그녀가 이미 알고 있던 이야기이기 때문이었다. 그 사건은 대위와 어떤 이웃 여인 사이에서 실제 일어났던 일이었다. 그 영국인이 이야기한 것과 완전히 같지는 않았으나, 중요한 부분은 거의 그대로였고, 세부적으로만 더 부풀려지고 더 꾸며졌던 것이다. 그러한 사건들은 대개 많은 사람의 입을 거치고, 그런 후 재치 있고 감성이 풍부한 화자의 상상력에 의해 변하기 마련이었다. 결국 이야기란 것은 대체로 실제 일어났던 일이지만, 있었던 일 그대로 전해지는 경우는 결코 없는 것이다.

오틸리에도 샤를로테의 뒤를 따라 나갔는데, 두 손님도 바라던 바였다. 이번에는 후작이 먼저 나서서 이 집 사람들이 이미 알고 있거나 심지어 집안 일과 밀접하게 연관된 것을 말하는 실수를 다시 한번 저지른 게 아닐까 하고 말했다. "앞으로 더는 잘못을 저지르지 않도록 조심해야겠네." 그가 계속해서 말했다. "우리가 여기서 많은 호의와 편안함을 누리고 있는 데 반해 우리가 이 집에 사는 여성분들을 행복하게 해 주는 일은 거의 없는 것 같아. 우리 현명하게 처신하여 떠나도록 합시다."

"솔직히 말씀드리자면……" 동행자가 말을 받았다. "저를 여기에 묶어 놓는 것은 다른 무슨 이유가 있어서랍니다. 그것을 밝혀내거나 더 자세한 내막을 알지 않고는 이 집을 떠나고 싶지 않답니다. 후작님, 어제 우리가 휴대용 사진기를 들고 공원을 지나가면서 후작님은 그림 같은 자리를 찾느라 몰두하시는 바람에 옆에서 무슨 일이 일어나고 있는지를 알아차리지 못하셨지요. 후작님은 큰길에서 벗어나 호숫가의 인적이 드문 곳으로 가셨는데 그곳에서 보이는 맞은편 풍경은 매력적이었지요. 우리와 동행하던 오틸리에는 따라오다 멈춰 서서 보트를 타고 그곳으로 가고 싶다고 말했어요. 저는 그녀와 함께 배에 올라타서 아름다운 뱃사공이 능숙하게 노 젓는 솜씨를 마음껏 누렸답니다. 저는 그녀에게 너무나 매력적인 아가씨들이 뱃사공을 대신해 노를 젓기도 하는 스위스 시절 이후로 그토록 기분 좋게 파도 위에서 넘실거려 본 적이 없었다고 말했지요. 그리고 또 아가씨가 왜 샛길로 가기를 거절하는지 묻지 않을 수 없었답니다. 왜냐하면 그 아가씨가 샛길을 피해 가는 데에는 뭔가 두렵고 당황스러워하는 구석이 있었거든요. '말씀드리더라도 비웃으시지는 마세요. 저도 잘 모르는 비밀이 있는데, 몇 가지를 말씀드리게요'라고 그녀가 다정하게 대답하더군요. '그 샛길을 지나갈 때마다 저는 아주 묘한 공포에 사로잡히곤 한답니다. 다른 곳에서는 느끼지 못했고, 저로서는 어떻게 설명해야 할지 모를 그런 공포예요. 그런 공포가 덮치면 곧장 왼쪽 머리에 두통이 시작되기 때문에 저는 그런 공포감에 빠지는 걸 더욱 꺼린답니다.' 우리는 다시 땅 위로 올라섰고, 오틸리에 아가씨는 후작님과 이야기를 나누었지요. 그러는 동안 저는 그녀가 멀리서 또렷하게 가리킨 그 자리를 살펴보았답니다. 그런데 그곳에 석탄의 흔적이 분명하게 보이지 뭡니까. 저는 정말이지 크게 놀랐답니다. 석탄 흔적을 보며 저는 이곳을 좀 더 파면 깊은 곳에서 채산성 높은 탄층을 발견할 수 있을지도 모른다는 확신이 들더군요.

죄송합니다, 후작님, 미소를 지으시는군요. 후작님은 믿지 않는 그런 일에 제가 열렬한 관심을 갖고 있는 점에 대해 후작님은 현명한 남자로서 그리고 친구로서 저를 너그럽게 보아 주신다는 걸 잘 압니다. 하지만 저는 아름다운 그 아가씨에게 진자운동을 시험 삼아 시켜 보지 않고는 이곳을 떠날 수 없답니다."

그러한 일이 화제에 오르면 후작은 이에 반대하는 이유들을 여러 차례 되풀이해 말했고, 그의 동행자는 그 이유들을 겸손하게 인내심을 가지고 듣긴 했지만 끝내 자신의 의견과 본인이 원하는 바를 고수했다. 동행자는 그런 실험이 누구에게나 성공하지는 않는다고 해서 포기하지는 말아야 하며, 그럴수록 더 진지하고 철저하게 탐구해 보아야 한다는 뜻을 반복해서 표했다. 그렇게 함으로써 현재까지는 우리에게 알려져 있지 않은 무기물 사이의 여러 연관성과 친근성, 무기물질에 대한 유기물의 여러 연관성과 친근성이 드러날지도 모른다는 거였다.

동행자는 작고 예쁜 상자 속에 담아 늘 가지고 다니는 금반지와 백철광, 그리고 다른 금속 물질들로 구성된 장비를 어느새 펼쳐 놓고는 실험을 위해 실에 매달아 흔들흔들하는 금속들을 바닥에 놓인 금속판 위로 내려놓았다. "비웃으셔도 됩니다, 후작님." 그가 말했다. "후작님의 표정을 보니 아무것도 저 친구가 원하는 대로 움직이지는 않을걸 하고 생각하시는군요. 하지만 저의 실험은 하나의 구실에 지나지 않아요. 여인들이 돌아오면 우리가 여기에서 얼마나 놀라운 일을 시작하고 있는지 궁금증이 나게끔 할 참입니다."

여인들이 돌아왔다. 샤를로테는 무슨 일이 벌어지고 있는지 금방 알아차렸다. "저는 이것들에 관해 이야기를 많이 들었어요." 그녀가 말했다. "하지만 어떤 작용이 일어나는지 직접 본 적은 없답니다. 이제 모든 걸 이렇게 멋지게 다 마련해 놓으셨으니 저한테도 효과가 있는지 한번 시험해 보도록 해요."

그녀는 실을 손에 들었다. 그녀는 사뭇 진지하게 마음의 동요 없이 실을 꼭 붙잡고 있었다. 하지만 아무런 움직임도 일어나지 않았다. 이제 오틸리에의 차례였다. 그녀는 진자를 아래에 놓여 있는 금속판 위에서 아주 침착하게, 아무런 편견과 의식이 없이 들고 있었다. 그런데 바로 그 순간, 허공에 매달려 있던 것이 마치 거센 소용돌이 속으로 끌려드는 듯했고, 밑에 있는 금속판을 다른 것으로 교체하는 데 따라서 때로는 이쪽으로 때로는 저쪽으로 때로는 원 모양으로 때로는 타원 모양으로 돌아가거나, 또는 일직선으로 움직이기도 했는데, 그것은 동행자가 기대한 바로 그 결과였으며, 그의 모든 기대를 뛰어넘는 것이었다.

후작 자신도 다소 놀라 멈칫했다. 하지만 동행자는 재미와 호기심에 넘쳐 멈출 줄을 모르고 거듭해서 실험을 되풀이하고 또 여러 방식으로 해 보라고 부탁했다. 오틸리에는 마음씨가 좋아 그의 요구를 들어 주었지만, 마침내 두통이 다시 시작되어 이제 그만하자고 그에게 상냥하게 청했다. 감탄하던, 아니 열광하던 그는 그녀가 자신의 치료법을 믿어 준다면 그 병을 완전히 낫게 해 주겠노라고 열렬하게 말했다. 사람들은 잠시 무슨 말인가 하고 의아해했다. 하지만 무슨 말인지를 금방 알아차린 샤를로테는 호의적인 제안을 거절했다. 그녀가 늘 우려하던 일이 자기 주변에서 일어나도록 내버려 두고 싶지 않았기 때문이었다.

낯선 손님들은 떠나갔다. 그들은 묘한 방식으로 감동을 주었다는 사실과는 별개로 어느 곳에서든 그들을 다시 만나 보고 싶다는 소망을 뒤에 남겨 놓았다. 이제 샤를로테는 이웃들의 방문에 대한 답례 방문을 하는 일로 아름다운 나날을 보내고 있었는데 그 일은 언제 끝날지 헤아릴 수 없을 정도였다. 주변의 마을 사람들 모두가, 일부는 진심 어린 애정으로, 또 어떤 사람들은 그저 관습에 따라 지금까지 그녀를 열심히 보살펴 주었기 때문이었다. 집에 있을 때면 그녀는 아기를 바라보는 것만으로도 활기를 얻었다. 아기는 정말이지 모든 사랑과 모든 세심한 배려를 받을 만했다. 누가 보아도 놀랍기만 한 기적 같은 아이였으며, 키나 균형이나 힘이나 건강이 다 좋아 보는 이들을 참으로 기쁘게 해 주었다. 그런데 아기가 누군가를 이중으로 닮아 사람들을 놀라게 했는데, 그 점은 날이 갈수록 더욱 뚜렷해졌다. 아기는 표정이나 전체 모습은 점점 더 대위를 닮아 갔고, 두 눈은 갈수록 오틸리에의 눈과 비슷해졌던 것이다.

이렇게 묘하게 자신과 닮았다는 사실 때문에, 그리고 다른 여인에게서 나긴 했어도 사랑하는 남자의 아기를 부드럽게 안아주는 아름다운 감정 때문에 더더욱, 오틸리에는 자라나는 아기에게 엄마, 아니 어쩌면 또 다른 의미에서의 엄마였다. 샤를로테가 외출하고 나면 오틸리에는 아기와 보모하고만 남아 있었다. 나니는 자신의 여자 주인이 모든 애정을 기울이는 것처럼 보이는 아기를 질투했고, 얼마 전부터 고집을 부리다 마침내 그녀를 떠나 자기 부모에게로 돌아가 버렸다. 오틸리에는 아기를 야외로 데리고 다녔고 점점 더 멀리까지 산책하는 데 익숙해졌다. 아기가 원할 때 먹을 것을 주려고 작은 우유병을 가지고 다녔다. 아울러 그녀는 언제나 책을 지니고 다녔는데, 아기를 팔에 안은 채 책을 읽으며 산책하는 그녀의 모습은 정말이지 우아함 그 자체였다.

제12장

  출정의 본래 목적은 달성되었다. 에두아르트는 훈장을 받고는 명예롭게 퇴역했다. 그는 곧장 저 작은 장원으로 다시 돌아갔는데, 그는 가족들이 알아차리지 못하게 그들을 세밀하게 관찰하도록 해 놓았기에 그들에 대한 정확한 소식을 그곳에서 알게 되었다. 그의 조용한 거처가 그를 아주 친근하게 맞아 주었다. 그동안 사람들이 그의 지시에 따라 이것저것 새로 만들고, 개선하고 진척시켜 놓았던 것이다. 건물이나 주변 환경이 작은 규모이긴 했지만, 집안 내부의 아담한 시설과 당장에 즐길 수 있는 것들이 그런 결점을 메워 줄 수 있었다.

  격동의 인생행로를 거치며 보다 단호한 행보에 익숙해진 에두아르트는 그가 오랫동안 숙고해 왔던 일을 이제 실행하기로 마음먹었다. 무엇보다도 우선 그는 소령'을 불렀다. 재회의 기쁨은 컸다. 친척과의 애정처럼 젊은 시절의 우정은 커다란 장점이 있는 것이어서, 어떤 종류의 실수와 오해도 그들 사이를 근본적으로 해치는 일은 결코 없으며, 시간이 조금 지나고 나면 옛날의 관계가 다시 회복되는 법이다.

소령을 반갑게 맞이하며 에두아르트는 그의 근황을 물었고, 친구는 행운이 따라 주어 자신이 바라던 대로 아주 잘 지낸다고 대답했다. 그러고 나서 에두아르트는 반쯤 농담을 섞어 가며 결혼 문제도 순조롭게 잘돼가지 않느냐고 친근하게 물었고, 친구는 정색을 하며 아니라고 대답했다.

"나는 숨길 수도 없고 또 그래서도 안 된다고 봐." 에두아르트가 말을 이었다. "자네에게 내 생각과 의도를 당장에 말하겠네. 자네는 오틸리에에 대한 나의 열정을 잘 알고 있고, 나를 이 전쟁터로 몰아넣은 것도 바로 오틸리에임을 오래전부터 알고 있었을 거야. 그녀가 없이는 아무 의미도 없는 삶에서 내가 벗어나기를 원했다는 걸 부인하지 않겠네. 하지만 동시에 자네에게 고백하지 않을 수 없는 것은, 내가 완전히 절망할 수도 없었다는 걸세. 그녀와 함께했던 행복은 몹시도 아름답고 너무나 소망하던 것이었기에, 그것을 완전히 단념하기란 내게 불가능했네. 위안이 되는 이런저런 예감과 밝은 징후는 오틸리에가 내 사람이 될 수 있다는 나의 믿음을 더 확고하게 해 주었지. 이를테면 우리의 이름이 새겨진 잔은 기공식에서 공중으로 내던졌는데도 깨지지 않았어. 누군가가 그 잔을 손으로 받았고, 그건 지금 다시 내 손에 있어. 나는 속으로 이렇게 외쳤다네. '이 외로운 곳에서 너무나 절망적인 시간을 겪은 나는 우리 둘의 결합이 가능한지 아닌지를 알기 위해 이제 그 잔 대신에 나 자신을 징표로 삼아 직접 시험해 보는 거다. 내가 직접 가서 죽음을 걸고 길을 찾아보는 거다. 미치광이로서가 아니라 살기를 원하는 한 사람으로서 말이다. 내가 쟁취하려고 목숨을 거는 것, 그 대가는 바로 오틸리에가 되어야 해. 내가 모든 적군의 전투 대열 뒤에서, 모든 방벽 안에서, 모든 포위된 요새에서 승리를 거두어 얻고자 한 것은 바로 그녀란 말이다. 오로지 오틸리에를 얻고, 잃어버리지 않으려는 일념에서 나는 내 몸을 지키기 위해 기적이라도 행할 거야.' 이러한 감정이 언제나 나를 따라다녔고, 위험에 처할 때마다 나에게 힘이 되어 주었다네. 이제 나는 온갖 장애를 극복하고, 아무것도 그의 길을 막지 않는, 말하자면 목표에 도달한 사람과 같다는 생각이 들어. 오틸리에는 나의 것이네. 이러한 상념과 그 실현 사이에 아직 가로놓여 있는 것 따위를 나는 이제 아무렇지도 않게 여기네."

"자네는 사람들이 반대할 만한 온갖 얘기를 그저 몇 마디로 끝내 버리는군." 소령이 대꾸했다. "하지만 이 말만은 다시 해야겠네. 부인과의 관계 전부를 없었던 걸로 하는 일은 자네에게 맡기겠네. 하지만 자네는 부인에게 그리고 스스로에게 이 점을 분명히 해 둘 의무가 있어. 당신들에게 아들이 있다는 사실을 생각해보게. 당신들은 그 아이 때문에 영원히 함께 있어야 할 의무가 있는 거네. 그 애의 교육과 장래를 함께 보살필 수 있도록 당신들은 함께 살아야 해."

"아이를 위해 자신이 꼭 필요하다고 여기는 것은 부모의 어리석은 생각일 뿐이야." 에두아르트가 대답했다. "모든 생명체는 영양분과 도움을 스스로 찾아내지. 그리고 아버지의 이른 죽음으로 아들이 편안하고 우호적인 조건에서 어린 시절을 보낼 수 없게 된다면, 그는 바로 그 때문에 세상살이에 대한 교육을 그만큼 더 빨리 받게 되고, 남들에게 적응해야 한다는 사실도 일찌감치 깨닫는 걸세. 그런 건 결국 우리 모두가 언젠가는 배워야 하는 것들이니까 말이야. 그리고 그 정도는 실은 문제도 안 돼. 우리는 여러 명의 아이들과 먹고 살 만큼 재산이 넉넉하니까 말이야. 게다가 그토록 많은 재산을 단 한 아이에게 넘겨주는 것은 의무도 아니고 잘하는 일도 아니지."

소령이 샤를로테가 얼마나 소중한 사람이고, 또 그동안 오랫동안 지속되어 온 에두아르트와 그녀의 관계에 대해 몇 마디 언급하려는 순간, 에두아르트가 급히 끼어들었다. "우린 과오를 저질렀어. 내 눈에는 그게 잘 보여. 나이가 어느 정도 들어서 그 옛날 청춘 시절의 소망을 실현시키려 하는 사람은 언제나 착각하기 마련이야. 왜냐하면 인간은 나이에 따라 그때마다 고유한 행복과 희망과 전망을 가지고 있으니까. 주어진 상황이나 망상에 따라 앞으로 나아가거나 뒤로 물러서는 사람들은 불행한 거야! 그런데 우리가 한 번 어리석은 짓을 저질렀다고, 그것이 평생 지속되어야 한단 말인가? 신중을 기하려고 그 시대의 윤리가 금지하지도 않은 것을 굳이 거부해야 한단 말인가? 많은 경우에 인간들은 자신의 계획이나 행위를 취소하기도 하지. 더군다나 부분이 아니라 전체가 문제 되고, 삶의 몇몇 조건이 아니라 삶 전체가 문제가 되는 이런 경우에 그렇게 하지 말란 법이 어디 있단 말인가!"

소령도 그 못지않게 능숙한 언변으로 에두아르트에게 부인과 가족, 세상과 재산에 대한 그의 이런저런 견해를 힘주어 개진했다. 하지만 에두아르트의 관심을 확 끌어당기지는 못했다.

"이보게, 친구." 에두아르트가 대꾸했다. "모든 것은 전투의 와중에 내 머릿속을 스쳐 지나간 생각들이야. 굉음이 부르르 대지를 뒤흔들고, 총알이 휙휙 소리 내며 날아가고, 좌우에서 전우들이 쓰러지고, 나의 말이 총알에 맞고, 내 모자에 구멍이 나던 때 말이야. 별이 총총한 하늘 아래 고요한 밤에 불 주변에 앉았을 때 그런 상념들이 어른거렸어. 나와 연결된 모든 관계가 영혼 앞에 떠올랐지. 그것을 곰곰이 생각해 보았고, 깊이 느껴 보았다네. 나는 그 관계를 반복해서 운명으로 받아들였고, 이제는 평생 운명으로 받아들일 거야.

내 어찌 숨길 수 있겠나. 그런 순간에는 자네도 내 곁에 있었고, 내 벗 중의 한 사람이었어. 우린 이미 오래전부터 서로가 서로에게 속해 있지 않은가? 내가 자네에게 빚진 게 있다면 앞으로 이자까지 더해 돌려줄 셈이야. 또한 자네가 내게 빚이 있다면, 자네도 갚을 수 있는 능력이 있어. 내가 알기로 자네는 샤를로테를 사랑하고 있어. 그리고 그녀는 그럴 만한 자격이 있지. 샤를로테도 자네에게 관심이 없지 않다는 걸 난 알아. 샤를로테가 자네의 가치를 왜 모르겠나! 그녀를 나에게서 데려가고, 오틸리에가 나에게 오도록 해 주게! 그러면 우리는 이 세상에서 가장 행복한 남자들이 되는 걸세."

"자네는 너무나 값진 선물로 나를 매수하려는군." 소령이 답했다. "그래서 나로서는 그만큼 더 조심스럽고 엄격하지 않을 수 없네. 나도 마음속으로는 높이 사는 그 제안은 이 일을 쉽게 해 주기보다는 오히려 더 어렵게 만들 걸세. 이것은 자네뿐 아니라 나와도 연관된 일이고, 두 남자의 운명과 좋은 평판과 명예가 걸린 문제야. 그 둘은 지금까지 그런대로 욕먹지 않고 지냈는데 이제 이상하다고 할 수밖에 없는 행동으로 세상 사람들이 '저렇게 망측한 짓을 하다니' 하고 바라볼 위험에 처해 있다는 말일세."

"우리가 욕먹지 않고 살아왔다는 사실 자체가 바로 우리가 한 번은 욕을 먹어도 좋다는 말이 아니겠나." 에두아르트가 대꾸했다. "평생을 자기가 믿을 만한 사람임을 보여 주었다면, 다른 사람들의 경우에 모호하다는 평가를 받을 행동조차도 신뢰받을 수 있지 않겠나. 나의 경우로 말하자면, 스스로 자초한 지난 시련들을 통해, 다른 이를 위해 감행한 어렵고 위험에 찬 행위를 통해 이제 나 자신을 위해서도 뭔가를 할 수 있는 정당성을 갖게 된 거네. 자네와 샤를로테의 경우, 그 문제는 미래에 맡길 일이겠지. 하지만 자네도 그 누구도 나의 뜻을 막을 수는 없어. 누가 내게 도움의 손길을 내민다면 나도 모든 일을 다 받아들일 용의가 있어. 하지만 나를 그냥 방관한다거나 심지어 내 반대편에 선다면 극단적인 일이 생기고 말 거야."

소령은 에두아르트의 의도를 어떻게든 막는 것이 자신의 의무라고 생각했다. 그래서 그는 자기가 양보하는 것처럼 보이게 하면서, 교묘한 화법을 동원하여 헤어짐과 재결합의 형식과 절차만을 거론했다. 하지만 그 과정에서 이런저런 불쾌하고 부담스럽고 적절하지 않은 이야기들이 나옴으로써 에두아르트의 기분은 최악의 상태로 빠졌다.

"그래서 우리가 원하는 게 있을 땐 적에게서뿐만 아니라 친구에게서도 강제로 뺏어야 하는 거야." 그가 마침내 말했다. "내가 하고자 하는 것, 내게 없어서는 안 될 것을 나는 분명히 알아. 곧 신속하게 그걸 붙잡고 말 거야. 그러한 상황은 우리 앞에 서 있는 많은 것이 무너지지 않고는, 그리고 굳어지려고 하는 많은 것이 부드러워지지 않고는 없어지지도 않고 생겨나지도 않는다는 걸 나는 잘 알아. 궁리만 한다고 일이 매듭지어지지는 않아. 오성 앞에서는 모든 권리가 다 동등하지. 위로 올라가는 저울대에는 언제나 다시 그것을 내려가게 하는 무거운 추가 올려지기 마련이야. 그러니 친구, 나를 위해서, 자네를 위해서 행동을 결심하게. 나를 위해서, 자네를 위해서 이 상황을 풀고 해결하고 매듭짓도록 마음을 단단히 먹게! 다른 번잡한 생각은 그만두게. 우린 어차피 온 세상이 우리에 대해 떠들어 대도록 만들었네. 세상은 우리에 관해 다시 떠들겠지만, 그 후에는 더 이상 새로울 것 없는 모든 일처럼 우리 일을 잊어버리고, 더 이상 우리에게 관심을 두지 않고 우리가 하는 대로 내버려 둘 걸세."

소령은 다른 도리가 없었다. 마침내 에두아르트는 그 문제를 기정사실로 그리고 이미 결정된 것으로 보고 있으며, 모든 일을 어떻게 이루어 낼지 사안마다 구체적으로 계획하고 있으며, 또

한 미래를 아주 명랑하게 심지어는 농담조로 맞이하고 있음을 인정해야 했다.

에두아르트는 진지하게 사색에 잠겨 다시 이야기를 계속했다. "모든 게 저절로 해결되고, 우연이 우리를 이끌어가고 도와줄 거라는 희망과 기대를 품고 있다면, 그것이야말로 벌 받아 마땅한 자기기만이네. 그런 식으로는 우리를 구제할 수도 없고, 전면적인 안정을 되찾을 수도 없어. 내가 아무런 잘못도 없이 전부 책임져야 한다면, 어떻게 자신을 달랠 수 있겠나! 내가 우겼기 때문에 샤를로테로 하여금 자네를 우리 집에 오게 했고, 오틸리에도 그 변화의 와중에 우리 집으로 온 것이었지. 거기서 생겨난 일은 우리로서도 어쩔 수 없지 않은가. 하지만 그 일을 해롭지 않게 만들고, 이 상황을 우리의 행복으로 이끌어갈 수는 있네. 내가 우리를 위해 펼쳐 보이는 이 아름답고 우호적인 전망으로부터 자네는 눈을 돌려도 좋고, 또 우리 모두에게 서글픈 체념을 하라고 제안해도 좋아. 자네가 그것이 가능하다고 보고, 자네가 또 그렇게 할 수 있다면 말이야. 하지만 우리가 옛날 상태로 되돌아가기로 작정한다면, 좋은 일도 즐거운 일도 없고, 부적절하고 불편하고 짜증 나는 일들만 일어나지 않겠나? 자네는 지금 행복한 상태지만, 자네가 나를 방문하거나 나와 함께 지내는 걸 방해받는다면 자네는 기쁠 텐가? 지금까지 있었던 일로 미루어 보건대 그것은 언제까지나 괴로운 일이 될 거야. 샤를로테와 나는 아무리 많은 재산에도 불구하고 슬픈 상태로 지내게 될 걸세. 자네도 세상의 다른 사람들처럼, 세월이

지나고 서로 멀리 떨어져 있으면 그러한 감정들도 무뎌지고, 아주 깊이 새겨진 자취도 사라지게 될 거라고 믿을지 모르겠네만, 자네와 그들이 말하는 세월이란 고통과 외로움 속에서가 아니라 기쁨과 안락함 속에서 지내는 세월을 말하는 거네. 이제 마지막으로 가장 중요한 이야기를 할까 하네. 우리야 외부 사정과 내부 사정에 따라 어쨌거나 기다릴 수 있지만, 오틸리에는 어떻게 되겠나. 우리 집을 떠나 우리의 보살핌도 받지 못한 채 거칠고 차가운 세상에서 가련하게 짓눌려 살아야 하지 않는가! 내가 없이도, 우리가 없이도 오틸리에가 행복할 수 있는 상황을 말해 보게나. 그게 가능하다면 자네의 주장은 그 어떤 주장보다 더 설득력이 있을 것이고, 내가 수긍할 수 없고 받아들일 수 없다 하더라도 기꺼이 다시 고려해 보겠네."

물론 그것은 쉽게 해결될 문제는 아니었다. 적어도 소령에게는 만족할 만한 답변이 떠오르지 않았다. 그로서는 그 문제가 너무나 중요하고 심각하고, 여러모로 위태로운 만큼 적어도 그 것을 어떻게 다룰지 신중하게 또 신중하게 고민할 필요가 있다는 말을 수차례 강조하는 것 외에는 별다른 도리가 없었다. 에두아르트는 그의 말을 받아들였지만, 그 문제와 관련하여 그들의 의견이 완전히 일치하고 이런저런 조치가 취해질 때까지 소령이 자기 곁을 떠나지 않는다는 조건 하에서였다.

제13장

　서로 완전히 낯설고 무관한 사람들이라도 한동안 함께 살면 자신의 내면을 서로 보여 주게 되고, 그러면 일종의 친근감이 생겨나기 마련이다. 그런 마당에 다시 서로 가까이 살면서 날마다 함께 지내게 된 우리의 두 친구가 서로에게 숨길 게 없으리라는 사실은 충분히 예상할 수 있다. 그들은 지난날을 되돌아보았다. 소령은 에두아르트가 여행에서 돌아왔을 때 샤를로테가 에두아르트에게 오틸리에를 소개하며 앞으로 그 아름다운 아가씨와 결혼을 주선하려 했던 일을 떠올렸다. 에두아르트는 그 사실을 알고는 마음의 혼란을 일으킬 정도로 황홀해했고, 그 때문에 샤를로테와 소령이 서로 애정을 품고 있다는 사실을 거리낌 없이 말하지 않았던가. 그것이 자기에게도 편안하고 유리한 일이었기 때문에 그 일을 미주알고주알 공개했던 것이다.

　소령은 그 사실을 완전히 부인하지도 못하고, 그렇다고 전적으로 시인할 수도 없었다. 하지만 에두아르트는 그럴수록 그 이야기를 기정사실화했다. 그는 그 모든 일을 가정하여 보는 게 아니라 이미 벌어진 일로 여겼다. 관련된 모든 사람이 각자 자기가 원하는 일에 동의하기만 하면 됐다. 이혼은 명백하게 가능한 일이었다. 곧 새로운 결합이 이루어질 것이고, 그러면 에두아르트는 오틸리에와 여행을 떠나고자 했다.

상상력이 유쾌하게 그려 낼 수 있는 것 중, 아마도 사랑하는 연인들이나 젊은 부부가 새롭고 신선한 세상에서 그들의 새롭고 신선한 관계를 즐기며, 다채롭게 변화하는 상황 속에서 그들의 지속적인 결속을 시험하고 확인해 보려고 하는 것보다 매혹적인 이야기는 없으리라. 한편 에두아르트는 토지와 재산 그리고 지상의 가치 있는 건축물들에 관한 모든 사항을 소령과 샤를로테가 만족할 수 있게 합법적으로 집행할 수 있는 전권을 그 둘에게 부여할 예정이었다. 그렇게 하여 에두아르트가 얻을 가장 큰 이점으로 여겨지는 것은 다음과 같았다. 아기는 엄마와 함께 있게 되므로 소령이 아기를 교육하고 그의 생각대로 지도하며 아기의 능력을 개발할 수 있다. 그렇게 하면 세례식에서 아기에게 에두아르트와 소령의 이름인 오토라는 이름을 붙여 준 일이 헛되지 않을 것이다.

이 모든 생각이 너무나 확고했기 때문에 에두아르트는 하루라도 일을 미루지 않고 진척시키려고 했다. 그들은 장원으로 가던 도중에 작은 도시에 당도했다. 그곳에 에두아르트 소유의 집이 한 채 있었기에, 그는 거기에 머무르면서 소령이 갔다가 다시 돌아왔으면 하고 바랐다. 하지만 그는 그곳에서 당장 내리지는 못하고, 마을을 지나 친구를 따라갔다. 두 사람은 말을 타고 진지한 대화에 빠진 채 한참을 더 갔다.

어느 순간 저 멀리 언덕 위에 새로운 집이 보였다. 그들은 별장의 빨간 벽돌이 반짝이는 것을 처음으로 본 사람들이었다. 에두아르트는 억누를 수 없는 그리움에 사로잡혔다. 오늘 밤 안으로 모든 것을 결정짓고 싶었다. 그는 바로 가까이에 있는 마을에 몸을 숨긴 채 머물기로 했다. 에두아르트는 소령이 샤를로테에게 그 문제를 긴박하게 꺼내어 신중한 그녀에게 틈을 주지 말고 돌발적으로 청혼함으로써 그녀의 마음을 열어야 한다고 생각했다. 에두아르트는 자신의 소망이 바로 그녀의 소망이라고 여겼기에, 그렇게 함으로써 자기가 그녀의 간절한 바람을 충족시켜 주는 것이라고 확고하게 믿었다. 그리고 에두아르트의 뜻도 다르지 않기에 그녀로부터 금방 승낙을 얻어 내기를 바랐던 것이다.

그는 행복한 결말을 눈앞에 떠올리며 기뻐했고, 숨어 기다리는 자기에게 소식이 빨리 전해지도록 몇 발의 폭죽을 발사하든지, 그때가 밤이라면 몇 발의 신호탄이라도 쏘아 올리라고 당부했다.

소령은 성 쪽으로 말을 달렸다. 샤를로테는 만나지 못하고, 그녀가 요즈음은 언덕 위의 새 건물에 살고 있고, 지금은 이웃 마을을 방문하고 있어서 오늘 그렇게 빨리 돌아오지는 않을 거라는 얘기만 들었다. 그는 말을 세워 둔 주막으로 다시 돌아왔다.

그동안 억제할 수 없는 초조감에 휩싸여 있던 에두아르트는 그가 은신하고 있던 곳을 빠져나와, 사냥꾼이나 어부 들에게만 알려진 인적 드문 오솔길을 통해 자신의 장원으로 갔고, 저녁 무렵에는 호수와 가까운 곳의 관목 숲에 이르렀다. 그곳에서 그는 호수의 수면을 처음으로 완전하게 있는 그대로 보았다.

오틸리에는 그날 오후 호수 쪽으로 산책을 갔다. 아기를 데리고 갔으며 늘 그랬던 것처럼 걸어가면서 책을 읽었다. 그렇게 하여 그녀는 승선장 근처에 떡갈나무들이 있는 곳에 이르렀다. 아기는 잠들어 있었다. 그녀는 자리를 잡고 앉았고 아기를 옆에 눕히고는 계속 책을 읽었다. 그 책은 독자를 섬세한 감정에 빠져 들게 하여 놓아 주지 않는 유의 책이었다. 그녀는 시간을 잊고 있었고, 새 건물이 있는 데까지 걸어서 돌아가는 길이 멀다는 사실도 잊었다. 책 속에, 그리고 자기 자신에게 빠져 있는 그녀의 모습은 너무나 사랑스러웠기 때문에 주변의 나무와 관목들이 살아서 눈을 가졌더라면 그 모습을 보며 경탄하고 기뻐했을 것이다. 마침 그때 저물어 가는 태양의 불그스레한 햇살이 등 뒤에서 내리쪼이며 그녀의 뺨과 어깨를 금빛으로 물들이고 있었다.

남의 눈에 띄지 않게 들어가 자신의 공원이 비어 있고 주위에 아무도 없음을 안 에두아르트는 용기를 내어 점점 더 앞으로 나아갔다. 마침내 그는 관목 숲을 지나 떡갈나무들이 있는 곳에 도달해, 거기서 오틸리에를 보며, 그녀도 그를 본다. 그는 그녀에게로 나는 듯이 달려가 그녀의 발밑에 엎드린다. 서로 정신을 차리려고 애를 쓰며 한동안 침묵이 흐른 후 그는 몇 마디로 자기가 왜 그리고 어떻게 이곳에 오게 되었는지를 그녀에게 들려준다. 그는 자기가 소령을 샤를로테에게 보냈으며, 아마도 이 순간 그 두 사람의 운명이 결정되었을 거라고 말한다. 자기는 그녀의 사랑을 단 한 번도 의심한 적이 없으며, 그녀 역시 자기의 사랑을 의심한 적이 결코 없었을 것이라 단언한다. 그는 그녀의 동의를 구한다. 그녀는 머뭇거렸고, 그는 그녀에게 간청했다. 그리고 이전에 누렸던 권리가 당연하다는 듯이 그녀를 팔에 안으려고 했다. 그러자 그녀가 아기를 가리켰다.

아기를 본 에두아르트는 깜짝 놀란다. "이럴 수가!" 그가 큰 소리로 외쳤다. "내 아내와 내 친구가 나의 의심을 살 일이 있다면, 이 아이의 모습은 그들에게 엄청나게 불리한 증인이 되겠군. 이 아이는 소령의 모습을 빼닮았잖아? 이렇게 꼭 닮은 경우는 본 적이 없어."

"그렇지 않아요!" 오틸리에가 대답했다. "온 세상 사람들은 아기가 나를 닮았다고 말해요." 에두아르트가 대꾸했다. "그게 말이 되는 소리야?" 그런데 그 순간 아기가 커다랗고 검은, 뚫어 보는 듯 깊고 다정스러운 두 눈을 떴다. 사내 아기는 세상일을 이미 잘 안다는 듯한 눈길로 에두아르트를 쳐다보았다. 자기 앞의 두 사람을 알아보는 듯했다. 에두아르트는 아기 앞에 무릎을 털썩 꿇었고, 오틸리에 앞에도 거듭 무릎을 꿇었다. "그래 바로 당신이야!" 그가 외쳤다. "바로 당신의 눈이야. 제발! 당신의 눈을 들여다보게 해 주오. 이 아기를 태어나게 했던 그 불행한 시간 위에 드리워졌던 베일을 걷어 버리자고. 남편과 부인이 마음이 멀어져 버린 상태에서 서로 껴안았지만, 간절한 소망이 그 법적인 부부 관계를 해체시키다니. 내가 그런 불행한 생각을 했다는 사실을 듣고 당신의 순수한 영혼은 깜짝 놀랄 테지? 아니지, 아니야. 우리가 기왕에 여기까지 왔고, 내가 샤를로테와 이혼해야 하고, 이제 당신은 내 사람이 될 것이니 그런 이야기를 하지 못하란 법도 없겠지? 심하게 말한다면, 이 아기는 이중의 불륜으로 태어났다오! 나와 내 부인을 결합시켜 주어야 마땅할 이 아기는 나를 내 부인으로부터, 그리고 내 부인을 나로부터 갈라놓고 있는 거요. 이 아기가 내게 불리한 증언이 될 수도 있지만, 다른 여인의 팔에 안겨 있으면서도 내 마음은 당신에게 가 있었다는 사실을, 이 아름다운 두 눈이 당신의 두 눈에 말해 주었으면 하오. 오틸리에, 내가 그 잘못을, 그 범죄를 오로지 당신의 팔에 안겨서만 속죄할 수 있다는 걸 느껴 주었으면 하오!"

"자 들어 보시오!" 그 순간 총소리가 들려왔고, 그것을 소령이 보낸 신호라고 믿으며 자리에서 벌떡 일어나며 그가 외쳤다. 그러나 그 소리는 근처의 산에서 어떤 사냥꾼이 발사한 총소리였다. 그러고는 아무 소리도 뒤따르지 않았다. 에두아르트는 초조해졌다.

오틸리에는 그제야 해가 산 너머로 졌음을 알아차렸다. 햇살은 건물 위쪽의 창들에서 마지막으로 되비치고 있었다. "떠나세요, 에두아르트!" 오틸리에가 외쳤다. "우리는 그토록 오래 헤어져 지냈고, 그토록 오래 참아 왔어요. 우리 두 사람이 샤를로테에게 얼마나 많은 빚을 지고 있는지 생각해 보세요. 그녀가 우리의 운명을 결정해야 해요. 우리가 앞서 나가지는 말기로 해요. 그분이 허락한다면 저는 당신 거예요. 그렇지 않다면 저는 당신을 단념해야 해요. 결정이 곧 내려질 거라고 하니 우리 기다려 보기로 해요. 소령께서 당신을 기다릴 마을로 돌아가세요. 해명이 필요한 일들이 많을 거예요. 그런데도 그냥 폭죽을 쏘아 올려 그분의 행동이 성공했다는 걸 알리는 게 가능한 일일까요? 어쩌면 그분은 이 순간 당신을 찾고 있을지도 몰라요. 그분은 샤를로테를 만나지 못했어요. 전 그걸 알아요. 그분은 아마도 샤를로테를 마중 나갔을 거예요. 그분이 간 곳을 사람들이 알고 있으니까요. 여러 가지 가능성이 있어요! 저를 가게 내버려 두어요! 지금 샤를로테가 오고 있는 중일 거예요. 저 위에서 제가 아기를 데리고 오기를 기다리고 계실 거예요."

오틸리에가 서두르며 말했다. 그녀는 모든 가능성을 고려해 보았다. 그녀는 에두아르트 곁에 있어서 행복했지만, 이제 그를 떠나보내야 한다고 느꼈다. "제발요, 내 사랑!" 오틸리에가 외쳤다. "돌아가세요. 가서 소령님을 기다리세요!" 에두아르트는 그녀를 열정적으로 쳐다보다 두 팔로 힘껏 껴안으며 말했다. "당신의 명령을 따르리다." 그녀는 두 팔로 그를 감싸 안고는 너무도 부드럽게 가슴에 끌어안았다. 하늘에서 떨어지는 별처럼 희망이 그들의 머리 위로 스쳐 지나갔다. 그들은 서로를 서로의 것이라 생각하고 또 믿었다. 그들은 처음으로 격정적으로 마음껏 키스하고는 괴로워하며 할 수 없이 헤어졌다.

해는 졌고 어느새 어둠이 내렸으며 호숫가에는 촉촉한 향기가 퍼지고 있었다. 오틸리에는 혼란스러우면서도 감격한 채 서 있었다. 그녀가 산 위의 별장 쪽을 바라보았을 때 발코니에서 샤를로테의 하얀 옷이 보이는 듯했다. 호수를 빙 돌아가는 길은 멀었다. 그녀는 샤를로테가 초조한 마음으로 아기를 기다리고 있다는 사실을 너무나 잘 알았다. 건너편에 플라타너스 나무들이 서 있는 게 보이고, 오로지 호수의 물이 그녀를 곧장 그 건물로 데려가 주는 소로로부터 갈라놓고 있다. 그녀의 마음은 두 눈과 더불어 이미 호수 건너편에 가 있다. 아기를 안고 함부로 물을 건너다니 하는 걱정은 그 충동 앞에서 사라진다. 그녀는 서둘러 보트 쪽으로 달려간다. 심장이 두근거리는 것도, 다리가 후들거리는 것도, 감각이 사라져 버릴지도 모른다는 것을 느끼지 못한다.

오틸리에는 보트에 올라타 노를 잡고는 보트를 뭍에서 밀어낸다. 더 힘을 주어 다시 보트를 밀어내자 보트가 흔들거리며 호수 쪽으로 조금 미끄러져 간다. 왼팔로는 아기를 안고, 왼손으로는 책을 쥐고, 오른손으로는 노를 쥔 채 그녀도 흔들거리며 보트 안에서 넘어진다. 그녀가 몸의 균형을 잡으려는 순간 노가 그녀의 손에서 벗어나 한쪽으로, 아기와 책은 다른 쪽으로, 모든 것이 물에 빠진다. 아기의 옷을 붙잡지만 자세가 불안해 그녀 자신도 서 있기 힘들다. 비어 있는 오른손만으로 몸을 돌려 일으키기는 힘들다. 마침내 아기를 물에서 건져 올렸지만 아기는 두 눈을 감고 있고 숨을 쉬지 않는다.

그 순간 정신이 번쩍 들지만, 고통만 그만큼 더 크게 느낄 뿐이다. 보트는 거의 호수 한가운데서 맴돌고, 노는 저 멀리 떠내려가고 있으며, 호숫가에는 아무도 보이지 않는다. 혹시 누군가를 본다고 한들 무슨 소용이겠는가! 모든 것으로부터 고립된 채 그녀는 믿을 수 없고 무정하기만 한 물 위에 떠 있다.

그녀는 혼자서 애를 쓴다. 그녀는 익사한 사람들을 구한 이야기를 자주 들었다. 심지어는 그녀의 생일날 밤에 그런 일을 직접 경험하기도 했다. 그녀는 아기의 옷을 벗기고 자신의 모슬린 옷으로 아기의 축축한 몸을 닦는다. 그녀는 가슴을 풀어헤쳐 처음으로 밖으로 드러낸다. 처음으로 그녀는 순결하고 벌거벗은 가슴에 생명체를 갖다 댄다. 아! 그러나 그것은 살아 있는 생명체가 아니다. 불행한 아기의 차가운 몸이 그녀의 가슴속 깊이까지 싸늘하게 한다. 그녀의 눈에서 끝없이 솟아나는 눈물은 굳어 버린 아기의 피부에 잠시나마 온기와 생기를 잠시나마 띠게 한다. 그녀는 쉬지 않고 아기를 자신의 목도리로 감싸고, 쓰다듬고, 꼭 안고, 입김을 불어 넣고, 입을 맞추고 눈물을 흘림으로써 이 외딴곳에서는 바랄 수 없는 도움을 대신할 수 있다고 믿는다.

모든 게 헛되다! 미동도 없이 아기는 그녀의 팔에 안겨 있고, 미동도 없이 보트는 수면 위에 떠 있다. 그러나 그녀의 아름다운 감정은 이 순간에도 그녀를 그냥 있게 하지 않는다. 그녀는 하늘 쪽으로 향한다. 그녀는 보트 안에서 무릎을 꿇고는 두 손으로 그녀의 순결한, 희기는 하지만 그 차가움이 대리석을 닮은 가슴 위로 굳어 버린 아기를 두 손으로 들어 올린다. 젖은 눈길로 그녀는 하늘을 올려다보며 도와 달라고 외친다. 부드러운 영혼은 그 어느 곳에서도 들어주지 않는 간절한 소망을 하늘이 이루어 주기를 바란다.

그녀가 하늘 쪽으로 향한 것이 헛되지만은 않았다. 별들이 어느새 하나씩 하나씩 반짝이기 시작한다. 부드러운 바람이 불어와 보트를 플라타너스 나무들이 있는 곳으로 밀어 간다.

제14장

오틸리에는 새 별장으로 달려가서, 외과 의사를 불러 그에게 아기를 건네준다. 어떤 일에든 침착하게 행동하는 그 남자는 평소에 하던 대로 가냘픈 시체를 차근차근 살펴본다. 오틸리에는 모든 일에 시중을 든다. 그녀는 마치 다른 세상에서 떠돌아다니는 듯 무슨 일인가를 하고 무엇을 가져오고 또 보살핀다. 최악의 불행은 최고의 행복이나 마찬가지로 모든 사물의 모습을 바꾸어 놓기 때문이다. 활달한 의사는 이런저런 진찰을 다 해 본 후 희망에 찬 그녀의 질문에 처음에는 침묵으로, 그러고는 나지막한 목소리로 '아니오'라고 대답했다. 그녀는 이 모든 일이 벌어지고 있는 샤를로테의 침실을 나간다. 그녀는 거실에 들어서자마자 소파까지 가지도 못한 채 기진하여 양탄자 위로 고꾸라진다.

그때 샤를로테가 탄 마차가 도착하는 소리가 들린다. 외과 의사는 둘러서 있는 사람들에게 자리에 그대로 있어 달라고 간곡하게 부탁하고, 자기가 그녀를 마중 나가 사실을 알려 주려고 한다. 그러나 샤를로테가 어느새 방으로 들어선다. 그녀는 바닥에 쓰러져 있는 오틸리에를 발견하고, 집안의 한 아가씨가 큰 소리로 울음을 터뜨리며 그녀에게로 넘어지듯 달려간다. 외과 의사가 안으로 들어오고 그녀는 순식간에 모든 사실을 알게 된다. 하지만 그녀가 어떻게 모든 희망을 금방 놓아 버리겠는가! 노련하고 솜씨 좋고 현명한 의사는 아기를 보지는 말아 달라고 그녀에게 당부한다. 다른 새로운 시도라도 해 보려는 것처럼 그녀를 속이기 위해 그는 자리를 떠난다. 그녀는 소파에 앉아 있고, 오틸리에는 여전히 바닥에 누워 있지만 아름다운 머리를 샤를로테의 무릎에 기댄 채 축 늘어뜨리고 있다. 의사는 이리저리 왔다 갔다 한다. 그는 아기를 살리려 애쓰는 듯하지만 실은 여자들에게 신경을 쓰고 있다. 그러는 사이에 자정이 되고, 죽음의 적막은 점점 더 깊어 간다. 샤를로테는 아기가 다시 살아나지는 못하리라는 생각을 이제 더는 떨치지 못한다. 그녀는 아기를 보여 달라고 요구한다. 사람들은 아기를 깨끗한 모직 천으로 따뜻하게 감싼 채 바구니 안에 눕혀 그녀가 앉은 소파 옆에 가져다준다. 얼굴만은 가려져 있지 않다. 아기는 고요하고 아름답게 거기 누워 있다.

사고 소식에 마을이 발칵 뒤집혔고, 소식은 즉시 주막집까지 알려졌다. 소령은 낯익은 길을 따라 올라갔다. 그는 집을 한 바퀴 돌아보았고, 그때 마침 부속 건물에 무언가를 가지러 가던 사환을 불러 세워 자세한 소식을 듣고는 의사를 밖으로 불러냈다. 밖으로 나온 의사는 이전부터 자신을 아껴 주던 사람의 출현에 놀라면서 그에게 현재 상황을 들려주었고, 그가 와 있다는 사실을 샤를로테에게 알려 주겠노라고 말한다. 의사는 안으로 들어가 말문을 열었고, 이런 일 저런 일로 상상력을 끌고 다니다가 마침내 샤를로테에게 소령을 화제에 올렸다. 그가 남의 일에 관심을 기울이는 사람이고, 그 정신과 성향이 친근한 사람임을 말하면서 곧장 실제 상황으로 넘어가도록 이야기를 끌어갔다. 그렇게 충분히 이야기한 후, 그녀에게 그 친구가 바로 문 앞에 와 있으며, 그가 모든 상황을 알고 있고 안으로 들어오고 싶어 한다는 사실을 그녀에게 알려 주었다.

소령이 들어왔다. 샤를로테는 고통스럽게 미소 지으며 그를 맞이했다. 그가 그녀 앞에서 멈추어 섰다. 그녀는 시체를 덮은 녹색의 비단 이불을 걷어 올렸고, 그는 어둑어둑한 촛불 빛 아래서 자기를 꼭 닮은 아기를 보고는 속으로 놀라지 않을 수 없었다. 샤를로테는 앉으라고 의자를 가리켰고, 그들은 말없이 마주 보며 앉은 채 밤을 꼬박 새웠다. 오틸리에는 여전히 샤를로테의 무릎에 기대어 조용히 누워 있었다. 그녀는 부드럽게 숨 쉬었다. 그녀는 잠을 자고 있었다. 아니면 잠을 자는 듯이 보였다.

아침이 밝아왔고 불은 꺼졌다. 두 사람은 흐릿한 꿈에서 깨어난 듯했다. 샤를로테는 소령을 똑바로 보며 차분하게 말했다. "이야기해 주세요. 무슨 연유로 이곳으로 와 이 장례식에 참여하게 되었나요?"

소령은 그녀가 물었을 때 그랬듯이 아주 나직하게 대답했다.

오틸리에가 깨어날까 염려라도 하는 듯했다. "지금은 주저하거나 뜸 들이거나 조심스럽게 말을 꺼낼 상황이 아닙니다. 제가 보기에 지금 부인이 처한 상황은 너무 심각해서 제가 왜 왔는지는 아무런 의미도 없어요."

이어서 그는 침착하고 간결하게 자신이 오게 된 연유를 고백했다. 에두아르트가 보내서 오긴 했지만, 자신의 자유의사와 관심도 없지 않았노라고 말했다. 그는 두 사연을 아주 부드러우면서도 솔직하게 털어놓았다. 샤를로테는 침착하게 귀를 기울였으며, 그 말을 듣고는 놀라워하지도 싫어하지도 않는 듯했다.

소령이 이야기를 마치자 샤를로테는 그가 자신의 의자를 바싹 끌어당겨야 할 만큼 낮은 목소리로 대답했다. "지금 이러한 경우는 아직 겪어 본 적이 없지만, 이와 비슷한 경우에 저는 늘 '내일은 어떻게 될 건가?'라고 말하곤 했어요. 이제 여러 사람의 운명이 제 손에 달려 있다는 걸 잘 알아요. 제가 어떻게 할 건지는 분명하므로 그걸 당장 밝히겠어요. 저는 이혼에 동의하겠어요. 좀 더 일찍 결심해야 했어요. 제가 망설이고 저항하는 바람에 아기를 죽인 거예요. 운명이 끈질기게 시도하는 일들은 있기 마련이에요. 이성이나 덕망이라든지, 의무나 성스러움 같은 것들이 그 길을 막으려 해도 헛될 뿐이에요. 우리에게는 부당해 보이지만 운명이 옳다고 하는 것들은 일어나기 마련이랍니다. 우리는 원하는 대로 행동하지만, 운명은 끝내 자신을 관철하고 말아요.

제가 지금 도대체 무슨 말을 하는 거죠! 운명은 제가 경솔하게도 거부해 왔던 저 자신의 소망과 계획을 다시 진행시키려고 해요. 오틸리에와 에두아르트가 가장 잘 어울리는 한 쌍이라고 판단했던 건 바로 제가 아니었던가요? 바로 제가 두 사람을 결합시키려 애쓰지 않았던가요? 소령님도 그런 계획을 저와 함께 알고 있지 않았나요? 제가 어쩌자고 한 남자의 고집과 진정한 사랑을 구별할 줄 몰랐던 걸까요? 여자 친구로서 그를 받아들이고, 또 다른 신부를 행복하게 해 줄 수도 있었는데, 제가 왜 그의 구혼을 받아들였던 걸까요? 여기 잠들어 있는 이 불행한 여인을 좀 보세요! 그녀가 죽은 듯한 잠에서 깨어 정신을 차릴 순간을 생각하니 몸이 떨려요. 놀랍기만 한 우연의 장난으로 그녀가 에두아르트에게서 빼앗아 간 것을 자신의 사랑으로 대신해 줄 희망마저 없다면 그녀는 어떻게 살아가고 무엇에서 위안을 얻을 수 있겠어요? 제가 보기에는 그녀만이 그에게 모든 걸 다시 돌려줄 수 있어요. 그 사람을 사랑하는 애정과 정열로 말이에요. 사랑이 모든 걸 참아 낼 수 있게 한다면, 그녀는 모든 걸 대신하는 것 그 이상을 할 수 있어요. 이 순간 저에 대해서는 생각할 필요 없어요.

소령님, 조용히 떠나세요. 그리고 에두아르트에게 제가 이혼에 동의한다고 말씀해 주세요. 모든 일을 그 사람과 당신과 미틀러에게 위임하고, 제 앞날에 대해서는 어떤 의미에서든 아무런 걱정도 하지 않는다고 말이에요. 제가 받을 모든 서류에 서명하겠어요. 하지만 제가 그 일에 관여하거나 고민하거나 의견을 내라는 말은 말아 주셨으면 해요."

소령은 자리에서 일어섰다. 그녀는 오틸리에 너머로 그에게 손을 내밀었다. 그는 사랑스러운 그녀의 손에 입을 맞추었다. "그런데 저는 무얼 바랄 수 있을까요?" 그가 나지막하게 말했다. "대답은 나중에 드릴게요." 샤를로테가 대답했다. "우리가 불행하게 되어야 할 이유는 없어요. 하지만 함께 행복해져야 한다는 법도 없어요."

소령은 숨을 거둔 가련한 아기를 애도하지도 못하고, 샤를로테의 고통을 마음 깊이 담은 채 떠나갔다. 그가 보기에 그녀가 한껏 행복해지기 위해 그러한 희생이 필요했던 것 같았다. 그는 오틸리에가 에두아르트에게서 앗아간 것에 대한 완벽한 대체물로 그녀 자신의 아기를 안고 있는 모습을 떠올렸다. 그는 또한 죽은 아기보다 자신의 모습을 더욱 닮은 아들을 자기 품에 안고 있는 모습도 떠올려 보았다.

그러한 달콤한 희망과 장면을 떠올리며 여관으로 돌아가던 길에 그는 에두아르트를 만났다. 에두아르트는 행복한 결과를 알려 줄 불꽃 신호도 폭죽 소리도 없자 밤을 지새우며 밖에서 소령을 기다리고 있었다. 그는 불행한 사건에 대해 이미 알고 있었다. 그는 불쌍한 아기를 애도하는 대신에, 자신의 마음을 완전히 드러내지는 않았지만, 이 사건을 자신의 행복을 가로막는 장애물을 별안간에 치워 준 하나의 운명으로 여겼다. 그래서 소령이 부인의 결심을 곧장 알려 주고는, 일단 그 마을로 갔다가 다시 작은 도시로 되돌아가 그곳에서 다음 일을 숙고하고 행동에 나서라고 말하자, 에두아르트는 그 말에 아주 쉽게 동의했다.

샤를로테는 소령이 떠나간 후 잠시 생각에 빠져 있었는데, 그때 오틸리에가 두 눈을 크게 뜨고 그녀를 바라보며 몸을 일으켰다. 처음에는 샤를로테의 무릎에서, 그러고는 바닥에서 몸을 일으키고는 샤를로테 앞에 섰다.

"두 번째예요." 아름다운 그 아가씨가 말할 수 없이 우아하고 진지하게 이야기를 시작했다. "똑같은 일이 저한테서 두 번째 일어났어요. 살다 보면 이따금 비슷한 일이 비슷한 방법으로, 그것도 언제나 중요한 순간에 일어난다고 저한테 말씀하신 적이 있어요. 이제 그 말씀이 옳다는 걸 알았어요. 그래서 한 가지 고백하고 싶어요. 어머니가 돌아가신 직후 아직 꼬마였던 저는 의자를 바싹 끌어당겨 이모님 가까이로 갔던 적이 있어요. 이모님은 지금처럼 소파에 앉아 계셨고요. 제 머리는 당신의 무릎 위에 있었고, 저는 잠이 들지도 깨어 있지도 않은 상태였어요. 가볍게 졸고 있었죠. 저는 주변에서 벌어지는 일들을, 특히 오고 가는 이야기들을 또록또록하게 듣고 있었답니다. 하지만 저는 움직일 수 없었고, 말을 하려 했지만 꺼낼 수 없었어요. 그래서 제가 깨어 있다는 사실을 알려 줄 수 없었어요. 그때 당신은 친구 분과 저에 관해 이야기를 나누셨어요. 당신은 불쌍한 고아로 세상에 남겨진 저의 운명을 가련히 여기셨죠. 혼자는 살아갈 수 없는 저의 처지를 이야기하셨고, 특별한 행운이 주어지지 않는다면 제가 얼마나 어려운 처지에 놓일지에 대해 말씀하셨어요. 저는 당신이 저를 위해 무엇을 소망하는지, 제게서 무엇을 기대하는지 모든 것을 아주 잘, 그리고 정확하게, 어쩌면 너무도 심각하게 받아들였죠. 그래서 저는 좁은 소견이긴 하지만 그때 나름대로 삶의 기준을 세웠고, 이후 오랫동안 그 기준에 따라 살았어요. 당신이 저를 사랑하고 보살펴 주시던 때에도, 저를 이 집으로 데려오신 때에도, 그리고 그 후에도 한동안 저의 모든 행동은 그 기준을 따랐답니다.

그런데 제가 그 궤도를 벗어나고 말았어요. 저의 기준을 깨고 만 거예요. 심지어 그 기준에 대한 감각마저도 상실해 버렸어요. 이제 참혹한 사건이 있고 난 후 이모님은 제가 처한 상황에 대해 다시 눈뜨게 해 주셨어요. 지금 저의 상황은 이전보다 더욱 비참합니다. 반쯤 굳은 채로 당신의 품에서 쉬는 동안, 어떤 낯선 세계에서 들려오기라도 하듯 당신의 나지막한 목소리가 다시 제 귀에 들려왔어요. 제 모습이 어떨지 알고 있어요. 저 자신이 소름 끼쳐요. 그 옛날처럼 이번에도 반쯤 잠든 상태에서 앞으로 제가 갈 길을 고민해 보았답니다.

저는 다시 옛날처럼 살기로 결심했어요. 왜 그런 결심을 했는지 이제 말씀드릴게요. 저는 결코 에두아르트의 사람이 되지 않겠어요! 제가 어떤 죄를 저질렀는지 하느님이 무서운 방식으로 알려 주셨어요. 저는 그것을 속죄하려고 해요. 그 누구도 제 마음을 돌려놓지는 못할 겁니다! 사랑하는 이모님, 제발 이 점을 고려해 일을 처리해 주세요. 소령님을 다시 오게 해 주세요. 일을 진척시키지 말라고 그분께 편지를 써 주세요. 그분이 나가실 때 제가 몸을 움직일 수 없어서 얼마나 고통스러웠는지 몰라요. 저는 벌떡 일어나 소리치려고 했어요. 그런 어처구니없는 희망을 가지고 떠나시면 안 돼요."

샤를로테는 오틸리에의 마음 상태를 알아보았고, 또 그것을 느꼈다. 그러나 그녀는 시간을 두고 생각하며 오틸리에의 마음을 달래 보려 했다. 하지만 그녀가 미래를 암시하고, 고통을 가라앉히며 희망의 가능성을 열어 놓는 몇 마디 말을 꺼내자마자 오틸리에는 격앙된 목소리로 외쳤다. "안 돼요. 제 마음을 돌리려 하지 마세요. 저를 속이려 하지 마세요! 만일 당신께서 이혼에 동의하셨다는 말을 듣게 되면 저는 바로 그 순간 저의 실수와 죄를 바로 그 호수에서 속죄하고 말겠어요."

제15장

친척이나 친구들, 집안 식구들은 그들이 행복하고 평화롭게 살아갈 때는 지금 일어나고 있거나 일어나야 할 일에 대해 필요하고 당연한 정도 이상으로 서로 대화를 나누며, 자기들의 계획, 사업, 목전의 일들에 대해서도 거듭 이야기를 들려준다. 그러면서 서로 간에 충고를 바로 받아들이지는 않는다 하더라도, 평생 서로 충고하며 지내는 것을 당연하게 여긴다. 하지만 정작 남의 도움과 확인이 가장 필요한 듯 보이는 중요한 순간에 사람들의 태도는 달라진다. 사람들은 그때마다 요구되는 구체적 수단을 서로에게 숨기고, 일의 결과와 목적, 그리고 도달된 성과만을 다시 공동의 화제로 삼으면서, 제각각 자신에게로 되돌아가고, 제각각 혼자서 행동하며, 제각각 자기 방식대로 행동하려고 애쓴다.

그처럼 놀랍고 불행한 사건들이 지나간 후, 두 여인에게는 그어떤 고요한 엄숙함이 찾아왔다. 그 엄숙함은 다정하게 서로를 배려하는 모습으로 드러났다. 완전한 적막 속에서 샤를로테는 아기를 예배당으로 보냈다. 아기는 어떤 예감에 찬 운명의 첫 번째 희생자로서 그곳에 잠들었다.

샤를로테는 있는 힘을 다해 일상으로 되돌아왔는데, 정신을 차리고 보니 누구보다도 오틸리에가 자신의 도움을 필요로 한다는 사실을 알게 되었다. 그녀는 조금도 내색하지 않으면서 오틸리에를 잘 돌보았다. 그녀는 그 천사 같은 아이가 에두아르트를 얼마나 사랑하는지 알고 있었다. 샤를로테는 차츰차츰 그 불행한 사건이 일어나기 전의 상황을 알게 되었는데, 일부는 오틸리에를 통해서, 일부는 소령의 편지를 통해서였다.

오틸리에는 나름대로 샤를로테의 삶을 편하게 해 주었다. 오틸리에는 마음을 열었고, 심지어 수다를 떨기도 했지만, 현재의 일이나 바로 직전의 일에 대해서는 언급하지 않았다. 그녀는 언제나 세심하게 주의를 기울였고, 많은 것을 알고 있었기에, 이제 모든 것이 진가를 드러내고 있었다. 그녀는 샤를로테와 대화를 나누고 샤를로테의 마음을 다른 데로 쏠리게 했지만, 샤를로테는 그토록 소중한 한 쌍이 결합하는 것을 보겠다는 은밀한 희망을 여전히 키우고 있었다.

하지만 오틸리에의 사정은 달랐다. 그녀는 샤를로테에게서 삶의 비밀을 발견했다. 그녀는 이전에 가졌던 속박과 일방적 희생의 자세에서 벗어났다. 스스로 후회하고 결심함으로써 자신의 죄와 불행한 운명의 짐에서 자유로워짐을 느꼈다. 그녀는 이제 더는 자신을 강요할 필요가 없었다. 마음속 깊은 곳에서 스스로를 용서했는데, 그것은 완전한 체념이라는 조건 하에서였고, 그 조건은 어떤 미래가 다가오더라도 결코 바꿀 수 없는 것이었다.

그렇게 어느 정도 시간이 흘렀지만, 샤를로테는 집과 공원, 호수와 바위와 나무들이 날마다 그들 두 사람의 마음속에 새로운 슬픔만을 가져다준다는 느낌을 받았다. 그들이 거처를 바꿔야 한다는 사실은 너무도 분명했지만, 어떻게 해야 할는지 쉽사리 결정할 수는 없었다.

두 여인은 함께 살아야 한단 말인가? 에두아르트의 예전 뜻은 그렇게 하라고 명령하는 듯했고, 그의 단호하고 위협적인 말은 꼭 그러라고 하는 듯했다. 하지만 두 여인이 너무나 좋은 뜻을 가지고 있고 너무나 이성적이고 너무나 애를 쓴다 하더라도, 그들이 서로 간에 정말로 고통스러운 처지에 있다는 사실이 어떻게 없는 일이 될 수 있겠는가? 그들은 대화를 나누기를 피했다. 이따금 알면서도 모르는 척 넘기고 싶었는데, 어떤 표현은 머릿속으로는 그렇지 않았지만 감성적으로는 오해의 여지를 남기기도 했다. 그들은 서로 상처를 입힐까 봐 두려워했는데, 실은 그 두려움이야말로 가장 예민하고 가장 먼저 상처를 받는 것이었다.

두 사람이 거처를 바꾸고 그와 동시에 한동안 서로 떨어져 있기로 할 경우에는, 오틸리에가 어디로 갈 것인가라는 옛날의 문제가 다시 불거졌다. 저 부유하고 영향력 있는 집안에서 전도양양한 상속녀와 함께 놀고 또 경쟁할 동무들을 만들어 주려고 노력했으나 번번이 허사였다. 샤를로테는 지난번에 남작 부인이 와 있었을 때도, 그리고 최근에는 편지를 통해 오틸리에를 그곳으로 보내 달라는 요청을 이미 받았던 터라, 다시 한번 그 이야기를 꺼냈다. 하지만 오틸리에는 사람들이 흔히들 커다란 세계라고 부르는 그곳으로 가기를 단연코 거부했다.

"이모님, 다른 경우라면 침묵하고 숨기는 게 마땅하지만, 이번에는 옹졸하거나 고집스러워 보이지 않기 위해서 말씀드리겠어요." 오틸리에가 말했다. "기이한 운명으로 불행에 빠진 한 사람이 있었는데, 그는 아무 죄도 없었지만 흉악한 사람으로 낙인찍혀 있었답니다. 그가 나타나기만 하면, 그를 보거나 알아차린 모든 사람은 일종의 공포심을 느끼는 거예요. 모든 사람이 그에게서 괴물을 보지만, 사실 그것은 그에게 덮어 씌워진 것이에요. 모든 사람은 궁금해하기도 하고 두려워하기도 하죠. 무시무시한 사건이 일어난 집이나 도시로 들어서면 누구나 두려움을 느끼는 법이랍니다. 그곳에서는 한낮의 빛도 밝게 비치지 않고, 별들도 그 빛을 잃은 듯하죠.

그런 불행한 사람들을 함부로 대하거나, 천박하게 몰아붙이거나 그들에게 서투른 호의를 보이는 건 심각한 일이지만 용서는 할 수 있는 일이겠죠! 제가 이리 말하는 것을 용서해 주세요. 하지만 저는 그 소녀 때문에 정말이지 마음 아팠답니다. 루치아네가 그 집의 구석진 방들에서 그 가련한 소녀를 억지로 나오게 하여 다정하게 보살펴 주기도 하고, 아주 좋은 뜻에서기는 했지만, 그 소녀로 하여금 놀이에 참여하게 하고 춤을 추게 했을 때

말이에요. 그 불쌍한 소녀는 점점 더 겁을 먹고 마침내는 달아났다가 기절해 쓰러졌고, 그래서 제가 소녀를 팔에 안고 있었죠. 그 자리에 있던 사람들이 놀라고 흥분하고, 불행한 소녀에 대해 정말 궁금해하고 있었을 때, 저는 바로 저에게도 그와 똑같은 운명이 기다리고 있으리라고는 상상도 못했답니다. 그때 그 소녀에게 느꼈던 저의 공감은 아주 또렷하게 그대로 남아 있어요. 이제 저는 그 고통스러운 심경을 자신에게 비추어보면서, 제가 그와 비슷한 장면을 만들어 내는 일이 없도록 조심할 거예요."

"하지만 애야, 네가 사람들의 시선을 피할 수 있는 곳으로 달아날 순 없단다. 우리에게는 그런 감정을 감싸 줄 수 있는 은신처 같은 것도 없으니 말이다." 샤를로테가 대꾸했다.

"이모님, 고독이 은신처가 될 수는 없어요." 오틸리에가 대답했다. "가장 가치 있는 피난처는 우리가 활동할 수 있는 바로 그 곳에 있어요. 불길한 운명이 우리를 뒤쫓는 게 정해져 있는 경우라면, 아무리 속죄하고 헐벗은 채 지내더라도 우리는 그 운명에서 벗어날 수 없어요. 제가 이 무심한 세상에서 구경거리나 된다면 저는 그런 세상이 싫고 두려울 뿐이에요. 하지만 사람들이 제가 지치지 않고 제 의무를 다하며 즐겁게 일하는 모습을 본다면, 저는 모든 사람의 시선을 참아 낼 수 있어요. 왜냐하면 제가 하느님의 눈길을 두려워할 이유는 없으니까요."

"내 생각이 크게 틀리지 않는다면, 네 마음은 이미 기숙 학교로 기운 것 같구나." 샤를로테가 말했다.

"그래요. 부인하지 않겠어요." 오틸리에가 대답했다. "우리가 아주 특별난 방식으로 교육받았기 때문에, 다른 사람들을 평범한 방식으로 교육하는 것이 하나의 행복한 소명이라고 저는 생각해요. 도덕적으로 커다란 물의를 일으켜 황야로 은신했던 사람들이 그들이 원했던 대로 그곳에 숨어서 발견되지 않은 적이 결코 없었다는 걸 역사는 보여 주지 않나요? 그들은 길 잃은 자들을 올바른 길로 이끌어 주기 위해 다시 세상으로 소환되었어요. 이전에 이미 삶의 오류에 빠져 헤매었던 사람들보다 그런 일을 더 잘할 수 있는 사람은 없을 테니까요! 그들은 불행한 자들을 도우라고 부름 받은 거죠. 이 세상에서 누구보다 커다란 불행을 겪었던 그들보다 누가 더 그런 일을 잘할 수 있겠어요!"

"너는 유별난 길을 택하는구나." 샤를로테가 대답했다. "반대하지는 않으마. 그게 잠시 동안이기만을 바랄게."

"제가 그런 시도를 하고 또 경험하게 허락해 주시니 정말 고맙습니다." 오틸리에가 말했다. "그냥 말로만 그러는 게 아니라 꼭 그렇게 되도록 할 거예요. 그곳에서 저는 그동안 제가 어느 정도의 시련을 겪었는지, 또 그런 시련이 제가 나중에 겪을 일들에 비하면 얼마나 하찮은지 돌이켜볼 거예요. 저는 어린 새싹들이 당황해하는 모습을 즐겁게 지켜볼 것이고, 아이들이 고통스러워하는 모습에 미소 짓고, 그들이 이런저런 혼란으로부터 부드럽게 빠져나오도록 아이들을 인도할 거예요. 행복한 사람은 행복한 사람들을 이끌어 가기에 적합하지 않아요. 많이 받으면 받을수록 더 많은 것을 우리 자신과 다른 사람들로부터 요구하는 게 인간의 본성이랍니다. 자신을 되찾은 불행한 사람만이 자신과 남을 위해, 변변찮은 것이라도 기꺼이 즐길 수 있는 감정을 키울 수 있답니다."

"네 생각에 대해 내가 보기에는 아주 중요한 반론을 제기해야겠어." 샤를로테가 잠시 상념에 잠겼다가 말했다. "문제는 네가 아니라 제삼자라는 사실이야. 너도 알다시피 조교 선생은 착하고 이성적이고 경건한 사람이지. 네가 그 길을 간다면 그 사람에게 너는 날이 갈수록 더욱 소중하고 없어서는 안 될 사람이 될거야. 그 사람은 어느새 네가 없이 산다는 건 별 의미가 없다고 느끼고 있고, 또 앞으로 그 사람이 네가 함께 일을 하는 것에 익숙해지면, 아마도 네가 없이는 자신의 일을 더 이상 해낼 수 없게 될지도 몰라. 그러니까 너는 우선 그 사람이 그렇게 되지 않도록 도와주어야 해."

"운명은 지금껏 저를 부드럽게 맞아 주지 않았어요." 오틸리에가 대답했다. "만일 저를 사랑하는 사람이 있다면 그 사람은 별다른 걸 기대할 수 없을 거예요. 친구로서 호의적이고 분별력이 있는 분이니까 그 사람이 저에 대해 순수한 관계로서의 감정을 갖게 되기를 바랄 뿐이에요. 그 사람은 제가 처한 처지를 알아볼 거예요. 저는 무시무시하게 밀어닥치는 힘으로부터 유일하게 우리를 막아 주고, 눈에 보이지는 않으나 우리를 둘러싸고 있는 성스러운 것에 몸을 바쳐야만 해요. 그래야만 저와 다른 사람을 위해 엄청난 재앙을 막을 수 있다는 걸 그분도 알게 될 거예요."

샤를로테는 사랑스러운 아이가 진심으로 전하는 모든 이야기를 들으며 말없이 생각에 빠졌다. 그녀는 오틸리에를 어떻게 에두아르트 가까이로 가게 할 수 있을지를 아주 신중하게, 여러 방식으로 알아보았다. 하지만 살짝만 암시하고, 아주 작은 희망만을 보여 주고, 사소한 의심만 일으켜도 오틸리에의 마음은 크게 흔들리는 듯했다. 마침내 그 이야기를 회피할 수 없는 지경에 이르자 샤를로테는 그 문제에 대해 아주 분명하게 의사를 표시했다.

"에두아르트를 단념하겠다는 너의 결심이 그처럼 확고하고 바뀔 수 없다면 그를 다시 만나는 위험이 없도록 조심하거라." 샤를로테가 말했다. "사랑하는 사람에게서 떨어져 있을 때에는 우리의 애정이 깊으면 깊을수록, 그만큼 더 우리 자신을 더욱 잘 통제할 수 있을 것 같아 보이지. 밖으로 향하는 정열의 모든 힘을 내부로 향하게 함으로써 말이야. 하지만 없이 지낼 수 있다고 믿었던 사람이 갑자기 없어서는 안 될 것으로 우리 눈앞에 다시 나타나면 우리는 너무도 빨리 너무도 급작스럽게 그러한 착각에서 벗어나는 법이란다. 그러니 이제 너는 너의 상황에 가장 적절하다고 믿는 대로 행동하도록 해. 너 자신을 한번 시험해 보는 거지. 아니 차라리 너의 현재 결심을 바꾸어 보는 건 어떻겠니. 너 스스로가, 마음속에서 우러나오는 자유의사에 따라서 말이야. 하지만 네가 우연하게, 뜻밖의 일로 다시 이전의 상황으로 빠져 드는 일은 없어야 해. 만일 그렇게 되면 네 마음속에 견디기 어려운 균열이 생길 거야. 아까 말한 대로 네가 너의 길을 가기 전에 그리고 어떤 길이든 나를 떠나 새로운 삶을 시작하기 전에, 앞으로 에두아르트를 영원히 단념할 수 있을지를 다시 한번 생각해 보는 게 어떻겠니. 그래서 네가 그렇게 하겠다고 결심한다면, 설혹 그가 너를 찾아오거나 네게로 밀어닥치는 일이 있더라도 그를 받아들이지 말고, 그와 둘이서 이야기를 나누는 일도 없도록 우리 서로 약속하면 어떻겠니." 오틸리에는 잠시도 망설임 없이 자신에게 한 약속을 샤를로테에게도 했다.

하지만 그 순간 샤를로테의 머릿속에 에두아르트의 협박이 떠올랐다. 그는 오틸리에를 샤를로테와 떨어져 있지 않게 한다는 조건에서만 오틸리에를 단념할 수 있다고 말하지 않았던가. 물론 그 이후 상황이 바뀌었고 이런저런 일들이 벌어졌다. 그렇기 때문에 다가올 일들을 미리 막기 위해 그의 입에서 순간적으로 튀어나왔던 말에 더 이상 주의를 기울일 필요가 없을 수도 있었다. 하지만 그녀로서는 그의 마음을 상하게 할 일을 감행하거나 시도할 마음은 조금도 없었다. 그래서 미틀러에게 부탁해 이 문제에 대한 에두아르트의 의사를 알아보기로 했다.

미틀러는 샤를로테의 아기가 죽은 후, 잠깐 동안이기는 하지만 이따금 샤를로테를 방문하곤 했다. 부부의 재결합을 아주 불확실하게 만든 그 사고는 그의 마음을 크게 흔들어 놓았다. 하지만 언제나 자신의 방식에 따라 희망하고 노력해 온 그는 이제 오틸리에의 결심을 듣고는 마음속으로 기뻐해 마지않았다. 그는 시간이 지나면 사태가 누그러지고 고통이 지나갈 것이며 그 부부가 함께 살 거라고 여전히 믿었고, 그런 열렬한 사랑의 감정을 부부의 사랑과 신의를 시험하는 것으로만 여길 뿐이었다.

샤를로테는 소령에게 곧장 편지를 써서 오틸리에가 자신의 뜻을 처음으로 밝혔다는 소식을 알렸고, 에두아르트에게로 가서 더 이상 일을 진척시키지 말고, 다들 침착하게 행동하면서 그 착한 아이의 감정이 다시 되살아날 것인지 아닌지 기다려 보도록 그를 설득해 달라고 간곡하게 부탁했다. 또한 앞으로 일어날 사건과 생각들에 관해 그녀가 꼭 하고 싶은 말을 전했다. 그리고 상황이 바뀐 것에 대해 에두아르트로 하여금 마음의 준비를 하도록 돕는 어려운 과제는 물론 미틀러에게 맡겨졌다. 미틀러는 사람들이 앞으로 일어날 사건보다는 이미 일어나 버린 사건을 더 잘 받아들인다는 사실을 알았기에 오틸리에를 곧바로 기숙 학교로 보내는 게 최선이라고 샤를로테를 설득했다.

그리하여 그가 떠나가자마자 여행을 위한 준비가 이루어졌다. 오틸리에는 짐을 꾸렸는데, 샤를로테가 보니 오틸리에는 그 아름다운 트렁크나 거기에 들어 있는 것 중 아무것도 가지고 가려 하지 않았다. 샤를로테는 아무 말도 하지 않았고, 아무 말도 하지 않는 그 아이가 하는 대로 내버려 두었다. 여행을 떠날 날이 다가왔다. 샤를로테의 마차가 첫날에는 잘 아는 숙소까지 오틸리에를 태우고 가고, 다음 날 기숙 학교로 데려다 줄 예정이었다. 그리고 나니가 오틸리에를 따라가면서 시중을 들기로 했다. 그 열성적인 아가씨는 아기가 죽은 후에 금방 오틸리에를 향한 마음을 회복했고, 본래 타고난 성격과 애정에 따라 그녀를 따랐다. 아니 나니는 신나게 수다를 떨며 지금까지 놓친 것을

다시 돌이키고, 사랑하는 주인에게 자신을 완전히 바치려는 듯
했다. 지금까지 단 한 번도 자신의 출생지를 벗어나 본 적이 없
었던 나니는 오틸리에와 함께 여행을 하고 낯선 지방을 보게 된
것을 정신 나간 듯 기뻐했다. 그래서 자신의 행운을 알리고 작
별 인사를 하기 위해 성을 벗어나 부모와 친척들이 있는 마을로
달려갔다. 하지만 불행하게도 나니는 홍역 환자의 방에 들어갔
고 곧 전염 증세를 느꼈다. 사람들은 여행을 미루려고 하지 않
았다. 오틸리에 자신이 여행을 강행하자고 했다. 그녀는 이전에
그 길을 가 본 적이 있었고, 또한 자기가 묵을 여관집 사람들도
알고 있었기 때문이다. 마부가 성에서 그녀를 데려갔다. 걱정할
일은 아무것도 없었다.

　샤를로테는 반대하지 않았다. 그녀도 머릿속으로는 어느새
그곳을 벗어나 있었다. 다만 그녀는 에두아르트를 위해 오틸리
에가 성에서 살았던 방들을 대위가 이곳에 오기 전의 원래 상태
그대로 다시 정리해 놓으려고 했다. 그 옛날의 행복을 다시 찾
겠다는 희망은 언제고 다시 한번 사람의 마음속에서 불타오르
기 마련이었고, 샤를로테도 다시 한번 그런 희망을 가질 자격이
있었으며, 또 그러지 않을 수 없었다.

제16장

    미틀러가 이 문제에 관해 이야기를 나누려고 에두아르트에게 갔을 때 그는 팔을 책상 위에 올리고 머리를 오른손으로 바친채 홀로 있었다. 그는 고통이 심한 듯했다. "두통 때문에 또 고생하시는 건가?" 미틀러가 물었다. "고통스러워요." 에두아르트가 대답했다. "그래도 두통이 싫지는 않아요. 그게 오틸리에를 생각나게 하니까요. 어쩌면 그녀도 지금 왼팔로 머리를 바친 채 아파하고 있을지도 모르죠. 아마도 나보다 더 심하게요. 그러니 내가 그녀처럼 고통을 견디고 있지 말라는 법은 없지 않나요? 이 고통은 오히려 나를 치료해 준답니다. 아니 내가 고통을 원하고 있다고까지 말할 수 있어요. 그녀의 다른 장점들과 더불어 그녀가 참고 있는 모습이 더 짙게, 더 또렷하게, 더 생생하게 내 마음속에 어른거리니까요. 오로지 고통 속에서만 우리는 그것을 견디는 데 필요한 훌륭한 자질을 제대로 느낀답니다."

    미틀러는 이 친구가 이렇게 체념 상태에 있는 것을 보면서도 하려던 말을 그만두지는 않았다. 그는 여자들이 어떻게 그런 생각을 하게 되었고, 그 생각이 어떻게 차츰차츰 계획으로 굳어졌는지 그 과정을 차근차근 들려주었다. 에두아르트는 반론을 거의 제기하지 않았다. 그의 몇 마디 말에서 모든 것을 그들에게 맡기겠다는 뜻이 얼핏 보였다. 그가 지금 당하고 있는 고통이 그로 하여금 모든 것에 무심하게 만든 듯했다.

혼자 남자마자 에두아르트는 자리에서 일어나 방 안을 이리저리 서성였다. 그는 더 이상 고통을 느끼지 못했고, 완전히 자신을 잊은 채 생각에 몰두했다. 미틀러가 이야기하는 동안에도 사랑에 빠진 남자의 상상력은 어느새 생생하게 나래를 펴고 있었다. 그의 머릿속에는 혼자 있는 오틸리에의 모습이, 잘 아는 길을 홀로 가고 있는 오틸리에의 모습이, 그가 자주 드나들던 익숙한 여관의 방에 홀로 있는 오틸리에의 모습이 떠올랐다. 그는 거듭 숙고했다. 아니 그저 생각하며 멍하게 있었다. 그는 소원을 빌었으며, 그저 그렇게 하고 싶었다. 그는 그녀를 보아야 했으며, 그녀에게 말을 해야 했다. 무엇을 위해, 무엇 때문에, 그리고 그 결과가 어떻게 될 건지는 아무 문제도 아니었다. 그는 거역하지 않았고, 그냥 해야만 했다.

그는 조용히 시종을 불렀고, 시종은 즉시에 오틸리에가 언제 떠날 것인지를 시시각각 살폈다. 동이 텄다. 에두아르트는 꾸물거리지 않고 아무도 대동하지 않은 채 오틸리에가 묵을 곳으로 말을 타고 갔다. 그는 때마침 적당한 시간에 그곳에 도착했다. 놀란 여주인이 화들짝 반가워하며 그를 맞았다. 그녀는 이전에 그의 도움으로 집안의 커다란 경사를 맞은 적이 있었다. 그녀의 아들이 군인으로서 아주 용감하게 행동했고, 그 용감한 행동을 현장에서 혼자서 목격했던 에두아르트가 사령관에게 열성적으로 그 사실을 알리고는 못마땅해 하는 몇몇 사람의 반대를 물리치면서까지 그녀의 아들이 훈장을 받도록 해 주었던 것이다. 그녀는 그에게 어떻게 잘해 주어야 할지 몰랐다. 그녀는 옷장도 있고 저장 창고로 쓰기도 하는 객실 한 칸을 재빨리 치웠다. 그런데 그는 어떤 여자가 와서 여기에 묵을 테니, 자신을 위해서는 복도 뒤편에 있는 구석방 하나를 조금만 치워 달라고 부탁했다. 주인은 어떻게 된 영문인지 몰라 어리둥절했으나 그 일에 커다란 관심을 가지고 임하는 그녀의 후원자가 원하는 어떤 일을 한다는 사실만으로도 기분 좋았다. 그런데 밤이 올 때까지 남은 길고 긴 시간을 보내는 그의 심경은 어떠했겠는가! 그는 그녀를 만나게 될 방 안을 이리저리 둘러보았다. 완전히 가정집과도 같은 그 방은 그에게 마치 천국의 숙소처럼 보였다. 그는 오틸리에를 놀라게 할지 아니면 미리 알려 줄지 정하지 못해 오만 가지 궁리를 다 했다! 마침내 후자 쪽으로 마음을 먹자 그는 자리에 앉아 편지를 썼다. 그녀가 이 편지를 미리 받아 보게 할 작정이었다.

에두아르트가 오틸리에에게

"사랑하는 이여, 그대가 이 편지를 읽을 때면 나는 그대 가까이에 있을 거요. 그대는 놀라거나 두려워할 것 없소. 그대가 나 때문에 두려워해야 할 게 뭐가 있단 말이오. 내가 그대에게 곧장 달려가는 일은 없을 거요. 그대가 허락하기 전에 내가 그대 앞에 나타나지는 않겠소.

우선은 그대의 처지와 나의 처지를 한번 생각해 보시오. 그대가 어떤 결단을 내릴 생각을 하지 않는다는 게 나로서는 너무나 고맙소. 그런 결단은 내게는 너무나 심각한 문제니까요. 부디 결단 같은 걸 내리지 마오! 일종의 갈림길 같은 이곳에서 다시 한번 생각해 보시오. 그대는 내 사람이 될 수 없겠소? 내 사람이 되어 주지 않겠소? 그렇게만 된다면 그대는 우리 모두에게 커다란 자비를, 그리고 내게 넘치는 자비를 베푸는 것이라오.

제발 그대를 다시 만나게 해 주오, 기쁜 마음으로 그대를 다시 보게 해 주오. 이 아름다운 질문을 부디 내 입으로 말할 수 있게 해 주고, 또 그대의 아름다운 입으로 내게 대답해 주기 바라오. 바로 이 내 가슴에 말이오, 오틸리에! 가끔 그대가 기대어 쉬고, 그대가 기대어 내 말을 듣던 가슴에 말이오!"

그는 편지를 쓰는 동안, 그처럼 그리워하던 사람이 다가와 바로 눈앞에 있을 거라는 느낌에 사로잡혔다. 바로 이 문 앞으로 그녀가 들어와, 이 편지를 읽고, 그토록 보고 싶었던 그녀가 이전처럼 실제로 자기 앞에 서 있을 거라는 느낌이 들었다. 그녀는 아직도 그대로일까? 그녀의 모습, 그녀의 생각들은 변했을

까? 그는 여전히 손에 펜을 들고 있었고, 자신의 생각을 그대로
쓰려고 했다. 그때 마차가 마당으로 들어오는 소리가 들렸다.
서둘러 펜을 놀려 그는 이렇게 덧붙여 썼다. "당신이 오는 소리
가 들리오. 그 잠시 동안에도 안녕하시기를!"

　그는 편지를 접었고, 수신인의 이름을 썼다. 편지를 봉하기에
는 너무 늦었다. 그러고는 마루로 뛰어나왔고, 그곳을 지나 복
도에 이를 수 있었다. 그 순간 그는 인장과 함께 시계를 책상 위
에 두고 왔음이 떠올랐다. 그녀가 그걸 먼저 보는 건 곤란했다.
그는 다시 뛰어서 되돌아가 다행스럽게도 그걸 치웠다. 그새 여
주인이 손님을 안내하려고 방으로 가는 소리가 현관 쪽에서 들
려왔다. 그는 서둘러 방문 쪽으로 달려갔는데, 방문은 잠겨 있
었다. 그가 아까 뛰어나오면서 열쇠를 내팽개쳤고, 그 열쇠는
문 안쪽에 놓여 있었던 것이다. 자물쇠는 잠겨 있었고 그는 갇
힌 채 서 있었다. 그가 문을 세게 밀쳤지만, 문은 말을 듣지 않았
다. 유령처럼 문틈으로라도 들어갈 수 있다면 얼마나 좋을까!
하지만 헛된 일이었다! 그는 문설주에 얼굴을 파묻었다. 오틸리
에가 들어왔고, 여주인도 들어오다가 그를 보고는 뒤로 물러섰
다. 그는 오틸리에에게도 자신의 모습을 숨길 수 없었다. 그는
그녀 쪽으로 몸을 돌렸고, 그리하여 두 연인은 참으로 묘한 방
식으로 다시 마주 섰다. 그녀는 앞으로 다가가지도 뒤로 물러서
지도 않으면서 침착하고 진지하게 그를 바라보았다. 그가 그녀
에게 다가가려는 몸짓을 보이자 그녀는 책상이 있는 곳까지 몇
걸음 뒤로 물러섰다. 그도 다시 뒤로 물러섰다. "오틸리에, 내가

이 곤란한 침묵을 깨겠소!" 그가 큰 소리로 말했다. "우리가 서로 마주 보고 선 그림자란 말이오? 우선 내 말을 들어 보오! 당신이 지금 여기서 나를 만난 건 우연이오. 당신 바로 옆에 있는 저 편지로 당신이 마음의 준비를 하게 할 생각이었소. 그 편지를 읽어 보오. 제발, 읽어 보오! 그런 후에 당신이 어떻게 할지를 결정하오."

그녀는 편지를 내려다보았고, 잠시 생각에 잠겼다가 그걸 집어 들고는 뜯어서 읽었다. 아무런 표정의 변화도 없이 읽고는 조용히 내려놓았다. 그러고는 두 손을 펴서 모은 채 높이 쳐들고는 몸을 앞으로 약간 굽히며 가슴에 갖다 대었다. 그리고 애절하게 바라보는 그 사람을, 그가 요구하거나 바라는 모든 것을 그가 단념해야 한다는 시선으로 바라보았다. 이 몸짓은 그의 마음을 갈가리 찢어 놓았다. 그는 그러한 시선을, 오틸리에가 그런 자세로 서 있는 것을 견딜 수 없었다. 그가 계속 고집하면 그녀는 무릎이라도 꿇을 게 분명했다. 그는 절망한 채 문밖으로 급히 달려 나갔고, 여주인을 홀로 있는 그녀에게로 들여보냈다.

그는 현관에서 서성였다. 밤이 되었고 방 안은 조용했다. 마침내 여주인이 밖으로 나와 열쇠를 꺼냈다. 그 착한 여성은 마음이 울컥했고 당황했으며, 자기가 어떻게 행동해야 할지 몰랐다. 마침내 그곳을 떠나며 그녀가 에두아르트에게 열쇠를 내밀었으나 그는 받기를 거절했다. 그녀는 불을 그대로 켜 둔 채 그곳을 떠났다.

깊이 상심한 채 에두아르트는 오틸리에 방의 문지방에 몸을 던지고는 그것을 눈물로 적셨다. 사랑하는 연인들이 그처럼 가까운 곳에서 그렇게 비통하게 밤을 지새운 것은 아마도 일찍이 없었던 일일 것이다.

동이 텄다. 마부는 서둘렀고, 여주인은 문을 열고 방 안으로 들어갔다. 옷을 입은 채 잠들어 있는 오틸리에를 보고는 되돌아 나와 에두아르트에게 그 마음을 알겠다는 듯 미소 지으며 눈짓을 했다. 두 사람은 잠들어 있는 그녀에게로 다가갔다. 하지만 에두아르트는 그 모습을 보고 견디기가 힘들었다. 여주인은 잠들어 있는 그 아가씨를 감히 깨울 수 없어 그냥 맞은편에 가 앉았다. 마침내 오틸리에가 아름다운 두 눈을 뜨고는 자리에서 일어섰다. 그녀는 아침 식사를 거절한다. 이제 에두아르트가 그녀 앞으로 다가간다. 그는 그녀에게 단 한마디라도 해달라고, 그녀의 뜻을 밝혀 달라고 간곡하게 애원한다. 자기는 그녀의 뜻에 무조건 따르리라고 맹세하지만, 그녀는 아무 말이 없다. 그는 다시 한번 사랑스러우면서도 간절하게 자기의 사람이 되어 주지 않겠느냐고 묻는다. 그녀는 눈을 내리 감은 채 사랑스럽게 머리를 흔들며 아니오!라는 뜻을 부드럽게 전한다. 그는 그녀가 기숙 학교로 가려고 하는지를 묻는다. 그녀는 무심하게 고개를 가로젓는다. 그가 그녀를 샤를로테에게 다시 데려가 주기를 원하느냐고 묻자 그녀는 안도하는 듯 머리를 숙이며 좋다고 답한다. 그는 마부에게 명령하기 위해 급히 창가로 간다. 하지만 그의 뒤에 있던 그녀가 번개처럼 방을

빠져나가 계단을 내려가 마차에 탄다. 마부는 성 쪽으로 향하
는 길을 달린다. 에두아르트는 조금 거리를 둔 채 말을 타고 뒤
따라간다.

제17장

　샤를로테는 깜짝 놀랐다. 오틸리에가 앞서 들어오고 뒤를 이어 곧 에두아르트가 말을 타고 성 마당으로 들어오는 게 아닌가! 그녀는 급히 문지방으로 달려갔다. 오틸리에가 마차에서 내리고 에두아르트와 함께 다가온다. 그녀는 두 남녀의 손을 열정적으로 꼭 붙잡고는 자기 방으로 서둘러 간다. 에두아르트는 샤를로테의 목을 힘껏 껴안고는 눈물을 주르륵 흘린다. 그는 어떻게 말해야 할지 모른 채, 자기에게는 인내심을 가져 주고, 오틸리에를 좀 도와 달라고 부탁한다. 샤를로테는 급히 오틸리에의 방으로 간다. 방 안으로 들어선 그녀는 놀란다. 방은 아주 깨끗이 치워져 있고, 텅 빈 벽만 서 있었다. 방은 넓어 보였지만 즐거운 느낌은 아니었다. 모든 짐은 다 치워져 있었고, 트렁크만 어디에 세워 두어야 할지 모르는 채로 방 한가운데 덩그러니 놓여 있었다. 오틸리에는 팔과 머리를 트렁크에 올려놓은 채 바닥에 누워 있었다. 샤를로테는 그녀에게 말을 걸려 하고, 무슨 일이 일어났는지 묻지만 아무런 대답도 듣지 못한다.

샤를로테는 음료수를 들고 온 소녀를 오틸리에 곁에 있게 하고는 서둘러서 에두아르트에게로 간다. 그녀는 홀에 있는 그를 본다. 그도 그녀에게 내막을 말해 주지 않는다. 그는 그녀 앞에 엎드리고 그녀의 두 손을 눈물로 흠뻑 적시고는 자기 방으로 달아나듯 가 버린다. 그녀가 그를 뒤따라가려 하던 차에 시종을 만나고, 시종은 자신이 아는 이야기를 그녀에게 들려준다. 일의 전모와 상황을 그려 본 그녀는 이내 결심하고 지금 당장 해야 할 일이 무엇인가를 생각한다. 오틸리에의 방은 최대한 빨리 다시 정리되었다. 에두아르트는 자기가 남겨 두고 간 것들을, 마지막의 편지지 한 장까지 다시 만나게 된다.

세 사람은 다시 서로 어울려 지내는 듯하지만, 오틸리에는 여전히 침묵하고 있고, 에두아르트는 자신은 그럴 능력도 없어 보이는데도 부인에게는 참고 기다려 달라는 부탁만을 할 뿐이다. 샤를로테는 미틀러와 소령에게 심부름꾼을 보낸다. 미틀러는 만날 수 없었고, 소령만 온다. 에두아르트는 그에게 마음을 털어놓고 세세한 부분까지 자신의 처지를 있는 그대로 고백한다. 그리하여 샤를로테도 그동안 무슨 일이 일어났는지, 상황이 어찌하여 그처럼 변했는지, 그런 감정들이 어찌하여 생겨났는지를 들어서 알게 되었다.

그녀는 아주 다정하게 남편과 이야기를 한다. 지금으로서는 그 애를 다그치지 말라는 부탁 이외에는 다른 말을 할 수가 없다. 에두아르트는 아내의 가치와 사랑과 분별력을 새삼 실감한다. 하지만 그를 지배하고 있는 것은 오로지 그의 애정이다. 샤를로테가 그에게 희망을 갖도록 해 주면서, 자기는 이혼에 동의하겠다고 약속한다. 그는 믿지 않는다. 희망과 믿음이 번갈아 가며 그를 떠날 만큼 그는 병들어 있다. 그는 소령의 구혼을 받아들이라고 샤를로테를 다그친다. 그는 일종의 광적인 분노심에 사로잡힌다. 샤를로테는 그의 마음을 가라앉히고 그를 붙잡아두기 위해 그 요구를 따른다. 그녀는 오틸리에가 에두아르트와 결합하기를 원할 경우 소령의 구혼을 받아들이겠다고 말하지만, 당분간은 두 남자가 함께 여행하라는 조건을 강조한다. 소령이 자신의 장원 일로 외지로 나가야 할 일이 있다고 하자, 에두아르트는 그를 따라가겠노라고 약속한다. 그들은 준비를 하고, 적어도 무언가가 일어나고 있기에 어느 정도 마음의 안정을 얻는다.

그동안 오틸리에는 음식도 물도 거의 끊고, 여전히 침묵을 지킨다. 사람들이 설득하려 하면 그녀는 불안에 떤다. 사람들은 설득을 포기한다. 사람들은 대개 누구를 가능한 한 잘되게 하려고 남을 괴롭히지 않으려는 그런 약점을 가지고 있는 건 아닐까? 샤를로테는 온갖 궁리를 하다가 마침내 오틸리에에 관해서 많은 것을 할 수 있는 조교를 기숙 학교에서 오도록 해야겠다는 결론에 이른다. 그는 뜻밖에도 오틸리에가 오지 않자 아주 친절한 편지를 보냈지만 답장을 받지는 못했던 것이다.

사람들은 오틸리에를 나중에 갑자기 놀라게 하지 않게 하려고 그녀가 있는 자리에서 그 계획에 관해 이야기를 나눈다. 그녀는 동의하지 않는 듯하다. 그녀는 곰곰이 생각하다가 마침내 결심한 듯하다. 급히 자기 방으로 가서 밤이 오기 전에 거기에 모인 사람들에게 다음과 같이 편지를 쓴다.

오틸리에가 친구들에게

"사랑하는 여러분, 말 안 해도 저절로 아는 일을 제가 왜 굳이 이야기해야 할까요? 저는 제 궤도에서 벗어났고, 다시는 그 안으로 들어갈 수 없습니다. 저를 지배하고 있는 적대적인 마성(魔性)'은 제가 다시 저 자신으로 돌아가려 해도 외부에서 저를 가로막는 듯합니다.

에두아르트를 단념하고 그분을 떠나겠다는 저의 의도는 아주 순수했습니다. 저는 그분을 다시는 만나지 않기를 원했어요. 그런데 일이 그렇게 되질 않았어요. 그분도 자신의 뜻과는 달리 제 앞에 모습을 보이셨어요. 그분과는 어떤 대화도 나누지 않겠다는 약속을 저는 어쩌면 너무 문자 그대로 받아들이고 해석했나 봅니다. 그 순간의 감정과 양심에 따라 저는 그분 앞에서 침묵하고 입을 다물었어요. 그리고 이제는 할 말도 더 이상 없답니다. 어떤 엄격한 종단에 한 신앙 고백은 신중한 생각 후의 결행이었음에도 그 사람을 불안하게 하고 두렵게 하는데, 하물며 저는 우연히, 감정에 사로잡혀 그런 신앙 고백을 하고 말았답니다. 저의 마음이 명을 내리는 한 제가 서약을 지킬 수 있도록 해 주세요. 중재할 분을 부르지 마세요! 제게 말을 하라고, 제게 꼭 필요한 것 이상으로 음식과 음료수를 들라고 권하지 말아 주세요. 제가 이 시간을 견뎌 낼 수 있게 너그러움과 인내로 도와주세요. 저는 젊고, 젊음은 저절로 자신을 회복할 거예요. 제가 곁에 있는 걸 그대로 받아들여 주시고, 제가 여러분의 사랑으로 기쁨을 얻고, 여러분과의 대화를 통해 배울 수 있도록 해 주세요. 다만 마음만은 저에게 맡겨 주세요!"

오래전부터 준비했던 두 남자의 여행은 이루어지지 않았다. 소령이 외지에서 해내야 할 일이 늦어졌기 때문이었다. 에두아르트로서는 그것이 얼마나 다행이었던가! 이제 오틸리에의 편지를 통해 새롭게 자극받고, 그녀의 희망찬 위로의 말에 다시 용기를 얻어 꿋꿋하게 견딜 수 있게 된 에두아르트는 갑자기 여행을 떠나지 않겠다고 선언했다. 그는 큰 소리로 말했다. "혹시 잃을 수도 있지만 어쩌면 지킬 수도 있는 것, 결코 없어서는 안될 것, 꼭 필요한 것을 일부러 성급하게 내던져 버리는 짓은 얼마나 어리석은가! 그게 도대체 무슨 의미가 있단 말인가? 인간이 무언가를 의지대로 할 수 있고, 선택할 수 있다고 생각하지만 실은 그렇게 보일 뿐이지. 나는 종종 그렇게 멍청한 어리석음에 빠져 피할 도리 없는 마지막 기한에 쫓기지 않으려고, 몇 시간을, 아니 며칠을 너무 일찍 서둘러 친구들과 헤어지지 않았던가. 하지만 나는 이번에는 머물러 있을 거야. 내가 왜 떠나야 한단 말인가? 그녀는 이미 나와 떨어져 있지 않았던가? 그녀의 손을 잡거나 그녀를 내 가슴에 안아 볼 생각조차 하지 못하다니. 아니 그럴 생각조차 해서 안 된다면 소름 끼치는 일 아닌가. 그녀는 나에게서 떨어져 있었던 게 아니라, 내 위의 어디에 있었던 거야."

그리하여 그는 머물렀다. 그게 그가 원하는 일이었고, 그가 해야만 했던 일이었다. 그녀와 함께 있어 보니 그보다 그의 마음을 더 편하게 한 것은 없었다. 그녀도 똑같은 느낌이었다. 그녀도 어쩔 수 없이 누리게 된 이 행복을 뿌리칠 수 없었다. 이전과 마찬가지로 지금도 그들은 서로가 서로에게 말로 다 할 수 없는, 거의 마성적인 매력을 풍겼다. 그들은 같은 지붕 아래서 살았다. 서로가 서로를 생각하고 있지 않을 때조차도, 서로 다른 일을 하고 있을 때도, 사람들에 섞여 이리저리 다닐 때도 그들은 서로 가까이 있었다. 그들이 같은 홀 안에 있게 되면, 얼마 지나지 않아 그들은 나란히 서 있거나 나란히 앉아 있게 되었다. 가까이에 있다는 것만으로도 완벽하게 위안이 되었고, 가까이 있는 것만으로도 충분했다. 눈길을 보내지도, 말을 건네지도, 몸짓을 하거나 접촉할 필요도 없이, 오로지 함께 있으면 되었다. 그럴 때면 그들은 두 사람이 아니었고, 무의식 속에서 완전한 즐거움을 누리며 자기 자신과 세상에 만족하는 한 사람이었다. 그렇다. 만일 둘 중 한 사람이 집의 어느 한쪽 끝에 묶여 있다면, 다른 한 사람은 일부러 그럴 필요도 없이 차츰 묶여 있는 사람에게로 저절로 다가갈 것이다. 삶은 그들에게 하나의 수수께끼였고, 그 해답은 둘이 함께 있음으로써만 찾을 수 있는 것이었다.

오틸리에는 너무나 명랑하고 평온하여 사람들은 그녀에 대해 완전히 마음을 놓을 수 있었다. 그녀는 사람들이 모인 곳에서 일부러 자리를 뜨는 일이 거의 없었으나, 식사할 때만은 혼자 있으려고 했다. 나니를 제외하고는 누구도 그녀의 시중을 들지 않았다.

모든 사람에게 일상적으로 벌어지는 일은, 우리가 생각하는 것 이상으로 반복적으로 일어난다. 우리의 천성이 바로 그렇게 규정하기 때문이다. 성격, 개성, 경향, 방향, 공간, 환경, 습관 등은 다 함께 하나의 전체를 이루며, 모든 인간은 전체 속에서, 어떤 자연 원소나 대기 속에 있기라도 한 양 편안함과 아늑함을 느끼며 헤엄친다. 그리하여 우리는 인간이란 변하기 마련이라며 그토록 비탄에 빠지곤 하던 이들이 오랜 세월이 지난 후에도 변하지 않고, 밖으로부터 안으로부터 무수한 자극을 받고도 변하지 않은 모습을 보고는 놀라는 것이다.

우리의 친구들도 나날을 함께 보내는 동안 거의 모든 것이 다시 옛날의 궤도 위에서 움직였다. 오틸리에는 여전히 침묵을 지켰지만 이런저런 다정한 행동으로 자신의 사랑스러운 성격을 보여 주었고, 다른 사람들도 나름대로 자신의 모습을 보여 주었다. 함께 모여 사는 사람들의 모습은 이전 생활을 그대로 복사한 듯했고, 모든 것이 옛날 그대로라는 착각이 통했다.

이전의 봄날들과 길이가 똑같은 가을날은 바로 같은 시각에 사람들을 야외에서 집 안으로 도로 불러들였다. 이 계절에 고유한 과일과 꽃으로 된 장식은 첫 번째 봄에서 가을로 곧장 이어지는 듯한 느낌이 들게 했다. 그동안의 시간은 망각 속으로 파묻혀 버렸다. 그해 첫 봄날에 씨를 뿌렸던 꽃은 이제 피어나고, 그때 꽃을 피웠던 나무에서는 이제 열매가 익어 가고 있지 않은가.

소령이 이따금 들렀고, 미틀러도 간혹 모습을 보였다. 대개 밤마다 함께 모이는 자리가 마련되었다. 보통은 에두아르트가 낭송을 했는데, 더 생생하고 더 정감에 넘치고, 굳이 말하자면 이전보다 더 명랑하게 책을 읽었다. 그는 감정을 드러내기보다는 즐거움을 불러일으켜 오틸리에의 굳은 마음에 다시 생기를 불어넣고, 그녀의 침묵을 다시 풀어 보려는 듯했다. 그는 이전처럼 그녀가 그의 책을 들여다볼 수 있도록 자리를 잡았으며, 그녀가 책을 들여다보지 않거나, 그가 읽는 낱말들을 그녀가 눈으로 함께 따라오고 있다는 확신이 들지 않으면 불안해하며 집중하지 못했다.

그동안의 우울하고 불편했던 감정은 전부 지워졌다. 누구도 무슨 일을 남의 탓으로 돌리지 않았고, 모든 씁쓸한 감정은 사라졌다. 소령은 바이올린으로 샤를로테의 피아노 연주에 반주를 했고, 마찬가지로 에두아르트의 플루트는 이전처럼 오틸리에의 현악기와 다시 화음을 이루었다. 그러는 동안 지난해에 축하 파티를 할 수 없었던 에두아르트의 생일이 다가왔다. 이번에는 파티를 열지 않고 친구들과 조용하고 아늑하게 지내기로 했다. 굳이 말로 하지 않았지만 은연중에 그들은 뜻을 모았다. 그날이 다가올수록 오틸리에의 마음속에서는 축제의 기분이 고조되었는데, 사람들은 그걸 분명히 확인할 수는 없었으나 느낌으로는 알 수 있었다. 그녀는 이따금 정원에서 꽃들을 유심히 살펴보는 듯했다. 정원사에게 온갖 종류의 여름 식물들을 잘 돌보아 주라고 넌지시 권했고, 특히 올해 들어 무성하게 꽃을 피우고 있는 과꽃 옆에 머물곤 했다.

제18장

    친구들이 말없이 지켜보던 가장 중요한 사건은 오틸리에가 처음으로 트렁크를 열었고, 거기에서 다양한 것들을 골라내어 단 한 벌의, 하지만 완전한 정장을 만들기에 충분할 만큼의 천을 재단해 놓았다는 사실이었다. 그녀는 나니의 도움을 받아 나머지 것들을 트렁크에 도로 담으려 했으나 제대로 해낼 수 없었다. 일부를 이미 꺼냈는데도, 트렁크는 꽉 차 있었다. 이것저것 가지고 싶었던 나니는, 특히 그 안에 정장을 마련하는 데 필요한 온갖 자잘한 재료들이 마련되어 있는 것을 보고는 자꾸만 더 보고 싶어 했다. 구두, 양말, 글자가 새겨진 양말 띠, 장갑을 비롯한 물건들이 안에 들어 있었다. 아이는 그중 뭐라도 좀 달라고 오틸리에에게 청했다. 오틸리에는 그 부탁을 거절했으나, 곧장 장롱 서랍을 열어 아이더러 마음대로 고르게 했다. 아이는 이것저것 성급하게 마구 집어 들고는 다른 집안 식구들에게 자신의 행운을 자랑하려고 방을 빠져나갔다.

마침내 오틸리에는 모든 것을 다시 차곡차곡 챙겨 넣을 수 있었다. 그러고 나서 그녀는 트렁크 뚜껑 밑부분에 마련된 보관함을 열었다. 그곳에 그녀는 에두아르트가 쓴 쪽지들과 편지들, 이전에 산책길에서 기념으로 가져와 말려 놓았던 꽃들, 그리고 사랑하는 이의 머리카락과 그 밖의 다른 것들을 남몰래 보관해 놓고 있었다. 거기에다 그녀는 또 한 가지를 더 보관해 놓았는데, 그것은 아버지의 초상화였다. 그녀는 이런 것들을 다 넣은 후 자물쇠를 잠갔고, 작고 섬세한 열쇠가 달린 금목걸이를 다시 목에 걸고 있었던 것이다.

한편 친구들의 가슴속에서는 희망이 살아났다. 샤를로테는, 오틸리에가 에두아르트의 생일날에는 다시 말문을 열 거라고 확신했다. 왜냐하면 오틸리에가 사랑하는 이를 기쁘게 해 줄 만한 좋은 것을 숨기고 있는 사람의 얼굴에 감도는 듯한 명랑한 만족감과 미소를, 그리고 지금까지 남몰래 무언가에 열중하고 있었음을 은연중에 보여 주었기 때문이었다. 그녀가 많은 시간을 아주 허약한 상태로 보냈고, 모습을 보여야 할 때면 정신력으로 몸을 겨우 지탱했다는 사실을 아는 이는 아무도 없었다.

미틀러는 이 무렵 자주 들렀고, 보통 때보다 더 오래 머무르곤 했다. 그 끈질긴 사람은 쇠를 두드려 형태를 만들 수 있는 순간이 아무 때나 오지는 않는다는 사실을 너무나 잘 알고 있었다. 오틸리에의 침묵도 거절도 그는 자신에게 유리한 방향으로 해석했다. 부부의 이혼을 위해서는 지금까지 어떠한 조치도 하지 않았다. 그는 그 착한 아가씨의 운명을 다른 좋은 방향으로 이

끌어 줄 수 있기를 바랐다. 그는 말없이 기다리며 양보했고, 이해의 시선을 보냈으며, 나름대로 현명하게 처신했다.

하지만 그는 자신이 아주 중요하다고 여기는 문제에 관해 의견을 말할 기회가 있을 때면 언제나 절제하지 못했다. 그는 혼자 지낼 때가 많았고, 다른 사람들과 함께 있을 때면 대개는 그들과 반대로 행동하곤 했다. 이미 자주 보아 왔듯이, 친구들 사이에서 일단 이야기를 시작하면 그의 연설은 남들을 고려하지 않고 계속되었으며 그때마다의 형편에 따라 다른 이들의 마음을 상하게 하기도 하고 치유하기도 했으며, 이롭게 하는가 하면 해를 끼치기도 했다.

에두아르트의 생일 전날 밤, 샤를로테와 소령은 말을 타고 나간 에두아르트를 기다리며 함께 앉아 있었다. 미틀러는 방 안을 이리저리 거닐었다. 오틸리에는 자기 방에 있으면서, 내일 사용할 장식품들을 늘어 놓고는 시중드는 아가씨에게 이런저런 암시를 했는데, 그 아가씨는 그 뜻을 잘 알아들었고 말 없는 지시를 능숙하게 따랐다.

미틀러는 마침 자기가 좋아하는 이야기를 하게 됐다. 그는 아이들을 교육하거나 백성들을 인도할 때 계명이나 금지령이나 지시보다 더 미숙하고 야만적인 것은 없노라고 즐겨 말하곤 했다. "인간은 본래부터 활동하는 존재이기 때문에, 무슨 명령을 받기만 하면 곧장 그것에 따라 행동하고 실행하는 법이지요." 그가 말했다. "나의 경우에는 내 주변 사람들의 잘못과 범법을 차라리 참고 견딥니다. 그와 반대되는 덕망이 지배할 때까지,

다시 말해 내 주변 사람들이 잘못에서 벗어나고 그 자리에 올바른 것이 들어설 때까지는 말입니다. 인간은 그렇게 할 수 있을 때면 기꺼이 착한 일도 하고 목적에 맞는 행동도 하지요. 하지만 인간은 다만 무언가를 하기 위해 행동할 뿐이며, 심심하고 지루한 나머지 행한 천박한 짓들의 의미에 대해 더 이상 깊이 생각하지는 않는답니다.

누군가가 아이들을 가르치면서 십계명을 반복하는 걸 듣고 있노라면 정말이지 지겹기 짝이 없어요. '너의 아버지와 어머니를 공경할지어다.'라는 네 번째 것은 그래도 아주 괜찮고 합당한 계명이지요. 아이들이 그것을 마음속에 올바로 새긴다면, 온종일 그것을 실행해야겠지요. 하지만 '살인하지 말지어다.'라는 다섯 번째 계명은 도대체 뭐라고 해야 할까요? 마치 어떤 사람이 다른 사람을 죽이는 일에 조금이나마 관심을 가진 듯 들리지 않나요! 사람이 다른 사람을 미워하고, 화내고, 서두르고, 그러다가 이떤 일의 결과로 어쩌다가 그를 죽이는 일도 있을 수는 있지요. 그런데 아이들에게 살인과 살해를 하지 말라고 하다니, 그건 야만적인 처사가 아닐까요? '다른 사람의 생명을 보살피고, 그에게 해로울 수 있는 것을 멀리하며, 그가 처한 위험을 마치 자신의 위험인 듯 그를 구원토록 하라. 그리고 네가 그에게 해를 입히면 네 자신에게 해를 입힌 것처럼 생각할지어다.'라는 계명은 제대로 배운 현명한 사람들 사이에서 통용되는데, 그것이 교리문답 시간에는 '그게 무엇인가?'라는 물음 정도로 허술하게 다루어지고 있지요.

그리고 문제는 여섯 번째 것인데, 그건 아주 흉측해요! 왜냐
고요? 호기심에 찬 아이들로 하여금 위험천만하고 신기한 일에
관심을 갖도록 자극하고, 그들의 상상력으로 하여금 기묘한 이
미지와 표상을 불러일으키게 하는 건 멀리해야 마땅한데, 바로
그런 걸 억지로 가까이에 두고 있다니요! 교회와 교구 앞에서
사람들이 그런 것에 대해 수다 떨도록 내버려 두기보다는 차라
리 그런 사람은 비밀 재판으로 임의대로 처벌하는 편이 훨씬 나
을 겁니다."

마침 그때 오틸리에가 안으로 들어왔다. "'간음하지 말지어
다.'" 미틀러가 말을 계속했다. "이 얼마나 거칠고 단정치 못한
말인가요! 차라리 이렇게 말한다면 완전히 다르게 들릴 테지요.
'부부의 결합에 대해 경외심을 가질지어다. 서로 사랑하는 부부
를 본다면 기뻐할 것이며, 맑게 갠 어느 날을 누리듯이 함께 행
복해할지어다. 그들 부부 사이에 무언가 흐릿한 일이 생겨난다
면, 그것을 맑게 하려고 노력할지어다. 모든 의무를 지키는 것
으로부터, 특히나 남편과 아내를 떨어지지 않게 결합시키는 데
서 오는 행복이 얼마나 큰지 그들로 하여금 느끼게 함으로써,
그들을 위로하고 부드럽게 달래 주며, 상호 간에 얻을 수 있는
이점이 무엇인지 또렷이 보여 주고, 더 나아가 아름다운 이타심
으로 다른 사람의 행복을 더해 주어야 하지 않겠는가?'"

샤를로테는 타오르는 석탄불 위에 앉은 듯했고, 미틀러가 지
금 무슨 말을 어디서 하고 있는지를 모른 채 말하고 있다는 확신
이 들자, 그 상황이 더욱 불안했다. 그래서 미틀러의 말을 중단

시키려 했지만, 얼굴색이 변한 오틸리에는 이미 방을 나서고 있었다.

"일곱 번째 계명은 그만두시죠." 샤를로테가 억지로 미소 지으며 말했다. "다른 것들의 기초가 되는 계명만이라도 지킬 수 있다면 다른 것들이야 그만두지요." 미틀러가 대답했다.

나니가 허둥지둥 뛰어 들어오며 놀란 목소리로 외쳤다. "그분이 위급해요! 아가씨가 위급하다고요! 이리 와 보세요! 와 보시라고요!"

오틸리에가 비틀거리며 자기 방으로 돌아왔을 때 내일 선보일 보석들이 여러 의자 위에 온통 흩어져 있었다. 시중드는 소녀는 그것을 바라보며 경탄을 멈추지 못했고, 왔다 갔다 하며 환호하듯 소리쳤다. "이것 좀 보세요, 아가씨, 아가씨 같은 신부한테 꼭 어울리는 보석이에요!"

오틸리에는 이 말을 듣는 순간 소파에 털썩 주저앉았다. 나니는 여주인의 얼굴이 창백해지며 굳는 것을 본다. 소녀는 샤를로테에게로 달려가고, 사람들이 온다. 집안의 주치의가 급히 달려온다. 그가 보기에는 탈진 정도에 불과하다. 그는 걸쭉한 고기 수프를 좀 가져오게 한다. 오틸리에는 기겁하며 음식을 거절하고, 사람들이 잔을 입 가까이로 가져가자 거의 경련을 일으킨다. 상황이 이렇게 되자, 의사는 나니에게 오틸리에가 오늘 무엇을 먹었는지 성급하고 진지한 목소리로 묻는다. 소녀는 말을 못하고 더듬거린다. 그는 다시 질문한다. 소녀는 오틸리에가 아무것도 먹지 않았다고 고백한다.

의사가 보기에 나니는 필요 이상으로 공포에 질려 있다. 그는 소녀를 와락 옆방으로 데리고 가고, 샤를로테가 뒤를 따르며, 소녀는 무릎을 꿇은 채 오틸리에가 벌써 오래전부터 거의 아무 것도 먹지 않았노라고 고백한다. 오틸리에의 강요를 못 이겨 그녀 대신에 음식을 먹었다는 것이다. 여주인이 그렇게 부탁도 하고 겁도 주었기 때문에 그동안 아무 말도 하지 않았으며, 자기 입에는 음식이 너무나 맛있어서 계속 그렇게 했다는 말도 천진 난만하게 덧붙인다.

소령과 미틀러가 왔다. 샤를로테가 의사와 함께 분주하게 움직이고 있었다. 창백한 얼굴의 천사 같은 아이는 소파의 한쪽 구석에 앉아 있었는데, 의식은 있는 듯했다. 사람들은 오틸리에에게 누우라고 간청한다. 그녀는 거절하며, 트렁크를 좀 가져다 달라는 눈짓을 한다. 그녀는 두 발을 그 위에 올려놓고는 반쯤 누운 편안한 자세를 취한다. 그녀는 작별을 고하려는 듯 보인다. 그녀는 둘러서 있는 사람들에게 더없이 부드러운 애정과 사랑, 감사와 용서를, 그리고 진심 어린 안녕을 비는 몸짓을 보인다.

말에서 내린 에두아르트는 상황을 알아차리고는 방 안으로 달려 들어간다. 그녀 옆에 몸을 던져 손을 붙잡고는 말없이 눈물을 줄줄 흘리며 그녀의 손을 적신다. 그는 한참 동안 그 자세로 있는다. 마침내 그가 소리친다. "그대의 목소리를 이제 다시 들을 수 없단 말이오? 나를 위해 한마디 해 주고 다시 살아나지 않겠소? 좋아, 좋아요! 내가 그대의 뒤를 따르리다. 그곳에서 우리는 다른 말로 이야기를 나눕시다!"

그녀는 그의 손을 힘껏 붙든다. 그녀는 사랑 가득한 눈으로 그를 바라보며, 깊게 숨을 쉬고 천사같이 말없이 입술을 움직거린 후 있는 힘을 다해 사랑스럽고 다정하게 말한다. "살아 있겠다고 저에게 약속해요!" 그러고는 그녀는 곧장 뒤로 쓰러진다. "약속하리다!" 그가 그녀를 향해 소리쳤지만, 그 소리가 그녀에게 가닿지는 않았다. 그녀는 이미 세상을 떠났다.

눈물범벅의 밤이 지난 후 샤를로테는 그 사랑스러운 아이의 장례를 어떻게 치를지 걱정되었다. 소령과 미틀러가 그녀를 도와주었다. 에두아르트의 상태는 가련했다. 절망에서 겨우 깨어나 어느 정도 정신을 차리자 그는 오틸리에를 성 밖으로 내보내서는 안 되고, 마치 살아 있는 사람인 것처럼 기다리며 보살펴야 한다고 고집했다. 그녀는 죽지 않았고, 죽었을 리 없다는 것이다. 사람들은 최소한 그가 금지하는 일은 하지 않음으로써 그의 뜻을 따랐다. 그는 그녀를 보겠다는 요구는 하지 않았다.

또 다른 놀라움과 근심이 친구들을 덮쳤다. 의사에게서 심하게 야단맞고, 협박을 받아 사실을 털어놓을 수밖에 없었고, 고백 후에 사정없이 꾸지람을 들었던 나니가 종적을 감춘 것이다. 오래 찾은 후 다시 발견된 소녀는 얼이 빠진 상태였다. 소녀의 부모가 소녀를 집으로 데려갔다. 하지만 그 최선의 방식도 별다른 도움이 되지 않는 듯했다. 다시 달아날 우려가 있어 사람들은 소녀를 가두어 놓아야만 했다.

에두아르트는 격심한 절망에서 서서히 벗어날 수 있었으나,

그것이 오히려 그를 불행으로 이끌었다. 그가 삶의 행복을 영원히 잃었다는 사실이 분명해졌고, 또 그런 확신이 들었기 때문이었다. 사람들은 예배당에 안치된 오틸리에가 여전히 살아 있는 사람들 사이에 있게 될 것이고, 또 다정하고 조용한 거처 바깥에 있지는 않으리라는 사실을 그에게 주지시키려 했다. 그의 동의를 얻는 일은 어려웠다. 다만 뚜껑을 열어 놓은 채 관을 밖으로 운구하고, 묘지 안에서는 유리 덮개만 덮을 것이며 영원히 타오르는 등불을 옆에 세워 놓는다는 조건 하에서 마침내 수락했는데, 그는 마치 모든 일을 포기한 듯 보였다.

사람들은 사랑스러운 몸을 오틸리에 스스로 마련해 놓았던 장식으로 덮었다. 사람들은 그녀의 머리에 과꽃 화환을 씌웠는데, 그것들은 슬픈 별들인 것처럼 예감에 차 반짝였다. 관과 교회와 예배당을 장식하기 위해 정원에 있던 온갖 장식물이 동원되었다. 겨울이 벌써 화단으로부터 모든 기쁨을 앗아가 버리기라도 한 듯 정원은 황량했다. 이른 새벽 그녀는 관을 닫지 않은 채 성 밖으로 옮겨졌고, 떠오르는 태양은 다시 한번 천사 같은 얼굴을 붉게 물들였다. 동행하는 사람들은 상여꾼들 주위를 에워쌌다. 누구도 앞서가거나, 뒤에서 따라가려 하지 않았고, 모두들 상여꾼들을 둘러싸고는 마지막으로 그녀와 함께 있음을 느끼려고 했다. 소년들도, 남녀 어른들도 모두 먹먹한 감정에 휩싸였다. 그녀의 상실을 가장 절실하게 느꼈던 소녀들은 아무런 위안도 받을 수 없었다.

나니의 모습은 보이지 않았다. 사람들이 소녀를 못 가게 했던 것이다. 아니, 소녀에게 장례식 날짜와 시간을 비밀로 했고, 부모님 집의 정원 쪽으로 나 있는 방에 소녀를 가두어 두고는 감시했다. 그런데 종이 울리는 소리를 들은 소녀는 무슨 일이 일어나고 있는지를 너무나 금방 알아차렸다. 감시자가 장례 행렬을 보려는 호기심을 못 이겨 자리를 비우자, 소녀는 창문을 통해 복도로 나왔고, 모든 문이 다 닫힌 것을 보고는 지붕 밑 다락방으로 올라갔다.

장례 행렬은 마침 나뭇잎들로 덮인 깨끗한 길을 따라 마을을 지나가고 있었다. 나니는 저 아래쪽에서 행렬을 따라가고 있는 모든 사람보다 더 분명하고, 더 완전하고, 더 아름다운 아가씨의 모습을 보았다. 구름이나 파도를 타고 가기라도 하듯, 그녀는 초지상의 영역에서 그녀의 시녀에게 눈짓이라도 하는 듯했다. 정신이 혼미해진 시녀는 현기증에 비틀거리다 아래로 떨어졌다.

놀란 사람들은 비명을 지르며 사방으로 흩어졌다. 사람들이 서로 밀치고 소란을 벌이는 통에 상여꾼들은 관을 내려놓아야만 했다. 소녀는 시신 바로 옆에 누워 있었다. 소녀는 온몸이 으스러진 듯했다. 사람들이 소녀를 일으켜 세웠다. 우연인지 아니면 어떤 특별한 운명의 결과인지 사람들은 소녀를 시신 위에 기대어 세웠다. 아니 어쩌면 소녀 자신이 마지막으로 남은 생명력을 다하여 자기가 사랑하던 주인에게 도달하려고 하기라도 한 듯했다. 그런데 소녀의 흐느적거리는 사지가 오틸리에의 옷에 닿는 순간, 그리고 소녀의 힘없는 손가락들이 오틸리에의 주름진 두 손에 닿는 순간, 소녀는 벌떡 몸을 일으켰다. 그러고는 처음에는 하늘을 향해 두 팔과 두 눈을 들어 올렸고, 다시 관 앞에 무릎을 꿇고는 예배라도 하는 듯 황홀한 시선으로 주인을 올려다보았다.

마침내 소녀는 신이라도 들린 듯 벌떡 일어나 성스러운 환희의 목소리로 외쳤다. "아아, 이분이 저를 용서했어요! 어떤 사람도, 저 자신도 용서할 수 없는 저를 하느님은 이분의 눈길과 몸짓과 입을 통해 용서하셨어요. 이제 이분은 다시 말없이 편안하게 쉬고 계셔요. 여러분은 보셨죠. 이분이 몸을 일으키고 두 손을 펴 저를 축복해 주셨어요. 저를 너무나 다정하게 바라보셨어요! 여러분 모두 들으셨죠. 여러분은 모두 그분이 저에게 '너는 용서받았다!'라고 말씀하는 걸 본 증인이에요. 저는 여러분에게 더는 살인자가 아니에요. 이분이 용서하셨어요, 하느님이 용서하셨다고요. 이제 그 누구도 저를 해칠 수는 없어요."

사람들이 몰려들어 아이를 에워쌌다. 그들은 놀라 귀를 기울이며 힐끗힐끗 바라보기도 했다. 하지만 어떻게 대처해야 할지 아무도 몰랐다. "이분이 쉬시도록 모셔 가세요!" 소녀가 말했다. "이분은 할 일을 다 하셨고, 고통을 다 겪으셔서 이제 더는 우리와 함께하실 수 없어요." 관이 다시 움직였고 나니가 앞장을 섰으며, 그들은 교회에, 예배당에 도착했다.

그렇게 하여 이제 오틸리에의 관이 안치되었다. 그녀의 머리 쪽에는 아기'의 관이 있었고, 발치에는 트렁크가 단단한 참나무 통 속에 담긴 채 놓여 있었다. 어떤 여자가 경비의 임무를 맡아,

유리 덮개 아래 사랑스럽게 누워 있는 시신을 당분간 보살피기로 되어 있었다. 하지만 나니가 그 일을 빼앗기지 않으려 했다. 소녀는 곁에 아무도 없이 혼자 있으려 했고, 이제 막 처음 점화된 등불을 정성으로 지키려고 했다. 소녀가 이것을 너무도 열렬하게 바라고 또 억지를 부리는 바람에 사람들은 예견되는 더 심한 정신 착란을 막기 위해 소녀의 말을 들어주었다.

그러나 소녀는 오래 혼자 있을 수는 없었다. 밤이 막 내려오고 흔들리는 등불이 자신의 권리를 마음껏 발휘하며 더 밝은 빛을 비추기 시작했을 때 문이 열리면서 건축기사가 예배당 안으로 들어왔기 때문이다. 경건하게 장식된 예배당의 벽은 부드러운 불빛을 받으며, 그가 이전에 결코 생각할 수 없었을 정도로 고풍스럽고 예감에 찬 분위기로 그를 맞아 주었다.

나니는 관의 한쪽 편에 앉아 있었다. 소녀는 그를 금방 알아봤다. 소녀는 아무 말 않고서 창백한 빛의 아가씨를 가리켰다. 청춘의 힘으로 넘치는 우아한 젊은이는 멍하니 상념에 잠겨 두 팔을 아래로 늘어뜨린 채 관의 다른 쪽 편에 섰다. 그러고는 양손을 둥글게 겨우 그러모았으며, 머리와 눈은 영혼이 빠져나간 이를 내려다보았다.

그는 이전에 벨리사리우스 앞에서도 그렇게 서 있은 적이 있었다. 그는 자기도 모르는 새에 바로 그때와 같은 자세를 취했고, 이번에도 그 자세는 정말로 자연스러웠다! 이번에도 무언가 헤아릴 수 없을 만큼 고귀한 것이 높은 곳에서 나락으로 떨어졌던 것이다. 다만 벨리사리우스의 경우에는 용맹함과 총명함,

권력과 지위와 재산을 한 몸에 지닌 한 남자를 회복 불가능하게 잃어버린 점이 안타까웠고, 결정적인 순간에 국가와 영주에게 없어서는 안 될 특성들이 제대로 평가받지 못하고 내팽개쳐지고 버려졌다고 한다면, 여기 오틸리에의 경우는 그와는 다른 점에서 안타까웠다. 자연이 이제 막 풍요로운 심연으로부터 불러내었다가 무심한 손으로 금방 다시 지워 버린 고요한 덕망들. 그것들의 평화로운 영향으로 궁핍한 이 세계를 언제라도 환희에 찬 만족으로 맞아 주고 또 그리움에 찬 비탄으로 아쉬워하게 할, 그런 드물고 아름답고 사랑스러운 덕망들을 잃은 것이다.

젊은이는 침묵했고, 소녀도 한동안 말을 하지 않았다. 그러나 그의 눈에서 눈물이 수시로 솟아나고, 그의 온몸이 고통 속에 잠긴 듯했을 때 소녀는 너무도 진실하고 힘차게, 커다란 호의와 자신감으로 그에게 말을 했다. 유창하게 흘러나오는 말에 놀란 그는 마음을 가다듬을 수 있었으며, 아름다운 오틸리에가 더 높은 영역에서 생생하게 살아 움직이는 모습이 눈앞에 어른거렸다. 눈물이 마르고 고통이 가라앉자 그는 무릎을 꿇은 채 오틸리에에게, 그리고 진정에 찬 악수로 나니에게 작별을 고했다. 그러고는 더 이상 아무도 만나지 않은 채 그날 밤 말을 타고 마을을 떠났다.

외과 의사는 그날 밤 내내 소녀도 모르게 교회에 머물러 있었다. 다음 날 아침 그가 소녀를 찾아가서 보니 소녀는 명랑하고 안정된 상태였다. 그는 여러 혼란스러운 상황에 대비하고 있었다. 그는 소녀가 밤 동안 오틸리에와 나눈 이야기라든지 그밖에 다른 일들에 관해 자신에게 들려줄 것을 예상했다. 하지만 소녀는 자연스럽고 차분했으며 정신 상태가 완전히 정상이었다. 이전의 모든 일과 상황을 아주 정확히 기억했으며, 소녀의 이야기는 실제로 일어났던 일들의 평범한 테두리에서 조금도 벗어나지 않았다. 다만 장례 행렬에서 있었던 일만은 예외였다. 소녀는 기쁜 마음으로 몇 번씩이나 반복해서, 오틸리에가 몸을 일으켜 자신에게 축복을 내려 용서해 주고, 자신의 마음을 영원히 안정시켜 주었노라고 말했다.

죽어 있다기보다는 내내 잠들어 있는 듯한 오틸리에의 아름다운 모습은 많은 사람들이 찾아오게 했다. 주민들과 이웃 사람들이 그녀를 보려고 했고, 모두들 믿기 어려운 그 일을 나니의 입을 통해 직접 듣고 싶어 했다. 일부 사람들은 얘기를 듣고 비웃었고, 대부분의 사람들은 의심했으며, 소수의 사람은 그것을 믿고 받아들였다.

현실에서 충족되지 않는 모든 욕구는 믿음을 강요하는 법이다. 세상 사람들 모두가 보는 앞에서 몸이 으스러졌던 나니는 경건한 시신에 닿음으로써 다시 건강해졌다. 그러므로 그것과 비슷한 행운이 여기 있는 다른 사람들에게도 일어나지 말라는 법은 없지 않겠는가? 마음씨 고운 어머니들이 처음에는 남몰래 어떤 병에 걸린 자신의 아이들을 데려왔고, 그들은 갑자기 병세가 좋아졌음을 느꼈다고 믿었다. 믿음은 번져 나갔고, 마침내 나이가 들거나 몸이 약한 사람 중에서 이곳으로 와 몸이 상쾌해지거나 병세가 가벼워지기를 바라지 않는 사람은 아무도 없게 되었다. 사람들이 마구 몰려들자 예배당을 닫지 않을 수 없었으며, 심지어 예배 시간 이외에는 교회까지 문을 닫아야 했다.

에두아르트는 세상을 떠난 사람에게 다시 가 볼 용기가 나지 않았다. 그는 그냥 혼자서 살았고, 눈물도 더 이상 흘리지 않고, 더 이상 고통을 느낄 수도 없는 것 같았다. 대화에 참여하거나 음식과 음료를 드는 즐거움도 나날이 줄어 간다. 다만 그에게 진정한 예언가가 되어 주지 못했던 그 잔으로 음료수만을 조금 마시는 듯하다. 그는 서로 얽혀 있는 이름의 글자들을 여전히 즐겨 바라보고, 그럴 때면 그의 진지하면서도 명랑한 시선은 아직도 어떤 결합을 기대하는 듯이 보인다. 행운아에게는 주변의 모든 상황이 호의적으로 보이고, 막연하게 벌어지는 일도 눈에 띄게 보이지만, 불행한 사람에게는 아주 작은 일이라도 마음을 아프게 하고 상처받게 하는지도 모른다. 어느 날 에두아르트는 사랑하는 그 잔을 입에 갖다 대었다가 놀라서 다시 내려놓았는데, 그것은 이전의 바로 그 잔이기도 했고, 아니기도 했다. 자그마한 표식이 없어진 것이다. 시종을 닦달하자, 그는 원래의 잔은 얼마 전에 깨졌고, 대신에 에두아르트의 젊은 시절에 만들어진 같은 종류의 잔을 내놓았다고 고백한다. 에두아르트는 화를 낼 수 없다. 그 사건으로 자신의 운명이 이제 드러났다. 그 정도의 비유적인 사건에 그의 마음이 어찌 움직일 수 있겠느냐고? 하지만 그 일은 그의 마음 깊이 파고든다. 그때부터 그는 음료수를 싫어하는 듯이 보인다. 의도적으로 음식도 대화도 멀리하는 것처럼 보인다.

이따금 불안이 그를 덮친다. 그는 뭔가 먹을 것을 다시 요구하고 다시 말을 하기 시작한다. 그의 곁을 거의 떠나지 않는 소령에게 언젠가 그가 이렇게 말했다. "아! 나의 모든 노력이 언제나 모방에 불과하고, 잘못된 시도에 머물고 말다니 난 얼마나 불행한 사람인가! 그녀에게는 커다란 행복이었던 것이 내게는 고통이 되다니. 그래도 그 커다란 행복을 위해 나는 이 고통을 떠안아야 하네. 난 그녀의 뒤를, 그 길을 따라야만 해. 그런데 나의 천성이 나를, 나의 약속을 주저앉히고 있네. 흉내 낼 수 없는 것을 흉내 낸다는 일은 끔찍한 과제야. 이보게 친구, 이제 잘 느끼겠네. 모든 일에, 그리고 또 순교에도 천재가 필요하다네."

이 절망적인 상황에서 에두아르트의 친지들이 부부로서, 친구로서, 의사로서 한동안 기울였던 노력들을 떠올린다 한들 무슨 소용이겠는가? 마침내 그는 죽은 채로 발견됐다. 미틀러가 처음으로 이 슬픈 광경을 보았다. 그는 의사를 불렀고, 보통 때처럼 침착하게, 죽어 있는 그를 발견한 상황을 세밀하게 살펴보았다. 샤를로테가 급히 달려왔다. 그녀의 마음속에는 그가 자살했을 거라는 의심이 일었다. 그녀는 자신과 주변 사람들에게 주의를 기울이지 못한 죄를 물으려고 했다. 그러나 의사는 자연적인 이유를 들어, 그리고 미틀러는 도의적인 이유를 들어 실제 사실은 그녀의 생각과 전혀 다르다고 샤를로테를 금방 설득할 수 있었다. 에두아르트에게 갑작스럽게 죽음이 찾아왔다는 것은 아주 분명했다. 그는 어느 조용한 순간에 지금까지 조심스럽게 숨겨 둔 것들, 오틸리에가 남겨 놓았던 것들을 작은 상자와 서류 가방에서 꺼내 자신 앞에 펼쳐 놓았던 것이다. 곱슬곱슬한 머리카락, 행복했던 시간에 꺾은 꽃들, 그녀가 자기에게 쓴 편지들, 그의 부인이 아주 우연히 예감에 차서 자신에게 넘겨주었던 첫 번째 편지부터 모든 게 다 펼쳐져 있었다. 그가 이 모든 걸 아무나 발견하라고 일부러 방치했을 리는 없었다. 얼마 전까지만 해도 무한한 감동으로 뛰던 그 심장은 이제 아무도 방해할 수 없는 휴식을 취하며 누워 있었다. 성녀를 떠올리며 잠든 그의 모습 또한 성스럽다고 할 수 있었다. 샤를로테는 오틸리에 옆에 그의 자리를 마련했고, 그 납골당에는 다른 누구도 안치되지 않도록 지시했다. 이러한 조건 하에 그녀는 교회와 학교, 성직자와 교사들을 위해 상당한 액수의 기부금을 증정했다.

이렇게 하여 사랑하는 두 사람은 나란히 쉬고 있다. 그들의 묘소 위에는 평화가 감돌며, 밝은 표정의 낯익은 천사들은 둥근 천장으로부터 그들을 내려다본다. 언젠가 그들이 다시 함께 잠에서 깨어난다면 그건 얼마나 다정한 광경이 될 것인가.

주

10   **교회 묘지** 죽음에 대한 모티프가 최초로 등장하는 장면.

       정자 18세기 말에서 19세기 초에 걸쳐 루소 등의 영향으로 전원풍의 생활이 유행이었다. 샤를로테의 정자도 지붕에 이끼를 얹고 벽을 꽃과 풀로 장식한 것이다.

16   **오틸리에** 샤를로테의 절친한 친구가 먼저 세상을 떠나면서 남긴 딸. 그러니까 샤를로테의 수양딸로 보아도 무방하다.

29   **미틀러** 독일어에서 미틀러(Mittler)라는 낱말은 '중재자'를 뜻한다.

35   **오토** 두 사람의 어린 시절 이름.

53   **친화력** 스웨덴의 화학자 토르베른 베리만(Torbern Bergmann)의 '선택적 끌림(attractio electiva)'라는 용어를 바이겔(Chr. Ehr. Weigel)과 타보르(Heinrich Tabor)가 'Wahlverwandtschaften(선택적 친화력)'으로 번역 소개했고, 이후 독일의 자연과학계에서 큰 반향을 일으켰다.

59   **대기의 산** 탄산(炭酸)을 가리킨다.

99   **작은 홈통** 주춧돌에 파놓은 홈통으로 나중 세대를 위해 여러 가지 기념품 따위를 보관하는 용도로 쓰인다.

104   **기능공** 토목공을 가리킨다.

106	**만들어진 잔들 중 하나였다** E는 에두아르트의 첫 글자이고, O는 오틸리에의 첫 글자임에 유의.

106   **만들어진 잔들 중 하나였다** E는 에두아르트의 첫 글자이고, O는 오틸리에의 첫 글자임에 유의.

112   **계속될 수도 있었을 것이다** 미틀러의 발언에 대한 괴테의 반어적 태도를 엿볼 수 있는 장면이다.

116   **예고된 기한** 5년을 말한다.

128   **사르마트인** 기원전 6~4세기에 걸쳐 드네프르 강에서 아랄 해에 이르는 초원지대를 지배하고 1세기경에는 흑해 북안에서 활약하던 유목 기마민족. 여자도 남자처럼 말을 타고 수렵, 출정했다고 한다.

130   **기이한 부활** 잠들어 있던 파수병들이 한꺼번에 깨어나는 장면을 말하는 것 같다.

134   **어른거리는 그 친구** 대위를 가리킨다.

140   **흔들리는 원소** 호수의 물을 가리킨다.

144   **아, 이것이 다른 서류라면** 약혼 서류 같은 것을 암시한다.

159   **돌림띠** 기둥이나 벽 윗부분에 수평으로 둘러친 장식용 돌출부.

170   **아이들** 오틸리에가 에두아르트의 양녀인데 또 그의 아내가 될 수도 있는 상황을 암시한 것으로 보인다.

179   **잘 알려진 확실한 일인 것처럼** 오틸리에는 샤를로테의 마음이 대위에게 가 있다고 에두아르트로부터 들었는데, 샤를로테가 대위의 결혼을 별일 아닌 것처럼 말하자, 샤를로테의 마음이 에두아르트에게 있는 게 아닌가 하고 의구심을 느끼는 장면이다.

183   **카르투지오 교단** 1084년 그르노블에 세워진 수도사 교단으로 계율이 매우 엄격했다. 한때 파리에 유명한 수목원을 갖고 있었다.

196   **세례식** 샤를로테의 임신을 암시한다.

224   **앉아 있을 수 없단 말인가?** 발할(Walhall)을 암시한다. 발할은 고대 게르만 신화에서 전사한 사람들의 혼령이 사는 곳.

226   **공포와 희망** 괴테는 『파우스트』에서 공포와 희망을 인간 지혜의 최대의 두 적이라고 말한다.

232   **아르테미시아** Artemisia(~기원 전 350년). 소아시아 카리아의 여성
       통치자. 그녀의 동생이자 남편인 마우솔루스가 죽은 후 2년간(기
       원전 353년~351년) 재위했다. 그녀는 남편의 죽음에 비통한 슬픔
       을 보이며 그의 뼛가루를 포도주에 타서 마시고 세상에서 가장 아
       름다운 무덤을 만들겠노라고 맹세했다. 그것이 할리카르나소스의
       마우솔루스 영묘다.

233   **에페수스의 유족** 그녀의 이야기는 라 퐁텐(La Fontaine)의 소설에
       나온다. 에페수스의 여인은 남편이 죽은 후 그의 묘지에서 자발적
       으로 죽으려 했으나, 금세 절개를 버리고 그곳의 병사와 사랑에 빠
       진다.

237   **붉은 실** 에두아르트에 대한 그리움을 가리킨다.

251   **반 다이크** Anthony Van Dyck(1599~1641). 루벤스와 함께 플랑드
       르 바로크 미술을 대표하는 화가.

       벨리사리우스 Flavius Belisarius(505~565). 6세기 비잔티움 제국
       의 명장으로, 고트족과 반달족을 정복하여 공을 세웠으나 유스티
       니아누스 황제의 명령에 따라 장님이 되어 축출된다.

252   **푸생** Nicolas Poussin(1594~1665). 17세기 프랑스 최대의 화가이
       며 프랑스 근대회화의 시조.

       아하수에로와 에스더 Ahasuerus와 Esther. 구약성서의 「에스더」에
       나오는 왕과 유태인 출신의 왕비. 아하수에로는 위대한 사람, 힘센
       자라는 뜻으로 헬라식 명칭으로 크세르크세스라고 부른다. 성경
       에서는 왕후 와스디를 폐위시키고 유태인 출신 에스더를 왕비로
       맞았다.

253   **테르보르흐** Gerard Terborch(1617~1681). 부유한 중산 계급의 생
       활상과 우아한 여인들을 많이 그렸던 네덜란드의 초상화, 풍속
       화가.

       빌레 Johann Georg Wille(1715~1808). 독일의 동판화가.

268   **신적이고-인간적인 몸** 아기 예수를 가리킨다.

268 **응축된 그들의 몸** 천사들의 몸은 에테르가 응축되어 이루어진 것이라는 말.

287 **훔볼트** Alexander von Humboldt(1769~1859). 당대의 저명한 자연 연구가.

296 **구세주를 보았나이다** 「누가복음」 2장 25−30절 참조.

315 **노벨레** 발터 벤야민은 이 노벨레를 소설 전체의 반(反)명제, 즉 구원의 계기로 본다.

333 **소령** 그동안 대위는 소령으로 진급되었다.

383 **마성** 그리스어 '다이몬'을 독일어로 번역한 것이다.

399 **그녀의 머리 쪽에는 아기** 에두아르트와 샤를로테 사이에서 태어났던 아이.

도덕적 편견 저 너머에서 사랑과 용기를 설파하는 괴테의 실험 소설

장희창(번역가)

1. 에로스의 심연

플라톤의『국가』첫머리에 소크라테스를 비롯한 몇몇 인물이 모여 노년의 삶에 대한 소감을 말하는 장면이 나온다. 그중 한 노인은 얼마 전에 만났던 시인 소포클레스에게 요즘 성생활은 어떠시오? 하고 물었더니, 성욕에서 벗어난 게 정말 기쁘다, '미쳐 날뛰는 포악한 주인에게서 벗어난 것 같다'라고 대답하더라며 시인의 말을 전해 준다.[1] 인간이 자기의 주인이 아닐지도 모른다는 박진감 넘치는 표현으로, 처음 읽었을 때 그 구절은 대단히 인상적이었다. 그때로부터 2천5백 년이 지난 지금, 진화생물학자 리처드 도킨스(Richard Dawkins)는『이기적 유전자』

---

1 플라톤,『국가』, 천병희 옮김, 도서출판 숲, 2013년, 28쪽 이하 참조.

에서 '인간은 유전자의 생존 기계'라고 선언한다. 인간은 유전자의 생존을 위한 숙주에 지나지 않는다는 말이다. 성욕, 즉 에로스는 유전자가 자기 보존을 위해 인간에게 던지는 미끼이고, 인간은 그 미끼를 달게 삼키지만 그것을 던진 자의 정체는 가려져 있다는 것이다. 헤아릴 수 없는 그 힘을 두고 시인은 '미쳐 날뛴다'라고, 과학자는 '이기적'이라고 표현한 것이다. '미쳐 날뛰는'이라는 말과 '이기적'이라는 말이 가리키는 미지의 것, 출렁이고 넘실대는 것, 신화적이고 데몬적인 힘의 정체를 투시하기란 대단히 어려운 일이다.

근대에 들어와 이러한 힘과 맹목적 의지를 철학의 출발점으로 삼은 것은 쇼펜하우어(Arthur Schopenhauer)였다. 그가 보기에 인간의 이성이란 두뇌 안에서 일어나는 현상에 지나지 않으며, 의지의 부산물일 따름이다. 인간 삶의 고통의 원인은 끊임없이 솟구쳐 오르는 맹목적 의지 또는 욕망을 채우지 못하는 데에 있으며, 이러한 욕망이 일시적으로 채워진다 하더라도 인간은 다시 권태에 빠져 고통스러워한다. 쇼펜하우어가 말하는 의지의 세계는 물 자체, 곧 출렁거리는 자연의 힘이며, 맹목적 의지는 프로이트가 말하는 성적 본능과 직결된다. 보다 구체적으로 말하자면, 생식기는 의지의 본래적인 초점이고, 생식기와 대극을 이루는 뇌수는 세계의 또 다른 면인 표상으로서의 세계를 인식하는 기관이다. 결국 삶에 대한 의지는 성을 매개로 특정한 개체 속에 자신을 객관화하고자 하는 개체화의 의지다. 이처럼 그의 의지 철학은 서구철학사에서 그동안 배제되었던 신체와 성을 본격적인 철학 담론의 주제로 떠오르게 했다. 쇼펜하우어에게 있어서 사랑은 오로지 종족 번식을 위한 것이다. 사랑타령을 하지만 그것은 개인의 관심과는 상반된 종족 의지의 표현에 지나지 않는다. 성 충동이 인간에게 가장 강력한 충동 자극이라고 한다면 자신의 자유를 지키는 유일한 길은 삶에의 무의지, 즉 생존하려는 의지로부터의 자유를 통해 이러한 종속에서 벗어나는 것이다.[2] 쇼펜하우어가 '니르바나'를 거론하는 것은 이런 맥락이다.

청년 니체가 라이프치히에 있는 고서점에서 『의지와 표상으로서의 세계』를 처음 발견했을 때, 이 책을 집으로 가져가라는 정령의 말에 홀린 듯이 이 책을 집으로 가져가 2주 동안 밤낮으로 반복해 읽었다는 일화는 무의식 속의 욕망을 정면으로 투시하려는 시대정신의 일단을 보여 준 사건인 셈이다.

쇼펜하우어가 들끓어 오르는 성욕의 소멸에서 미로의 출구를 본다면, 니체는 인간 욕망을 부정적으로 해석하는 관점을 비판하면서 신체와 감각적 쾌락을 과감하게 긍정한다. 쾌락 없는 일을 억지로 하느니 차라리 죽는 게 낫다는 식이다. 그는 정욕을 피하고 육체를 멸시하는 그리스도교도 인들의 순진한 인식을 조롱한다. 육체의 정욕과 갈망 없이는 아무 것도 경험할 수도 인식할 수도 없다는 것이다.[3] 무의식 속에서 요동치는 욕망을 환한 대낮 속으로 폭포처럼 쏟아 내어 보여 준 니체는 '인간

---

2   알리스 페흐리글, 『성과 사랑 Eros』, 백인옥 옮김, 이론과실천, 2015년, 46쪽.

3   니체, 『차라투스트라는 이렇게 말했다』, 장희창 옮김, 민음사, 2004년, 148쪽.

은 극복되어야 할 존재다, 무의식 속에서 울부짖는 들개를 창공의 노래하는 새가 되게 하라'고 말하며 인간은 노예 상태에서 주인의 지위로 고양될 수 있는 존재임을 역설한다. 인식에 대한 사랑과 철학은 곧 승화된 성 충동이라는 플라톤의 에로스론과 그리 멀지 않다.

리처드 도킨스는 이 물음을 현대적으로 반복한다. "의식이라는 것은 실행의 결정권을 갖는 생존 기계(survival machine), 즉 인간이 궁극의 주인인 유전자로부터 해방되는 진화 경향의 극치라고 할 수 있다."[4] 우리가 이기적으로 태어났음은 분명하다. 그런데 인간에게는 관대함과 이타주의라는 특이한 경향이 있다. 왜 그런가? 도킨스가 보기에 인간종의 특이한 점은 문화에 있다. 인간종에게서는 유전적 진화와 더불어 문화적 진화가 이루어지고 있다. 말하자면 인간의 문화는 새로운 차원에서 생겨난 자기복제자다. 도킨스는 그것을 문화 유전자(meme)라고 부른다. 인간만이 유일하게 자신의 창조자, 즉 이기적 유전자의 전제(專制)에 대항할 힘을 갖게 되었던 것이다. 인간이 인간다운 점은 그러므로 문화에 있다.

인간의 몸 자체를 거대한 이성이라고 보며 몸과 이성의 이분법을 극복하려 했던 니체는 자신이 괴테의 계승자임을 공공연하게 밝힌다. 라이프치히 대학 신입생으로 법대 건물 앞에 서서 백 년 전 괴테가 여기 서 있었다며 감회에 젖기도 한다. 그 괴테

---

4 리처드 도킨스, 『이기적 유전자』, 홍영남 옮김, 을유문화사, 1993년, 107쪽.

가 대작 『파우스트』의 시작부터 끝에 이르기까지 집요하게 캐묻고 있는 화두 중 하나도 '인간에게 성이란 또는 에로스란 무엇인가?'다.

악마 메피스토펠레스와 계약을 맺고 세계 편력을 떠난 파우스트는 순진한 처녀인 그레트헨을 품으려고 안달하는 자신의 초라한 꼴을 보고 "파우스트여, 나는 네가 누군지 모르겠다"라고 토로한다. 몰입과 도주를 반복한 그의 연애 경험은 작품 곳곳에 스며들어 있다. 괴테 자신의 두 분신이라 할 수 있는 파우스트와 메피스토가 발푸르기스의 밤에 브로켄산 자락에서 마녀들과 춤추는 장면. 파우스트가 보기에 남녀 사이의 연애는 '아름다운' 꿈이며, 메피스토에게는 '거친' 꿈이다. 순진한 서생인 파우스트의 눈에 성은 그 모든 것에도 불구하고 아름다움으로 승화될 수 있는 것이며, 세상 경험의 달인임을 자부하는 메피스토의 눈에 성은 욕망의 거친 몸부림일 따름이다. 성을 대하는 두 인물 사이의 태도 차이는 작품의 마지막에 이르기까지 잠복해 흐르고 또 수시로 솟구쳐 오르는데, 그것은 인간에게서 구원 가능성을 보는 낙관적 세계관과 모든 것을 무로 돌리는 허무주의 사이의 차이이기도 하다.

카프카(Franz Kafka)는 소설 『성』에서 측량사인 K와 주점 여급 프리다 사이의 연애를 냉철하게 묘사한다. 절망에 빠진 개가 땅바닥을 후비듯이 그들은 서로의 가슴팍을 후볐고, 마지막 행복이나마 놓치지 않으려고 절망적으로 혓바닥을 내밀어 상대방의 얼굴을 빨아 댔다는 식이다. 사랑에 몰두한 남녀의 모습을 절망한 개에 비유한 표현은 성애에서 황량함만을 보는 메피스토의 시선과 닮아 있다. 성(城)의 장관 클람의 애인이었던 프리다는 자신과 비슷한 계층의 시민인 K를 받아들였다가 다시 배신한다. K도 틈만 나면 외도를 엿보는 남자이고, 프리다도 자신이 순정적 여인에 머물 수 없음을 안다. 감정도 공감도 없는 날것의 섹스 장면은 인간 실존의 한 단면이며, 성애의 무아경, 그 와중에서도 두 고독한 존재를 갈라놓고 있는 심연을 보여 준다.

『파우스트』 1부의 '발푸르기스의 밤'에서의 리얼한 성 묘사, 『로마 비가』의 에로틱한 표현들은 당대 독자들의 예상을 뛰어넘는 수준이었다. 괴테의 작품 중에 가장 난해하고 다의적인 작품으로 알려진 『선택적 친화력』은 또 다른 면에서 당대의 독자들을 당혹케 했는데, 금기시되었던 남녀 사이의 불륜을 정면으로 다룬 작품이기 때문이었다. 동시대인들은 난감해했고, 괴테 자신도 그것을 투명한 베일 또는 불투명한 베일로 감싸 놓았노라고 얼버무린다.(1809년 8월 26일 첼터에게 보내는 편지) "『선택적 친화력』에는 그 어떤 독자도 단 한 번 읽고 알게 되는 것 이상의 의도가 숨겨져 있다"(『괴테와의 대화』, 1829년 2월 9일)라고 말하며 자신의 의도를 아리송하게 만들어 놓았다. 어떤 여성이 『선택적 친화력』이 비도덕적이어서 누구에게도 추천하고 싶지 않다고 하자 괴테는 이렇게 대꾸한다. "유감이네요. 그 책은 저의 최고의 책인데요."[5] 야코비(H. Jacobi) 같

---

5 발터 벤야민, 『괴테의 친화력』, 최성만 옮김, 길, 2012년, 125쪽.

은 이는 한때 불륜에 빠졌던 여자 주인공 오틸리에를 성녀(聖女)로 변용시킨 장면을 두고 "사악한 욕망을 천국으로 인도하는 것"이라며 분개하고,[6] "상상 속의 이중 간통 장면은 화가 나고 혐오스럽다"[7]라고 비판한다. 토마스 만이 보기에 이 소설은 "대담하고 심오한 간통 소설"이다.[8]

추상적 이념보다는 구체적 삶과 경험에서 진실을 보고자 했던 괴테가 『선택적 친화력』을 두고 "이 작품에는 내가 경험하지 않은 것은 단 한 줄도 들어 있지 않아"(『괴테와의 대화』, 1829년 2월 9일)라고 했듯이, 인간 괴테의 삶은 작품 속에서 살아 꿈틀거린다. 어느 부분이 괴테이고 어느 부분이 괴테가 아니냐고 묻는 것은 어리석은 질문일 따름이다. 『젊은 베르터의 고통』을 두고 펠리칸처럼 자신의 심장의 피로 키워 만든 작품이라고 한 것도, 괴테의 삶의 맥박이 그 속에서 요동치고 있음을 말한다.

이 소설의 중심인물 오틸리에는 『시와 진실』에 소개된 대로 슈바르츠발트의 오틸리엔베르크에 수도원이 세워질 때 눈먼 사람들의 수호 성녀로 모셔졌던 오딜리아(Odila)에서 왔으며, 괴테가 1807년 예나에 머물 때 만났던 여성인 민나 헤르츠리프와의 연애 경험이 반영된 것으로 알려져 있다. 헤르츠리프는 서점 주인 프롬만의 양녀로 괴테는 그녀와 사랑에 빠졌다가 금방 도피했고, 이후 그녀를 『선택적 친화력』의 모델로 삼았다는 것이다.[9]

---

6 1810년 1월 12일 쾨펜(Friedrich Köeppen)에게 보낸 편지 HA. 6, 663쪽.
7 박광자, 『괴테의 소설』, 충남대학교출판부, 2004년, 181쪽.
8 위의 책, 182쪽.
9 벤야민의 같은 책, 164쪽.

평민 출신으로 조화(造花) 공이었던 불피우스와 만난 후 오랜 세월 동거하다 15년 만에 정식으로 결혼했던 괴테가 감내해야 했던 말 못할 속사정도 물론 결혼과 불륜이 중심 테마인 이 작품에 커다란 영향을 미쳤을 것이다. 노년의 괴테는 제6계명이 그에게 심대한 의미를 던진다고 종종 말하곤 했다. "여자를 바라보는 자는 이미 그 여자를 탐하고 있다."(괴테가 1821년 9월 7일 요젭 스타니슬라우스 차우퍼에게 한 발언) 제도와 인습의 한계를 넘어 넘실거리는 에로스의 강물, 기울어져 있는 미끄러지는 바닥에 두 발을 딛고 심연을 투시한다는 건 도대체 가능한 일이겠는가. 괴테는 『파우스트』 종결부에 등장하는 성인(聖人) 중 하나인 마리아를 숭배하는 박사의 입을 빌어 자신의 심경을 간접적으로 토로한다. "어느 누가 자신의 힘으로/정욕의 사슬을 끊을 수 있을까요?/매끄럽고 기울어진 바닥에서/발은 얼마나 쉽게 미끄러집니까?"[10]

18세기까지만 해도 시민계급의 문화는 성(性) 자체를 위한 언어를 갖지 않았다. 성은 도덕으로 포장돼 있었다. 결혼은 파트너와의 행복한 결합이라기보다는 사회 및 경제 공동체의 관계에 속하는 것으로 아이들을 양육하는 제도였다.[11] 이제 그 허울을 뚫고 사랑이라는 이름의 에로스가 분출하는 장면들을 문학의 대가들이 놓치지 않았던 것이다. 결혼과 사랑 사이의 뒤틀린 지층이 초래하는 온갖 유형의 비극들, 『젊은 베르터의 고통』의

---

10 괴테, 『파우스트』, 장희창 옮김, 을유문화사, 2015년, 754쪽.

11 디터벨러스 호프, 『문학 속의 에로스』, 안인희 옮김, 을유문화사, 2003년, 31쪽 이하 참조.

비극적 결말, 정열에 사로잡혀 이웃의 눈을 개의치 않았던 안나 카레니나의 자살, 자유연애를 꿈꾸다 처참한 최후를 맞은 마담 보바리, 신분을 넘어 한 남자를 사랑했다가 가족과 더불어 종말을 맞았던 그레트헨의 비극이 그런 사례들이다. 이들은 아직 개인 단위였지만 자신의 욕구를 깨달으면서, 감정의 진실과 집중을 추구하는 여성의 주체성은 사회적 규범의 한계와 충돌했던 것이다.[12] 여성의 인습과 의무에 얽매인 삶에 권태를 느끼고 다른 삶을 욕망한다는 것이 그토록 무거운 죄일까?

괴테 시대 조금 뒤에 등장한 플로베르(Gustave Flaubert)의 『마담 보바리』는 특히 여성의 경우, 자유연애가 초래할 파국을 실감 나게 보여 준다. 플로베르는 마담 보바리의 입을 통해 토로한다. "모든 것이 거짓이다! 미소마다 권태의 하품을, 기쁨마다 불행을, 쾌락마다 혐오를 이면에 감추고 있고, 가장 황홀한 키스도 더 큰 관능에 대한 실현 불가능한 욕망만 입술에 남긴다."[13] 착하고 범속한 남편의 등을 덮은 프록코트에서 온통 진부함만을 보던 보바리 부인의 내면은 암담하다. "말 없는 거미와도 같은 권태가 그녀의 마음 구석구석 그늘 속에서 거미줄을 치고 있었다."(『마담 보바리』, 75쪽) 시골 의사로 밋밋하기만 한 남편은 그녀처럼 생동하는 여성에게 알맞은 짝은 결코 아니었다. 진부함과 내면의 공허함을 참고 또 참으며 타협의 미로를 헤매기를 거부하고, 정열 없는 느린 죽음의 궤도

---

12 디터벨러스 호프의 같은 책, 174쪽.
13 귀스타브 플로베르, 『마담 보바리』, 진인혜 옮김, 을유문화사, 2021년, 437쪽.

에서 탈출하려 했던 것이 그토록 커다란 죄였던가. "마담 보바리는 바로 나 자신이다"라고 고백했던[14] 작가 플로베르는 대중 및 종교의 미덕과 미풍양속에 대한 위반이라는 죄목으로 법정에 서야 했다.

권태와 위선은 서로 밀치고 당기면서 서로 닮아가는 부정적 태도다. 톨스토이(Lev Nikolayevich Tolstoy)의 『안나 카레니나』가 던지는 메시지도 『마담 보바리』와 비슷한 맥락이다. 모스크바 여행에서 만난 브론스키 백작에게 격렬한 사랑을 느낀 후, 페테르부르크역으로 돌아온 안나 카레리나는 마중 나온 남편 카레닌의 귀가 너무나 볼품없고 지나치게 크다는 사실을 갑자기 깨닫는다. 그가 가까이 다가오는 것, 성공을 위해 애를 쓰는 모습 등등 그의 존재 전체가 그냥 역겹다. 그때까지 균형을 유지하던 그녀의 삶에 브론스키의 등장은 남편과의 결혼 생활에 관능과 감정이 결핍되어 있음을 일깨워 주었다. 지루하고 평범한 생활에 갇혀 있다 걷잡을 수 없는 정열을 발견한 안나는 이 연정을 남편이나 사회에 대해서 감추려 하지 않는다. 사랑인지 욕망인지 모를 그 무엇이 안나를 휩쓸어간다. 사회적 체면을 유지하려는 브론스키에게 사랑은 삶의 일부다. 그러나 안나에게는 사랑이 전부다. 위선을 거부한 안나를 모스크바의 사교계가 그냥 둘 리 없다. 안나는 달리는 열차에 몸을 던짐으로써 1870년대 러시아 귀족 사회가 그녀에게 내린 유죄 판결에 저항한다.

---

14 플로베르의 같은 책, 564쪽.

톨스토이는 사랑에 모든 것을 건 안나의 열정에 대한 대중의 심판을 경멸한다. "복수는 내게 있으니 내가 이를 갚으리라"[15]라는 문장을 소설 첫머리의 제명(題銘)으로 삼은 것은 플로베르의 선언과 다르지 않다. 열정에 넘쳐 자멸을 초래한 이들에 대한 대중의 주제넘은 월권을 지적하는 발언이다. 톨스토이가 책머리에 소개한 위의 제명은 쇼펜하우어가 『의지와 표상으로서의 세계』에서 두 번이나 반복해서 인용한 성경 구절이기도 하다.[16] 톨스토이가 자신의 거실에 걸어 두었던 유일한 초상화는 쇼펜하우어의 초상화였다. 인간 욕망의 현실을 처연히 투시하고, 악을 악으로 보복하는 것을 금한 관대한 정신. 쇼펜하우어가 보기에 영원한 정의는 개체화의 원리에 사로잡히지 않는 현상 세계 저 너머, 물 자체의 영역에 속해 있을 뿐이다. 결혼이란 제도는 선악과 도덕을 가늠하는 절대 기준인가? 이러한 의문 제기와 저항과 관대함의 계보에 있어서 괴테는 플로베르와 톨스토이 그리고 쇼펜하우어의 선배였다.

2. 『선택적 친화력』의 줄거리와 등장인물들의 성격

에두아르트는 당대 평범한 귀족의 한 전형으로 허약한 성격에다 남자다운 리더십 같은 것도 없다. 독일 시골의 남작인 에

---

15   레프 톨스토이, 『안나 카레니나』, 이철 옮김, 범우사, 1995년, 10쪽.
16   아르투어 쇼펜하우어, 『의지와 표상으로서의 세계』, 홍성광 옮김, 을유문화사, 556쪽, 572쪽.

두아르트는 청년기에 사를로테라는 여성을 사랑했으나, 부유한 중년 여성과 결혼하라는 아버지의 압력을 못 이겨, 둘 사이의 결혼은 무산된다. 그러니까 에두아르트는 당대 귀족층의 고루한 면모를 대변하는 인물이다. 아내와 친구한테는 다정다감하지만 아랫사람들한테는 인정사정없다. "나는 바로 명령을 내릴 수 있는 일이 아니라면 마을 사람이나 농민들과는 아무런 관계도 맺고 싶지 않아." 공적인 일에는 무관심하면서도 귀족층의 특권만큼은 고수하는 유형이다. 걸인을 대하는 태도도 주관적 감정에 사로잡혀 때로는 몰인정하고 때로는 연민의 정을 보낸다.

이 소설을 완성(1809년)할 즈음 괴테는 유럽의 귀족층과 다양한 경로로 소통하며 그들의 생활상을 면밀히 관찰할 수 있었다. 그가 염두에 두었던 인물들은 슐레지엔과 폴란드의 귀족 계층, 고관들, 망명자들, 보헤미아의 온천장들에서 오스트리아의 여제 주변에 모여들었던 프로이센 장군들로서, 괴테는 에두아르트라는 인물을 통해 그들의 생활환경을 비판적으로 조망했다. 괴테가 보기에 가족이라는 제도를 희생시키는 원인은 시민계층의 자질 자체에 있다기보다는 마법적이고, 신화적인 운명의 힘들의 형태를 띠며 원상으로 복구되는 봉건사회로부터 오는 것이었다(벤야민, 262쪽 참조). 프랑스 혁명 이후부터 나폴레옹 전쟁 시기에 이르는 역사적 격변기 독일 사회를 지배했던 어중이떠중이 봉건 귀족들의 군상이 에두아르트라는 시골 귀족과 나란히 괴테의 머릿속을 파노라마처럼 지나갔을 것이다.

괴테는 에두아르트를 두고 옹고집의 인간이며, 현실 속에서 종종 만나는 인간 유형이라고 말한다[17](『괴테와의 대화』, 1827년 1월 21일). 에두아르트의 나르시시즘은 자율적이지도 주체적이지도 못한 그의 성격의 일면이다. 부친이 남긴 일기에서 호숫가에 심은 플라타너스 나무를 심은 연도와 날짜를 확인하고는 그것이 오틸리에의 생년월일과 일치한다며, 이러한 우연의 일치를 아내의 수양딸인 오틸리에와 맺어질 수밖에 없는 운명의 증거로 여긴다. 우연을 우연으로 냉철하게 받아들이는 당당함이 없다.

차분하고 합리적인 성격의 샤를로테도 에두아르트가 다른 여성과 결혼하자, 존경은 하지만 사랑하지는 않았던 다른 부유한 남자의 손을 잡았고, 이후 그들의 배우자들이 죽자, 둘은 뒤늦게나마 꿈에 그리던 재결합을 한 것이다. 샤를로테는 이미 나이가 들었음을 자각하지만 에두아르트의 열렬한 구애를 승낙하고 만다. 아니나 다를까 두 사람 사이의 결합은 얼마 지나지 않아 시들해진다. 신비감도 참신함도 없다. 옛 추억에만 사로잡혀 있는 에두아르트의 망상을 꿰뚫어 보며 샤를로테는 "우리는 추억을 사랑했어요"라고 토로한다. 재결합의 무게 중심은 현재가 아니라 과거에 있다. 샤를로테는 에두아르트와는 달리 감정 처리에 능숙한 여성이어서 둘 사이의 관계를 무난하게 유지하기

---

17 요한 페터 에커만, 『괴테와의 대화』, 장희창 옮김, 민음사, 2008년, 310쪽.

는 한다. 하지만 둘 사이에 남은 것은 관습의 잔재일 뿐이다. 무미건조한 틀 안에서 맴돌기만 하는 진부한 결혼 생활.

　불안도 권태도 영혼을 잠식한다. 에두아르트는 오랜 친구인 대위를 부부가 사는 성으로 초대하자고 제안하고, 처음에는 불길한 예감에 반대하던 샤를로테도 어린 처녀인 오틸리에를 기숙 학교에서 불러내어 성으로 데려온다는 조건으로 남편의 제안을 받아들인다. 오틸리에는 샤를로테가 가장 친하게 지내던 친구의 딸로, 친구가 죽자 샤를로테는 오틸리에를 친딸처럼 정성으로 대하며 보호해 왔다.

　실천적이고 실용적인 성격의 대위는 에두아르트의 영지를 돌보는 과정에서 샤를로테와 성격이 잘 맞아 서로 이끌리지만 둘은 절제할 줄 아는 인물이다. 애정이 싹트는 것을 느낀 대위는 애써 샤를로테를 피한다. 반면 에두아르트는 오틸리에를 보자마자 그녀에게 빠져들고 만다. 오틸리에가 아직 입도 열지 않았는데, 에두아르트가 재미있다는 반응을 보이다가 샤를로테에게 핀잔을 듣기도 한다. 오틸리에가 나타나자 두 남자의 태도는 저절로 바뀐다. 만남의 시간을 이전보다 더 정확하게 지키고 밤중에는 식탁을 서둘러 떠나지 않는다. 샤를로테의 눈이 두 남자의 변화를 놓칠 리 없다. 오틸리에의 단정함과 상냥함이 남자들에게 성적 호기심을 불러일으킬 것을 우려한 샤를로테는 오틸리에에게 주의를 주기도 한다. 그러는 동안 대위는 샤를로테에게 빠져든다. 꼼꼼하고 빈틈없는 실용주의자가 시계 태엽 감는 것을 잊어버릴 정도다.

오틸리에도 에두아르트의 어린애 같은 천진난만한 성격에 이끌린다. 둘 사이의 호감은 도덕적 당위 저 너머 순진무구함 속에서 오고 간다. 오틸리에의 필체는 어느덧 에두아르트의 필체를 닮아 있다. 오틸리에는 에두아르트가 연주하는 악보를 외우고 있다가 그의 연주의 결함까지 자기 것으로 소화하여 반주함으로써 일행을 놀라게 한다. 대위와 샤를로테도 차츰차츰 서로에게 끌려든다. 인간이 지닌 이성과 도덕은 데몬적인 것의 표면에 떠다니는 것에 불과하다. 흐릿하고 격정적인 필연이 내포한 힘은 때로 이성이라는 토대에 근거한 제도의 둑을 허물며 터져 나온다. 순진무구하고 사심이 없는 만큼 오틸리에의 열정은 더욱 강렬하다. 자신을 정성으로 키워 주었던 샤를로테의 존재도 사랑의 맹목성 앞에서는 희미해진다. 순결한 감정에 싸인 오틸리에는 오로지 에두아르트만을 위해 살겠다고 마음을 굳힌다. 성실하고 정열적인 성격에게 속임수나 비밀은 불가능하다.

어느 날 에두아르트와 샤를로테는 어쩌다가 애정 없는 사랑을 나누게 된다. 그러나 에두아르트가 두 팔에 품은 것은 오틸리에이며, 샤를로테의 마음속에서는 대위의 모습이 어른거린다. 눈앞에 있지 않은 것과 눈앞에 있는 것이 서로 뒤얽히는 기묘한 장면. 그리하여 눈은 오틸리에를 닮고, 몸은 대위를 닮은 아이가 태어나고 만다. 아이의 존재는 곧 이중 불륜의 결과였다. 기발하면서 엽기적인 설정은 애정 없는 사랑의 비극성과 황량함을 투시하게 한다. 이러한 불륜 장면에 당대의 작가 장 파울은 불편한 심경을 밝힌다. "이 대목의 정신적 불륜은 마음에 들지 않는다. 실제로 불륜을 저질렀더라면 차라리 더 윤리적이었을 것이다."[18] 다른 독자들도 불편한 심기를 드러내곤 했는데, 괴테의 반응은 이렇다. "…독자가 아무리 비난하고 아우성쳐도 이 작품 속에 들어 있는 것은 불변의 사실로서 우리의 상상력을 자극하며, 독자의 마음에 들든 말든 작품 자체를 임의로 바꾸지는 못합니다…"(1809년 12월 31일, 라인하르트에게 보낸 편지 HA 6, 146쪽 이하).

아이마저 태어나자 단호한 성격의 오틸리에는 사랑을 포기하고 부부의 손을 잡아 함께 합쳐 놓고는 물러선다. 예수 탄생극 장면에서 오틸리에가 성녀의 역할을 맡은 것, 자기가 낳지 않은 아이를 보물처럼 아끼는 장면 등에서 보다시피 오틸리에는 아름다운 여성성과 모성 그 자체다. 그러나 작가는 이루지 못한 사랑의 비극성, 분출하지 못한 데몬의 작용을 더 실감 나게 보여 주기 위해 오틸리에의 실수에 의해 아이가 죽는다는 장치를 마련하고, 오틸리에는 자신의 죄에 대한 책임을 지기 위해 단식 끝에 절명한다.

에두아르트는 샤를로테가 임신했다는 사실을 알자마자 전쟁터로 도피했다가 아기가 죽자 조금도 슬퍼하지 않고 오히려 "자신의 행복을 가로막는 장애물을 제거해 준 운명적 사건"이라며 속내를 드러낸다. 샤를로테는 아기의 죽음이라는 운명을 이혼

---

18 임홍배, 『괴테가 탐사한 근대』, 창비, 2014년, 231쪽에서 재인용.

과 새로운 결합의 계기로 보며, 남편과의 애정 없는 관계를 청산하고 대위와 새롭게 결합할 정당한 명분으로 해석한다. 반면에 오틸리에는 아기의 죽음이라는 운명 앞에서 모든 것을 체념한다. 이기심 없이 자신을 완성하려는 사랑의 마음은 자신에 대해 엄격한 도덕성을 요구하기 마련이다. 오틸리에의 존재를 가까이서 관찰해 왔던 기숙 학교 조교가 오틸리에에게서 미래의 교사를 예감했던 것도 오틸리에의 그런 면모를 알아보았기 때문일 테다.

3. 실험소설로서의 『선택적 친화력』

『선택적 친화력』 전체에 어른거리는 수수께끼 같은 차분함과 비밀스러운 반어적 표현들은 실제 대상으로부터 간격을 두고 묘사하려는 노령의 괴테의 전형적 문체다. 등장인물들은 우리가 예감은 하지만 결코 이해할 수 없는 신화적인 힘, 데몬적인 힘에 지배되고 있으며, 작가 자신은 수수께끼의 현장을 보여 주기만 할 뿐 해법 같은 것을 제시하지는 않는다. 미지의 힘들이 서로 밀고 당기는 소용돌이의 와중에 등장인물들을 던져 놓고는 냉철하게 관찰한다.

작품의 첫 줄부터 그 실험적 성격을 명료하게 보여 준다. "에두아르트, 한창 좋은 나이 때의 한 부유한 남작을 그렇게 부르기로 하자." 등장인물들의 행보와 향방은 오리무중이다. 시골 장원이라는 한 공간에 있게 된 중년의 부부, 어린 처녀, 남편의 친구, 이들 넷 사이에서 밀고 당기는 미묘한 힘의 작용을 괴테는 당시 유행하던 화학에서 친화력이라는 개념을 빌려 묘사한다. 대개는 '친화력'으로 번역되어 있지만 제목의 본래 뜻을 살리자면 '선택적 친화력(Wahlverwandtschaften)'이다. '선택'(Wahl)이란 말에는 인간의 자유의지, 우연적인 요소가 반영되어 있으며, 친화력(Verwandtschaften)은 그것들에도 불구하고 저 바닥에서 필연적으로 서로를 끌어당기는 미지의 힘을 가리킨다. 그 보이지 않는 힘들의 소용돌이 와중에 인간들은 이리 몰리고 저리 내몰리며 비극적으로 나가떨어진다.

친화력은 1775년 스웨덴의 화학자 토르베른 베리만(Torbern Bergman)의 '선택적 끌림(attractio electiva)'에서 빌려 온 용어로, 바이겔(Chr. Ehr. Weigel)과 타보르(Heinrich Tabor)가 선택적 친화력(Wahlverwandtschaften)으로 번역하여 독일의 자연과학계에 커다란 반향을 일으키고 있었다. 괴테는 뉴턴의 색채이론을 비롯하여 당대 자연과학의 주류였던 기계적 인과론에 커다란 거부감을 보였다. 예컨대 색채 현상은 객관으로서의 빛과 주관으로서의 눈 사이에서 벌어지는 현상으로, 장엄한 색채 현상을 수학과 수식의 답답한 틀 안에 가두어 두는 것은 어불성설이라는 것이다. 자연의 작용과 인간 감각의 영역을 별개로 완전히 분리시켜 볼 수는 없다고 생각하는 괴테가 자연 원소들 사이의 분리와 결합 관계를 인간 열정의 유동적이고 불안정한 영역에 비유적으로 차용한 것은 그러므로 자연스럽다. 서로 결합하려 애쓰는 원소들, 다시 말해 열정에 빠진 남녀 사이의 이끌림과 그것을 강제로 떼어 놓으려는 도덕적 관습, 둘 사이의 갈등이 작품 전체를 몰아가는 원동력인 셈이다. 관습에서 일탈하여 애정의 회오리에 휩쓸린 오틸리에와 에두아르트 사이의 사랑은 데몬적인 것, 벤야민의 표현에 의하면 신화적 힘의 작용에 의해 결국 비극적 죽음으로 끝난다. 제도와 인습이 무너졌을 때 비로소 데몬적인 힘 또는 신화적인 힘은 무자비한 본성을 드러낸다. "깊어 가는 열정이 마치 통 속으로 쏟아지듯 가족 속으로 쏟아지면서 결혼의 질서가 흔들리는 것이다."[19] 의식과 무의식, 결혼이라는 현실과 제어할 수 없는 열정이 마구 뒤섞인다.

괴테는 이 이야기를 원래는 하나의 노벨레에 담으려 했으나 예상보다 길어져 장편소설로 완성했다. 괴테는 문학 장르로서의 '노벨레'를 이렇게 정의한다. "노벨레는 전대미문(前代未聞)의 사건을 말하는 거네. 이것이 노벨레의 본래 개념이지…… 전대미문의 사건이라는 저 본래적인 의미에서의 노벨레는 『선택적 친화력』에도 나타나 있네."(『괴테와의 대화』, 1827년 1월 29일). 기이한 아이가 태어나는 저 불길한 밤은 그러므로 노벨레의 정의에 딱 들어맞는 장면이다. 사랑에 대한 배반, 결혼에 대한 배반이라는 이중 불륜 속에 아기는 태어난다. 데몬의 작용으로 등장인물들은 '죄를 지은' 놀이공처럼 이리로 저리로 튕기며, 그 유희는 아이의 죽음과 오틸리에의 단식과 죽음에서

---

19 HA 6, 684쪽. 괴테 전집의 편집자인 에리히 트룬츠의 후기.

정점에 이른다.

『선택적 친화력』은 애초부터 구도가 불확실한 작품이었다. 화자는 등장인물들의 만남과 헤어짐을 실험실에서의 과학도처럼 거리를 두고 관찰한다. 이들 네 사람 사이의 분리와 결합 과정을 아무런 도덕적 고려도 없이 냉철하게 서술하는 이 실험소설이 당대 독자에게 소재와 이야기 방식, 그리고 도덕성의 관점에서 신선한 충격을 던져 줌과 동시에 논란의 대상이 되었을 것임은 당연하다.

『선택적 친화력』의 특징은 무엇보다도 등장인물들의 일상과 갈등의 묘사에 있어서 관념적인 요소가 거의 없다는 점이다. 등장인물의 내면 상태를 보여 주는 심리 서술은 드물고, 모든 사건은 입자들의 유희처럼 전개된다. 대위가 친화력의 윤곽에 대해 말하는 구절은 그러한 유희의 의미를 다시 풀어 설명한다. "우리는 이처럼 죽어 있는 듯이 보이지만 내적으로는 언제나 작용할 준비가 되어 있는 존재들을 관심을 가지고 눈앞에 떠올려 보아야 합니다. 그것들이 어떻게 서로를 찾고, 서로를 끌어당기고, 붙잡고, 파괴하고, 삼키고, 먹어 치우며, 그러고 나서는 가장 내밀한 결합으로부터 어떻게 다시 예상치 못한 새롭고 갱신된 형태로 등장하는지를 말입니다." 자연은 무한 반복의 유동적인 상태에 있는 것처럼 보이지만, 우리가 그 생동하는 현상을 포착하려면 '차이'가 실현되는 순간을 놓치지 말아야 한다는 것이다. 이것은 괴테가 색채 현상을 관찰할 때의 태도와 대단히 비슷하다. 괴테가 보기에 인간 감각을 매개로 인간 내부의 움직임과 자연의 움직임은 서로 분리 불가능하게 연결되어 있다. "눈을 감고 대신 귀를 열어 가만히 들어 보라. 그러면 아주 부드러운 미풍에서부터 아주 거친 소음에 이르기까지 아주 단순한 음향에서부터 고도의 화음에 이르기까지, 더없이 격렬하고 열정적인 외침에서부터 이성의 극히 나직한 목소리에 이르기까지, 그들의 존재, 그들의 힘, 그들의 생명과 은밀한 관계들을 드러내며 말하는 것은 오직 자연뿐이다. 그래서 무한한 가시적 세계를 거부당한 맹인조차도 청각을 통해서 무한하게 생동하는 것을 포착할 수 있는 것이다."[20]

괴테가 예술과 자연, 다시 말해 소설과 현실에 관한 지식을 서로 연결하는 방법을 발견했다고 믿은 것은 이탈리아 여행 동안이었다. 두 영역을 파고드니 그 둘에 내재된 법칙이 점점 유사하게 보였고, 이것이 이후 그의 작품 창작의 기본 원리가 되었다. 괴테가 『색채론』을 완성하기 위해 기울였던 끈질긴 관찰과 실험 정신은 『선택적 친화력』에도 고스란히 반영되어 있다. 사물을 있는 그대로 볼 줄 아는 안정감과 확실성은 이탈리아 여행 이후 괴테가 도달한 예술과 자연 탐구의 지향점이었고, 이는 모든 허식, 편견, 자기 판단에서 벗어나 대상을 객관화해 보려는 시도였다. 인간 욕망과 그 파괴적 힘이라는 거대한 대상, 그 앞에서 최대한의 리얼리티에 도달하려는 몸부림의 현장이 바로 『선택적 친화력』인 셈이다.

---

20 괴테, 『색채론』, 장희창 옮김, 민음사, 2003년, 32쪽.

4. 벤야민의 비평 『괴테의 친화력』

에두아르트의 장원에 종종 들러 고답적이고 상식적인 성격의 교훈을 들려주기도 하는 미틀러[21]는 결혼의 신성함을 솔직하고 단호한 열정으로 옹호한다. 간음하지 말라는 제6계명을 입에 달고 다니는 미틀러에 대해 화자는 곳곳에서 부정적 입장을 보인다. 자기가 중요하다고 여기는 문제에 관해 말할 때는 배려심이 없고 절제를 못 한다. 고지식하기 짝이 없는 미틀러는 열을 올려 이 계명을 역설하다 마침 방 안으로 들어온 오틸리에에게 마지막 결정타를 가한다. "결혼이란 모든 문화의 출발이고 정점이란 말이오. 결혼은 거친 자들을 온화하게 만들어 주고, 최고의 교양을 가진 자도 자신의 온화함을 보여 주기 위해서라면 이보다 더 좋은 기회란 없소. 일단 결혼했으면 헤어져서는 안 되오. (중략) 그것은 영원토록 짊어져야 하는 무한의 빚이지요." 미틀러가 보기에 불륜 커플은 주변으로 퍼져 나가는 곰팡이 같은 자들이다.

이에 반해 에두아르트의 장원을 이따금 방문하는 기혼남인 백작과 기혼녀인 남작 부인은 공공연하게 자유연애를 하며, 불륜이라는 족쇄를 가볍게 여긴다. 이 커플에 대한 화자의 호의적 발언은 괴테의 심경을 얼핏 보여 준다. "백작과 남작 부인은 청춘 때보다 중년의 나이에 더 사랑스럽게 보이는, 고귀하고 아름

---

21 독일어로 중재자라는 뜻이다.

다운 인물에 속한다고 할 수 있었다." 백작의 결혼관은 이렇다. "우리는 이 현세의 일들을, 특히 부부 사이의 결합을 너무도 당연하게 지속적인 것이라 여기지요. 결혼의 경우를 보자면, 우리가 반복해서 보곤 하는 희극들이 그러한 망상을 갖게 하는데, 이는 세상 돌아가는 형편과는 들어맞지 않습니다." 미틀러에 대한 화자의 반어적 태도, 백작에 대한 화자의 호의적 표현 등을 고려하면 괴테의 의중이 어디에 있는가를 짐작할 수 있다. 백작은 자기 부인이 저세상으로 떠나자, 사랑하는 남작 부인과 정식으로 결합한다. 그들은 현세에서의 자기들의 사랑을 적극적으로 쟁취한다.

백작 부부를 제외한 대부분의 등장인물은 사랑에 빠져 허우적거리는데, 건축기사만은 예외다. 교회당 벽에 그린 인물들이 전부 오틸리에를 닮았는데, 그것은 오틸리에에 대한 그의 솔직한 연모의 감정을 말해 주는 증거다. "그 얼굴들이 모두 오틸리에를 닮기 시작했던 것이다. (중략) 젊은이의 영혼에 한 아름다운 소녀가 가까이에 있다는 사실이 몹시도 생생한 인상을 주었음에 틀림없었다. 그래서 눈에서 손으로 옮겨 가는 동안 아무것도 사라지지 않았던 것이다. 아니, 눈과 손 그 둘이 마침내 하나가 되어 작업을 했던 것이다." 하지만 그는 사랑을 과감하게 단념한다. 괴테는 그 건축기사를 이렇게 평가한다. "다른 인물들은 모두 사랑에 빠져 연약함을 드러내는 데 반해, 그만은 강하고 자유롭게 행동하는 유일한 인물이네."(『괴테와의 대화』, 310쪽)

벤야민은 『괴테의 친화력』에서 대부분의 평자들과는 달리 오틸리에의 존재를 부정적으로 해석한다. 오틸리에는 아름다운 인물이기는 하나, 꺼져 가는 아름다움의 가상이라는 것이다. 벤야민이 보기에 소설 전체는 "괴테 시대의 의상을 입고 벌이는 신화적인 그림자놀이."(벤야민, 80쪽)다. 이기심 없는 사랑을 비극으로 이끌어 가는 신화적인 힘에 굴복하고 말 것인가? 벤야민의 주안점은 여기에 있다.

사랑의 쟁취라는 점에서 백작의 관점을 긍정적으로, 그리고 미틀러를 부정적으로 평가하는 화자의 관점, 벤야민도 거기에 동의한다. 더 나아가 벤야민은 작품 중에 삽입된 노벨레인 '놀라운 이웃 아이들'을 소극적 순응을 극복하고, 적극적으로 사랑을 쟁취한다는 점에서 오틸리에의 비극과 대조를 이루는 구원의 이야기로 해석한다. 어릴 때부터 같은 동네에서 투닥거리며 미워하고 지냈던 두 남녀가 별일 없이 헤어졌으나, 나중에 그 여성이 다른 남자와 결혼을 목전에 둔 상태에서, 둘은 우연히 다시 만나게 된다. 결혼식 축하 행사로 뱃놀이를 하던 중, 이제야 알아본 자신의 진정한 사랑이 이루어지지 못할 상황에 처하자 여성은 과감하게 물에 뛰어들고, 남자도 뒤를 이어 같이 뛰어들었다가 여성을 구한다. 남자의 도움으로 다시 깨어난 여성, 둘은 강가에 살던 이웃의 도움을 받아 결혼 예복을 빌려 입고 친인척 앞에 나타나 자신들의 결합을 당당히 선포한다. 오틸리에처럼 수동적 체념이 아니라, 노벨레 속 남녀는 결단에 의한 결합에서 구원의 가능성을 보여 준다. 노벨레 속 남녀는 결혼 예복을 쟁취하지만, 오틸리에게는 수의가 결혼 예복이 된다. 에두 아르트도 뒤따라 죽어 그녀의 곁에 나란히 안치되었으니까.

『빌헬름 마이스터의 편력시대』에 삽입된 여러 노벨레들은 열정과 사회 질서 사이의 긴장 관계들을 보여 주는데, 그것들은 체념과 정신적 극복의 경지에 도달하기 이전의 여러 미성숙한 단계들을 묘사하고 있다. 소설 전체는 그러한 미성숙한 영역들을 차츰차츰 극복해 나가는 인간들의 거대한 공동체의 영역을 보여 주며, 노벨레는 우정, 사랑, 결혼, 가족 등 사적인 관계들을 주로 서술한다.

그러나 발터 벤야민은 『선택적 친화력』의 경우에는 그 속에 삽입된 노벨레에 오히려 구원과 반전의 계기가 들어 있다고 본다. 소설 『선택적 친화력』의 신화적 모티프에 노벨레의 구원의 모티프가 대조적으로 상응한다는 것이다. 즉, 죽음으로 끝맺는 전자의 체념에 삶의 환희로 끝나는 후자의 구원이 변증법적으로 대립된다. 괴테가 『빌헬름 마이스터의 편력시대』에서 자연과 야생의 에너지를 괄호 안에 묶어 버렸다면, 『선택적 친화력』에서는 그 괄호를 벗겨 버리고, 출렁이는 야생의 에너지를 그대로 방출한 셈이다.

벤야민의 비평의 핵심은 화자(話者)의 이러한 서술 방식에서 희망을 본다는 점이다. 사랑은 공허한 관습이 아니라 타오르는 신비의 불꽃이고, 소설의 전개 과정 자체가 신화적 마법에 감싸여 있는 오틸리에의 아름다운 가상을 해체해 나가는 과정이며, 그 가운데, 괴테는 자신을 포위하고 있는 신화적인 힘에서 풀려

나려는 노력을 보여 준다는 것이다. 다시 정리해 보자. 결혼 자체가 이 소설의 사실 내용은 아니다. 괴테는 미틀러의 생각과 같은 결혼에 대한 고답적이고 피상적인 견해가 아니라, 결혼이 파탄에 이를 때 드러나는 파괴적이고 신화적인 힘들을 보여 주려 했고, 그것이 소설의 실제 내용이다. 앞서 소개한 소설『안나 카레리나』의 첫 구절은 결혼의 그런 속성을 절묘하게 표현한다. "모든 행복한 가정은 서로 엇비슷하지만, 불행한 가정은 제각기 나름대로의 불행을 안고 있다."[22]

결혼이라는 것은 대개 선택이라기보다는 하나의 운명이며, 운명은 그 선택보다 더 강력한 힘으로 작용한다. 벤야민이 말하는 신화 개념은 진리의 맞은편에 있는 운명의 파괴적 무차별성, 인식 불가능성, 양의성이다. 운명은 살아 있는 것에 가차없이 죄의 굴레를 씌우며(벤야민, 74~75쪽), 자연적이고 단순한 생명으로 하여금 정신을 결여한 채 신화적 힘과 연루되도록 한다.(벤야민, 75쪽 이하 참조) 인간의 이성과 정신을 결합한 것으로 여겨지는 법 규범은 이러한 신화와 운명의 영역을 극복하게 하는 것이 아니라 오히려 상속시킨다. 사랑을 위한 결단도 충실성도 없는 결혼은 깨어지지 않더라도 이미 깨어진 것이다. 그러므로 사랑 없는 상태의 결혼은 극복되어야 마땅하고, '놀라운 이웃 아이들'은 그 모범 사례다. 이리하여 노벨레 '놀라운 이웃 아이들'은 어둠침침한 그림자놀이였던『선택적 친화력』에 밝

---

22 레프 톨스토이의 같은 책, 11쪽.

고 건강한 빛을 비추어 준다.

르네상스 문학의 대가 보카치오(Giovanni Boccaccio)의『데카메론』은 '놀라운 이웃 아이들'과 같은 맥락의 이야기들로 가득하다. 페스트를 피해 한적한 별장에 모인 여인네들은 자신의 사랑을 지혜롭게 쟁취한 이야기를 풀어놓는다. 예컨대 아버지의 반대로 사랑이 좌절된 딸이 아버지에게 이런 식으로 항변한다. 아버지는 인간의 진실보다는 관습을 따르는데, 알고 보면 인간은 모두 평등하게 태어났고, 인간은 신분이 아니라 덕성에 따라 평가받아야 마땅하다며 천민 출신인 자기의 연인을 변호한다. 세르반테스의『돈키호테』, 그 저변을 흐르는 정신도 거의 비슷하다. 돈키호테와 산초가 이어가는 소설의 본 줄거리 말고 작은 에피소드가 다수 삽입되어 있는데, 그것은 제도와 관습과 빈부 차를 뚫고 이루어 내는 청춘 남녀들의 사랑 이야기들이다. 이것들에는 르네상스의 건강한 에너지가 넘쳐흐른다. 괴테와 셰익스피어가 보카치오를 자기들의 선배로 보았던 것은 당연하다. 그리고 이제 벤야민도 그런 맥락에서 오틸리에의 비극적 선택과 놀라운 이웃 아이들의 건강한 결단을 대조하며 비추어 보는 것이다.

벤야민의 오틸리에에 대한 부정적 평가의 요점은 이렇다(벤야민, 161쪽). 싸움을 피하기 때문에 오히려 화해는 요원하며, 고통이 그처럼 큰데도 투쟁하지 않는다는 것은 생의 패배자의 길이다. 감정의 실패가 아니라 무력함이라는 점에서 오틸리에의 사랑은 진정한 사랑과 구별된다. 그 때문에 오틸리에는 꺼져

가는 아름다움의 가상인 것이다. 오틸리에 최후의 실책은 아이의 죽음 이후 에두아르트와 자신의 결합을 샤를로테의 승인 여부에 전적으로 맡겨 버린 데에 있다. 샤를로테는 오히려 두 사람의 결합을 원했는데도.

신화적이고 파괴적인 힘의 분출은 괴테가 이 소설을 쓸 당시의 상황 자체가 폭력적 현실에 노출되어 있었음을 말하는 것이기도 하다. 그러므로『선택적 친화력』은 현실 소설이다(벤야민, 14쪽). 계몽된 당대 교양 층은 겉보기에 자유롭게 판단하고 행동하는 것 같으나, 그 안에서 실제로 작용하는 숨겨진 신화적 층위는 가려져 있다. 책을 읽고 음악을 즐기고 모임을 열고 사유지를 측량하고 예배당을 개조하는 등 일상을 즐기지만, 그 안에서는 이미 균열이 발생하고 있었던 것이다. 겉보기의 자유는 곧 파국을 몰고 올 자연적인 '숨겨진 위력' 앞에 무력하고 맹목적이다(벤야민, 14쪽). 도처에 죽음의 상징이 등장하는 것은 그 때문이다. 루치아네의 과도한 개입으로 미쳐 버린 소녀, 미틀러의 장황한 설교에 지친 늙은 목사의 죽음, 아이의 익사, 오틸리에와 에두아르트의 죽음 등등. 이 텍스트는 스스로 계몽되었다고 여기는 괴테 시대에 즐비했던 폭력의 현장을 보여 주며, 더군다나 괴테 숭배의 분위기에 가려 이러한 인식이 퇴조해 버렸다는 것이 벤야민의 관점이다.

벤야민이 보기에 소설 속 인물들과 마찬가지로 괴테 자신의 삶도 신화적 위력과의 싸움으로 점철되어 있었다. 내가 진정으로 행복했던 날들은 손으로 꼽을 수 있을 정도였다고 고백했듯이 괴테도 삶에 대한 불안, 죽음에 대한 불안, 데몬적인 것과의 싸움을 피할 수 없었다. 『시와 진실』에서 작가가 "나는 이 무시무시한 존재로부터 벗어나고자 했다"(벤야민, 98쪽)라고 고백했듯이 괴테를 안팎으로 짓눌렀던 신화의 베일을 벗겨 내어야 그의 진면목도 삶의 진면목도 제대로 보인다.

벤야민은 괴테가 만년에 자연 연구에 몰두한 것에서도 신화적인 힘과의 대결을 피해 가려 했던 의도를 읽어 낸다. 벤야민은 독일 민주주의 형성사에 있어서 괴테보다는 실러가 더 기여했다고 평가하기도 한다. "실제로 독일 민주주의를 구축할 수 있다는 희망에 타오르던 시민계급은 괴테보다는 실러에 기대었다."23 벤야민이 보기에 괴테는 "시민적 문화 세계를 전개하는 일을 일종의 고상한 봉건국가라는 틀 내에서만 사유했다"24는 것이다. 벤야민은 괴테와 레싱을 이런 식으로 비교하기도 한다. "괴테는 자신을 레싱처럼 시민계급의 선봉장으로 느낀 것이 아니라 오히려 독일의 봉건 체제와 영방 체제에 파견된 시민계급의 사절단이자 사자(使者)로 느꼈다.25 이렇듯 벤야민은 과감하게 개혁의 길로 나아가지 않았던 괴테의 한계를 비판적으로 조망한다. 괴테의 삶과 작품 해석에 있어서 신화적이고 몰역사적인 관점이라는 화두를 제기하고 있는 것이다.

---

23 벤야민의 같은 책, 273쪽.

24 벤야민의 같은 책, 263쪽.

25 벤야민의 같은 책, 238쪽.

5. 맺는말

벤야민이 이 소설에선 오직 화자(話者)만이 희망의 감정을 품으며 사건의 의미를 충족시킬 수 있다고 한 것은 어떤 의미일까? 벤야민은 별로 주목하지 않았지만 작품 전체에 산재한 반어적 문체는 벤야민의 비판적 평가를 누그러뜨릴 구체적 증거이기도 하다.

예컨대, 성녀로 추앙된 오틸리에는 지상에서의 삶에 아무런 미련도 없었던가. 그렇지 않다. 에두아르트에게서 선물 받은 작은 트렁크는 미련의 흔적을 보여 주고도 남는다. 평소의 단호한 성격과는 거리가 멀다. 괴테의 심경은 복합적이다. 오틸리에를 징벌하고 싶은 독자들의 요구와 달리 그녀를 성녀로 변용시키지만, 그녀가 남긴, 사랑하는 이의 머리카락과 산책길에 가져와 말린 꽃들을 담은 상자는 소녀의 애틋한 사랑을 입증하고도 남는다. 건축기사가 오틸리에를 성모 마리아 이미지로 변용시키는 그림 퍼포먼스 장면도 오틸리에에 대한 에두아르트의 불순한 사랑에 대한 당대 도덕적인 독자들의 비판을 의식한 것일까? 이 퍼포먼스를 지켜보는 관중도 경탄과 공경심보다는 기묘한 느낌과 흥미를 느끼는데, 좌중의 이러한 반응에서도 괴테의 반어적 의도를 읽을 수 있다. 그러한 순결의 불임성을 모를 리 없는 괴테의 의중은 편협한 도덕주의에 대한 비판에 있고, 그것이 반어에 내재한 건강성의 징표다. 당대의 공인된 기독교나 봉건적 사회 관습에서 해답을 구할 수 없으므로 자신의 의문 제기와 탐구를 자기 책임 하에 지속하는 것, 그것이 화자에게, 다시 말해 문학에 맡겨진 희망의 실마리일 것이다.

오틸리에라는 존재가 꺼져 가는 것을 반어와 따뜻함으로 보고 있는 괴테의 시선. "자연이 이제 막 풍요로운 심연으로부터 불러내었다가 무심한 손으로 금방 다시 지워 버린 고요한 덕망들. 그것들의 평화로운 영향으로 궁핍한 이 세계를 언제라도 환희에 찬 만족으로 맞아 주고 또 그리움에 찬 비탄으로 아쉬워하게 할, 드물고 아름답고 사랑스러운 덕망들을 잃은 것이다." 여기에 그 어떤 어둠의 그림자가 있는가. 아아, 이런 일이 있었노라. 독자들이여, 다시 기운 내어 우리의 길을 가자. 그런 느긋하면서도 힘찬 목소리가 들려오는 듯하다. 이 소설의 극적 절정은 희망의 신비에 있다는 벤야민의 논리를 따르자면, 이 소설에서 희망을 보여 주는 주체는 다름 아닌 괴테의 분신으로서 소설 속 화자다. 그러므로 텍스트를 꼼꼼하게 읽고 또다시 읽어야 나의 심중을 알아차릴 것이라고 말하는 괴테의 발언과 '희망의 신비는 작품에 내재되어 있다'는 벤야민의 말은 동일한 지점을 가리키는 것으로 보인다.

판본 소개

　이 책의 원본은 1982년 뮌헨의 C. H. 벡 출판사에서 나온 함부르크판 괴테 전집(에리히 트룬츠 편집) 제6권에 실린 『선택적 친화력(*Die Wahlverwandtschaften*)』이다.

요한 볼프강 폰 괴테 연보

1749 8월 28일 프랑크푸르트암마인에서 요한 카스파르 괴테와 그의 아내 카타리나 엘리자베트(친정의 성은 텍스토르)의 아들로 태어남.

1750 12월 7일 괴테의 여동생 코르넬리아 출생.

1755 부친의 감독 하에 가정교사에게 교육을 받음. 11월 1일 리스본 대지진.

1764 요셉 2세가 신성로마제국의 황제로 대관식을 올림.

1765 라이프치히 대학에서 법학, 철학, 의학을 수강함.

1768 무절제한 생활로 병약해져 프랑크푸르트로 돌아옴.

1770 슈트라스부르크 대학에서 의학과 역사학 수강. 헤르더의 영향을 받음. 프리데리케 브리온을 알게 됨.

1771 법학 학위를 받고 프랑크푸르트로 돌아와 배심재판소에서 변호사 활동을 시작함.

1772 베츨라의 제국대법원에서 법관 시보 생활. 샬로테 부프를 알게 됨. '독일 건축술에 관해서' 탈고.

1773~1775 '초고 파우스트', '프로메테우스', '마호멧' 완성.

1774 7~8월 라바터 및 바제도우와 함께 라인 지방 여행. 12월 작센 바이마르 아이제나호 공국의 황태자 카를 아우구스트를 만남. 『젊은 베

르터의 고통』발표.

1775 4월 릴리 쇠네만과 약혼. 5~7월 슈톨베르크 형제와 함께 스위스 여
행. 9월~10월에 카를 아우구스트 공작이 괴테를 바이마르로 초대.
가을에 릴리 쇠네만과 파혼.

1776 1월~2월 바이마르에 장기간 체류하기로 결심. 6월 바이마르 공사관
의 추밀참사관으로 임명됨.

1777 아이제나흐 바르트부르크 방문(첫 번째 하르츠 여행).

1778 카를 아우구스트 대공과 함께 베를린, 포츠담 여행.

1779 전쟁 및 도로 건설 위원회 위원장으로 임명됨과 동시에 추밀고문관
이 됨. 대공과 함께 스위스 여행.

1780 광물학 연구를 시작함.

1782 요셉 2세로부터 귀족 작위를 받음. 5월 괴테의 부친 사망. 6월 프라
우엔플란에 있는 집으로 이사.

1783 두 번째 하르츠 여행.

1784 악간골(顎間骨) 발견. 세 번째 하르츠 여행.

1785 식물학 연구 시작. 카를스바트에 체류. 『빌헬름 마이스터의 연극적
사명』완성.

1786 카를스바트로부터 이탈리아로 은밀하게 여행을 떠남. 9~10월 베네
치아를 거쳐 10월 29일 로마에 도착. 화가 요한 하인리히 빌헬름 티
쉬바인의 집에서 지냄.

1787 2~6월 티쉬바인과 함께 나폴리 여행. 크니프와 함께 시칠리아 여행.
팔레르모의 식물원에서 원형식물(原形植物)의 원리를 포함한 자연
형태학 연구. 『에그몬트』, 『공범자』발표.

1788 4월 로마를 떠남. 공무에서 해방됨. 루돌슈타트에서 처음으로 실러
를 만남. 『토르콰토 타소』발표.

1790 3~6월 베네치아 여행. 색채론 연구 시작.

1791 바이마르 궁정극상의 감독을 맡음.

1792 8~10월 대공을 수행하여 프랑스로 종군.

1793	마인츠 공위(攻圍)에 참전.
1794	실러와의 친교 시작.『여우 라이네케』 발표.
1795	실러가 발행하는 잡지『호렌』지에 관여함.『빌헬름 마이스터의 수업시대』,『로마비가』 발표.
1797	세 번째 스위스 여행. 8월 프랑크푸르트에서 마지막으로 모친을 만남.『헤르만과 도로테아』 발표.
1798	잡지『프로퓔렌』 발행.『코린트의 신부』 발표.
1799	실러가 바이마르로 이사를 옴.
1801	안면 단독(丹毒)을 앓음.
1803	아들 아우구스트의 가정교사로 프리드리히 빌헬름 리머를 채용. 예나 대학의 자연과학연구소 감독관에 임명.
1804	추밀고문관에 임명.『친딸』 발표.
1805	신장 산통을 심하게 앓음.
1806	크리스티아네 불피우스와 결혼.『연인의 변덕』 발표.
1807	카를 아우구스트 공의 모친 안나 아말리아 사망.
1808	에어푸르트와 바이마르에서 나폴레옹을 여러 차례 접견함.『파우스트』(제1부) 발표.
1809	학문 및 예술 총감독관에 임명.『선택적 친화력』 발표.
1810	『색채론』 발표.
1811	『시와 진실』 제1부 발표. 괴테 부부와 베티나 폰 아르님의 절교.
1812	『시와 진실』 제2부 발표.
1814	『시와 진실』 제3부 발표.『서동시집』 발표. 첫 번째 라인-마인 강 지역 방문. 하이델베르크에서 부아세르 형제를 방문.
1815	두 번째 라인-마인 강 지역 여행.
1816	『이탈리아 기행』 발표.
1817	궁정극장의 운영 책임을 맡음. 형태론에 관한 잡지 발행(1824년까지 지속됨).
1819	『서동시집』 완결.

1821	『빌헬름 마이스터의 편력시대』 발표.
1822	『프랑스 종군기』, 『마인츠 공위』 발표.
1823	심낭염에 걸림. 6월 요한 페터 에커만이 찾아옴. 11월 심한 천식을 앓음.
1827	『중국-독일 계절시』 발표.
1828	'노벨레' 완성. 카를 아우구스트 대공 사망.
1830	11월 10일 아들 아우구스트의 사망(10월 28일) 소식을 들음. 11월 말경 각혈.
1831	『파우스트』 제2부 완성.
1832	3월 16일 마지막으로 발병. 3월 22일 11시 30분경 자택 침실의 안락의자에 기댄 채 영면. 3월 26일 왕실 묘지의 실러의 관 옆에 안치됨.

새롭게 을유세계문학전집을 펴내며

을유문화사는 이미 지난 1959년부터 국내 최초로 세계문학전집을 출간한 바 있습니다. 이번에 을유세계문학전집을 완전히 새롭게 마련하게 된 것은 우리가 직면한 문화적 상황에 적극적으로 대응하기 위해서입니다. 새로운 을유세계문학전집은 세계문학의 역할이 그 어느 때보다 중요해졌다는 인식에서 출발했습니다. 오늘날 세계에서 타자에 대한 이해는 우리의 안전과 행복에 직결되고 있습니다. 세계문학은 지구상의 다양한 문화들이 평등하게 소통하고, 이질적인 구성원들이 평화롭게 공존할 수 있는 문화적인 힘을 길러 줍니다.

을유세계문학전집은 세계문학을 통해 우리가 이런 힘을 길러 나가야 한다는 믿음으로 만들어졌습니다. 지난 5년간 이를 준비하기 위해 많은 노력을 기울였습니다. 세계 각국의 다양한 삶의 방식과 문화적 성취가 살아 있는 작품들, 새로운 번역이 필요한 고전들과 새롭게 소개해야 할 우리 시대의 작품들을 선정했습니다. 우리나라 최고의 역자들이 이들 작품 속 한 문장 한 문장의 숨결을 생생히 전하기 위해 심혈을 기울였습니다. 또한 역자들은 단순히 번역만 한 것이 아니라 다른 작품의 번역을 꼼꼼히 검토해 주었습니다. 을유세계문학전집은 번역된 작품 하나하나가 정본(定本)으로 인정받고 대우받을 수 있도록 최선을 다했습니다. 세계문학이 여러 경계를 넘어 우리 사회 안에서 주어진 소임을 하게 되기를 바라며 을유세계문학전집을 내놓습니다.

을유세계문학전집 편집위원단(가나다 순)
김월회(서울대 중문과 교수)
김헌(서울대 인문학연구원 교수)
박종소(서울대 노문과 교수)
손영주(서울대 영문과 교수)
신정환(한국외대 스페인어통번역학과 교수)
정지용(성균관대 프랑스어문학과 교수)
최윤영(서울대 독문과 교수)

을유세계문학전집

을유세계문학전집은 계속 출간됩니다.

을유세계문학전집 연표